本教材的编写得到浙江省重点学科(企业管理) 基金、浙江省高校人文社科重点研究基地(浙江工商大学企业管理学) 和教育部人文社科基金 (10YJC630004)的资助

普通高等教育"十二五"规划教材

# 供应链管理：理论与实践

包 兴　肖 迪　编著

邵晓峰　主审

机械工业出版社

本书深入浅出地介绍了供应链管理产生和发展的时代背景，先后详细阐述了供应链管理的基本概念与理论、供应链管理的焦点与核心运作理念、供应链运营战略、信息价值和供应链管理、供应链的外包决策、供应链的采购决策、供应链经典的生产计划和新的生产理念、供应链环境下的需求预测、供应链的库存管理模型、供应链库存系统的设计与实践以及供应链管理的最新发展与实践。

本书编写的总体原则是"可以反复阅读的供应链教科书"，教材各篇各章节之间既能单独成为一个体系，又可以前后联系。本书在清楚阐述供应链管理各方面理论的同时，又吸纳运营管理、物流管理等具体操作，使理论与实践紧密结合。此外，本书收集了国内外一些知名企业供应链管理的案例并在不同的章节中反复加以分析，以便使读者能够更加深入地理解不同商业模式成败的原因。本书还对供应链管理未来的发展方向进行了展望，理解这些内容将更有利于读者发现新的商业运营模式。

本书适用于高等院校工商管理、物流管理、电子商务等专业的本科生、工商管理硕士、企业管理、系统工程等专业的研究生，同时也非常适合从事企业决策的管理人员、供应链管理咨询人士和创业管理人士学习和参考。

## 图书在版编目（CIP）数据

供应链管理：理论与实践/包兴，肖迪编著. —北京：机械工业出版社，2011.5

普通高等教育"十二五"规划教材

ISBN 978-7-111-33657-0

Ⅰ.①供… Ⅱ.①包…②肖… Ⅲ.①供应链管理 – 高等学校 – 教材 Ⅳ.①F252

中国版本图书馆 CIP 数据核字（2011）第 035301 号

机械工业出版社（北京市百万庄大街22号　邮政编码100037）
策划编辑：曹俊玲　责任编辑：曹俊玲　孟　铮　卢若薇
版式设计：霍永明　责任校对：赵　蕊　封面设计：张　静
责任印制：乔　宇
三河市国英印务有限公司印刷
2011 年 5 月第 1 版第 1 次印刷
184mm×260mm · 18 印张 · 443 千字
标准书号：ISBN 978-7-111-33657-0
定价：36.00 元

凡购本书，如有缺页、倒页、脱页，由本社发行部调换

电话服务　　　　　　　　　　网络服务
社 服 务 中 心：（010）88361066　门户网：http：//www.cmpbook.com
销 售 一 部：（010）68326294
销 售 二 部：（010）88379649　教材网：http：//www.cmpedu.com
读者购书热线：（010）88379203　**封面无防伪标均为盗版**

# 序 一

供应链管理自从 20 世纪 80 年代首次在管理学界提出以来得到了众多跨国企业的青睐，如 IBM、可口可乐、戴尔和苹果等许多知名企业的发展都受益于它们高效的供应链管理体系。当深入研究这些企业的全球运营模式时，可以发现供应链的管理思想在帮助其实现了市场目标的同时，也在创新能力、资源优化和财务绩效等方面发挥了重要的作用，未来学家托马斯·弗里德曼在《地球是平的》一书中毫不掩饰："供应链是铲平这个世界的力量之一。"

很遗憾，我国各大媒体对供应链管理的关注度远远不如我国管理学研究者，有些企业家甚至表示从未听说过供应链，"实践冷，理论热"是供应链管理在我国传播过程中的现状。当然，这种现状正在慢慢改变。从 2008 年以来的全球性金融危机让我国企业家开始认识到，扮演全球产业链体系中的配角是远远不够的，需要通过一些新视角和新理念来改进我国企业的市场地位。供应链管理无疑向企业家提供了这样一种思想。

在与本书作者包兴博士的交流中，我们一致赞同"管理学界的科研工作者有必要向我国企业界人士介绍和普及供应链的管理思想"这一观点，但仅通过企业的供应链咨询项目来介绍毕竟有很强的局限性，因此，有必要通过通俗易懂的书籍将其介绍给全社会。当全社会能够对供应链管理中"协作"这一精髓深刻领会后，我相信我国的商业环境将会有质的飞跃，那时我国的经济也能够实现高质量与和谐的发展。

本书与传统管理学教科书的风格在诸多方面有较大差异："可读性"是本书高度强调的一个主题，作者在行文方面下足了工夫，以便让不同层次的读者都能理解供应链管理的知识。"延展性"是本书的第二个特点，作者融合了历史、金融、心理学、市场营销、战略管理和运营管理等多门学科的知识，以便让读者能够将供应链管理中的相关知识点在更多领域进行交叉和类比，从而加深对理论的认识。"全面性"是本书的第三特点，作者查阅了大量的文献和资料以便让读者了解到供应链管理模式给企业带来好处的同时也会存在诸多弊端，了解这些内容能够让读者更加深刻理解"没有一种十全十美的运作模式"，扬长避短、平衡发展才是供应链管理中的重要理念。

全球化和信息化是这个时代两个重要的特征，我们有必要了解在这个时代背景下最有发展前景的企业运作理念，可以预见，在不久的将来，供应链管理必将越来越受到我国企业界的重视。

马士华　教授、博士生导师

华中科技大学管理学院

2010 年冬，于武汉

# 序 二

过去的两年对很多人来说都是惊心动魄的，一场源自美国华尔街的金融风暴席卷了全球并给许多企业带来了巨大的灾难。尽管世界各国纷纷颁布并实施了各类救市政策并对其帮助企业渡过难关寄予厚望，但诸多现象表明这场经济寒冬可能还未过去。尽管我国经济在这次危机中仍然表现出了强劲的增长能力，但我们在走访国内多家企业后发现，许多管理者认为非常有必要重新审视自己企业的竞争优势，希望能够找到一种新的且行之有效的运作模式来充分发挥企业的竞争力。我想供应链管理模式能够帮助他们实现这个想法。

当前市场竞争的本质已经发生改变，企业和企业之间的竞争并非局限在同行业之间。沃尔玛与凯马特、惠普与戴尔等企业之间的竞争早已转至它们的供应链体系：通过借助能力互补的供应商来取得竞争优势，并借此形成高效的资源配置能力对全球市场进行快速响应的同时做到降低运营成本。目前，我国已经成为世界重要的产品制造中心，并且是世界上许多跨国企业供应链的重要组成部分。尽管我国许多企业在其细分领域已经做到了世界第一，但它们在全球供应链价值体系中仍然处于低端。改变这一现状，需要我国管理者深刻理解供应链管理的本质。

本书作者从全球化发展史开始介绍供应链管理的发展历程，了解企业管理模式的变迁，显然有助于读者从更高层面去理解商业的本质，也有助于启发读者去探索未来的商业模式。本书作者查阅和整理了大量的案例资料，这其中既包含了沃尔玛、戴尔和海尔这些老牌企业的供应链实践案例，同时也介绍了淘宝网、凡客诚品网等新兴企业如何在信息时代利用供应链实现快速成长的案例。"深刻理解商业模式"是本书作者主要阐述的目标，因为没有一种商业模式是完美的，了解其中的长处和缺陷有助于帮助企业管理者设计和改进自身的供应链体系，同时也非常有助于帮助那些有创业意向的读者对所要进行的商业活动进行深思。

作为这个时代最有前景的企业管理理念之一，供应链管理仍然充满着机遇和挑战，但对于大多管理者和读者而言，深刻理解供应链管理的本质无疑有助于创造新的商业模式和改进我国企业的管理模式，从而实现"中国制造"到"中国智造"的飞跃。

季建华　教授、博士生导师

上海交通大学安泰经济与管理学院

2010 年冬，于上海

# 前　言

在过去的两年，一场席卷全球的金融海啸给世界经济造成了巨大的冲击，许多企业的生存和发展已经遭到了严重的威胁，即便像通用汽车这样的拥有百年历史的企业也没能挨过这个经济寒冬。我们这个世界到底发生了什么？为什么一家美国企业的破产引发了全球那么多企业的破产？为什么那些令人骄傲和赞叹的商业模式转眼间便土崩瓦解？难道这其中出现了我们从未察觉的致命缺陷？当深入分析其中缘由后发现，他们的供应链体系出现了严重的问题。

对于沃尔玛、惠普和丰田等知名的跨国企业而言，供应链并非是一个陌生的概念。在信息技术让地球变成一个"村落"的时代，这些企业在供应链管理的道路上已经拥有了许多令人称赞的实践案例。然而遗憾的是，"供应链管理"在我国并非是一个商界皆知的词汇。我们曾连续三年在 MBA 课程上做过一个相同的调查，但结果是令人沮丧的：超过半数的学员竟表示从未听说过供应链管理这一概念，而这些学员通常在企业里担任中层管理职位！从供应链理论国内各类媒体出现的频率以及作者与供应链管理领域研究者的交流来看，"未来是一个供应链与供应链竞争的商业世界"并没有在国内诸多管理者之间达成共识。在与我国的供应链管理专家马士华教授交流后，我们一致认为管理学界的科研工作者有必要向我国企业界介绍和普及供应链的管理思想，这将有助于提高我国企业在后危机时代的经营质量并改变我国企业在全球产业链中"低附加值"的形象，当然这也是我国经济转型升级的主要方向之一。

供应链管理领域中经常会爆发出令人惊讶的力量，新的管理实践和独特的商业模式不断涌现。尽管当前我国仍然身处全球金融风暴的漩涡之中，但淘宝网、当当网和凡客诚品网等一系列新兴的商业力量，通过改善它们的供应链管理体系仍然取得了高速的发展和出色的业绩。"互联网与供应链的结合"正在成为许多年轻人实现梦想的途径。然而，"大学生创业"并非是一句简单的口号，因为对于我国的许多大学生而言，缺乏社会实践和商业训练会大大挫伤他们的创业热情，能够具备"屡败屡战"企业家精神的年轻学生毕竟是少数中的少数。如果能够让那些没有太多创业经验的年轻学生更加深入地了解供应链到底在哪些方面对那些成功或失败的商业实践造成了影响，也许能够减少他们创业失败的概率。

尽管供应链管理中的一些核心理念，如"集成化"、"柔性"、"协调"和"风险管理"等得到了国内外诸多学者和企业管理者的认同，但供应链管理是一门涉及面极广的学科，它涉及政治、经济、文化、科技、运营和金融等多方面的知识，想要把供应链管理理论讲清楚并非是一件容易的事情。我们一致认为"逻辑性"和"可读性"是衡量一本教科书的质量的首要标准，因为这有利于读者"商业悟性"的提高。因此，在本书编写过程之中，作者对供应链管理的内容进行了诸多精心安排，在吸收系统框架性的写作思路基础上重点突出专题性的写作风格。读者可以发现本书各篇各章之间既能单独成为一个体系，又可以前后联系，而所有这些工作，只是为了实现我们编写本书的一个重要初衷："这是一本可以反复阅读的供应链管理教科书"。

本书从一种战略性、整体的视角来审视供应链管理，适合作为我国大专院校的本科生或MBA 的单一供应链课程的教材。本书也可以作为企业管理者或者供应链爱好者的入门级读物，因为读者会发现读懂本书的大部分内容并不需要具备一定的相关专业知识。同时本书也非常适合供应链管理咨询者阅读，因为书中总结了大量"有效的实践"知识，这些知识大多来自作者的企业实践。

本书内容由六篇组成，共十二章内容。

第一篇包括第一、二章，是供应链管理基础篇。尽管可以采用更为简单的叙述方式，但我们坚信应该让读者从更高层次去理解供应链的来龙去脉，供应链管理的焦点与核心运作理念也是本篇重点介绍的内容。读者会发现这部分内容非常有趣，同时也非常值得回味。

第二篇包括第三、四章，是顾客价值和信息价值篇。顾客需求和市场特点是供应链运营战略选择的重要依据，市场信息的变化将给供应链带来危害极大的"牛鞭效应"。大多现行成功的商业模式几乎都通过充分利用信息来实现客户的价值，因为"客户购买的不是产品而是价值"。

第三篇包括第五、六章，是供应链管理之外包和采购篇。在全球化分工日益精细的今天，外包正成为非常重要的企业运营手段，"轻资产运作"和"快速响应"等企业运作模式大多可以通过向外包企业进行采购完成，当然在这个过程中如何对采购进行高效的管理显得格外重要。

第四篇包括第七、八章，是供应链管理之生产计划篇。MRP、JIT、TOC 和大规模定制等经典和新的生产方式对供应链绩效有着巨大的影响，尽管阅读这部分内容会感到枯燥，但了解这些理论是非常有必要的。

第五篇包括第九、十、十一章，是供应链管理之库存库存篇。需求预测和库存管理模型都是其中核心的内容。虽然需要读者拥有一定的数学功底，但"管理好库存就等于管理好整条供应链"这个观点无疑奠定了库存理论在供应链管理中的重要地位。我们还特地编写了汽车 4S 店备件供应链咨询项目，目的是向读者一步步展示如何设计一个合理的供应链库存管理体系。

第六篇即第十二章，是供应链管理实践和发展趋势篇。服务供应链、绿色供应链和供应链金融都是当前国内和国际上最新的供应链管理实践，了解它们有助于读者把握未来的供应链发展趋势。

这些章节可以依据教授的需求、课程的设计和学生背景进行选择性使用，有关本书所有PPT 课件和不断更新的案例资料均可通过作者建设的网站下载得到。对于每一章节，作者都设计了相关的作业题和案例分析题。但读者会发现，要回答好这些题目不仅需要对此部分内容进行仔细研读，同时还需要读者额外参阅大量的资料进行思考。

参与本书编写的有：包兴（第一章至第六章，第八章至第十一章，第十二章第二节和第三节）和肖迪（第七章和第十二章第一节）。包兴负责全书结构的策划和最后统稿。本书在写作过程中参考了很多资料，已经详细地在参考文献中列出，在此对这些专家学者们表示深深的谢意。也可能有些资料引用了但因疏忽没有列出资料的出处，未尽之处，在此表示万分歉意。

这里要特别感谢上海交通大学安泰经济与管理学院季建华教授，是她将作者带入企业管理这一领域，并在作者成长道路上倾注了大量心血，给予了大量指导和帮助。华中科技大学管理学院马士华教授、清华大学经济管理学院陈剑教授、天津大学管理学院刘伟华副教授、南京大学工程管理学院李娟副教授、青岛大学管理学院李美燕副教授、浙江工业大学经贸管理学院蔡建湖副教授、浙江师范大学管理学院吴坚副教授、河北经贸大学工商管理学院唐振龙副教授以及上海海事大学周鑫和张涛博士在本书写作过程中提出了诸多建设性的建议。徐钰华、许方佩、储晓露、谢成丰、沈芬芬、苏莹、戴维娜、盛盈巧、梁爽爽、余南娇、郑明珍、杨斌和陶帅等为本书提供了许多有价值的资料，上海交通大学安泰经济与管理学院邵晓峰副教授审阅了本书全稿，在此一并致以衷心的感谢。

　　本书得到了浙江省高校人文社科重点研究基地（浙江工商大学企业管理学）的资助，感谢浙江工商大学工商管理学院院长郝云宏、盛亚、吕筱萍和项国鹏教授的大力支持。

　　由于水平有限和时间仓促，对供应链管理的认识和研究都还不够深入，因此，在本书叙述中难免出现疏忽和纰漏，真心希望各位专家、读者提出批评指正，并将意见及时反馈给我们（goldbxing@ gmail. com）。

包兴

2010 年冬，于杭州

# 目　　录

# 第一篇
## 供应链管理基础篇

# 第一章　理解供应链

 **本章引言**

　　未来学家托马斯·弗里德曼在其《世界是平的》一书中展望了铲平地球的十大力量，而供应链正是其中之一。为什么遍布全球 8 000 多家零售店的沃尔玛公司每周能够有条不紊地接招 2 亿人次的顾客，为什么戴尔计算机公司能够在强敌林立的个人计算机（Personal computer，PC）行业脱颖而出，为什么凡客诚品能够在短短的 6 个月就可以达到一般服装企业五六年才能取得的成绩……当深入探究这些企业的成功之路时，可以发现，它们都是优秀的供应链管理者，它们利用供应链创造了优秀的商业运营模式。

　　全球化是这个时代最主要的主题之一。通过本章的学习，将会较全面地了解全球化历史，而这有助于开阔视野并可以站在更高的层面上去理解"什么是供应链"。同时，本章也简要介绍了供应链管理思想的演进，了解它的来龙去脉有助于理解物流和供应链之间的相互关系。最后，本章详细回顾了当前市场和消费者的特点，理解它们有助于理解供应链管理的价值，同时也会发现，当前不断涌现的新的商业模式大多由供应链管理思想作为指导。

 **学习目标**

- 了解全球化的发展历史
- 熟悉供应链的演进过程
- 掌握供应链的基本概念
- 理解供应链管理的作用

## 第一节　全球化：一个不可回避的主题

　　在讨论世界发展史时，"全球化"始终是一个不可避免的主题。在人类进化最重要的这 400 年里，世界从大航海的启蒙时代逐步迈入到现如今的信息时代。究竟是"经济还是政治是推动全球化的第一驱动力"，学术界中各家流派对此仍然争论不休，但不可否认的是，我们的世界因两者相互交织而日趋复杂[1]。

　　伴随于斯，不断进化的思想和日新月异的科技也成为推动全球化加速发展的另外两个强大引擎，并深刻影响着企业——这个政治和经济体系中的重要细胞的几百年来的经营和管理模式。因而，在理解供应链之前，有必要对我们的世界、我们的历史进行一个简单的回顾……

---

[1] 【推荐阅读】斯塔夫里阿诺斯. 全球通史：从史前史到 21 世纪 [M]. 7 版. 吴象婴，译. 北京：北京大学出版社，2006.

## 一、全球化的第一个阶段：远航贸易的时代

一些史学家认为"丝绸之路"和"郑和七下西洋"等探索原本可使中国成为世界全球化的引领者，但历史上的一些事件却中断了中国在这方面所尝试的努力。而欧洲人却凭借着中国的指南针和火药开启了影响我们这个世界全球化进程的篇章——大航海时代。

### （一）大航海时代（19世纪前）

此时的世界仍处于东方文明的影响之下。

明清帝国、奥斯曼帝国和莫卧尔帝国等为代表的东方王朝是这个时代政治、经济和文化的中心。安德烈·贡德·弗兰克（Andre Gunder Frank）在对世界经济体系演变发展的研究中发现：公元1750年前的亚洲占世界总人口的66%左右，而同期亚洲各国的国家产值占到世界总产值的80%；占世界人口20%的欧洲各国的国家产值仅占其余1/5世界总产值中的一部分；而剩余的世界总产值的部分是非洲和美洲的贡献（见表1-1）。

表1-1　19世纪前的世界经济格局

（单位：亿美元）

| 年　份 | 世界总产值 | "第三世界"[⊖]<br>国家产值 | 所占比例（%） | "发达国家"<br>国家产值 | 所占比例（%） |
| --- | --- | --- | --- | --- | --- |
| 1750年 | 1 550 | 1 200 | 77 | 350 | 23 |
| 1800年 | 1 830 | 1 370 | 75 | 460 | 25 |
| 1860年 | 2 800 | 1 650 | 60 | 1 150 | 40 |

资料来源：安德烈·贡德·弗兰克. 白银资本：重视经济全球化中的东方［M］. 刘北成，译. 北京：中央编译出版社，2008.

回望此时的欧洲大陆，英国君主立宪、法国大革命和德国崛起等历史事件标志着资本主义开始登上历史的舞台。在通过国家力量完成资本原始积累之后，日渐强大的欧洲开始向古老的东方国家发起挑战，世界政治和权力的中心由此逐步向西方转移。后人眼中的"大航海时代"在资本追逐利润的天性下开启了全球化的第一个阶段。

### （二）简单的供给和需求

这个时代人们对物质的需求相对单纯，香料、丝绸和黄金是大航海时代初期主要的贸易对象，到了后期随着纺织技术的革命导致贸易的重心转向纺织品及相关原材料。

欧洲人因远洋贸易享受着东方世界供给的香料、丝绸和瓷器，这些精致的东方特产成为欧洲上层社会的奢侈品。那时欧洲人的需求简单而且初级：香料营造芬芳氛围，丝绸提升衣着品位，瓷器装点上流聚会……

然而东方国家自给自足的社会制度和经济制度导致大量黄金从欧洲流向亚洲，巨额的贸易逆差迫使西方国家寻求巨额黄金的获取途径，以提高贸易竞争力为目的的纺织技术革命和国家资本主义经济体制最先诞生于英国，由此奏响了工业革命的序曲，殖民主义时代

---

⊖　"第三世界"包括今天的亚洲、非洲、拉丁美洲等欠发达地区；"发达国家"包括今天的欧美、日本等国。产值以1960年的美元参照估算。

也伴随而来⊖。

### （三）蒸汽机的时代

蒸汽机的出现大大改变了这个时代东、西方国家力量的对比。

蒸汽机在动力上的应用从根本上改变了船舶和陆地运输工具的驱动系统，货物贸易流通速度得到大幅度的改善。欧洲的生产效率也因蒸汽机的广泛应用而实现了质的飞跃，尤其是以珍妮纺纱机的发明为标志的第一次工业革命，更是促成了人类社会生产力大发展的一个黄金时期，其中纺织品出口开始成为欧洲贸易新的竞争优势。

与此同时，以牛顿为典型代表的科学家为现代科技的发展奠定了坚实的基础，欧洲的军事能力也因科学和工业能力的创新而得到大幅提升。

#### ● 蒸汽机的历史 ●

1679 年法国物理学家丹尼斯·巴本制造了第一台蒸汽机的工作模型。

1705 年托马斯·纽科门及其助手卡利发明了纽科门大气式蒸汽机。

1769 年詹姆斯·瓦特改进了纽科门蒸汽机使其效率提升了 3 倍以上。

1800 年特里维西克设计了可安装在车体上的蒸汽机，现代机车雏形出现。

1807 年美国富尔顿制成第一艘实用的蒸汽机船"克莱蒙"号。

1829 年英国史蒂芬孙发明了"火箭"号蒸汽机车，铁路时代由此开始。

### （四）企业管理的启蒙时代

蒸汽机时代开启的工业革命，大大提升了欧洲的生产效率，产能的快速扩张增加了对市场和原材料的极度渴求，在通过圈地运动和法国大革命等完成最初期的资本积累之后，以国家为主导的殖民主义在全球开始蔓延。此时企业全球化经营主要是以国家为主导的殖民形式，较为典型的是英国的东印度公司，它与如今的企业截然不同之处在于其本质是代表英国皇室管理他国的殖民机构⊜。

这时期欧洲大陆一些学者对社会的剖析加深了人们对社会和经济的认识，亚当·斯密是这个时代最杰出的代表人物之一。这位伟大的思想家因其《国富论》中对社会起源和分工、国家财富和资本积累的深刻解析，及其"看不见的手"的市场经济理念被世人尊称为"现代经济学之父"。

但亚当·斯密在承认资本逐利性的同时也进行了深刻的反思，在他另一部著作《道德情操论》⊜中更多地展现了在社会中企业所应具有的基本道德情操——控制利己主义行为并注重同情心和正义感的培养，否则野蛮的企业竞争将使社会陷入"丛林经济"困境⊗。《国

---

⊖　19 世纪前亚洲社会和经济的封闭可从《乾隆给英王乔治信》中窥测一斑："天朝物产丰盈，无所不有，原不籍外夷货物互通有无"。

⊜　【推荐阅读】汪熙. 约翰公司：英国东印度公司［M］. 上海：上海人民出版社，2007.

⊜　【推荐阅读】亚当·斯密. 左手国富论，右手道德情操论［M］. 潘源，译. 北京：中央编译出版社，2009.

⊗　"丛林经济"：认为市场经济是一个弱肉强食的场所，否认社会分工和协作，"经济利益至上"是企业经营的唯一观点，不认可在经济发展和企业经营过程的人文关怀和社会道德。

富论》和《道德情操论》两本著作的观点"一个重理一个重情"，看似相左但其实并不矛盾。正如现今的企业在过分追求自身利润的同时，也应具有社会责任感与公德心，否则企业的发展将很难实现"基业常青"。

可以说，亚当·斯密贯穿于《道德情操论》和《国富论》的思想体系开启了经济学和企业管理的时代。

> **● 扣针生产中的社会分工 ●**
>
> 亚当·斯密在《国富论》中描述：一个熟练工人进行所有环节的操作，一天也不一定能制造出一枚扣针，而通过将生产流程分成几个部分由不同的人负责特定环节，一天能生产出惊人的十二磅扣针，也就是近四千枚扣针，即通过劳动分工，同样的几个人在同样的时间内将产量提升了上千倍。亚当·斯密认为盈利是企业的第一目标，企业为追逐超额利润改进了生产技术，并促成了分离工作流程为主要形式的社会生产方式。

## 二、全球化的第二个阶段：大机器工业时代

经过百年的工业革命后西方资本主义得到了长足的发展，科学技术和人类思想在这个阶段蓬勃发展，世界的政治和经济中心在西方得以确定并影响至今，由此一些史学家认为，世界已经进入全球化的第二个阶段。

（一）现代文明的开始（1800～1950年）

两次世界大战对世界的政治和经济格局产生了深远的影响。

经济上，世界旧有的生产力遭到空前的破坏，世界正处于战争后期的经济复苏阶段，但战争思维仍在政治和社会领域中进行延续。美国和前苏联成为当时世界上最重要的两个国家，意识形态成为经济发展的重要阻碍。

但不可否认的是，两次世界大战促成了世界上几乎所有国家间的碰撞和交融，科技的迅猛发展使人们对全球化的认识达到一个前所未有的高度，而这个以汽车工业和电力技术为代表的大机器工业是这个时代工业文明的最好体现。

（二）制造业的春天

这无疑是一个制造业的春天。

铁路的出现以及大规模生产被广泛地应用降低了产品的运输成本和生产成本，强劲且几乎无差异的需求充分发挥了大机器工业的生产能力，制造企业牢牢地把握着市场竞争的权力中心，而福特T型汽车正是这个工业时代的最佳体现。

20世纪20年代，强势的制造企业甚至能推动城市的快速发展，如美国"汽车之城"底特律在三大汽车巨头福特、通用和克莱斯勒的带动下，形成了巨大的产业链，促进了周边行业的诞生和发展，城市也由此变得蓬勃繁荣。

另一方面汽车也开始成为拓展城市边界的重要工具，人们的生活半径的延伸也改变了城市人口的结构，人口的素质和个性化的诉求在思维交流和碰撞中开始提升与转变。但战争后

期物资的匮乏依然给了这个时代制造业作为权力中心傲慢的理由，正如福特本人所言"任何顾客都可以把他的车漆上他喜欢的颜色，所以我们只要生产黑色的就行"。

**● 福特 T 型车 ●**

"世纪名车"福特 T 型车集中了当时所有各种型号车的优点。自1908 年福特 T 型车面世以来，第一年的产量便达到了 10 660 辆，打破了汽车业有史以来的所有纪录。近百年来对于福特 T 型车的赞扬来自四面八方，各阶层的人都在使用它，福特 T 型车的市场需求超过其他汽车公司的总和。踌躇满志的福特甚至宣布他的公司日后将只生产 T 型车一种汽车。而事实上 T 型车累计产量超过 1 500 万辆，创造了汽车工业的神话。

资料来源：福特 T 型车，百度百科，经编者修改整理

**（三）电力的时代**

战争在破坏生产力的同时，也为其带来了巨大的科技进步。在此期间科学开始逐步影响工业的发展，大量的生产技术得到了改善和应用从而引发了第二次工业革命，其中具有时代标志的电力技术在这个阶段得到广泛使用。

电力的广泛应用不仅从根本上改变了工业生产的动力系统，而且也促进了人类社会文明各方面的变化：电灯的发明深刻影响人类千百年来的作息习惯；电话的发明使得信息交流更为及时和便捷；广播和电视的发明使得知识可以在大范围内进行传播，人们的认知水平和信息获取能力得到前所未有的扩展。

此外，围绕电力应用而发明的数以万计的电器也实质性地改善了人们的生活，人们内在个性化的需求不断对这一时代企业的经营模式提出更高的要求。

**（四）企业的科学管理时代**

这个时期，产品的复杂程度已经远远超出以往，单个企业已经很难将所有流程包办，因而需要从其他企业采购部分零部件。为了追逐批量生产的规模效应，企业开始在行业中展开特定环节的大规模生产。因此，以标准可互换的零件技术[⊖]和流水线大规模生产成为这个时代具有代表性的生产方式。

**● 亨利·福特的自动流水线 ●**

福特对汽车生产流程进行测算后发现：传统汽车生产过程中，工人来回取零件占用了整个生产 40% 以上的时间，为了提高生产能力，福特打算采用"零件走向人"来改变以往"人走向零件"的生产方式。芝加

---

⊖ 【补充阅读】美国独立战争期间，美国制造步枪的工艺陈旧，每支枪由一个工人承制全部零件并自己装配，因而无法满足政府为对付可能与法国的交战而需的四万支枪的需要。伊莱·惠特尼冲破了原来的传统工艺，先大量生产可以互换的零件，再装配成步枪，使得生产过程大大加速。他曾当着当时的美国总统杰斐逊和其他高级官员的面，实地表演从一大堆散装零件中装配步枪，从而得到普遍的承认。这种先生产互换零件再装配的方法，开辟了大规模生产的新时代。

哥罐头食品生产过程中的传送带给了福特灵感，他由此设计了适合汽车生产的流水线。通过反复实验，福特大大提高了汽车生产的效率，生产一辆汽车的时间由 3 天缩短至 93 分钟，汽车生产成本得以大幅降低。从此工人成为其机器上的更为有效的轮齿，大量生产进入了一个新阶段。然而这种无差异反复劳动忽视了员工对工作多样性的需求，使人成为了机器的一个"零件"，这也是为何卓别林借以代表作之———《摩登时代》对这种工业生产方式进行批判的原因之一。

资料来源：流水线生产，MBA 智库百科，经编者修改整理。

这个时期也是一个企业科学管理思想频出的时代。

亨利·劳伦斯·甘特发明的用来编制作业计划和控制生产进度的计划进度图（即甘特图）成为当时管理工具上的一次革命并仍在影响着现在企业的生产管理过程；吉尔布雷斯夫妇通过对作业流程中的动作研究，促成了"工业工程"思想的诞生；泰勒提出了著名的"科学管理"理念，将管理从之前人们一直认为的个人经验式的转变为客观的科学……

但这个时代科学管理的思想主要是围绕着扩大单个企业产能、追求生产效率和降低生产成本等方面展开科学实践，没能将诸多企业作为一个整体，考虑如何对其经营与管理，而实质上这些企业一直都在协同运作，供应链管理的理念在这个时代尚未真正萌芽。

### 三、全球化的第三个阶段：信息时代

从来没有一个时代能够像今天一样，世界上所有的国家如此紧密相连。过去 50 余年中科技的发展正如寒武纪的"物种大爆炸"，空间和时间的距离在信息技术的推动下变得如此之近，世界正在步入全球化的第三个阶段——信息时代。这个时代的特点正在并仍将在未来很多年内影响着我们的世界。

（一）变平的世界（1950 年至今）

当世界进入 20 世纪中叶，尽管政治和意识形态在不同国家和地区之间仍存在着分歧，但和平与经济发展开始成为人类的共识和世界的主流。作为这个时代最重要的交流载体，企业在全球范围内的经营使得分工在全球范围内进一步细化，而以下两个重要事件则使得"地球村"的理念开始深入人心。

在 1978 年开始的改革开放为中国带来了持续 30 余年的经济腾飞，中国凭借丰富的劳动力资源和庞大的市场正在改变世界的经济和产业格局，中国逐渐成为世界产品制造的中心。中国的发展现在已经日益影响到了全球经济的格局，近年来中国在 G20、G2 和达沃斯等国际舞台的地位可见一斑。

1989 年德国柏林墙的倒塌，标志着以政治和意识形态的人为阻隔开始消融，世界正式步入一个和平与发展为主流的时代，以"地球村"为主要理念的"平坦世界"（Flat World）开启了全球化的第三个阶段，并持续影响着当今世界的发展进程[⊖]。

---

⊖ 【推荐阅读】托马斯·弗里德曼. 世界是平的：21 世纪简史 [M]. 何帆，译. 长沙：湖南科技出版社，2007.

**（二）个性化的追求**

互联网的普及和知识水平的提高使得多元化的价值理念在这个时代得到前所未有的释放，忽视消费者追求个性化、多样化需求的事实都将对企业持续发展造成巨大冲击。

曾经风光无限的福特公司在奉行"只生产一种汽车，甚至是一种颜色的汽车"的错误观念引导下，逐步在激烈的市场竞争中败下阵来。而在此期间，美国通用汽车公司推出了注重人性化、个性化需求的雪佛兰产品，顺应了历史发展的要求，超越了一成不变只生产 T 型车的福特公司，成为世界上最大的汽车公司⊖。1945 年，亨利·福特的孙子，28 岁的亨利·福特二世在《生活》杂志中回顾公司过往的发展，不无抑郁地写道："美国工业史上从来没有一家公司有过这么长久、这么大规模衰退的例子。"

在这个多元价值观念充斥的年代，无论是行业中的巨头还是新生力量，任何忽视消费者需求的理念都将使企业陷入泥沼。企业间的竞争犹如非洲草原上的瞪羚，每天醒来它知道自己必须跑得比最快的狮子还快，而狮子每天醒来，则知道自己必须追上跑得最慢的瞪羚。不管你是狮子还是瞪羚，当太阳升起时，你最好开始奔跑。

**（三）信息时代的来临**

对于这段时期贡献最大的莫过于计算机与网络应用。从第一台计算机"ENIAC"诞生到工业化和多媒体应用软件的使用，再到计算机、互联网的普及，人类文明在信息化驱动下达到前所未有的高度。计算机的发明解放了繁杂的数字计算，使人们能够专注更为高级的逻辑设计；多媒体和互联网的普及极大地丰富了人们的娱乐和交流方式；管理软件的应用加速改变了企业的管理和经营模式……

世界在信息技术的推动下正变得越来越扁平，在这个信息环绕的时代，世界上所有发生的事都能以"现场直播"的方式呈现在我们眼前。对于企业而言，信息技术的时代在整合企业资源、降低企业成本、提高企业运营效率方面都具有积极正面的影响。

无线通信可能是这个时代的另一重大发明，它首次将人类不能同时进行的行走与交谈两种行为结合。伴随着无线技术的进一步成熟（如 3G 通信技术），无线服务提供的丰富内容，以及强大的功能体验将深刻改变着人们的生活和工作方式。具备宽带上网、手机办公、视频通话等功能的无线通信技术，让我们可以通过手机办公、娱乐、生活，这种趋势必然引领新的时代。

**（四）企业管理迎来供应链管理时代**

突飞猛进的信息技术和多元化的价值体系不断对企业传统的经营模式发出挑战。以流水线大规模生产的方式在满足消费者个性需求方面日显颓势，为权衡市场需求多样性和生产成本有效性，越来越多的企业家开始利用 IT 技术和新的管理理念来改造传统"纵向一体化"⊜的经营模式，并寻求企业全球化经营的新思路。

从 20 世纪 90 年代以来，供应链管理（Supply Chain Management，SCM）理念中"横向一体化"的轻资产运作和快速响应的理念逐渐受到诸多跨国企业的青睐。通过供应商、制造商、零售商以及物流商等"链"上企业快速组合和协同运作，改变传统企业运营模式中

---

⊖  通用汽车自 1927 年后一直居于世界汽车生产销售商首位，直到 2008 年被丰田超越。

⊜  有关纵向一体化和横向一体化的概念，请参阅第二章第二节"供应链联盟"。

"高"固定资产投入和"慢"市场响应的缺点，从而提升整条"链"中企业的运营绩效。由此供应链管理的经营理念是，追求整体的效率提升，注重核心竞争力的充分发挥。

**• 周伟焜和他的全球化理念 •**

前 IBM 大中华区董事长及首席执行总裁周伟焜认为：全球化的这一新趋势无疑将对现有的商业模式、组织结构和业务流程产生巨大影响，将给企业带来新的机遇和挑战。在国际化阶段，企业立足本土，以在国际竞争市场中获利为首要目标；到了跨国企业阶段，企业的成功是由一个个机构完整、业务独立但位于不同国家和地区的分支机构来实现；而当进入全球化企业阶段时，各地区的优势将得到充分发挥，企业将成为全球统一架构的实体，不同国家和区域的企业将承担整个工作的某一部分，从而真正实现一个最佳的优化组合，那就是以最适合的成本，将最适合的工作放到最适合的地方，即所谓的"因地制宜，适得其所"。

资料来源：互联网周刊，IT168 等，经编者修改整理。

福特汽车公司的一款名为 Fiesta（嘉年华）的汽车就是由德国设计，装载日本马自达公司生产的发动机，在韩国完成汽车零部件的生产和装配，并最终推向美国市场的。通过把零部件生产和整车装配承包给外部企业，让制造商利用其他企业的资源使产品快速上马，避免基建周期长等问题，赢得产品在低成本、高质量、早上市等诸多方面的竞争优势（如图1-1所示）。

图 1-1 福特汽车"横向一体化"的产品运营理念

# 第二节 供应链的演进

## 一、从物流到供应链

很多人会将物流和供应链混淆，"供应链不过是物流学术化的称呼"这种观点仍被很多人认可。诚然，现代物流对供应链的产生和发展起到了极为重要的促进作用，但两者之间仍然存在一定的本质差别。

（一）物流的历程

2006 年我国对物流给出了国家标准的界定："物流是从供应地向接受地的实体流动过程，根据实际需要，将运输、储存、装卸、搬运、包装、流通加工、配送、信息处理等基本功能实施有机结合。"

物流活动由来已久，可以说自从人类社会有了商品交换就有了运输、仓储、装卸搬运等物流活动。但对物流重要性的认识却始于第二次世界大战的军队后勤补给（Logistics）<sup>⊖</sup>。素有"沙漠之狐"之称的隆美尔被欧洲联军打败后曾亲口承认："在战斗打响之前，战争的胜负已由后勤官决定了。"在第二次世界大战结束之后，大量军需官从事企业管理工作，在其军人强势作风和执行力的影响之下，物流在商业活动中的巨大作用开始浮出水面。

随后 20 世纪 60 年代，物流在节省企业运营成本方面的重要作用吸引了众多管理学学者的关注，被誉为现代管理学之父的彼得·德鲁克曾将流通比喻为经济领域的"黑暗大陆"，而将物流视为"一块未开垦的处女地"。1961 年美国密西根大学斯马凯伊教授（Edward E. Smykay）出版的第一本物流教科书《物流配送管理》以及 1962 年美国物流管理协会的成立，都标志着对物流科学管理研究的开始。

物流的发展无疑在很大程度上催生了供应链理念。尤其是在 1970 年由日本学者西泽修提出的关于物流成本的"冰山理论"和"第三利润源理论"的指导下，很多企业为了提升自身的竞争优势，纷纷将非核心业务外包，从而开启了企业协同运作管理的新时代，同时供应链也作为企业更高层面上的战略运营理念开始出现。

（二）物流向供应链演进

美国物流管理协会认为物流和供应链的区别是："物流是供应链流程的一部分，是以满足顾客需求为目的的货物存储、服务和信息处理的计划、实施和控制，同时以更高的效率和更经济的方式来实现生产点和消费点之间货物的正向和逆向流动管理"。

由上可以看出：物流是研究有关物的流动中所发生的一切活动。从企业运营管理的角度来看，物流属于操作层面上的概念，而关于企业间如何进行信息沟通、运作协调、资金流控制等并没有涉及，因而仅是供应链流程的一部分。

随着对隐没成本分析的进一步深入，越来越多的企业发现与上下游企业之间的"关系成本"开始成为影响企业竞争力的重要阻碍。同时各界学者基于此所做出的积极探索也极大地促进了供应链的演进。

1982 年"供应链"（Supply Chain）这一术语第一次出现在企业管理文献中，标志着企业间协同运作的理念开始得到关注；1996 年美国供应链协会的成立和同期沃尔玛的崛起标志着供应链开始成为企业更高层面上的一种战略理念；1999 年北卡罗来纳州立大学的汉德菲尔德教授出版了供应链管理的第一本教材《供应链管理导论》；此后供应链管理思想蓬勃发展，哈佛、斯隆和沃顿等国际知名商学院纷纷开设了"供应链管理"课程。

就在供应链理念逐步取代物流成为企业关注焦点的同时，物流在其独立领域依然飞速发展，尤其是在条码以及电子数据交换（Electronic Date Interchange，EDI）等技术的帮助下得到了前所未有的提高。伴随着信息技术和互联网技术在企业中普遍运用，现代物流的经营模

---

⊖ Logistics 原意为"军事后勤"，而此后"物流"这一专业术语也一直延续了这一翻译。

式开始进入一个全新的信息化、智能化和网络化阶段，并逐渐融入到供应链管理之中，并成为其重要的组成部分之一。图1-2 为从物流到供应链的发展历程。

图1-2 从物流到供应链的发展历程

## 二、企业的供应链管理实践

从企业运营管理的发展史来看，供应链管理思想从产生、发展和成熟经历了半个多世纪（如图1-3 所示），然而每一次管理思想的变革都极大加深了人们对企业管理的认识，并由此衍生出诸多新的经营管理模式。

图1-3 供应链管理思想的实践历程

（1）20 世纪50 年代以前的内部流程管理阶段。福特流水线是这个时代典型的生产管理形式。这个阶段企业的生产方式主要是流水线的大规模制造，此时有观点认为供应链是制造企业中的一个内部流程，仅仅局限于企业内部资源的最大化利用。

（2）20 世纪60 年代的库存优化管理阶段。这个阶段企业开始注意到采购的重要性，如何改善与供应商之间的关系以降低企业原材料和在制品库存是这个时期管理思考的重点。

（3）20 世纪80 年代的准时制（Just In Time，JIT）这一来自东方的生产管理思想（亦被称为"丰田生产方式——Toyota Production System"）开始引起业界的重视，通过保持物流与信息流的同步，成功地实现了减少库存、缩短工时、降低成本及提高生产效率的目标，从而实现了供应链中各企业协作达到整体效益最优的目的。

（4）20 世纪90 年代，供应链的思想逐步成型。EDI 和物料需求计划（Material Requirements Planning，MRP）等企业管理软件的应用拓展了单个企业管理的边界，这个时候供应链中的企业更加注重围绕着核心企业构建网链关系，企业关注的不只是自身的管理，更是整条供应链的管理，着眼点从自身竞争力的上升到整条供应链的竞争力的提升上来。

（5）进入 21 世纪，供应链的思想逐步在实践中得到广泛的应用。诸如亚马逊、淘宝等基于互联网构建的供应链运作新模式，在瞬息万变的市场竞争中脱颖而出并日渐成为这个时代企业管理的明星企业。

### 三、供应链的基本概念

尽管现实中很多企业正在实践着供应链管理，但对于其基本定义企业界和学术界仍存在着不同的理解，甚至对"供应链"这一术语也产生争议，如这条链的活动是以市场为导向而不是以供应商为导向，"需求链"的称呼似乎更能反映事实状况。同样，"链"也应该被"网"所代替。因为整个系统中通常包括很多供应商，不但存在供应商到多个客户的"链"，也存在着供应商到供应商的"链"，甚至是到"客户的客户"的"链"。但在近 20 年里企业实践和学术研究均沿袭了"供应链"这一叫法，因此本书也就不再去深究其具体的名词定义。

综合考量各方观点，本书认为华中科技大学马士华教授的基本定义更好地体现了供应链的核心思想：

"供应链是围绕核心企业，通过对信息流、物流、资金流的控制，从采购原材料开始，制成中间产品以及最终产品，最后由销售网络把产品送到消费者手中的由供应商、制造商、分销商、零售商、直到最终用户组成一个整体的功能网链结构模式。"

参照以上定义，不难发现图 1-4 给出的这个典型供应链结构涉及了围绕客户需求进行的原材料供应、制造、仓储物流、分销和零售等一系列运营活动，这其中也包含供应链管理思想中四个方面的重要内涵：

（1）供应链是一个范围更广的网状企业结构模式。

（2）供应链是一条连接供应商到用户的增值链。

（3）供应链中每个贸易伙伴既是其客户的供应商，又是供应商的客户。

（4）供应链中各企业协作运营依赖于由信息流、物流和资金流协同控制。

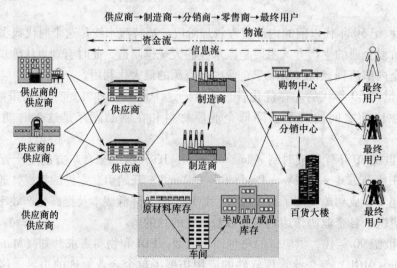

图 1-4　一个典型的供应链结构

如今已很少有管理者认为自己的企业可以独立地发展，供应链思想正让越来越多的企业主开始接受供应链作为企业延伸的存在形态。而在这个范围更广的网状企业结构模式中，通过与上下游企业紧密的合作，企业在供应商和客户的身份转换间加强了整条供应链的联系，从而在这个日益复杂多变的竞争环境中，通过将孤岛连接成大陆的方式，共同抵御风险，实现顾客价值。

在供应链管理实践方面，国内企业也正做着积极的实践。"不做资源的创造者，要做资源的整合者"以此为理念，美特斯邦威以虚拟经营"轻资产"的方式，充分发挥了供应链管理的优势。

#### ● 美特斯邦威的"不同寻常路" ●

物流环节外包使得美特斯邦威公司成功协调了全国的 200 多家面料、辅料和成衣厂，实现了"多品种、小批量、高质量、快交货"的运营方式。同时，美特斯邦威公司的"信息管理系统"利用遍布全国 1 000 多个城市的 4 000 多个客户端，完成了所有从供应商、子公司、专卖店到公司总部的业务范围内信息的充分共享，从而提高了整体协同效率。另外，依托强大的"信息管理系统"，美特斯邦威公司达到了与上游企业及全国 3 000 多家专卖店的产供销和财务结算一体化，确保了供应链体系中充分的资金流。

资料来源：美特斯邦威的 ERP 之路，泛联供应链，经编者修改整理。

## 第三节　为什么要实行供应链管理

### 一、新的时代、新的市场竞争

新的时代，企业正面临着前所未有的市场竞争压力。快速发展的经济、多元的社会价值观、快速更新的技术以及日渐成熟的消费者……

与过去 20 年企业经营的环境相比，目前市场竞争出现了不少新特点。

#### （一）日渐缩短的产品生命周期

消费者需求多样且转变快速的特点，驱使企业需要不断地对其产品和服务进行升级换代，再也没有一款产品能够像福特 T 型汽车一样雄踞市场长达 19 年，许多产品尤其是时尚的消费电子类产品的市场生命周期只有短短的几个月。例如，20 世纪 70 年代一款汽车的生命周期为 12 年，到 80 年代降至 4 年，进入 90 年代一款新车的市场生命期仅为 18 个月。美国联邦药品管理局的统计表明，市面上 50% 的药品为近 5 年研发的新药；大型机械对产品使用期要求较长，但一款产品的市场生命周期也由以往的 10 年缩短至 3 年。同样在 2008 年至 2009 年的中国手机市场，品牌手机销售的生命周期为 6 个月，而山寨手机的产品生命周期却不超过 1 个月……

产品生命周期的缩短，给企业经营造成了前所未有的压力：企业可能只有一次接受订单或生产的机会，如果不能快速更新产品，将可能失去甚至永远退出市场；没有历史记录，导致企业难以准确地预测新产品的规格、性能以及所能满足的需求，产品升级的方向也变得不明确；产品使用期内的售后服务难度也因产品的快速升级而加大，客户满意度也可能因此而下降。

但日渐缩短的产品生命周期也为企业带来新的机遇：快速更新的产品将给企业带来更多的"利润增长点"，增强了企业的市场竞争能力；使后来者具备挑战行业先行者的力量，也使重塑行业新标准的机会大大增加。

### （二）飞速膨胀的产品种数

为满足日渐多样化的消费者需求，企业推出产品种数呈几何级增长。据相关资料统计：从1975年至1991年短短的16年间，美国日用百货品种数已从2 000种左右增加到20 000种[一]；而到2008年，仅沃尔玛管理的商品种类数已超过20万种。

快速膨胀的产品种类增加了企业的运营成本。而按照传统的思路，为了降低产品的缺货成本，产品特定量的库存因品种飞速膨胀占用了企业大量的资金，严重影响了资金周转速度，恶化了企业的财务绩效，削弱了企业的竞争力。例如，超级市场的平均库存在1985年前后约为13 000 SKU[二]，1991年时上升到20 000 SKU，而到2006年上升至38 000 SKU。另一项来自于美国供应链管理协会统计的数据：2009年第4季度，美国年库存投资4 631亿美元，占美国国民生产总值（Gross National Product，GNP）的3.22%，其中制造业库存积压占34%、批发业占22%和零售业占26%、农业占8%，其他行业占10%，如图1-5所示。

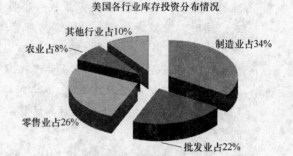

图 1-5　美国库存投资在各大行业的分布情况
资料来源：姜超，陈岚. 从存货投资到企业投资：点评2009年4季度美国GDP. [N]. 国泰君安证券，2010。

### （三）越发严格的交货期要求

经济和社会发展的节奏越来越快，消费者似乎对"等待"的耐心也越来越小。而产品更新换代的频率的加快，客观上也要求企业能够快速应对顾客的"立即"需求，否则企业很可能面临永远失去这个市场。

正因如此，很多大型生产厂商，如宝洁公司，就在沃尔玛公司总部本顿维尔成立了一个超过300人的团队，专门与沃尔玛公司进行沟通协调，其目的之一就是快速补充超市货架上的宝洁产品，以便向顾客传达"宝洁时刻伴您左右"的理念。

除了按期严格的交货，企业也须尽可能提高对客户需求的响应速度，这不仅指新产品的推出，更是产品推出的周期。

深受年轻人喜爱的苹果公司在2004年以后明显加快了其消费电子产品升级换代的速度（如图1-6所示），而这正是凭借其强大的研发能力和对消费者需求的把握，用不断推陈出新的方式迅速响应客户的需求，从而创造了一个又一个业界的奇迹。

---

○ 葛志远. 电子商务应用与技术 [M]. 北京：清华大学出版社，2005.

○ SKU（Stock Keep Unit）：库存保存单位，可以以托盘或者件数为单位。

图1-6　苹果部分产品的上市时间一览

资料来源：苹果官网 www. apple. com. cn。

（四）与日俱增的产品和服务的期望

今天，多样化的市场从统一市场中迅速成长，张扬个性已成为流行的消费诉求，消费者对于大部分标准化产品已失去兴趣，因而对大量定制化产品或服务的渴求引发了产品生产方式进一步革命性的变化，消费者希望获得真正是他们所需要的产品或服务。提高企业满足"一对一"（One to One）定制化服务的能力将成为决定企业能否保持持续竞争力的决定性因素之一。

新一代 MINI Cooper 敞篷车进入中国汽车市场，它极具吸引力的颜色为其风格和品味增添了新的格调，竭力满足着消费者打造个性化的需求：不少于 12 种的车身颜色方案（包括首次提供的天际蓝、子夜黑金属漆，以及专为其设计的幻彩黄）、3 种不同的车顶颜色（黑色、热巧克力色和牛仔蓝色）以及丰富的内饰品、内装表面和内饰条等，让每位客户都可以选择一款属于自己的个性化 MINI Cooper 敞篷车。

以生产芭比娃娃著称的玛泰尔公司，可以让女孩子登录到其网站设计她们自己喜欢的芭比娃娃。她们可以选择娃娃的皮肤弹性、眼睛颜色、头发的式样和颜色、附件和娃娃的名字。当娃娃邮寄到孩子手上时，她们会在娃娃身上找到她们为娃娃起的名字。这正是玛泰尔公司大量制造的每个都不一样的产品。

## 二、更好地创造和实现客户价值

管理大师德鲁克认为企业存在的使命是创造和实现客户价值并与其维持良好的关系。"质量"——Quality、"成本"——Cost、"柔性"——Flexibility 和"交付能力"——Delivery 是实现客户价值的四大组成部分，而近年来的实践和研究表明，"创新"——Innovation 越来越成为客户价值的重要构成部分。[注]

在传统的企业管理中，"质量"和"成本"、"交付"和"柔性"往往被视为满足客户期望价值中的对立因素。好的质量的代价意味着高成本，标准化和定制往往被视为不可调和的矛盾，快速交付能力意味着以牺牲柔性为代价……

然而，戴尔、惠普和沃尔玛公司等诸多知名企业的成功实践表明：供应链管理在平衡上述五种客户价值实现方式上起到了重要的作用。通过供应链管理，企业运作环境大为简化，限制合作规则的消除带来了信息共享，而信息共享使企业降低库存水平的同时也提升了客户

---

○　福西特，埃尔拉姆，奥格登. 供应链管理：从理论到实践 [M]. 蔡临宁，邵立夫，译. 北京：清华大学出版社，2009.

服务的质量；信息模糊度减少的同时，一个更为流畅的组织文化在信息和通信技术的帮助下增强了链中所有企业的市场竞争能力；主动且开放的绩效考核让质量、成本、柔性、交付和创新联合起来工作，就像车轮的辐条，带着供应链中所有企业成为一个强大的竞争联合体。

图 1-7 是传统企业管理和供应链管理下客户价值实现方式的对比。在随后的部分中，将重点讲解供应链管理是如何创造和实现客户价值的。

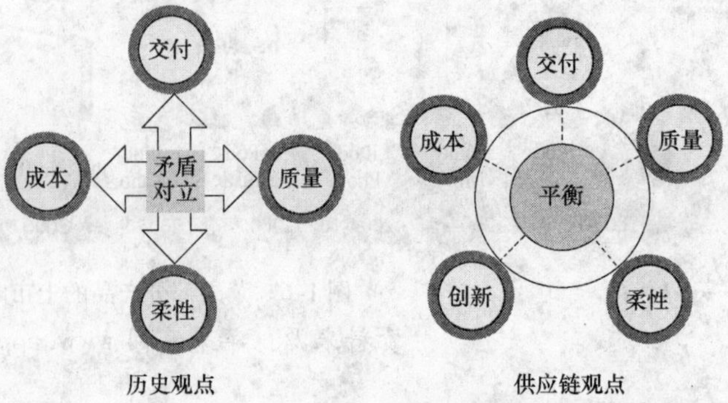

图 1-7　传统企业管理和供应链管理下的客户价值实现

## 三、这将是供应链竞争的时代

罗杰·布莱克威尔（Roger Blackwell）曾描述过这样一幅场景[⊖]：

大企业在争夺市场的优势地位时，对手并不是一个单独的企业，而是那些通过联合供应链上的批发商、制造商和供应商而得以巩固和加强的对手。事实上，竞争的优势必须通过整条供应链来实现，这场战争是供应链之间的战争。

供应链管理的实质在于将分布于不同企业的优秀资源加以整合，从这个角度而言，供应链上的企业不再以孤立的形式面对市场，而是以一个企业联合体的形象在市场中竞争。供应链管理可以给企业带来强大的市场竞争能力，而这种竞争能力来源于供应链的合作可以产生更好的、更有竞争力的商业模式。

当人们尝试去整合从原材料到最终顾客中的关键商业流程时，整个竞争的性质便发生了变化，传统企业间的相互竞争转变为供应链之间的竞争。当仔细观察戴尔、丰田和沃尔玛这些优秀企业的发展轨迹，可以发现竞争不再停留于特定几家企业，如丰田公司及其供应商联合体正与通用公司及其供应商在全球市场上展开激烈的竞争。同样的事情在电子、制药、服装、快餐等很多行业都上演着。

沃尔玛公司的高管认为：终有一天企业将会选择各自的伙伴形成团队来竞争，以提高生产力和市场占有率。这种情况是让人神往的，但是各方间利益的博弈以及各种因素的制约让我们很难预测这样一个"目标一致、沟通顺畅、收益和风险共享"的供应链联合体成为现实的时间。

## 四、供应链管理的宏观意义

### （一）供应链正在铲平世界

托马斯·弗里德曼在其《世界是平的：21 世纪简史》一书中描述了这么一个情景：

家里的计算机突然死机了，翻开保修卡，打个 800 电话过去，电话另一端的工程师经过三句话的诊断，告诉机主："请按下 Esc 键，计算机即可恢复。"或许说这话的时候，这位

---

⊖　罗杰·布莱克威尔. 重构新千年零售业供应链 [M]. 季建华，等译. 上海：上海远东出版社，2000.

接线工程师正在韩国济州岛的海滩边晒着阳光呢！这样的故事看似天方夜谭，但已经成为未来的趋势。作为先例的美国，70%电话接线员在印度当地工作，其他20%的接线工作，则由美国家庭主妇在家完成接听。

该书被《纽约时报》、《商业周刊》评为2005年最值得一读的财经书籍，弗里德曼也因此被评为全球最有影响力的未来学家之一，他在介绍铲平世界的10大力量中重点提及了"供应链管理"，并认为当前企业经营管理中的几个模式，如外包、离岸经营、全球供应链整合和第三方物流都是供应链铲平这个世界的重要方式之一。

### ● 供应链铲平世界的几种方式 ●

（1）外包。对发展中国家的机遇：现在，美国医生把病人数据和图片传给印度，美国财务顾问把客户报税信息传给印度，所有分析工作都由印度人来完成。

（2）离岸经营。中国制造：中国成为世界工厂，过去的十几年中，中国制造已经为美国消费者节省了6 000亿美元。

（3）全球供应链整合。通过现代物流实现全球化生产和销售：以沃尔玛为例，所有供应商执行无线射频识别芯片，可以科学地了解任何一个地方消费者的需求变化，设计新产品，调整库存。

（4）第三方物流。你的惠普打印机坏了，来上门维修的人很可能是UPS快递公司的员工，他们不仅配送，还能提供售后服务。

资料来源：托马斯·弗里德曼. 世界是平的：21世纪简史［M］. 何帆，译. 长沙：湖南科技出版社，2007.

**（二）利用供应链实现"中国智造"**

在美国沃尔玛超市中，零售价为9.99美元的芭比娃娃，在中国制造环节被创造的只是其中0.99美元的价值。在产业链条上，除了加工制造，还有7大环节，即产品设计、原料采购、库存运输、订单处理、批发经营、终端零售、回收利用，对于一个精美绝伦的芭比娃娃而言，正是经营供应链管理的这7大环节创造出了9美元的价值。

在2008年金融危机的阴霾下，全球的分工正在悄悄发生变化，这种转型给中国带来挑战与压力的同时，也蕴含着不小的机会。因为在硬币的另一面，中国一边将以成本为核心的低端制造业往外迁移，一边逐渐向发达国家倡导的精益制造转型。越来越多的制造公司开始考虑将海外最佳实践引入中国，这些最佳实践涵盖了需求产能规划、制造基地分布和精益制造技术等。

有海外观察家如此评价："提升供应链效率正成为中国制造业未来10年最重要的战略"。而2010年4月15日开幕的第107届广交会，"中国智造"的概念正在取代"中国制造"。在变化莫测的市场下，如何让传统的制造业变得更加智慧，响应速度更快？在全球经济复苏的步伐下，加强供应链管理可能成为中国经济再次腾飞的强大动力。

**• 后金融危机时代的中国危机和机遇 •**

　　《中国制造业竞争力研究 2009—2010》报告指出：尽管中国成功地抵御了此次全球经济衰退，但受访企业在 2009 年中的整体平均息税前利润率从 2008 年的 15% 跌至 8.3%。中国在劳动力成本、物流成本及劳动力可获得性方面的竞争优势均有所下降。一半的受访企业表示，未来五年内将向中国境内或国外的低成本地区迁移制造基地或扩大产能，这一比例大约比 2008 年上升了一倍。

　　不过，该报告也提出，"企业日益关注于实施成熟的长期战略，以提升产品竞争力和供应链效率"。而受访企业也表示，它们正在采取更为先进的最佳实践。近 22% 的受访企业正在改善内部成本控制体系，其他所采取的最佳实践包括提高生产率（17%）、实施精益制造（17%）、采取节能措施（16%）和转为使用其他低成本原材料（15%）。

　　资料来源：中国制造业竞争力研究 2009—2010 ［R］. 上海美国商会和管理咨询公司博斯公司，2009。

（三）供应链带来丰富的创业和就业机会

1. 供应链相关行业多样且发展自由

　　供应链管理涵盖了从咨询行业到教育机构，从生产制造到渠道运营几乎所有的行业领域。根据 ISM 的调研显示：2007 年美国供应链管理中不同岗位的平均年薪为 92 000 美元，是同期美国社会平均年薪的两倍多[⊖]（如图 1-8 所示）。

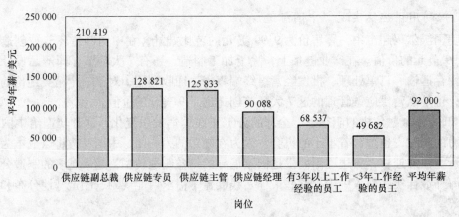

图 1-8　2007 年美国供应链管理不同岗位的平均年薪

　　资料来源：2008 Salary Survey Results：Summary ［R］. ISM，2008，Feb。

Berg 和 Billington 对美国亚利桑那州立大学和密歇根州立大学 2008 年 MBA 学员的就业

---

⊖　2007 年美国社会平均年薪为 42 000 美元。ISM（Institute for Supply Management）成立于 1915 年，全球最大的采购管理协会之一，是一个非盈利组织。

情况分析之后发现：越来越多毕业生开始倾向供应链管理领域的工作，供应链管理领域MBA 的就业率排名管理学院各大专业之首（如图 1-9 所示）。

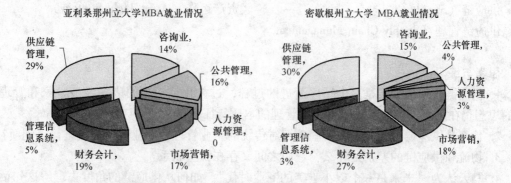

图 1-9　亚利桑那州立大学和密歇根州立大学 2008 年 MBA 学员的就业情况

资料来源：Berg and Billington. Supply Chain Attracting and Rewarding：MBAs ［N］. Supply Chain Management Review, 2008 Jan。

2. 供应链管理集中了大量的创业机会

供应链管理的核心思想在于整合资源、协调企业内外不同主体之间的运作。通过整合往往能够创造出大量的商业机会，通过整合，索尼公司发明了"Walkman"并因此引领音乐消费电子产品长达 20 年。

在如今激烈的市场竞争环境中，新领域的探索对普通创业者而言无疑壁垒过高，但更多的创业机会正蕴藏在互联网和传统行业的整合中。供应链管理提供了一套实现高效"整合"的管理思想和管理工具，越来越多的年轻创业者通过互联网和供应链的结合实现了创业的成功。例如，2007 年陈年创立的凡客诚品网仅仅 6 个月就做到了一般企业五六年才能达到的规模。正是利用对互联网用户文化消费的深刻理解，陈年在供应链领域实现了快速的创业梦想。

# 本 章 小 结

本章从全球化历史的叙述开始，较为全面地讲解了远航贸易、大机器工业和信息时代的全球化特征，当然这三个阶段的市场环境、管理思想和企业实践是重点介绍的内容，目的是向读者展示更为宏大的企业管理发展和进化历史，而这无疑是有利于读者理解供应链产生的背景的。其次，本章也较为详细地回顾了供应链发展的来龙去脉，显然这有助于理解供应链的概念。最后，本章从快速发展的经济、多元的社会价值观、快速更新的技术以及日渐成熟的消费者等多个角度分析了为什么要实行供应链管理，理解它们有助于读者理解供应链管理在企业管理和个人成就方面具有极大的启发意义。虽然本章尽可能全面地介绍有关供应链管理的实践现状和发展趋势，但毕竟时代在飞速发展，结合供应链管理的创新仍不断涌现，本章中提及的内容难免挂一漏万，有关供应链的更多理念还有待读者开发和实践。

**关键术语**

全球化（Globalization）　　　　　　物流（Logistics）

供应链（Supply Chain）　　　　　　轻资产运作（Asset-Light Strategy）

供应链管理（Supply Chain Management）

**思考与练习**

1. 供应链管理的发展是一个循序渐进的过程，过去几百年中的诸多经济学家和管理学家的思想仍在闪光，请仔细思考供应链管理的本质特征是什么？

2. 什么是供应链管理？它在哪些方面对传统的企业管理和商业运营模式进行了创新？

3. 物流和供应链的差别是什么？它们之间又存在哪些联系？

4. 马云认为"未来是一个以小唯美的商业时代"，如何从供应链的角度去理解这句话的含义？

5. 电子商务是信息时代一个伟大的商业应用，它与供应链的结合将创造更多的商业模式，请从现在开始构建一个你的创业方案。

# 本章案例：沃尔玛之盛与凯马特之衰

沃尔玛百货有限公司由美国零售业的传奇人物山姆·沃尔顿先生于1962年在阿肯色州成立。沃尔玛从"5~10美分"的廉价商店起步，从一家名不见经传的街头小店，经过四十余年的发展，已逐渐成为包括折扣商店、购物广场、山姆会员店、家居商店等四种形式的世界上最大的连锁零售商。

沃尔玛诞生之初，店面不足400m²，而此时零售业的巨头凯马特（K-Mart）公司在密歇根州底特律开设了第一家"打折店"，帮助其在之后的十几年内稳坐美国零售业头把交椅的同时也成了业界同行眼中"折扣营销模式"的鼻祖与楷模——沃尔玛也都在设法揣摩凯马特的经营思路。

但在2002年，沃尔玛在连续两年屈居亚军后，终于在《财富》杂志评选的世界500强企业中，成功登顶，但命运似乎总是这么巧合，就在同年，也就是2002年1月22日凯马特申请破产保护。一正一反间，我们看到的除了两家零售巨头的兴衰史，更应觉察两者背后的实力差距。

凯马特之于零售业，正如福特之于汽车业。它是现代超市型零售企业的鼻祖，曾经是世界最大的连锁超市、世界最大的零售企业、世界首家使用了现代超市收款系统，而且综合性零售企业的行业标准一度是由凯马特创立的。

固然凯马特衰落的原因是多方面的，但其中最重要的因素之一就是在20世纪八九十年代，凯马特把本应用于投资新技术、新设备、新地产和改善后勤物流体系的巨额资金，都用来大肆收购书店、体育用品店、办公用品店和家用商品店，希望通过向8个不同领域的拓展进一步带动利润增长。谁知得不偿失，由于经营不善，没过几年，这些"外来户"就被全部售出，凯马特也开始出现亏损。而与此同时，沃尔玛始终致力于供应链的完善，利用高新技术来完善公司的物流配送，为此甚至在1987年建立起了美国最大的私人卫星通信系统之一，以便随时调出查阅全球4 000多个店铺的销售、订货、库存情况。通过商店付款台激光扫描器售出的每一件货物，都会自动记入计算机。而当某一货品库存减少到一定数量时，总部的系统会协调发货中心在 36 小时内将商店所需货品呈现在仓库的货架上。这一系统使沃尔玛快捷地管理自己的供货链，除可以在库存减少时自动订货外，还可以使沃尔玛发现新的营销机会。

沃尔玛之兴盛与凯马特之没落，如果一定是有个变量在其中产生作用，那一定就是供应链了。凯马特忽视自身物流体系建设，却热衷于收购周边领域企业；沃尔玛重视自身体系建设，积极引进高新技术完善供应链，不得不说两者对于供应链管理的态度很大程度上决定了两者的命运的迥异。

资料来源：曹国熊，等.沃尔玛霸业［N］.中国商业，2005；沃尔玛零售帝国.百度文库.经编者修改整理。

**案例思考：**

1. 沃尔玛兴盛的因素有哪些？
2. 凯马特从业界巨头迅速衰落是其决策造成的还是对供应链轻视造成的？
3. 沃尔玛是否也会重蹈凯马特的覆辙，凯马特是否有机会重塑辉煌？
4. 请任意选择一家国内的连锁零售企业，分析它与沃尔玛的供应链的区别？

# 第二章　供应链管理的焦点与核心运作理念

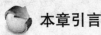 **本章引言**

在企业实际管理中，纷繁复杂的流程运营往往让试图改变的管理者无所适从。结合20多年业界的实践以及学者的研究，可以主要从三个方面，即库存（Inventory）、信息（Information）和不确定（Uncertainty），来对供应链运作以及管理进行聚焦。

目前已经没有一家企业能够单独从事从零件组装到销售等所有的运营管理，亚当·斯密的"社会分工"现象在供应链管理中处处可见，尤其是伴随着对物流、资金流和信息流三者协同的重视，企业开始更多地思考供应链管理的运作方式。而通过大量实践，企业家逐渐发现战略联盟、同步化和柔性这三个理念对供应链管理具有很高的指导意义。

这将是供应链竞争的时代，几乎所有的企业一直都在致力于建立或者重建属于自己的一条优秀供应链。那么，优秀的供应链应当具备哪些特质？7-11便利店的供应链就是一个很好的实践案例。

 **学习目标**

- 理解三大焦点的重要性及三者之间的关系
- 了解供应链中的信息和不确定是如何影响企业的库存水平的
- 掌握供应链管理的三大核心运作理念
- 了解什么是供应链柔性以及如何构建供应链柔性
- 理解优秀供应链应具备哪些特质
- 了解优秀供应链的实践

## 第一节　供应链管理的焦点

### 一、焦点之一：库存

一位供应链管理经理对库存有过这样的描述："库存是一个即便你发烧到39.5°也不能忘记的单词。"管理中大多数错误的决策最终都会归结到库存，由此可见库存在供应链管理中的重要性。

（一）无处不在的库存

几乎供应链中每一个环节都存在着库存：从原材料到零部件，从半成品到制成品中都可以看到库存的影子。为获得市场份额、维持客户服务水平，供应链成员企业——供应商、制造商、分销商和零售商都建立了不同形式的库存，据相关研究表明：对于制造型的供应链，库存占据了 80% 以上的运营成本。图 2-1 给出了供应链各个环节中的库存分布情况。

思科、索尼等企业就曾因库存管理不善而造成巨额亏损，但许多供应链管理的实践者在痛恨库存积压的同时却不得不承认它是一个"必要的恶魔"。库存一方面能够提高供应链的盈利水平和市场反应能力，但另一方面库存也掩盖了企业管理中的诸多问题，如产品质量缺陷、生产流程不合理以及物流配送不及时等。

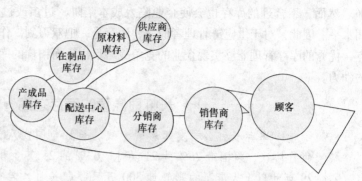

图 2-1　供应链各个环节中的库存分布

例如，服装的色彩和款式通常具有非常强烈的季节性和流行趋势。20 世纪 80 年代日本连续剧《血疑》热播后，"幸子衫"和"大岛茂包"在全国热销，拥有较多库存的零售商获得了高额收益。产品热销使零售商和制造商加大了订货量和生产量，但随着"幸子潮"的消退，市场需求急剧下降，导致整条供应链积压了大量的库存，损害了整条供应链企业的财务绩效。而这样库存积压的例子也出现在 2009 年我国连续剧《潜伏》热播后绿色小台灯的供应链各个环节中。

（二）为什么要维持库存

在一个完美的供应链库存管理中：原材料（和产成品）能够以任意数量交付且百分之百准时；制造商拥有平稳且完美的生产计划，产能能够得到百分百的利用，上下游企业生产流程的衔接没有任何缝隙；完美的物流配送能够准时高效地完成产品交付任务，没有任何的货损出现……

但以上仅仅是企业运作中的"乌托邦"，现实情况却与上述描述大相径庭，供应链运作过程中总是不停地面临着各种变化和不确定。那么，企业如何克服这种变化和不确定性呢？答案是"库存"。库存之所以存在是因为供应链中供给和需求是不可能完全匹配的，库存给企业在不确定环境中的运作提供了一个"缓冲"地带，保证了企业各项业务得以平稳运行。没有库存，企业生产过程将面临原材料短缺的风险；没有库存，客户将饱受得不到产品、漫长的提前期和延迟，以及产品种类减少之苦；没有库存，整条供应链将面临"断裂"的可能……

库存在供应链中不同环节的表现形式大致可以分为生产库存、循环库存、安全库存、季节性库存和投机库存[⊖]。从供应链运作角度来看，维持适当的库存能够给企业多项业务高效运作提供更高的灵活性：从采购端看，大批量采购能够获得供应商的价格折扣，同时库存一定量的原材料也可以"对冲"一些大宗原材料的价格波动，从而降低产品的生产成本并因此获得更多财务利润；从配送端看，将库存放在离客户更近的仓库中能减少提前期，并使运送成本更低；从生产端看，适当的原材料和半成品库存能够保证生产的不间断运行，由此带来产能充分利用和降低生产变更成本；从销售端看，必要的库存能够保证客户能够及时得到产品或零部件服务，降低缺货成本，从而维持高水平的客户满意度。

---

⊖　有关供应链库存管理的理论，请参见本书第十章"经典的供应链库存管理模型"和第十一章"供应链库存系统的设计与实践"。

综上，维持一定量的库存通常能使供应链对客户更具应变能力，并可以提高客户服务水平。然而，不合理的库存也会使企业陷入成本陷阱，过多或过少的库存都会影响到企业的利润水平。因此，对于供应链管理者而言，库存是一把双刃剑。作为供应链管理中一个重要的焦点，优秀的库存管理能够实现企业的竞争战略目标，而糟糕的库存管理将使企业丧失持续经营的动力。

### ● 长虹显像管的库存之殇 ●

1998 年长虹公司发起彩管大战。长虹与国内八大彩管厂签订了垄断供货协议，将国产 76% 的 21 英寸、63% 的 25 英寸和几乎所有 29 英寸及 29 英寸以上大屏幕的彩管计 300 万只收归长虹，希望通过垄断彩管获得市场主导。

但市场信息瞬息万变，原先违法的彩管走私成为合法，国内八大彩管生产供应商偷卖已属于长虹的彩管，结果彩管存货急剧上升、价格大幅下跌，长虹反受其害，据相关报导，长虹因此背负了近 70 亿的库存压力，致使股票市值大幅缩水。

资料来源：百度文库中的长虹、康佳和美的的竞争战略，经编者修改整理。

## 二、焦点之二：信息

《潜伏》等谍报题材影视作品中到处贯穿着信息的获取和甄别，对于企业而言，信息同样是管理者做出各种运营和战略决策的重要依据。信息流是供应链管理的另一大焦点，及时、准确的信息在供应链库存和不确定性管理过程中占有举足轻重的地位。

### （一）信息成就供应链

供应链中零售商、分销商、制造商以及其他参与企业间之所以能够协同运作，很大程度上依赖于各种信息在供应链中的传递。高效的信息流管理在很大程度上影响了供应链管理者的，如网络设计、战略计划、与供应链伙伴之间的合作等战略计划问题，同时也能优化供应链中其他两个"流"——资金流和物流的正常运作。

### ● 壳牌公司的库存管理信息系统 ●

壳牌公司为客户提供了一个名为供应商库存管理订货网络的库存管理信息系统，以简化客户采购流程，削减供应链成本。利用该系统，客户的库存信息与壳牌实现共享：每天晚上，在客户的信息系统中的有关消耗量、现有库存水平、未来用量预测等信息发送到壳牌公司的信息系统中；壳牌公司根据库存信息向客户进行自动补货，客户则依据系统记录的消耗量与壳牌进行电子结账。

信息共享使双方都产生了巨大的价值：客户降低了因预测不确定而必须建立的安全库存，由此降低了管理成本；壳牌则因此强化了与客户

　　的关系，增强了客户的忠诚度。
　　　　资料来源：大型石油企业的战略信息化管理，中国行业研究网，经
　　编者修改整理。

　　信息就像一条纽带，将不同的企业连接起来从而形成了不同的供应链，优秀的信息流管理能够使供应链中不同企业间的运营实现"无缝对接"。通过信息共享，供应链中各节点企业能够准确地获取并利用供应链中的库存水平、订单、生产和交货等方面的信息，有利于减少供应链中的不确定性：供应商可以根据制造商的生产计划进行物料的配送；制造商可以根据销售商的市场信息制订合理的生产计划；销售商也可根据市场需求制订有效的营销策略……

　　（二）供应链管理中的信息质量

　　复杂多样的信息经常使得管理者无从下手，因而甄别出供应链中高质量的信息一方面能够降低库存，如在对订单的处理过程中以信息交流来取代实体产品的流动；另一方面，真实准确的信息和透明的信息平台的基础，保证了供应链中各企业实现资金的良性循环流动。相反，扭曲的信息则会影响供应链的整体绩效。

　　针对供应链管理中所需的信息质量，可以定义为：将正确的信息在正确的时间和地点，以正确的数量和形式，以及正确的成本传送给正确的合作伙伴。

图 2-2　供应链管理所需
信息质量特点

　　由此可见，供应链中共享的信息质量应该是，信息必须是可获得的、相关的、准确的、及时的和可传递的（如图 2-2 所示）。

　　（1）可获得的。信息对于有正当需求的供应链管理者来说必须是可以得到的，不管是通过第三方信息提供者或者自建信息系统。例如，家电生产巨头惠而浦（Whirlpool）通过一个销售信息系统获得销售商每日的销售信息，以便安排设备的运送和安装。

　　（2）相关的。供应链管理者必须拥有相关的信息，以做出决策。他们必须知道什么信息是自己所需要的，而且能够迅速得到那些只对自己目前状况有用的信息，这样做的目的是避免被无关的、对决策者没有用的数据所淹没并浪费他们的时间。

　　（3）准确的。信息必须是确切的，并描述现实的，否则做出恰当的决策是相当困难的。信息失真会导致库存不足、运输延迟、政府惩罚及客户不满意。

　　（4）及时的。信息必须是在合理的时间框架内不断被更新和有效的。2001 年飞利浦公司芯片厂的火灾发生之后，诺基亚公司得此信息后立即在全球范围内寻求备用供应商并以此击败其瑞典的老对手——爱立信公司。

　　（5）可传递的。正如将一种语言翻译成另一种语言一样，供应链管理者需要具备将供应链数据从一种形式转换为另一种可理解的、有用的形式的能力。丰田公司在生产过程和供应商产品配送过程中大量使用了"看板"管理工具，其目的就是要实现汽车生产过程中供应商和丰田公司的同步化作业。

### 三、焦点之三：不确定

许多历史学家认为"世界因不确定性的存在而变得丰富多彩"，但不确定性却是任何企业都不愿意看到的，管理者希望供应链的运作是平稳而有效的。然而众多"黑天鹅"事件却在一直伤害着供应链，因而管理"不确定性"成为供应链中的又一焦点。

#### （一）无法避免的不确定

谁都不会想到一个闪电影响了手机巨头爱立信公司的命运：2000 年一个闪电击中爱立信唯一的无线射频芯片供应商，雷电引发火灾影响了爱立信手机的生产并引起股价大幅下挫，致使爱立信公司在和诺基亚公司的竞争中败北而不得不退出传统手机市场。

供应链上的不确定性可表现为衔接（Connection）和运作（Operation）两种不确定[一]：

1. 衔接不确定

供应链中的衔接不确定性集中表现在企业之间的独立信息体系所产生的"信息孤岛"现象。为了竞争，企业总是为了各自的利益而进行资源的自我封闭（包括物质资源和信息资源），企业之间的合作仅仅是贸易上的短时性合作，人为地增加了企业之间的信息壁垒和沟通的障碍。

2. 运作不确定

系统运作不稳定是组织内部缺乏有效的控制机制所致，控制失效是组织管理不稳定和不确定性的根源。为了消除运作中的不确定性需要增加组织的控制，提高系统的可靠性。

供应端、生产端、配送端和需求端的不确定是引发供应链"黑天鹅"事件的 4 个主要来源，并且具有不同的表现形式[二]。

（1）供应不确定。供应端的不确定主要表现在原材料（或零部件）供应提前期、供应数量和质量的不确定。导致供应不确定的原因有很多，如供应商的生产系统发生故障、物流环节的梗阻以及供应商的供应商在交付过程中遇到的障碍等。

（2）生产不确定。生产端不确定性主要表现在制造商本身的生产系统的可靠性上，如机器的故障、计划执行的偏差以及生产质量的控制等。

（3）配送不确定。配送端不确定性主要表现在影响配送质量的内部和外部性因素，如恶劣的天气、政治动荡、恐怖袭击等造成配送的延迟、货损率的大幅提升等。

（4）需求不确定。需求端不确定性主要表现在需求预测的偏差、购买力的波动、从众心理和个性特征等。任何需求预测方法都存在这样或那样的缺陷，无法确切地预测需求的波动和客户心理（如 2003 年非典事件造成国内口罩需求量的非正常波动）。此外，供应链中不同的企业对需求总是进行独立预测，而这进一步恶化了供应链的整体预测能力，造成供应链的库存出现了极大的异动，而这种异动被称为"牛鞭效应"[三]。

供应链上的不确定性（如图 2-3 所示），不管其来源于哪方面，从根本上讲是由以下 3

---

[一] 王国文，等. 供应链管理：采购流程与战略［M］. 北京：企业管理出版社，2006.

[二] 【推荐阅读】纳西姆·塔勒布. 黑天鹅：如何应对不可知的未来［M］. 万丹，译. 北京：中信出版社，2008.

[三] 参阅本书第四章第二节"供应链管理的牛鞭效应"。

个方面的原因所造成：

（1）需求预测能力的偏差。剧烈波动的市场环境导致预测的失败，极短的产品生命周期加大了需求预测的难度。数据收集的缺失恶化了需求预测的精度，预测的时间越长预测结果越差。此外，预测模型和方法对预测也存在较大影响。

（2）决策信息的可靠性。信息的准确性对预测同样造成影响，下游企业与客户接触机会越多，可获得的有用信息越多；远离客户需求，信息可获性和准确性越差，预测的可靠性越差。

（3）管理者的决策质量。任何决策者的知识都存在偏差，依照以往成功经验进行的信息筛选和决策并不意味着未来必然成功。另外，心理学的一些研究成果也证明了决策者的有限理性，在一些突发事件和"世俗惯例"的影响下，管理者往往会做出一些非理性的决策或者采取消极应对的"羊群策略"，而这却进一步加剧了供应链中的不确定性⊖。

图 2-3  供应链中的不确定性

## （二）不确定性与库存的关系

供应链的库存与供应链的不确定性存在非常密切的关系，下面就来分析供应链运行中的衔接和运作不确定性对库存的影响。

### 1. 衔接的不确定性对库存的影响

由于供应链中各企业间运作衔接的不确定，企业不得不为应付不测而建立库存，库存的存在实际上是信息拥有和传递过程中出现的不确定性。

虽然企业各个部门信息的交流与沟通相对充分，但这远远不够。在现实供应链管理过程中，信息交流突破了单个企业的边界，更多的是在供应链各节点企业之间进行传递。信息共享程度差是当前供应链管理中不确定性增加的一个主要原因。为了消除衔接不确定性，需要增强企业之间的合作性，充分做到信息共享。基于信息共享建立的合作伙伴关系可以有以下作用：

（1）对于上游企业而言，来自下游企业提供的需求信息，可以帮助其制订更为精确且更为平稳的生产计划，并以此确定高质量的采购计划，同时可以降低因为不确定性而需建立的额外产品库存和预留过多的冗余生产能力。

（2）对于下游企业而言，向上游企业提供综合和稳定的需求信息，能够降低安全库存水平的同时仍可保证较高的客户服务满意度。因为信息共享而降低的不确定性将进一步影响

---

⊖ 【推荐阅读】奥瑞·布莱福曼. 摇摆：难以抗拒的非理性诱惑 [M]. 鲁刚伟，等译. 北京：中信出版社，2009.

到上游企业产品的研发和生产。

信息共享实现了供应链的协同运作，将原本存在企业间的衔接不确定性纳入到供应链的整体之中，供应链中所有企业的库存水平都可因此而降低。

2. 运作的不确定性对库存的影响

供应链企业之间的衔接不确定性可以通过建立合作伙伴关系的供应链联盟得以削减，同样，这种合作关系可以消除运作不确定性对库存的影响。当企业之间的合作关系得以改善时，企业的内部生产管理运作也可大幅改善。

对于供应商而言，制造商与其分享的生产计划能够更好地帮助其原材料的采购和管理。原材料供应时间和数量的确定，使得供应商在组织其生产、配送方面做到"心中有数"，而这反映在供应商的库存管理方面表现为，原材料的库存采购计划更为合理，配送时间表更为明确。

对于生产商而言，与供应商的合作将提高企业生产控制系统的稳定性。供应商的物料投递更为精确，生产线上在制品和原材料的积压更少，产成品的质量更为稳定。一条干净且富有节拍的生产线无异于一种美的享受。

对于物流企业而言，物料投递时间表的明确也大大降低了物流企业管理的复杂度，伴随而来的是更为高效的配送服务。而对于供应商和生产商而言，"在途库存"将大为减少。

通过上述就不确定性对库存影响的分析可以发现，共享的信息能够降低整条供应链中企业的库存水平。要达到上述目的，需要供应链中的企业增加信任，提高库存决策信息的透明性、可靠性和实时性，而所有的这些都需要依靠供应链企业之间的协作。

# 第二节　供应链管理的核心运作理念

## 一、理念之一：战略联盟

供应链管理不再是企业经营和职能领域内的问题——今天它已经是需要引起高层决策者重视的战略性问题。沃尔玛（Wal-Mart，极低的供应链成本），微软（Microsoft，虚拟制造和物流）和亚马逊（Amazon，在线购物）通过战略联盟将供应链上所有的参与方连接起来，并利用高效的供应链管理信息系统实现了供应链整体的优化。

（一）供应链联盟的动因

关于供应链联盟的动因有很多种解释，如提升企业的竞争力、获得规模经济的同时分担风险与成本以及低成本进入新市场等。但综合现代市场竞争的特点，我们认为供应链联盟的动因在于两个方面，即快速响应市场和加强企业核心竞争力。

1. 快速响应市场

20世纪90年代以来，技术（尤其是互联网和通信技术）的迅猛发展以及经营管制不断解除，企业在全球化竞争的趋势下，产业之间传统的界限已经被打破，供应链管理者需要充分利用链中企业的竞争优势，快速组合产品和服务的供应链以快速应对市场的变化。

汽车备件服务的高额利润要求汽车制造商对消费者需求进行快速响应，否则将在未来很长一段时间内失去客户。丰田公司通过与其零部件供应商之间的联盟，充分利用了供应商的专长，将大量自己不擅长的零配件等的设计和生产任务通过外包给更擅长于此的企业来完成，而自己则集中力量于自身的核心竞争优势（如汽车平台研发和整车制造）。快速新产品的设计和制造，使得丰田推出新车的速度领先于全球其他汽车厂商，快速响应市场使得丰田成为全球最大的汽车制造公司。

"唯快不破"和"快鱼吃慢鱼"的经营理念开始深入人心，并在电子商务的催化之下越发明显。供应链管理者正在重新考虑利用互联网重塑商业模式，将企业内部运作流程与供应链上下游企业的运作流程进行无缝连接，通过资源和信息共享，消除重复以及促进更快的信息流以及最终实现顺畅的商品流。亚马逊（www. amazon. com）依赖于精准的产品推荐系统向消费者快速推荐产品，并通过其强大的供应商管理体系和物流配送体系成为全球最大的在线图书销售商。

2. 加强企业核心竞争力

经济全球化使许多发达国家企业出于成本和利润的考虑，不再追求完整地占领一个产业，而是根据自身的核心竞争力抢占某个产业中的高技术和高附加值的生产经营环节，把其余环节留给其他企业，"轻资产"运作成为当前供应链管理中最热门的企业运作方式之一。

### ● PPG 供应链轻资产运作的成和败 ●

PPG 一无厂房，二无设备，三无门店，只是有市场部、设计部、呼叫中心及仓库。那就是轻资产的商业模式，甩掉庞大、笨重的制造业务，专注于销售、产品品质监控和品牌建设，靠后端业务的拉动来促进公司及整个行业的发展。

自 2005 年成立以来，PPG 曾创造了成立不到两年日销售突破 1 万件男装衬衫的业绩，而辛苦耕耘三十年的雅戈尔日销售量也仅有 1.3 万件。

但昔日的明星"轻"企业 PPG，因为质量控制难度大、品牌形象难以深入人心、服务水平难以保障、供应链成员利益难协调等问题，终以资金链断裂等负面新闻淡出人们的视野。

此外，我们也越来越多地观察到多个领域中的强者通过联盟的方式增强了彼此的核心竞争力，并占据更多的市场份额。

微软公司和英特尔公司的"WINTEL"联盟，提升了双方的核心竞争力：功能更强的 Windows 操作系统可增加英特尔 CPU 的市场需求量，同时也只有在英特尔生产出更快 CPU，微软的 Windows 操作系统才会更有价值。苹果与 AT&T 之间的联盟也很大程度上扩大了彼此产品和服务的市场竞争力。

（二）供应链联盟表现：横向集成

供应链联盟让企业快速适应了商业环境的变化，同时进一步增强了自身核心竞争力并以此创造了更大的价值。PPG 能够在短时间内获得成功，很大程度上依赖于先前与制衣厂、广告商的供应链联盟，通过集成化运作提升了供应链整体的市场竞争优势。横向集成（Horizontal Integration）是供应链联盟最重要的表现形式之一，因此有必要了解一下横向集成的来龙去脉。

### • 全球化背景下的供应链横向集成 •

20世纪80年代以来，大多数企业开始对"纵向一体化"模式进行供应链改造。中国等发展中国家市场经济的崛起，贸易和投资壁垒的降低为跨国企业进行全球化供应链建设降低了门槛，"横向集成"成为适应经济全球一体化趋势的重要企业经营理念，而通过联盟伙伴关系的确定，"横向集成"实现了供应链一体化运作的理念。

供应链一体化是一种"横向集成"的一种外在表现形式。一方面，"横向一体化"在形成和完善的过程中吸取了"纵向一体化"模式的某些合理内容，如降低机会主义概率，减少不确定性损失，保持目标的一致性，技术和物流一体化，易于形成优势资源堡垒等。"横向一体化"是新经济环境下的一种新思维，企业必须横向集成外部相关企业的资源，形成"强强联合，优势互补"的战略联盟。

另一方面，"横向集成"又是对"纵向一体化"模式的创新，这些创新克服了"纵向一体化"模式所具有的结构僵化、反应迟缓、负担过重的官僚主义弊端，增强了企业组织结构的柔性，形成了以核心竞争力管理为基础的集成化功能网络结构的利益共同体；改变了"纵向一体化"模式的单向性、封闭性缺陷，提高了信息流、资金流和物流双向性流动，实现了协作者之间的资源共享和运行的协调一致；革新了传统的以生产推动为动力的"推销机制"，形成了以客户为导向的"需求拉动机制"，增强了市场反应的能力。

横向集成的供应链联盟具有以下四个特征：

1. 行为的战略性

供应链联盟是一种旨在为企业创造长期竞争优势，属于公司层面战略的长期性安排。横向集成的着眼点是在经营活动中积极地利用外部经济资源，改善供应链整体共有的经营环境和经营条件。

2. 合作的平等性

供应链联盟是各方在资源共享、优势互补、相互信任、相互独立的基础上，通过事先达成协议结成的一种平等关系，从根本上改变了合资、合作企业之间依赖股份多少，或依其控制力强弱来决定母公司与子公司之间的不平等关系。

3. 范围的广泛性

横向集成的供应链联盟伙伴不仅包括企业，同时也包括大学、研究机构，甚至是不同所有制企业之间的联盟等；联盟的目标指向也不再局限于单一产品或产品系列，而更多地集中于知识的创造。横向集成目的在于创造供应链各环节的价值，从研究开发到售后服务。

4. 竞争的根本性

合作是为了更好的竞争，战略联盟是合作竞争组织，竞争是其根本属性。而且联盟企业之间的合作并不一定是全方位的，可能在某些领域合作，而在另一些领域竞争；也可能一边合作，一边竞争。横向集成提供了一个供应链联盟的有效退出机制，而这种退出机制更像是一种"积木的重新组合"，因此合作通常在一个约定范围内进行。

（三）供应链集成化运作理念

集成化供应链管理的意义在于通过供应链节点企业之间的有效合作与支持，提高供应链物流、商流、信息流、资金流的畅通和快速反应，提高价值流的增值性，使所有与企业经营活动相关的人、技术、组织、信息以及其他资源有效地集成，形成整体竞争优势。在市场竞争中，各成员把主要精力用在凝聚自身的核心竞争能力上，达到"强强联合"的效果。因此，可以说，供应链管理是一种基于核心能力集成的竞争手段，各成员都可以从整体的竞争优势中获得风险分担、利益共享的好处。

把集成化运作理念用于供应链管理，要求供应链上的节点企业摒弃传统的管理思想和观念，通过信息技术把所有供应链成员的采购、生产、销售、财务等业务进行整合，并看做一个整体的功能过程而进行供应链管理。企业应该把自己看做是整个供应链中的一员，和其他成员一起共享信息，协同计划和处理业务流程，以一种全新的商业运作模式一起为最终的客户提供快速灵活、高效的支持和服务。

要实现上述这一切，建立集成的跨企业的支持系统无疑是至关重要的一步。但需要注意的是信息化仅是实现供应链集成化运作的手段，缺乏一个有效的供应链联盟体制，任何一种管理的"利器"也无法发挥其功效。

### ●━━━ 通过信息化实现供应链集成化运作 ●

20世纪90年代以来，随着管理信息系统市场的日益成熟，企业更倾向于以购买现成的应用系统的方式来替代以前的自主开发的模式。但由于缺乏统一的规划，这些系统往往也是自成一体，很难与其他系统进行信息交换和集成。

而当前国际市场上的收购和合并风潮更使得IT部门面对集团内部众多不同技术、不同结构、不同应用的信息系统而难以应付，想象一个以Oracle和Solaris技术为主的企业收购了一个以SQL2000和Windows2000技术为支撑的企业，系统之间的信息如何交换和共享。

系统之间缺乏集成最直接的后果就是成倍的增加工作量，往往需要从一个系统打印出报表，再手工输入到另一个系统中。在此过程中又不可避免的产生错误，影响了数据的准确性。更严重的后果是降低了企业的运营效率，使得企业失去了在纷繁多变的市场上竞争的基础。

资料来源：供应链集成. MBA智库. 经编者修改整理。

## 二、理念之二：同步化

（一）同步化供应链

供应链中的各成员企业承担着不同的业务职能，它们在供应链上的地位和利益存在着差异，对商品相关方面的了解各有侧重。例如，生产企业更了解商品的性能和生产、工艺等方面的技术及其发展，物流企业更了解商品运输和仓储管理等情况，而零售企业则对市场需求更加熟悉，这必然导致不同企业基于同样数据而做出不同的预测和判断。这种预测上的差异将直接导致一些企业的经营损失和无效管理。

近年来，随着供应链运作模式逐渐在全球的企业中推广和应用，供应链管理越来越接近无缝化，从而促进供应链整合程度的不断提高，同步化供应链运作正好体现了这一点。

同步化供应链管理是一种供应链计划和运作管理的新哲学，通过共同管理业务过程和共享信息来改善供应链合作企业的伙伴关系，最终达到减少库存，提高供应链运作绩效的目的。在企业管理和学术界对"供应链同步化运作"并没有一个统一的认识，下面的两个案例将有利于进一步的认识同步化。

（二）宝洁与沃尔玛的同步化

1980 年沃尔玛公司向宝洁（P&G）公司建议，希望宝洁能够主动补充沃尔玛货架上的"帮宝适"纸尿布，这样沃尔玛可以不用每次经过订货手续，只要货架上的尿布一卖完新货就到，超市可以每月根据销售情况支付宝洁支票。于是两家公司开始尝试将双方的计算机系统连接起来，制作了一个自动补充"帮宝适"纸尿布试用系统。试用结果大出两家公司的预料，沃尔玛省去了频繁的订货和库存操作，而宝洁也获得了第一手的市场需求信息。由此宝洁和沃尔玛同步化的"纸尿布"供应链管理就拉开了序幕。[⊖]

1987 年，宝洁副总裁拉夫·德雷尔（Ralph Drayer）决心把"尿布"系统扩大，以便覆盖它们所有的下游经销商和日用品销售商。德雷尔这样解释道："零售业上下游企业买卖的手续过于繁琐，尤其是对多家、多样商品的买卖，不但复杂而且费时耗力，要付出很高的成本"。因此，宝洁希望革新它们的旧供应模式。然而宝洁要完成这样的供应模式并非易事，德雷尔面临的第一个挑战就是要树立一个真正的成功榜样。宝洁与沃尔玛一拍即合，开始自动送货的合作，"连续补货"的概念就由此产生了。

宝洁与沃尔玛这两家最大卖主和买主彼此信任，不断尝试用更有效率的做法来降低库存、运费和其他不确定性因素。事实证明，自从宝洁与沃尔玛实行产销联盟以后，沃尔玛店铺中宝洁纸尿布的商品周转率提高了 70%，与此相对应，宝洁纸尿布的销售额也提高了50%，达到了 30 亿美元，并成为纸尿布的头号制造商。宝洁与沃尔玛之间的产销联盟所产生的另一个重大积极作用是，以这两个企业为中心，彻底打破了当时在美国流通领域占统治地位的以双环节为主的多环节流通体制。

（三）丰田的同步化

2008 年，丰田公司汽车产量超过美国通用公司一举成为世界头号汽车制造商，而帮助丰田获此殊荣的正是丰田生产模式（Toyota Production System，TPS）。而今世界上任何一家汽车制造厂，无论是日本本土汽车制造企业，还是美国、欧洲、亚洲的汽车制造企业，都在学习丰田的生产模式，丰田也因此雄踞哈佛、斯隆等众多国际商学院重点学习案例长达 20年之久。而丰田 TPS 模式的精髓正是其供应链的同步化运作理念。

　⊖　罗松涛，等. 供应链管理 [M]. 北京：对外经济贸易大学出版社，2008.

### ●丰田通过产业聚集实现供应链同步化运作●

　　在日本，丰田汽车公司约 80% 的零部件是由分包协作企业生产供应的，但是这些分包协作企业大都坐落在丰田汽车公司的所在地——爱知县的丰田市。丰田市的市区东西宽 22km，南北长 24km，是爱知县境内面积仅次于名古屋的新兴工业城市。丰田市没有所谓的闹市，除了银行和几家商店以外，其余的一切都与丰田有关。丰田市拥有分属于 144 家公司的 160 个工厂，其中 86 家公司的 104 个工厂是生产汽车及汽车零件的。

　　这些工厂以丰田汽车公司总厂为中心一环一环地分布，形成了一个直径 10km，面积 800 万 m² 的丰田工业区。区内公路纵横交错，很便利地将丰田公司的汽车总装配厂与生产汽车零部件的工厂连接起来，零部件在很短的时间内即可运抵需要它的装配线，因此可以实现"在需要的时刻，按照需要的数量，生产需要的合格产品。"

　　资料来源：张丽莉. 丰田汽车产业集团的发展及启示 [J]. 汽车工业研究. 2005，3：2～7. 经编者修改整理。

　　丰田汽车公司利用供应商集群这种方式，使数目众多的生产配套企业在一个相对狭小的地域内按照专业化协作紧密地连接起来，从而形成一个相距不远但又分属于不同经济实体的有机联盟。这样的生产组织体系使丰田汽车公司的库存大幅度降低，根据美国麻省理工学院国际汽车研究小组的调查，丰田汽车公司任何零部件在制品的库存时间只有 2～3 小时，而且库存备用品几乎为零。其次，由于地理接近性更容易进行信息共享与人员交流协作，丰田汽车公司的产品生产周期被大大缩短了。同样的调查表明，丰田汽车公司每辆汽车的平均总装时间为 19 小时，而美国的汽车厂家需要 27 小时，西欧的汽车厂家平均需要 36 小时。

### 三、理念之三：柔性

　　2008 年初，中国南方突如其来的暴雪切断了沃尔玛公司（深圳）的供应链：大量的货物积压在总仓（配销中心），各个门店出现大面积缺货。沃尔玛公司高效的供应链管理一直为业界所称道，然而这次雪灾的应急管理却充分暴露了沃尔玛供应链的一个弱点：缺乏柔性！

#### （一）为什么供应链需要柔性

　　当今世界的发展变得越来越无法确定，无论是地震、火灾，还是战争、恐怖袭击，或是操作事故都会反映到供应链的"脆弱"上。近 10 年来，企业管理者和研究者越来越关注如何防范造成供应链收入大幅下降（甚至是商业完全失败）的"低概率"和"高风险"事件。为应对上述突发事件，可以想到的一个自然的逻辑，即事前防范和事后恢复。丰田公司和爱立信公司的实践表明，供应链柔性能够让企业做到这一点。

　　什么是供应链的柔性，英国沃里克大学的奈杰尔·斯莱克教授认为："供应链柔性就是供应链对客户需求做出反应的能力。"邓宁认为是："以客户为中心的多个企业在共同分享知识、资源的同时，所共同构建的能对变化的内外市场情况做出快速调整的一种供应链体系。"[⊖]

---

⊖　邓宁. 供应链柔性研究 [M]. 北京：中国财政经济出版社，2008.

但上述定义似乎过于学术化，为让读者明白究竟何为供应链的柔性，在此利用两个比喻对其进行描述：柳树可以随风摇摆，那么我们认为柳树是具有柔性的；弹簧在受力范围内拉伸后可以恢复原状，那么我们也认为弹簧是具有柔性的。

简而言之，供应链的柔性是指快速而经济地处理企业生产经营活动中环境或由环境引起的不确定性的能力。

------●  柔性供应链应该具备的特征  ●------

参照供应链柔性的定义，可以认为一条具有柔性的供应链应该具备以下三个特征：

1. 缓冲性：供应链能够以"不变应万变"，抵御环境的变化。

2. 适应性：当内部条件或者外部环境发生变化时，供应链能够在不改变其基本特征的前提下做出相应调整，以适应环境的变化。

3. 创新性：供应链能够采用新行为、新举措，影响外部环境和改变内部条件。

越来越多的企业家和研究者开始将柔性作为评价供应链绩效的一个重要指标，因为"没有柔性的供应链，意味着对危机没有免疫力"。

美国麻省理工斯隆商学院的尤西·谢菲教授认为，供应链柔性可通过三个层面来进行描述（如图2-4所示）。在战略层面上，供应链成员能够形成一个长期、有效的合作和决策机制，同时能够在"危机"出现的前后对风险和损失进行分担（也即激励机制）；在战术层面上，供应链成员能够共同制定一套可用于防范风险的运作程序；在操作层面上，则关注供应链运营过程中经常发生的、能影响供应链正常运作的一些因素。

供应链的柔性实质上是由供应柔性、物流柔性和制造柔性构成的（如图2-5所示）。供应链整体的柔性程度是由其三方面有形要素的柔性配置所决定的，当其中一方面出现反应不及时或者干扰了整体柔性时，供应链管理者可以通过优化其他两方面的方式来弥补其所带来的欠缺。供应链管理者唯一需要考虑和注意的便是如何正确地判断柔性与成本之间是否具有恰当的配比。

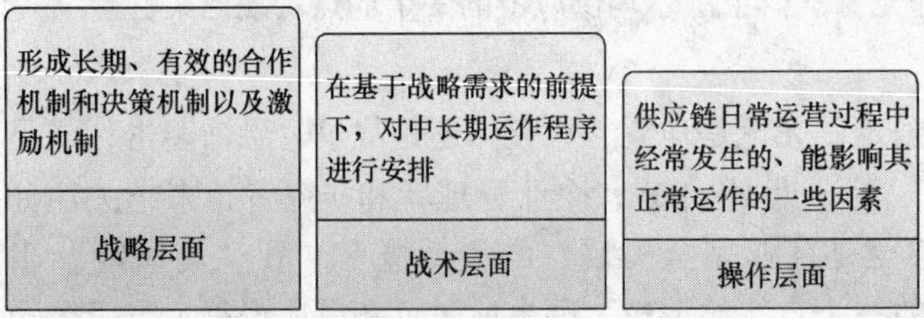

| 形成长期、有效的合作机制和决策机制以及激励机制 | 在基于战略需求的前提下，对中长期运作程序进行安排 | 供应链日常运营过程中经常发生的、能影响其正常运作的一些因素 |
|---|---|---|
| 战略层面 | 战术层面 | 操作层面 |

图2-4  供应链柔性的三个层面

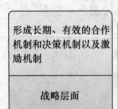

图2-5  供应链柔性三要素

（二）如何构建供应链的柔性[○]

到目前为止已经了解了供应链柔性的相关理念，但不得不承认，要构建一条具有柔性的

○ 尤西·谢菲. 柔韧：麻省理工学院供应链管理精髓［M］. 杨晓雯，等译. 上海：上海三联书店，2008.

供应链其实是非常复杂和困难的，而这也是为什么经常能从各大媒体上看到企业因各种原因而遭受损失。在讨论如何构建供应链柔性时，首先需要了解导致供应链柔性不足的原因有哪些。

导致供应链柔性不足的原因来源于供应链内外两个方面：①供应链内部的脆弱性；②供应链外部的脆弱性。供应链内部的脆弱性主要是由于内部各个成员之间缺乏协作以及信息不对称而导致的。而外部的脆弱程度则主要受到两个相关因素影响：供应源头与交付的复杂性；需求的不确定性或者说是需求预测的不确定性（如图2-6所示）。

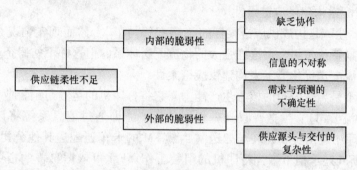

图2-6　制约供应链柔性不足的原因

综合爱立信、丰田等企业供应链的实践，可以通过以下三种方式（但绝不仅限于）来建立一条柔性的供应链。

1. 通过库存冗余构建供应链柔性

利用库存冗余来构建供应链柔性，或许有人会认为这是一个自损的方法，但不得不承认库存是一个"必要的魔鬼"，就像是为了防范风险而购买保险一样。

作为强生公司的客户，美国五角大楼要求强生库存一定数量的药品以备紧急情况（战争或大型灾难）使用。强生并没有区分战备和正常销售的药品，而是将它们放在同一个"库存池"，并采用卖一补一的库存管理策略（Sale One Stock One，SOSO）让强生每天的运营流程中好似并不存在这个库存，但又不会使库存品过期。强生对每个战备药品都定义了一个"红线"，当库存低于"红线"时，强生将不再接受医疗机构的订货请求，因为药品库存低于"红线"需要五角大楼同意，所以这一库存不用于补偿日常波动。由此可见，通过这个冗余的战备库存策略，强生获得了一个可以应付大型危机的药品供给，从而也获得了供应链的柔性。

2. 通过延迟制造构建供应链柔性

延迟制造的核心理念是，通过寻找不同类别产品的差异点，并尽可能地延迟产品差异点的生产时间。简而言之，共用的零部件可以提前生产，而产成品延迟到客户下达订单之后进行组装。图2-7显示了延迟制造技术如何使原来刚性的生产流程获得了柔性[⊖]。

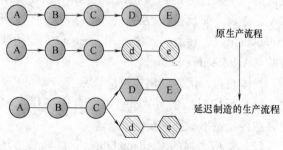

图2-7　延迟制造技术

⊖ 有关延迟制造技术实现供应链柔性的内容，请参阅本书第八章"大规模定制"。

戴尔公司的直销模式在一定意义上可以视为"基于延迟制造构建柔性"的典范。戴尔公司在收到客户个性化需求的订单后，立即向不同的供应商采购材料（即"可模块化的构件"A→B→C 采取提前生产），迅速进行客户化定制配置（即成型组装 D→E/d→e 的延迟），再由第三方物流配送。戴尔通过"延迟制造"以及在客户信息处理系统的支撑下，缩短了客户前置期，使得产品和服务能与客户的需求实现无缝对接，从而提高了其供应链的柔性（以及客户的价值）。

3. 通过物流配送构建供应链柔性

"物流配送柔性"是构成供应链柔性的"第三驾马车"，然而现实情况是，并不是每一家企业自身都能具备沃尔玛公司这样强大的物流配送体系，但这并不妨碍企业通过第三方物流公司提供的物流配送优化方案来构建供应链柔性。

例如，物流不是惠普公司的核心生产能力，它将打印机的运输与销售业务外包给 FM 公司（一家法国物流公司）。当惠普收到一份订单后，立即通过信息系统将订单信息传送至 FM，FM 则从仓库中调出货物并装车配送（当然 FM 的卡车还配送其他公司的产品）。不过更有意思的是，FM 还承担了惠普打印机的组装工作。FM 可依据惠普的指令在其配送中心完成客户的个性化要求（如打印机颜色、电源规格等），降低了物流配送端的等待时间，从而也增强了整条供应链的柔性。

# 第三节　优秀供应链的 4A 特质

20 世纪 80 年代后期，通信产品制造巨头——朗讯通过集中采购零部件、组装和测试的方式在俄克拉荷马州建立了一条高效率、低成本的供应链。到 90 年代末，朗讯却陷入了危机。导致其陷入危机的因素很多，可究其根本是因为朗讯没能随环境变化适时调整它的供应链：此时亚洲已经成为世界上增长最快的市场，但朗讯却没有在远东建立新的供应链。

朗讯的案例让人们意识到高效率、低成本的供应链并不等同于优秀的供应链；企业建立了高效率、低成本的供应链，并不一定能获得持久的竞争力。斯坦福大学供应链专家——李效良（Hau L. Lee）教授认为，一条优秀的供应链应具备如图 2-8 所示的"4A"特质，即反应灵活的（Agile）、适应力强的（Adaptability）、利益一致的（Alignment）、能构建价值的（Architecting Value）。

具体而言，优秀的供应链应该是：

（1）反应灵活的（Agile），能对市场供需状况的突然转变做出敏捷的反应。

（2）适应力强的（Adaptability），能随着市场结构和策略的变化而进行调整。

（3）利益一致的（Alignment），供应链中所有成员企业的利益趋于一致。

图 2-8　优秀供应链的"4A"特质

资料来源：Hau L. Lee. The Triple-A Supply Chain ［J］. Harvar Business Review，2004，Oct；李效良. 危机下的供应链战略 ［N］. 世界经理人. 2009 年 8 月；经编者修改整理。

（4）能构建价值的（Architecting Value），即企业要能根据不同的市场、不同的区域、不同的成本要求，设计出不同的、完整的供应链，从设计、制造、库存、物流等各个环节中都为供应链增加价值。

## 一、培养供应链的敏捷力

企业面对原材料供应和市场需求的变化迅速采取应对措施的能力，对于企业获得长期的竞争优势非常重要。现在大多数行业中的供需波动更频繁、幅度也更大，反应敏捷正在变得越来越重要。要建立一条敏捷的供应链，企业需要坚持以下六点准则：

（1）持续不断地向合作伙伴提供关于供应和需求变化的数据，使合作伙伴能够迅速做出反应。

（2）与供应商和客户发展合作关系，同供应链上的企业携手合作，设计或重新设计流程、部件和产品以及制订备份计划。

（3）实行"延迟制造"战略。

（4）利用廉价零组件来建立缓冲库存。

（5）建立一个可靠的物流配送体系或与第三方物流供应商建立合作关系。

（6）组建一个危机管理团队。

### ●H&M 和 ZRAR 敏捷的服装供应链●

自 20 世纪 90 年代以来，H&M 和 ZARA 每年的销售增长都在 20% 以上，其两位数的净利润率使业界为之羡慕。敏捷的供应链在两家公司的日常运营中扮演了极其重要的角色，进而使公司和竞争者做出了区隔：

其灵敏的设计流程（只要设计师指出可能的流行趋势，公司便能立即完成相应的草图和样品）使得公司在提前期上抢占先机：从产品设计到摆上货架，业界平均周期是 180 天，世界知名品牌一般是 120 天，而 H&M 是 21 天，ZARA 控制在 12 天之内，最快时甚至只要短短 7 天。同时，完善可靠的顾客数据库保证了较高的顾客满意度，减少了必须以折扣价销售的产品。而超级高效的物流配送体系则确保了应对刚性的需求波动时分配不会成为瓶颈。

H&M 和 ZARA 通过建立每一环节都反映灵活的"服装供应链"已经成为欧洲最赚钱的服装品牌。

## 二、提高供应链的适应力

自然界的"适者生存"法则，仍适用于企业的市场管理。希望供应链能够适应市场变化，那么企业可从以下几点出发来提高供应链的适应性：

（1）时刻关注全球经济的发展状况，寻求新的供应基础和市场。

（2）警惕牛鞭效应，面对"基础"消费者而不是面对"立即"消费者做出需求评估。

（3）通过中介机构来发展新的、可靠的供应商。

（4）明确企业在行业中的技术地位以及产品销售生命周期的长短。

（5）树立能够适应多样化产品的设计和生产理念。

国际知名的服饰生产商 Gap 公司在提高企业供应链适应性方面的做法值得我们借鉴。

● **Gap 的"三管齐下"的供应链适应策略** ●

Gap 公司采用"三管齐下"的策略：Gap 旗下的 Old Navy 品牌瞄准那些成本意识强的消费者；Gap 瞄准那些想要时髦的顾客；Gap 旗下的 Banana Republic 品牌瞄准那些对衣服质量要求高的顾客。三个品牌使用不同的供应链：Old Navy 品牌的原材料和制造是在中国，以确保低成本且高效；Gap 品牌的供应链在中美洲，以确保产品的速度和灵活性；Banana Republic 品牌放在意大利以确保质量。这三条供应链在紧急情况下可以互相作为备份，从而确保 Gap 的供应链对市场的适应性。图 2-9 为 Gap 的"三管齐下"的供应链策略。

图 2-9  Gap 的"三管齐下"的供应链策略

资料来源：Hau Lee. The Triple-A Supply Chain［J］. Harvar Business Review，2004，Oct；经编者修改整理。

### 三、增强供应链的协同力

不论是企业内部的供应链还是企业与企业之间的供应链，涉及企业管理的方方面面，大到企业的价值观和企业的文化，小到部门之间和企业之间的日常业务往来，一旦出现部门与部门、企业与企业之间严重的利益分歧，并且处理不妥当，则极有可能给企业带来毁灭性的灾难。因而，增强供应链的协同力就显得十分迫切。

企业可以从以下三点着手来增强供应链的协同力：

（1）与供应链上的合作伙伴自由地交换信息。

（2）明确每一个供应商的角色、工作及职责。

（3）公平地分摊风险、成本，也公平地分享实行新措施所带来的利益。

● **国美和格力之争** ●

国美电器和格力空调原本是在一条供应链上的合作伙伴，但 2004 年国美、格力的"分手"事件却频频占据各大报纸的头条。

国美凭借巨量订单要求格力向其直接供货并在价格、付款条件等方面给予特殊待遇。但格力仍坚持"股份制区域性销售公司模式",通过代理商向国美供货,在价格上不肯让步。2004年3月,国美下达"清理格力空调库存",而格力也宣布退出国美所有门店。"斗则两损,和则双赢",国美与格力本应双赢的局面,终因经营理念和利益上的严重分歧损害了彼此的共同利益。

国美和格力之争反映了一个严重问题:"零供矛盾"实际上成为中国企业供应链管理最大的拦路虎,"零和博弈"大大削弱了供应链的协同力,从某种程度上伤害了国内企业的转型升级,将大量的市场拱手让与国外品牌。

## 四、增加供应链的价值

依据迈克尔·波特提出的"价值链"理论,可以将供应链的"价值增值"体系分为三部分,即上游的研发、采购和设计,中游的制造、加工和组装,下游的品牌、渠道、物流和金融服务等。根据附加价值高低和供应链中所处位置的不同,上述三部分呈现出一个明显的U形曲线——这就是著名的价值微笑曲线（如图2-10所示）。

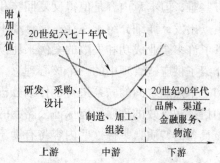

图2-10　供应链中的价值微笑曲线

20世纪六七十年代供应链中游制造环节与上下游在附加值上相差并不大,但90年代后跨国企业将大量的制造环节外包给劳动力更为低廉的发展中国家,而更加注重上下游价值增值的最大化。从图2-10中看到:微笑曲线的U形更为凹陷。

中国企业大部分处在全球供应链的中游,处于价值增值链的低谷。对中国企业而言,不能只是被动地等着买家下订单,买家需要什么,就提供什么,买家不需要什么,就不提供什么。中国企业需要向供应链上下游企业拓展自身的价值增值环节,需要对产品和市场有更多的了解,可以为产品的设计、改良提供自己的意见和建议。企业可以在自身了解、熟悉、擅长的领域内,发掘出增加价值的机会。尤其可以利用自身强大的制造基础,发掘大量的创新能力。以成衣市场来说,一些国外的企业在设计上有着很强的竞争力,也因此中国有许多企业成为了他们的供应商,但中国丰富且廉价的劳动力却是国外企业所不具备的,国内企业可以凭借对棉花等原料的了解,对衣料的改良,增强中国服装品牌知名度等来发现价值、增加价值。比亚迪公司的供应链蜕变之路也许可以为中国企业提供一个很好的榜样。

### ·比亚迪:汽车行业的新贵·

比亚迪公司原是手机电池制造领域的头号制造商,是国内外众多手机生产商（如诺基亚）锂离子电池最重要的供应商,占据了全球15%手机电池的供应市场。

　　但比亚迪并不愿意仅是国际供应链环节中的电池供应商。2003 年比亚迪跨行业收购西安秦川汽车有限责任公司成立了比亚迪汽车有限公司，利用自身在电池的研发和生产方面的优势向汽车电池和驱动技术进军。2008 年 9 月 27 日，"股神"巴菲特投资比亚迪，加速了比亚迪的国际化道路，而其 2010 年推出的 E6 电动车已经进入批量生产，并在美国市场上与通用汽车的雪佛兰和特斯拉汽车的 Roadster 展开竞争。

　　通过技术和品牌的升级，比亚迪成功实现了供应链价值的增值，现今已经成为新能源汽车行业的新贵。

# 本 章 小 结

　　本章是供应链管理最核心的部分，尽管对于供应链的入门者而言，理解本部分内容可能有些难，但本章内容是值得反复回味和认真揣摩的，而且会受益匪浅。本章从供应链管理的焦点出发，详细介绍了库存、信息和不确定性这三个管理者必须高度重视的内容，本章也列举了许多企业成功和失败的案例来让读者更加深刻地理解上述这些内容。接下来，本章详细介绍了供应链管理中的三个核心理念，即战略联盟、同步化和柔性，同时对这三个核心理念和三个焦点之间的联系进行了仔细分析，可以将它们之间的关系比喻为一套交通系统：高效的指挥和有效的秩序才能保证公路上的企业能够畅通行驶。最后，本章介绍了优秀供应链应该具备的特质，掌握这些内容将有助于管理者打造一条极富有市场竞争力的供应链。

**关键术语**

库存（Inventory）　　　　　　　信息（Information）

不确定（Uncertainty）　　　　　　联盟（Alliance）

同步化（Synchronization）　　　　柔性（Flexibility）

敏捷化（Agility）　　　　　　　　适应力（Adaptability）

协同力（Alignment）　　　　　　　构建价值的能力（Architecting Value）

**思考与练习**

　　1. 供应链中的库存是一个非常重要的内容，任何管理者都不可轻视库存，请你就最近发生的商业案例进行思考，库存在这中间到底起到了什么作用？

　　2. 信息是供应链管理中另一个重要的内容，虽然信息技术让管理者能够很方便地得到信息，但你认为这就能够保证供应链中的信息通畅了吗，请你列举一些这方面成功和失败的案例。

　　3. 供应链的不确定性是管理者应该高度重视的内容，但供应链的不确定性却是无法避免的事实，无论是大型企业还是小型企业，供应链的不确定性都给管理者带来了不少烦恼，请你就最近发生的一些有关不确定的案例进行思考。

4. 请就供应链管理中的三个运作理念和优秀供应链应该具有的特质，仔细思考你所在的企业做到这些了吗？如果没有，那么请你给出相关的建议。

# 本章案例：7-11 成功的密码

7-11（Seven-Eleven）原本是美国便利店连锁品牌，日本伊藤洋华堂通过特许经营的方式引入日本后仅用了 16 年便超越了其美国老大哥并完成了收购，实现了反客为主的蜕变。此后 7-11 继续在便利连锁市场书写着商业神话：在全球拥有 35 000 家门店，规模迅猛扩大的同时经营效率不降反升，每平方米销售额为便利连锁业之最高……

从表面上看，7-11 成功的秘诀似乎就是"新鲜的商品、永不缺货、优质的服务……"而实际上其卓越的供应链管理才是 7-11 成功的密码。

1. 快速的顾客需求反应能力

7-11 在设计供应链时，针对的不是快速送货或低成本的运送方式，而是能快速地应对市场（顾客）需求的变化。

早在互联网时代来临之前，7-11 已经开始使用卫星和 ISDN 网络来收集顾客需求信息。总部每天对所有商店的销售资料收集 3 次，并在 20 分钟内就完成对资料的分析。了解客户需求的速度大大提升，并且能够及时探测到顾客偏好的改变，快速的供应链反应帮助 7-11 即时调整产品销售价格、优化产品配置、改进产品以及进行促销活动。门店经理也能够即时分析库存商品的销售趋势及库存水平，以便及时订货以满足顾客的需求。

2. 高效的共同配送体系

7-11 物流系统效率之高，堪称传奇。1995 年阪神大地震，救援卡车还在以 2mile 的时速在高速公路上行驶时，7-11 已经动用 7 架直升机、125 辆机车送出 64 000 个饭团到神户，而这时距离大地震发生还不到 6 个小时，这为 7-11 赢得了众多的赞誉。

7-11 创造了以配送中心为枢纽的共同配送解决方案；改变了批发商只能代理一家特定制造商产品的做法，授权批发商负责经营其所在区域各制造商的产品，并将商品运输到区域配送中心。虽然配送中心在 7-11 的供应链中处于核心位置，但它并没有投资建设，而是与批发商和制造商签订协议，由他们对各自所在地区内的闲置土地或运转效率低的设施投资建立配送中心，并由参加投资的公司共同经营的，因此这种做法被称为"共同配送"。7-11 和参与共同经营的批发商和制造商密切协作，以先进的信息技术为基础构建起整个配送网络。

通过这种方法，7-11 既无需承担沉重的投资负担，又为门店商品的配送建立了一个非常高效的物流系统。

3. 刚柔并济的供应链协调机制

7-11 供应链协作的基本原则是使自身的利益与合作伙伴之间的利益相协调，以达到共存双赢的目的。7-11 对合作伙伴实行的是"胡萝卜加大棒"的政策，同时运用激励和惩罚机制来协调与合作者的关系。

所谓激励是指合作者如果能够让 7-11 成功，那么它也能够分享到足够的利润。而惩罚机制是指当合作者犯了错误，如不能将货物及时配送时，则要支付罚金。这听起来似乎很苛刻，但 7-11 通过信任它的合作伙伴获得了成功。例如，如果卡车晚点超过 30 分钟，承运人必须支付与产品运送到商店毛利润相等的罚金。但是，当承运人将产品配送到商店后，没有人会检验卡车的货物，因此司机不必在卸货之后等待，这就使承运人能够节省时间和金钱。

当供应链成员之间有不一致意见的时候，7-11总是非常有耐心地与合作伙伴进行开诚布公的协商，而不是采用简单粗暴的态度。例如，7-11为了降低鲜奶的配送成本，曾要求几家鲜奶供应商共用一家公司的冷藏车进行共同配送，但是，这项建议遭到了各鲜奶供应商的强烈反对，他们提出了品质最为重要的产品，不能够与其他公司的产品一同进行配送。7-11没有将自己的意愿强加于供应商，而是向这些鲜奶供应商耐心解释降低其成本的效果，通过协商的方式慢慢让他们加入这项合作中来。

4. 独树一帜的"温度"供应链

在7-11销售的产品中食品的比重高达74.8%，要保持食品的新鲜必须严格对配送温度进行严格控制。7-11在经营过程中不断总结经验，形成了独特的温度供应链系统，并提出了"速递新鲜生活"的口号。不同类型的食品对温度的要求各不相同，尤其是暖温型和冷藏型食品的配送。

为了加快冷藏食品的配送速度，保持冷藏商品的新鲜度，这类产品的订货由门店直接向供应商发出订货信息，由供应商根据订货信息直接安排生产，并将货物与送货单据送至配送中心，接着由配送中心按照不同门店的订货需求配送至门店。此外，7-11专门设计了两仓式的货车。这种货车一个仓中的温度变化不会影响到另外一个仓，需冷藏的食品始终能够保持低温。

7-11对暖温型商品的配送更让人叫绝。7-11发现，传统的保温措施会造成像四喜饭团和盒饭等暖温型商品口感下降，导致销路不好。研究表明，这类产品在20℃的条件下保存时能够保持刚刚烧好时的香味，一旦温度低于16℃或高于24℃都会导致食品松散并失去香味。为此，7-11专门设计了新型保温车。

资料来源：Hau Lee. The Triple-A Supply Chain［J］. Harvar Business Review. 2004，Oct；经编者修改整理。

**案例思考：**

1. 7-11起源于美国，却在日本取得发展和成功。你认为日本7-11成功的原因包括哪些方面，其主要原因是什么？

2. 在国内也有此类的便利店（如可的、快客等），却没有一家能取得像7-11这般的成功。请比较分析国内便利店与日本7-11的不同之处。你认为目前阻碍国内便利店发展的主要原因是什么？国内便利店怎样才能走出当前的发展困境？

# 第二篇
# 顾客价值和信息价值篇

# 第三章　供应链运营战略

 **本章引言**

越来越多的企业开始认识到：拥有更多的忠实客户比拥有更先进的技术更能证明一个企业的市场价值。"保持技术领先"这一传统观念在当前技术更新冲击之下已经变得越来越难，服务客户需要的价值才是企业应该重点关注的内容，而这也是当前我国提倡"服务经济"的思想来源之一。

从时尚的宜家家居到个性化的戴尔电脑，这些成功的供应链几乎满足了客户期望的所有价值，并且通过极高的运作效率将供应链的成本、速度和创新优势发挥得淋漓尽致。供应链的高效运作使企业获得了巨大效益。

互联网存在一种"让一切变得透明"的力量，微利已经开始成为普遍现象，但不同企业的市场战略却存在两个方向的分歧：一种战略是"便宜就是硬道理"，另一种战略是"售卖的是客户价值"。这两种观点都没有错误，一个是通过占领更大的份额来获取利润总量，一个是通过提高附加值来获取单品利润。

 **学习目标**

- 了解当前的客户价值是什么
- 了解供应链能够从哪些方面实现客户价值
- 理解供应链运作模式中的推拉模式
- 理解供应链中产品匹配战略
- 理解成功运作背后的供应链运营战略
- 重视定价对供应链管理的重要性
- 掌握战略定价的方法
- 了解当今电子商务环境下的定价

## 第一节　供应链的顾客价值战略

### 一、当前市场的顾客价值

早在 20 世纪 50 年代，管理大师彼得·德鲁克就指出：顾客购买和消费的绝不是具体的产品和服务，而是它们能够给顾客带来的价值。顾客不会向一件对他没有任何价值的商品支付费用（哪怕它是免费），相反却会为一件仅能满足短暂心理快感的商品支付高额的费用。

因此，也有人认为我们当前所处的时代是一个"心时代"[一]。

　　然而现实中仍然有不少企业依然秉持"产品至上"的观点，这往往会使人陷入一个脱离顾客需求、"自说自话"的境地。世界上已有超过 90% 的计算机正在使用微软公司的 Windows 视窗操作系统，但 1995 年微软却试图推出一款互动性更强的 Microsoft Bob 操作系统来代替 Windows 操作系统。然而顾客使用计算机并非因为操作系统的"花哨"：对于顾客来说，运行在 Windows 平台上的应用程序和已经习惯的操作方法才是客户需要的价值。极低的市场销售迫使微软放弃 Bob 系统的销售。

　　密集的广告宣传被认为是企业获得与顾客接触的最好方式。然而事情并不总是这样：一方面，企业支付的大量广告费用都浪费在了没有任何购买意愿的顾客身上；另一方面，大量的商业广告总会让顾客不胜其烦，他们甚至可以采用技术手段直接屏蔽掉这些广告。实际上，在互联网高度发达和人们受教育水平日益提高的今天，顾客开始主动寻求自己需要的商品信息，企业需要做的是，提供一个能够与顾客方便交流的平台，然后快速满足他们的需求。日用品巨头宝洁公司在这一观念上的转变无疑提供了一个很好的范例。为找到最能满足顾客价值的产品，宝洁创建了 Pampers. com 网站用于与顾客沟通。该网站不仅使用 20 多种语言向全世界的妈妈提供帮宝适的正确使用方式，而且还提供了从早餐喂养到调整心态的各种建议。宝洁此举的目的不仅满足了顾客的使用价值，而且还从顾客的提问中获得了更多改进产品的建议（这些建议通常包含顾客潜在的价值需求信息）。

## 二、供应链给顾客带来的价值

　　在供应链管理中，顾客需要的价值是可以清晰表述的，"质量"、"成本"、"柔性"、"交付"和"创新"是供应链理论中的五大顾客价值。而供应链运营中采用的战略和战术就是不断满足顾客提出的明确需求，并努力超出顾客的预期。

### （一）更优的产品和服务质量

　　客户对质量的要求已经远远超出了"质量就是与说明书一致"的观点，真正衡量质量好坏的尺度则是产品和服务是否达到和超过了顾客的期望。

　　"质量管理之父"戴明曾说："没人逼你做质量管理，你可以退出市场。"[二]事实上，优异的产品质量是保证顾客价值实现的基本前提要素之一，缺乏质量保障的产品即使其他方面做得再好，也终将避免不了被顾客抛弃的命运。尽管资金链断裂是 PPG 倒闭的主要原因，但产品质量缺陷是导致 PPG 这个"服装业中的戴尔"失败的深层次原因（在被媒体报道的五起诉讼中有两起是 PPG 与供应商在产品质量上的纠纷）。

　　对于产品的质量，即使处于市场领先地位的企业也不应忽视。据统计，一些质量管理糟糕的企业高达 25% 的销售额是花费在发现和修补次品上。2010 年，被乔布斯自称为"最完美"的手机 iPhone4 代智能手机，就因天线设计的缺陷一度让苹果陷入"质量门"危机：如果全面召回，苹果将花费 10 ~ 15 亿美元的成本；如若进行质量修补，苹果也需支出 1. 75 亿美元。

　　全面质量管理（TQM）的理念在供应链管理中依然被广泛使用，并且在参与最终产品

---

○　【推荐阅读】曹世潮. 心时代：一个情感化的世界及其经济图景［M］. 北京：中国财政经济出版社，2002.

○　W·爱德华兹·戴明. 戴明论质量管理［M］. 钟汉清，译. 海南：海南出版社，2003.

制造的所有供应链环节都强调质量的控制。摩托罗拉等跨国企业的实践表明，经过良好的供应链组织和管理，因产品质量缺陷发生的成本可降低26%~63%。

（二）把成本装进顾客的口袋里

"便宜就是硬道理"的口号实际上是绝大多数顾客对低价喜好的反映，现今衡量成本控制的真正标准是能否"把所有的成本都装进顾客的口袋里"。实际上，提供高质低价的产品和服务永远是实现客户价值最有利的策略之一。

一项针对158家企业的成本研究表明，供应链管理可使企业总成本下降10%。通过供应链管理提升成本竞争力也预示着一个强有力的竞争循环的开启：成本优势有助于企业扩大市场份额，从而提高盈利能力，进而为企业成为行业佼佼者创造条件。

对低成本的追求也不断推动企业战略决策的重新设计，譬如全球制造合理化、低附加值环节外包、控制原材料和加工成本等，由此带来全球供应链降低成本的四种战略：①内部流程再造提高生产效率；②引进更先进的加工技术；③将工厂建在低成本的国家；④寻求世界上最高效的供应商。

同时，良好的供应链管理也能够在很大程度上改善国家的经济发展质量。美国的物流费用约占国内生产总值（Gross Domestic Product，GDP）的10%，每年产品在供应链中的移动、储存和管理等成本约1.4万亿美元；而2009年中国的物流费用为6.08万亿，约占GDP的18.1%，物流成本高出美国约1倍。在这些巨大的数字的背后意味着，通过供应链管理水平的提升将为我们国家减少巨额的浪费。

（三）以柔性响应市场

超市成功的秘密之一是让顾客置身于商品的海洋并赋予他们充分的选择权力。在追求个性主张的时代，提供更为丰富的产品线是众多企业追求的目标之一，这意味着企业能够获得更多的细分市场。然而多产品线无法发挥生产的规模优势，这也造成很多企业无法以柔性的生产方式响应市场。

供应链可以帮助企业实现生产方面的"柔性"，利用通用的零部件实现生产的模块化，利用信息技术实现个性化产品的生产计划，利用工业机器人实现产品的大规模定制并降低其成本。例如，丰田公司使用同样的底盘在同样的产品线上生产多种款式的汽车，这点让它能够从容应对市场变化，在不同的市场上逐利。也正是依赖供应链管理中出色的信息系统和供应商维系，丰田公司才敢于许下5天定制一辆汽车的承诺⊖。

向顾客提供柔性价值的方式不仅仅是提供丰富的产品线，因为丰富的产品往往会让顾客迷失选择的方向，提供一个快速检索商品的系统也可以实现顾客的柔性价值。亚马逊（Amazon. com）提供了世界上最多的图书目录（超过300万册），同时亚马逊也花费了巨资开发了一套图书推荐系统，通过对销售数据和顾客历史购买行为的挖掘和分析，能够在最短时间内向消费者提供最感兴趣的图书目录。亚马逊这套系统不仅满足了顾客的柔性价值，而且也极大促进了图书的关联销售量。

（四）快速且可靠的交付能力

越来越多的管理者发现，顾客在等待产品到货的过程中变得越来越不耐烦，"尽可能让

---

⊖　有关产品定制的理论，请参阅本书第八章《大规模定制》。

客户在短时间内得到产品"的服务显然是能够降低顾客的等待成本。这意味着"快速且可靠的交付产品和服务"正在成为企业市场竞争中的重要能力。"兵贵神速",出色的供应链管理能够大大缩短产品的生产提前期,在快速响应特殊顾客要求的同时能够对异常事件做出快速调整。

通过信息共享、战略联盟以及全局优化等供应链运作方式能够有效缩短产品的交付时间。相关研究表明,通过供应链管理的企业的生产效率提高了10%以上,产品交付周期缩短了25%~35%。得益于出色的供应链交付能力管理,摩托罗拉、国家半导体等企业成为行业的领跑者。

除了缩短生产提前期之外,高效的物流管理也可以改善供应链的交付能力。2005年美国新奥尔良遭受"卡特里娜"飓风的重创,沃尔玛公司凭借其强大的物流配送系统在美国联邦政府还没有做出反应之前,就已经派出1 200辆载有饮用水、食品、通信设备和其他应急物品的卡车前去补充商店的供应并提供救援。沃尔玛高效的物流管理能力不仅使其良好的形象深入人心,而且也证明了沃尔玛在异常情况之下仍能够有效地满足顾客的需求。

### ● 出色和糟糕的供应链交付能力 ●

美国国家半导体公司(National Semiconductor)重新设计了它的全球配送网络,降低了订单提前期,交付时间降低了47%,企业销售增加了34%。

全球知名办公家具制造商Steel Case承诺全北美地区80%的定制办公用品在接到订单12天之内可以送到客户手中。

联想和夏新手机尽管在品牌和创新上输于诺基亚、三星等国外品牌,但也保有一定的市场份额,但在山寨手机的冲击之下困难重重,因为山寨手机从研发到销售的时间仅需1个月,相比之下联想和夏新却超过6个月。

### (五)更为迅捷的创新步伐

创新不仅实现的是顾客对于产品(服务)的多样化和高品质需求,同时也是贯穿实现顾客价值的灵魂主线。创新对于任何企业来说是一个赖以生存和发展的基础,但同时创新也是一个代价极高的过程。供应链作为一个开放、协作的运作体系,它能够将创新的成本和风险分散到供应链各节点企业(如联合供应商参与新产品研发),大大缩短了产品从概念到市场的时间。

供应链的协同创新正是佳能、丰田等创新型企业的原动力。有研究表明,对于世界汽车业中处于领先地位的创新者而言,供应商参与产品研发节省了1/3的设计时间和4~5个月的生产时间。晚6个月推出产品,会使供应链未来5年内的利润降低33%;及时引进产品(虽然会超出预算50%),但是只会造成利润降低4%。由此可见协同创新不仅缩短了创新的时间,同时也为供应链的整体市场竞争力提升提供了强大的保障。

## 第二节 供应链运作模式的选择战略

### 一、供应链的推拉模式

当仔细观察不同的供应链时,会发现驱动这些供应链运作的动力源头并非一致。例如,可口可乐公司的供应链几乎是完全以可口可乐的库存为推动的，而宝马公司的供应链却是在接收到顾客订单之后才开始运动。因此上述两种供应链的运作模式（许多教科书中也称其为供应链运作战略）又分别称为"推式"和"拉式"供应链，此外，还存在推拉结合的供应链运作模式（如戴尔公司）。

**（一）推式供应链**

所谓推式供应链是指，供应链的运作以制造商为核心，制造商依据对市场的长期预测以及产品库存水平，有计划、按顺序地将最终产品推向终端顾客。

推式供应链的运作模式如图 3-1 所示。

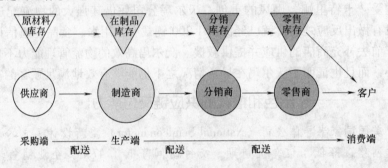

图 3-1　推式供应链的运作模式

在推式供应链的运作模式下，制造商通常拥有强大的生产能力、品牌优势和庞大的市场份额，往往是供应链的核心地位。制造商通常会通过强大的推力将产品推向下游的分销商和零售商。例如，石油化工和日化产品等大多采用推式的供应链运作模式。

通常在推式供应链中，原材料供应商、分销商和零售商的地位相对比较弱小，这也导致推式供应链中的各节点企业关系比较松散，各节点业务运作流程之间通常缺乏沟通和交流（如图 3-2 所示）。

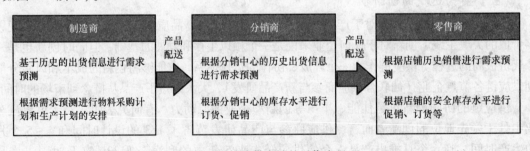

图 3-2　推式供应链的运作流程

尽管制造商拥有生产规模上的优势，但从整体来看，过度依赖需求预测和库存推动型的运作方式存在诸多缺陷：

（1）市场需求发生异动时，基于需求预测的推式供应链很容易造成产品过时的风险。例如，2000 年耐克公司的需求预测程序发出了远超市场需求的 Air Garnett 运动鞋订单，这次失败的预测造成耐克 2001 年第三季度的销售损失约为 8 000 万至 1 亿美元。

（2）严重的库存"牛鞭效应"极大损伤了供应链的运营绩效。一方面，推式供应链节点中存在大量的产品库存无法清空而面临跌价的风险。另一方面，又可能因为严重的缺货现象造成顾客服务水平较低。例如，2008年国内钢价暴跌至钢厂成本价之下，导致许多小型钢厂停产。而后，救市政策的推出一度导致钢材的供应不足。

（3）供应链创新动力不足。推式供应链中供应商、分销商和零售商相对处于弱势地位，制造商往往通过强势的供应链权力将可能的风险和成本压力分散至上下游，造成推式供应链中上下游企业的合作关系通常比较松散，协同创新也无从说起。例如，2007年飞利浦公司和其代理商之间的矛盾冲突就在于，飞利浦强制代理商进行6个月的库存补货，上千万的补货费用大大增加了代理商的经营成本。

（二）拉式供应链

越来越多的供应链管理者开始意识到推式供应链的种种弊端，为弥补这种运作模式的不足，拉式供应链的运作模式开始被广泛采用。拉式供应链是指，供应链的运作以最终顾客为中心，基于顾客的实际需求而不是依靠预测组织生产，要求整条供应链集成度较高，信息交换迅速，最终为了实现定制化服务。

拉式供应链的运作模式如图3-3所示。

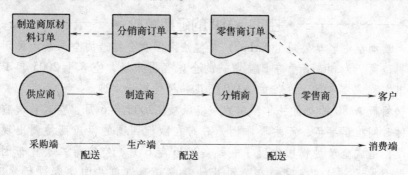

图3-3 拉式供应链运作模式

当仔细对照图3-2和图3-3中的供应链运作模式可以发现，拉式供应链中的生产和分销都是由需求所驱动，当接收到下游订单之后，供应链的物流开始由上游至下游运动直至交付到最终客户。拉式供应链比较适合个性化程度和单品附加值极高的产品，如核电站、船舶、高级轿车、奢侈品等。

拉式供应链中，需求信息在链中各企业间进行分享显得极为重要。客户订单的需求信息在这种运作模式中不仅扮演着库存替代品的角色，同时也是供应链协同计划、生产制造的驱动力量（如图3-4所示），目的是使供应链保持对客户订单需求的灵敏反应，并在提高客户服务水平的同时降低系统的运作成本（尤其是库存成本）。

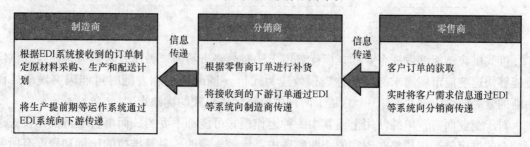

图3-4 拉式战略中供应链的流程

尽管拉式供应链理论上可以将库存降至为零，完全做到"按单生产"（如飞机制造），然而这种供应链的运作模式几乎完全是以买方需求为导向的，要求企业快速调整采购、生产和配送等计划实际上是不现实的，因此拉式供应链也存在着较为致命的缺点：

（1）提前期和需求信息的关系并不紧密，提前期不太会因为需求信息的共享而缩短。这比较容易理解：采购原材料需要一定时间，生产工艺的限制也会使制造过程存在一个固定的期限，同时运输配送也存在时间限制。

（2）难以充分发挥生产和运输的规模优势。客户需求差异化本质上会造成供应链中生产资源利用不充分（存在频繁改动模具、生产流程等），定制化的产品也会造成产品规格种类繁多而不利于集中配送（对应单品运输成本较高）。

（3）容易发生供应链断裂现象。尽管信息代替了库存而降低了成本，但拉式供应链也因此丧失了应对突发事件的能力，一旦信息和物料供应的中断很容易造成交付的延迟。此外，拉式供应链要求链中企业具有极好的协同运作素质，但实际上却很难做到这一点，交付延迟的事件经常会发生（详见"空客A380的延期尴尬"案例）。

### ● 空客 A380 的延期尴尬 ●

欧洲空中客车公司（Airbus）是德法两国联合打造的全球最大民用飞机制造商。为和波音争夺日益增长的全球客机市场，空客于2005年1月推出堪称"空中巨无霸"的A380飞机并极受市场欢迎。

然而A380的交付并非预想的一帆风顺。2005年6月，空客首次宣布交付时间推迟半年，而主要原因是分布在欧洲四国的供应商协调出现了问题，造成生产过程中出现了瓶颈。2006年6月，空客第二次宣布因技术原因推迟交付，多家航空公司开始考虑取消订单并向空客进行索赔，空客母公司——欧洲航空防务和航天公司（EADS）当天股价暴跌26.3%，市值缩水55亿欧元，空客CEO洪博达宣布辞职。在此后的两年，空客又因为协调欧洲四国飞机零部件供应商失败陆续更换了三位CEO，并使其不得不大量裁员。

尽管2007年底空客向新加坡航空公司交付了首架A380，但接踵而来的2008年全球性金融危机让许多航空公司经营业绩大幅下滑，空客的许多客户选择推迟或取消订单，A380的巨额研发费用很可能无法收回。

资料来源：钱亦楠. 空客A380再次延期交货 [N]. 财经网，2008年5月；经编者修改整理。

### （三）推拉结合的供应链

推式供应链能够发挥企业的规模优势但无法对最终市场需求做出及时响应，而拉式供应链能够快速响应市场需求但以牺牲规模效应为代价（同时还面临着随时可能因突发事件而中断的紧绷的供应链）。表3-1总结了两种供应链运作模式的优缺点。

对于企业而言，单纯使用上述其中一种运作模式可能都不妥当，而事实上将推拉模式进行结合的供应链运作战略在现实的企业实践中是比较普遍的，只是推拉的比例和程度有所差异而已。对此，不妨通过市场需求的不确定性和企业生产规模经济性两个维度来分析适合企

表3-1　推式和拉式供应链的优缺点

| 运 作 模 式 | 推式供应链 | 拉式供应链 |
|---|---|---|
| 驱动力量 | 制造商 | 顾客需求 |
| 需求变化 | 稳定且不会有剧烈波动 | 大且几乎难以预测 |
| 提前预测期 | 长（以年、季度为单位） | 短（以月、周为单位） |
| 集成度 | 高（生产计划刚性） | 较低（生产计划柔性） |
| 缓冲库存 | 大（牛鞭效应明显） | 低（按订单生产和交付） |
| 响应速度 | 慢（很难根据需求进行调整） | 快（可以根据需求进行调整） |
| 关注对象 | 资源配置（规模效应明显） | 快速响应（规模效应低） |
| 数据共享 | 差 | 好且快速 |
| 服务水平 | 不高（不允许个性化需求） | 高（允许个性化定制） |
| 供应链风险 | 较低 | 较高（容易发生供应链断裂） |

业的推拉供应链运作模式（如图3-5所示）。

　　根据两个维度的两两组合，我们可以将推拉结合的供应链运作模式划分为四个象限：

　　**象限Ⅰ**

　　处于这个象限的产品通常具有极高的不确定性，而且生产、安装或分销过程中的规模效应通常非常不明显。例如 LV、普拉达、法拉利跑车等奢侈品的生产规模通常很小，而飞机、大型发电机、水净化设备、半导体封装设备等复杂工业产品通常定制化程度很高且安装起

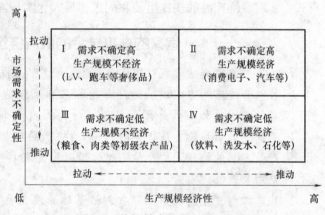

图3-5　推拉结合的供应链运作模式

来非常耗时。对于这些附加值极高的产品，任何备件或库存的存在（这些库存通常非常昂贵）都将严重影响供应链的绩效，应该采取严格的拉式供应链战略以降低库存的跌价或贬值风险。

　　**象限Ⅱ**

　　处于这个象限的产品通常时尚性很强，市场需求变化非常迅速，但这类产品却又可以通过规模化生产来降低成本。例如，消费电子类、时尚服装类产品的市场价格通常不会太大但价格衰减的速度却很快，对于这类产品可以采取前推后拉的供应链运作模式，即对通用件或中间件可以采取基于预测的库存采购模式（推式运作），而在供应链后端采用订单组装、配送（拉式运作），对市场需求进行快速响应。这类前推后拉的供应链运作目的是最大化实现"热卖品"的当前价[⊖]。

　　**象限Ⅲ**

　　处于这个象限的产品通常市场需求非常稳定且变化不大，但这类产品的生产过程却又存

---

　　⊖　有关当季产品销售价值最大化的案例，请参阅本书第八章"锐步全球化大规模定制"。

在规模效应不明显的特点。例如，粮食种植、肉类生产等并不会因为规模的扩大而降低生产成本（但可降低单品的管理费用），对于这类产品的供应链运作模式也无所谓推拉模式，但在同等情况下拉式供应链运作模式的效果通常会好于推式供应链。

象限 IV

处于这个象限的产品通常需求量比较稳定但产品形式稍有变化（或改良），同时这类产品的生产存在较为明显的规模效应。例如，啤酒、可乐等软饮料，洗发水等日化产品以及汽柴油等石化产品都属于这类产品。前推后拉的供应链运作模式仍然适用，但这类产品的一个特点是流程性非常明显，中间产品（如原浆、石化蒸馏产品）大多是面向库存生产（推式运作比重较大），而最终产品根据终端客户需求对中间产品进行分离或增加不同的添加剂。

从上述四个象限产品的供应运作模式分析，可以看出推拉结合的供应链运作模式在推式和拉式运作进行了界面分离（这个分离点又称为客户订单分离点——Customer Order Decoupling Point，CODP）⊖。在 CODP 点之前，构成最终产品的各项成本是制造商最为关注的焦点，这就要求供应链的前端采用推式的运作模式，实现低成本、高效率以及规模化生产；而CODP 点之后则关注如何对顾客订单进行快速响应，以最快的时间对供应链末端采用拉式运作模式，实现最终产品的快速组装和配送，最大化实现客户个性化价值和产品时效价值。

### ● 宜家的推拉结合的供应链运作战略 ●

　　来自瑞典的宜家（IKEA）家具通过整合推拉两种战略的优势，以推拉结合战略的方式成功地跻身世界品牌百强的行列。宜家根据订单内差异的需求，如家具外形、颜色、结构等生产个性化的模块（但不组装，目的是减少运输的载货空间），然后将产品包装后根据固定的时间表将此产品与目的地相同的产品一起运输以降低家具行业运输成本较高的硬伤，从而发挥规模效益。

　　通过宜家的例子可以看到：基础通用的标准件产品的需求预测往往相对较准，而且以零部件形式存在的产品总值要远小于组装后的成品；供应链中的新型生产计划，如延迟生产、大规模定制等理念（参见本书第八章）能够将个性化和生产规模化曾经相互矛盾的两个方面进行结合，在提升供应链运作效率的同时降低了运作成本。

　　资料来源：透过物流运作模式看成功背后真实的宜家 [N]. 21 世纪经济报道，2007；经编者修改整理。

### 二、产品—供应链匹配战略

无论是来自中国制造抑或是欧洲制造，美国设计抑或是日本设计，经济全球化下的产品种类在过去的 50 年内极速膨胀。即便是同类产品也具有不同的特性。例如，同是四轮的汽车，昂贵者如上百万美元的布加迪威龙，经济者如两三万人民币的长安奥拓。如何根据产品的特征选择与之匹配的供应链运作战略对于企业而言是具有十分重要的意义的。

---

⊖ 有关客户订单分离点（CODP）的知识，请参阅本书第八章"大规模定制"。

### （一）产品特征

顾客价值只有在其需求得到满足之后才会实现。供应链管理可以看成是向顾客提供产品过程的管理，并在过程中逐步实现顾客需要的价值。因此，对于供应链管理者而言，了解顾客的需求是第一步工作，由此可以勾画出顾客需要的产品特征，并以此来设计相应的供应链运营战略。美国数理经济学家欧文·费雪（Irving Fisher）根据顾客的需求特征将产品分为两类，即功能型产品（Functional Products）和创新型产品（Innovative Products）。

功能型产品包括大部分零售店能买到的主要商品，这些商品主要用于满足基本需求，并且这种需求稳定且预测误差较小。虽然这类产品生命周期较长但市场竞争往往比较激烈，边际利润较低（如电风扇）。

创新型产品是指用于满足特定需求的产品，此类产品能为企业带来更高的利润，但市场需求变化剧烈，产品生命周期一般较短，所以产品预测往往会失效（如消费电子）。

功能型产品和创新型产品的特征差异比较见表3-2。

表3-2　功能型产品和创新型产品的特征差异比较

| 比 较 项 目 | 功能性产品 | 创新性产品 |
|---|---|---|
| 需求特征 | 可预测 | 不可预测 |
| 产品寿命周期 | >2 年 | 3 个月至 1 年 |
| 边际贡献率 | 5% ~20% | 20% ~60% |
| 产品多样性 | 低（10~20 种/每一项） | 高（>100 种/每一项） |
| 平均预测失误率 | ≤10% | 40% ~100% |
| 平均缺货率 | 1% ~2% | 10% ~40% |
| 季末降价率 | 0 | 10% ~25% |
| 按订单生产的提前期 | 6 个月至 1 年 | 小于 1 个月 |

资料来源：马士华，林勇.供应链管理［M］.2 版.北京：机械工业出版社，2005。经编者修改整理。

### （二）与产品特征匹配的供应链运作战略

美国斯坦福大学供应链管理专家李效良（Hau L. Lee）教授认为，与功能型和创新型产品匹配的供应链运作战略分别是有效型供应链（Efficient Supply Chain）和响应型供应链（Responsive Supply Chain），见表3-3。

表3-3　产品特征及对应的供应链战略

| 产品特征 ＼ 供应链战略 | 有效型供应链 | 响应型供应链 |
|---|---|---|
| 功能性产品 | 匹配 | 不匹配 |
| 创新性产品 | 不匹配 | 匹配 |

有效型供应链运作战略，主要体现供应链的物料转化功能，即以最低成本将原材料转化成零部件、半成品、产品，并完成在供应链中的运输、配送等活动。由于功能型产品的需求可以预测，因此有效型供应链运作战略的目标是最大化生产效率和最小化供应链成本（尤

其是库存成本）。

响应型供应链运作战略主要体现供应链对市场需求做出迅速响应，确保以合适的产品在合适的地点和时间来满足客户的需求。由于创新型产品的需求难以预测且市场价值迅速衰减，因此响应型供应链的运作目标是追求可以适应需求变动的柔性和交付速度，最大化产品的"市场先机价值"。

有效型供应链与响应型供应链的具体比较见表3-4。

**表3-4　有效型供应链与响应性供应链的比较**

| 比较项目 | 有效型供应链 | 响应型供应链 |
|---|---|---|
| 主要目标 | 以最低成本满足市场需求 | 以最快速度响应市场需求，同时降低过期库存产品 |
| 产品设计战略 | 绩效最大，成本最小 | 模块化设计，尽量延迟产品差异化 |
| 制造过程的重点战略 | 充分发挥资源使用效率，追求生产的规模效应 | 追求生产系统的柔性能力以响应可能的市场不确定性 |
| 定价战略 | 以最低价格赢得客户，边际利润低 | 低价不是获得客户的主要因素，快速的交付能够获得高的边际利润 |
| 库存战略 | 供应链中产成品的库存最小 | 减少产成品库存，但维持一定量的零部件库存缓冲供应链不确定性 |
| 提前期战略 | 不增加成本的前提下，缩减提前期 | 采取主动措施减少提前期（不惜付出巨大成本） |
| 供应商选择战略 | 选择的重点是采购成本和质量 | 选择的重点是交付速度、柔性、质量和创新开发能力 |

资料来源：马士华，林勇.供应链管理［M］.2版. 北京：机械工业出版社，2005。经编者修改整理。

"山寨文化"充分满足当前一大批并不富裕的年轻人追逐时尚的潮流，尽管山寨产品侵犯了原创者的知识产权，而且在质量、功能上与正版产品有着较大的差距，但其快速响应市场的研发、仿制和批量生产能力符合创新型产品的响应型供应链战略的几乎所有特点，并且逼迫原创性产品的"市场先机"价值迅速衰减，这也是手机等消费电子降价速度快的原因之一。

### ●"山寨速度" 叫板苹果 iPad ●

2010年1月20日（苹果公司 iPad 全球发布前8天），位于深圳的一家电子公司已制作完成了高仿的 iPad 样机，从研发设计到试产仅由3名工程师花费了短短60天，而 iPad 耗费苹果数百名工程师经历近10年的研发（可查到的最早时间是2000年）。尽管该公司严重侵犯了苹果的知识产权，但其供应链的响应速度还是值得管理者深思的。

这款山寨 iPad 背后有着一条极速响应的供应链：当工程师完成 iPad 的试制之后，上游主板开发商、外壳模具硬盘供应商等30多家供应商能够迅速提供可以满足山寨 iPad 批量生产所需的屏幕、硬盘、内置麦克风、3G 模块，在这条供应链中甚至出现英特尔的背影。

除了快速研发和生产，这条山寨 iPad 供应链还有着快速分销的能力，遍布全球数百家的经销商和代理商，可以在最短时间内将山寨 iPad 铺向全球的每一个市场。

　　资料来源：李好宇．中国第一山寨 iPad 调查［N］．电脑报，2010 年12 期；经编者修改整理。

# 第三节　供应链的定价战略

## 一、定价与收益管理

　　经济全球化、科技进步，以及近 20 年来日益放开的政府管制，使许多企业的经营模式由垄断转向竞争（而这趋势在未来很长一段时间内仍将继续）。"以顾客为中心"的理念开始得到共识，以此出现产品和服务种类的爆炸性增长就是最好的例证。如何对这些不同的产品和服务进行市场细分以获得更多的边际利润？收益管理（Revenue Management）开始成为众多供应链管理者关注的焦点，而定价（Pricing）是收益管理中的核心内容。

### （一）定价对于供应链的重要性

　　著名的财经杂志《华尔街日报》认为收益管理是任何企业在 21 世纪里都必须高度重视的"即将井喷的头号经营战略"（The number one emerging business strategy, a practice poised to explode）[一]。作为收益管理的核心内容，定价的目的是力求在有限资源的约束下提高收益，避免在资源闲置或因潜在利益流失的情况下造成企业收益下降。

　　定价将直接影响选择购买此产品或服务顾客的期望，价格不仅能够体现顾客的满足感，还是实现供应链利润重要的杠杆工具之一。可以不夸张地说，一个没有定价能力的供应链注定不会是一个市场生命力旺盛的企业群。

　　定价对于供应链的重要性可以归纳为以下四点：

　　1. 定价是供应链提高利润的杠杆

　　杠杆效应最早见于机械物理，如阿基米德的"给我一个支点，我就能撬动地球"的观点，后又常见于金融领域。但杠杆效应的本质在于，通过一个小小的改进获得成倍放大的收益。国际知名的麦肯锡咨询公司在 1992 年的一项研究表明："对大多数公司来说，更好地定价管理就是增加利润的最快和最有效的方法。"

　　一些企业的定价管理实践：富士胶卷价格每上涨 1%，利润将上涨 16.7%；福特汽车价格每上调 1%，利润能随之增长 26%；飞利浦产品价格每上涨 1%，利润上涨 28.7%……这些惊人的数字，足以说明定价对于供应链利润绩效的重要性。事实上，国际上大多管理先进的企业都成功运用了定价杠杆，完美地控制需求水平，将供应链绩效发挥至最大。

　　2. 定价是供应链竞争战略的关键因素

---

　　[一]　Anil Lahoti. Why CEOs Should Care About, Revenue Management ［J］, Operation Research Management Science, 2002, February.

美国会员制仓储批发卖场鼻祖好事多公司（Costco）[一]秉持着"我们的会员是找我们购买价值，不是低成本"的理念，坚持为顾客提供物美价廉的商品。例如，在好事多花1.5美元就可以买到一支热狗加一杯苏打水，虽然好事多的CFO（首席财务官）认为1.75美元的售价更为合适，但这一价格好事多坚持了二十年。"便宜且不错的热狗和苏打水"已经成为许多消费者光顾好事多的理由，而这也带动了其他商品的销售。

另一方面，好事多的服务对象是较高收入的消费群体，提供的商品相对来说具有高品质和高品位的特点，在它的货架里甚至摆放着价值5万美元的钻石戒指。例如，当看到零售价60美元的马球牌Polo衬衫在只卖37美元时，好事多的顾客会说："给我拿四件白的和一件蓝的"，而山姆会员店的顾客则会感觉"我并不关心这个衬衣有多好，我不会花那么多钱"。依靠市场细分避开了与沃尔玛等零售巨头的正面竞争，而定价策略却让好事多获得了不错的收益。从2009年好事多与沃尔玛山姆会员店公布的财务数据来看，好事多以553家门店709.77亿美元的销售额超过了拥有715家却只有444.88亿美元的山姆会员店（如图3-6所示）。也难怪有专家认为"好事多是唯一能挑战沃尔玛的零售企业"，而定价策略是好事多最锋利的武器之一。

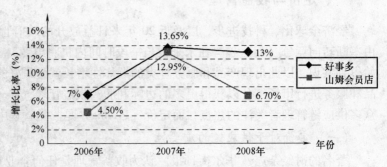

图3-6　好事多与沃尔玛山姆会员店历年销售额增长率比较图

资料来源：好事多和山姆会员店的公司2008年年度财务报表。

3. 定价是维持供应链伙伴战略联盟的钥匙

在实践中，供应链伙伴关系是一种长期合作的战略同盟关系，在这互动博弈的过程中，定价是维持供应链伙伴战略联盟的钥匙[二]。

上游供应商和下游零售商之间有着相当的价格默契。例如，生产商制定产品的批发价后，下游零售商会以此为基础对产品进行收益分析，进而制定相应的订购决策，这样反过来影响了上游生产商的定价。这里面其实暗含了一个定价契约，这个契约在有形无形的维系联盟关系，一旦违背了这个契约，供应链联盟就会面临解散的风险。就像格力与国美因为定价问题分道扬镳给双方都带来了负面影响。

另一方面，伴随着定价过程中双方的不断交流、信息共享以及供应链定价默契的达成都为供应链成员间带来了潜在利益的提升。一个好的定价策略不仅能够促进供应链中各方关系的密切度和协调程度，同时还可以收益共享的方式达成长久的供应链战略联盟关系。

4. 供应链运营战略中的定价趋势

罗伯特·菲利普斯[三]认为："未来，在大量的客户和供应信息以及所需的定价决策技术

---

[一] 一个类似麦德龙的仓储式超市。

[二] 参阅本书第六章第三节"供应商关系管理"。

[三] 罗伯特·菲利普斯（Robert L. Phillips），斯坦福大学获工程经济系统博士，现任斯坦福大学管理学院讲师，教授定价与收益优化课程。

支持下，定价将逐渐成为企业真正的战略和运营职能。"

　　未来，随着供应链成员对收益管理认识的加深以及信息技术的普及，定价或许会成为关系企业供应链运营战略的成败关键因素之一。因为市场竞争的加剧、电子商务的日益成熟都会使价格更加透明。海量的信息一方面让客户更加精明和挑剔，另一方面也让企业定价受到越来越多的制约。所以重视定价战略将有助于使供应链管理从优秀走向卓越。

　　（二）收益管理的内涵

　　对于收益管理理论（Revenue Management Theory）的基本内涵，西班牙学者塔卢里（Talluri）和范里津（Van Ryzin）从经济学视角认为：收益管理是通过对市场需求的细分和预测，决定何时、何地以何种价格向谁提供产品或服务，通过扩大顾客有效需求来提高企业收益[⊖]。

　　这个内涵对供应链的收益管理依然有效。可以看出，收益管理的核心在于价格细分（很多教科书也称之为价格歧视），是根据一定标准向具有不同需求特征和价格弹性的客户执行不同的价格标准。

　　不同价格标准的意义在于：通过价格歧视将那些愿意并且能够消费得起的客户和为了使价格低一点而愿意改变自己消费方式的客户区分开，最大限度地开发市场潜在需求，提高效益。例如，同是飞机经济舱的顾客，当机票提价时，便可能分化为两类顾客，一类可能转而选择火车和汽车，另一类则可能继续接受涨价。因而收益管理的基本目标就在于尽力留住前者，适当地挖掘后者的利润。

　　对于供应链管理来说，收益管理的本质就是：在有限的供应链产能资源和库存资产中利用定价的方式来提高利润。

## 二、战略定价

　　《3 000 美金周游世界》的作者朱兆瑞历时 77 天，开创了仅用 3 000 多美元便游历了世界四大洲 28 个国家和地区的先例[⊖]。其中很大原因归功于国外一些航空公司在航班临起飞前实现超低价甚至免费的定价战略，如该作者从伦敦到巴黎的机票只花了人民币 8 分钱，而同期从伦敦到巴黎乘坐高速铁路"欧洲之星"即使是最便宜的儿童票也需 38 美元。可见，企业的战略定价对于顾客价值的实现是密切相关的。

　　（一）定价目标和准则

　　同处航空行业，反观国内一些航空公司往往采取相反的定价战略，越是临起飞前的折扣越低，相反越早预订折扣越高。主要是因为相比其他交通方式，航班在节省时间方面具有先天的优势：对于注重时间效率的顾客而言，价格敏感度很低。尽管对于航空公司而言，临近起飞时座位边际成本很低（因为燃油、人员费用已经一次性支付）[⊜]，但只要售出即可增加收益。国内外航空公司间定价战略的差异，其实是不同市场环境中的经营理念差别。

　　"究竟该采取何种定价战略"应结合企业自身的目标同时遵循一些基本的准则[㉔]：

---

　　⊖　苏尼尔·乔普拉. 供应链管理［M］. 3 版. 陈荣秋，译. 北京：中国人民大学出版社，2008.

　　⊖　【推荐阅读】朱兆瑞. 3 000 美金，我周游了世界［M］. 广东：汕头大学出版社，2008.

　　⊜　这种一次性支付的成本在经济学中也被称为沉没成本，一旦支付便不可回收。对于起飞时，即便是以 1 元的价格售出座位，对航空公司而言也是增加了 1 元的销售，而且这种低折扣的定价会吸引更多的客户关注航空公司。

　　㉔　周晶，杨慧. 收益管理方法与应用［M］. 北京：科学出版社，2009.

定价准则之一：用需求导向代替成本导向定价。

定价准则之二：用差别定价代替统一定价。

定价准则之三：把产品留给最有价值的顾客。

此外，在进行战略定价时还要注意以下一些问题：

（1）价格的可变性。同样的产品，在不同的需求情况下制定不同的价格。例如，很多旅馆都会在节假日采取高于平日的价格策略，尤其在2010上海世博会期间，旅馆房价的平均涨价在40%左右，最高的达到了300%。

（2）合理性和接受性。顾客接受可变的价格，必须是合理的同时能够接受的。例如，不久前国航、南航和东航三大国内航空公司与移动运营商合作，乘客将可以在飞机上用手机自由通话，但收费却高达每分钟15元左右。对于惜时如金的商务旅客而言，这样的收费是可以接受的。

（3）诚实性。企业定价最基本的要求就是对顾客诚实。如果企业利用自身市场权力对顾客进行欺骗，将会失去在顾客心目中的地位。例如，美国零售巨头西尔斯公司就曾因非法标高部分瓶装饮料的价格而赔偿110万美元的罚款和诉讼费，股价当天也因此受挫大降6.38%<sup>⊖</sup>。

（4）溢价和折扣。顾客对于价格的认识，主要是基于参考价格和期望价格，如酒店的参考价格一般就是门市价，顾客在预订时总希望得到折扣，而酒店则希望尽可能得到溢价。两者间认知差异通过适当的战略定价能够达到一定程度的缓解。

**（二）定价差异原因**

对于新款 ZARA 时尚服装，顾客会愿意支付高价抢先体验流行；皇马、AC 米兰都会为其顾客制定不同价位的网络直播比赛套餐，为了更好地理解差异化定价的原因，下面以某体育馆座位定价为例进行解释。

**例 3-1**  假设体育馆座位需求 $D$ 和票价 $P$ 之间的关系满足线性方程 $D = 1\,000 - 0.5P$，如图 3-7 所示。

那么收益 $R = D \times P = 1\,000P - 0.5P^2$。可以计算出 $P^* = 1\,000$ 是这个一元二次方程的最优解，也就是说 1 000 元的票价能使收益最大化（此时可以售出 500 张票），收益其实就是图 3-7 中阴影部分的面积。

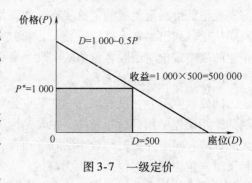

图 3-7  一级定价

那么体育馆真会按 1 000 元进行定价么？其实不然，由图 3-7 可以发现其实还有不少顾客愿意支付高于 1 000 元的票价，因此对这些顾客只收取 1 000 元的票价明显不利于体育馆收益最大化，因此 1 000 元票价又称为一级定价。

体育馆可以采取差别定价的方式，如分别制定 1 200 和 1 000 这两种价格，此时收益达到 580 000 元，比第一种单一定价方式增加了 80 000 元的收益，如图 3-8 所示的阴影面积。

若采用图 3-9 所示三级定价，票价分为 1 600 元、1 200 元和 1 000 元，此时体育馆的收益达到了 660 000 元。

---

⊖  2010 年 7 月 16 日西尔斯的开盘价为 66.26 美元，停止交易两天后收盘价为 62.03 美元。

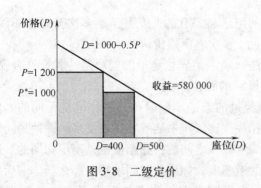

图 3-8　二级定价

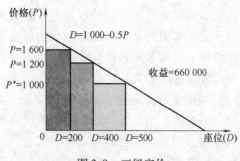

图 3-9　三级定价

显然，对于体育馆而言，只要无限减少空白三角形的面积就能够获得最大收益。因此，体育馆可以尝试更加细分的差异化定价策略，并利用微积分求得无限细分的收益

$$\int_{P=0}^{200} (1\,000 - 0.5P)\mathrm{d}P = 1\,000\,000$$

其结果比一级定价多出 1 倍的收益。当然，无限细分的收益在现实中是不可能的，因为管理费用的上升会抵消获得的收益。另外，多级定价的测算也是基于两个前提：

（1）价格制定后，高价细分市场的顾客不会转入低价细分市场。

（2）价格一旦确定后，顾客的需求是能准确预测的。

例 3-1 只有在满足这两个条件时才能够得出，但通过多级定价与单一定价的比较，还是能够很好理解适当的差异化定价有利于在满足各类顾客的同时获得最大的收益。在实际中很多球赛、演唱会根据不同的座位推出不同票价就是对这种理念最好的体现。

（三）差异化定价

生活中经常会发生这些事件：同一列车不同座位的票价是不同的；同样一件商品，在不同的交易时间，其价格也是不同的……这一切，都源于差异化定价。

1. 差异化定价的类别

差异化定价，又称价格歧视，是指企业针对同一产品或服务，根据不同的顾客、不同的交易、不同的交易时间等方面的需求差异而制定不同的价格，其目的是在满足顾客需求的同时，最大限度地提高企业的收益。

差异化定价策略大致可以分为顾客差异化定价、渠道差异化定价、产品差异化定价和时间差异化定价四种策略，如图3-10所示。

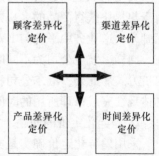

图 3-10　四种差异化定价策略

（1）顾客差异化定价。服务行业经常会采用这样的策略来最大化经营效益。

金融业的"二八定律"是 20% 的顾客将带来 80% 以上利润。而麦肯锡公司的一份调研报告指出，中国银行业中 4% 的顾客将带来近 80% 的收益。因此，为吸引和挽留这部分顾客，银行通常会推出普通顾客无法享受到的优惠政策。

例如，电影院上演《喜羊羊和灰太狼》动画片的时候也采取了顾客差异化的定价策略：6 岁以下的儿童可以免费看电影并且可以获得精美的纪念品。这个定价策略对儿童而言具有极强的吸引力，尤其为了获得市场上无法买到的纪念品，有的儿童甚至会多次光顾电影院，但随同的家长却因为这个表面上诱惑的定价支付了多次电影票价。

经济学上对顾客差异化有着比较经典的看法，顾客差异化定价的实质是一种交叉补贴，即利用高收益的顾客来补贴低收益（甚至是亏损）的顾客。

（2）渠道差异化定价。对于相同产品，当经过的渠道不同时价格往往也是不同的。例如，同一本书籍，当当等网络渠道商的价格折扣往往比新华书店等零售商更多。即使是同样的网络渠道，当当网络书店与卓越网络书店、淘宝商城之间的折扣幅度也是不尽相同的。造成这种渠道差异化的定价源自顾客对不同服务的敏感度，如果对时间敏感，那么新华书店显然是比较好的选择，如果对于信誉敏感，那么当当网络书店和卓越网络书店会是更好的选择。

同时，渠道差异化也可以充分利用捆绑销售的便利特点，如可以利用同一场所内顾客对不同产品价格敏感度低的特点。例如，一杯啤酒在酒吧就比在超市要贵得多，但是销售仍然不错。同样，许多超级市场内并不是所有商品都是便宜的，但可以通过捆绑式的商品展示却可以实现更高的收益。

（3）产品差异化定价。产品差异化大致可以分为两类，即同类产品不同品牌和同样产品不同质量。定价策略也可以根据这两类产品差异进行制定。

对于同类产品不同品牌的差别定价，典型的代表是汽车行业。许多汽车公司都会推出覆盖不同消费能力客户群体的汽车品牌，如日产骐达（中低端）、天籁（中高端），英菲尼迪（高端）。这种定价其实是通过丰富产品线来分散品牌集中可能给企业带来的风险，简而言之"把鸡蛋放在不同的篮子里"，同时也可以获得更多的收益。

对于同样产品不同质量的差别定价，典型的代表是简装和精装的产品系列。例如，简装书籍通常会比精装书籍便宜，但书中的内容却不会有所改变；功能缩减的手机通常会比较便宜，但基本通话却不会有所改变。这种定价的实质是针对不同的使用价值进行的。

（4）时间差异化定价。时间具有不可逆转的特殊性，每个人对于时间的要求也不尽相同，因而企业往往利用顾客对时间上的需求差异实现差异化定价。

典型的如亚马逊公司为顾客提供免费配送服务，但条件是货物将在5~9天内送达，而对于想尽快获得商品的客户则以"标准运送"的方式收取将近24.5美元的费用。这点与中国邮政快递业务中平邮与EMS有异曲同工之处。

同样，航空公司为不同时间预订机票的旅客提供不同的折扣也是一种基于时间的差异化定价方式。此外，戴尔公司根据不同的维修合同对产品收取不同的价格，这种维修合同的差别体现在完成修理所用的时间不同（如隔天或一周内）。

2. 差异化定价的问题

采用差异化定价确实是实现战略定价的有效方法，然而现实中许多企业在推行中却面临着诸多障碍：

（1）不完全细分市场。顾客的需求和支付意愿常常是模糊的，因而在市场细分时，很难保障每个细分市场平均支付意愿的差异区间，从而为差异化定价造成了障碍。

（2）侵蚀。一旦采用差异化定价，那些处于较高层次的细分市场的顾客便会设法以较低价格购买，同时也较难把处于低细分市场的顾客培养到高端。正如有高支付意愿的顾客面对原价商品时，往往会到折扣区选择类似的产品加以替代，选择便宜商品的心理是很常见的。

（3）套利。差异化定价容易让交易之外的第三方获得套利[-]的机会，他们会以低价买入，高价卖出，从中获取差价。为了防止套利的发生，企业往往会采用回扣代替折扣的形式。从生产商的角度来看，如果只降低批发价格，零售商可能会保留这一折扣而不将其传递给消费者；最重要的是，如果零售商依据打折后的批发价来进行销售时则会造成价格体系紊乱，据此采用的订货策略将造成严重的供应链"牛鞭效应"。

（四）动态定价

前面提到的差异化定价，是在相对"静态"环境下的产品市场细分，而实际上技术升级、市场风格转向等因素都会造成同一产品或服务的价值随着时间而流逝，这类产品或服务又称为易逝品。例如，飞机起飞之后的空座对航空公司而言丝毫没有价值；大型超市的水果蔬菜也会因为隔夜而进行降价处理；计算机领域的"摩尔定律"让计算机价值在短时间内就被贬值；服装零售商也会在销售季末开始大量打折以清空库存……

动态定价是指，根据供应链资源的配置情况将易逝品在不同时间段上进行差别定价来确保供应链的收益。从实质上来看，动态定价的目标是为了维持特定时间段内的供需平衡而采取的价格策略。从供应链的角度来看，动态定价是针对产品市场价值随时间变动的一条"收益保值路线"。当然需要注意的是，动态定价并不意味着产品价值一定随时间衰减，如古董汽车就是反例之一。但大多数产品的价值都是易逝的，因此本书仅讨论易逝品的动态定价。

供应链进行动态定价的目的大致出于两个方面：①在产品或服务的销售期，根据手中的库存数量和所剩余的销售时间，采用降价出清的策略来获取最大期望销售利润或收益。②用于缓解市场需求和供应链库存、生产之间的矛盾，从而提高供应链运营绩效。

1. 降价出清策略

在市场需求多变的环境中，像服装这样的季节性产品和消费电子等时尚性产品的供应链最能体现库存的时间价值。通常这类产品推向市场的初期，供应链管理者往往会制定较高的价格来获得更高的收益，然后随着时间的推移以及大量同类竞争产品（或更优的替代品）出现降低售价并出清库存。

美国青少年休闲服饰品牌 Gap 的动态定价策略值得借鉴：对季节性产品采取出清定价；对整年受大众欢迎的牛仔服饰实行稳定的市场价格；对沙滩服装采取夏末降价的措施降低库存。

2. 打折或提价策略

打折或者提价都可以提高供应链的收益和运营绩效。

打折可以扩大市场需求这一事实无须争辩。例如，香奈儿（Chanel）、范思哲（Versace）或是古奇（Gucci）这些国际奢侈品通常拥有极高的利润，但昂贵的价格也会使一部分想购买其产品却又犹豫不决的顾客被排除在外。为吸引这群顾客同时又不因低价而损伤品牌形象，这些奢侈品供应链管理者往往会定期推出稍稍打折的产品以增加供应链绩效。有数据和模型表示，定期折扣的利润增长率为 2% ~ 10%。这可视为扩大市场需求的一种定价策略[-]。

---

　　[-]　"黄牛"倒卖演唱会门票就是一个典型的套利行为。

　　[-]　大卫·辛奇-利维. 供应链设计与管理：概念战略与案例研究 ［M］. 2 版. 季建华，译. 北京：中国财经出版社，2004.

打折也可以转移市场需求。例如，戴尔公司曾经因某一关键零部件供应中断而无法向市场提供某款热销计算机，但戴尔通过吸引人的折扣，成功将市场需求转移到另一款计算机上，从而维护了戴尔的供应链形象。

通过提价来抑制市场的需求对供应链的绩效而言也是有帮助的。当突发事件造成市场需求激增会造成供应链库存无法满足的情况，但若贸然扩大供应链产能又很可能因为突发事件的消亡而造成大量库存积压，如2003年SARS发生后的口罩、板蓝根等库存积压。对此，供应链管理者可以利用提价来确定市场需求发展趋势后，决定是否扩张供应链的产能[⊖]。

通过打折和提价来实现动态定价时，供应链管理者应该注意以下两个原则：

（1）打折和提价不应该以损害品牌形象为代价，否则宁可不打折、不提价。

（2）打折和提价的目的不是打劫市场，而是出于供应链的运作绩效，否则宁可不打折、不提价。

## 三、电子商务环境下的定价战略

当贝索斯1994年创立亚马逊（www. amazon. com）网上书店以来经历整整8年才扭亏为盈。当全球资本为2000年互联网泡沫危机买单之后，经过大量补贴的消费者开始接受电子商务，阿里巴巴、淘宝和凡客诚品等网站也因此搭上电子商务的快车而迅速发展，而且这一趋势仍将继续。

电子商务的发展让许多新生力量得以挑战现有的市场大佬。极低的销售成本、24小时的全天候营业、透明的信息传递等事实对传统供应链造成前所未有的渠道压力。如何在电子商务下进行定价已经日益成为现代供应链管理中一个重要的内容。

（一）电子商务给供应链带来的机遇和挑战

供应链管理者开始意识到，电子商务的出现已经让企业面临线上和线下两种销售渠道。一方面，线上渠道开始对线下渠道造成冲击——价格体系的紊乱就是其中一个表现。而另一方面，线上渠道也可以成为线下渠道的补充——制造商可以通过网络销售获得更多的收益。归纳起来，供应链在电子商务时代中存在以下几个方面的机遇和挑战。

1. 标价的成本降低

事实上，商家在网络里要改变公告价格的成本要比现实世界小得多。尤其是对于淘宝网（www. taobao. com）这样巨型的B2C电子商务网站而言，几乎可以每秒钟都更新商品的价格数据，并且通过后台的客户数据库以几乎零成本的方式向目标顾客发送商品目录，而这种方式远远比传统大规模的电视广告、直邮目录要便宜得多也快速得多。

2. 买方搜寻成本降低

买方搜寻成本不仅仅体现在时间上的节省（通过互联网，仅需"动动手指"即可完成从产品搜索到完成采购的一整个流程），而且还体现在选择范围的增加（通过网络可以找到更多的供应商）。此外，精力的节省、交易过程的简化都极大地解放了产品购买过程的劳动力，买方也因此可以有更多的时间从事其他更有意义的工作：对企业而言为战略规划，对个人而言为休闲娱乐等。

---

⊖ 换而言之，维持一定的供应链冗余产能可以获得风险溢价。

### 3. 顾客区分度提高

大型数据库以及复杂的数据挖掘算法可以允许企业根据历史消费数据对顾客进行细分，以此作为不同顾客群体消费行为的基础。当顾客的偏好得以确认之后，企业可以精准地向其推荐感兴趣的产品以增强顾客的忠诚度。例如，亚马逊花费 10 多年时间研发了一套顾客消费行为分析系统，该系统可以依据顾客的购买历史向其自动推荐目标产品，据称该系统让亚马逊获得了巨大的收益。

### 4. 供应链可视化程度提高

电子商务的实现为企业直接与终端顾客对话提供了可能，顾客的真实需求从来就没有像今天这样可以在供应链中迅速传递和共享。此外，电子商务让供应链的需求预测变得容易且成本降低，通过网络的模拟销售可以对产品的市场需求及对应的价格进行较为准确的预判。需求信息的共享、预测精度的提高可以增强供应链协同计划的能力，同时供应链运作中各个环节的库存、生产、配送等信息都会变得清晰和高效（当然，前提是达成供应链的协作契约）。

### 5. 供应链体系紊乱

信息透明也给供应链管理者带来了巨大的烦恼：一方面，消费者的砍价能力越来越强；另一方面，线上和线下两种渠道冲突造成了供应链体系的紊乱，其中价格冲突是电子商务给供应链管理带来最大的麻烦。

网络渠道的价格通常会介于制造商批发价与传统渠道的零售价之间，而这种定价往往会引起传统渠道商的不满，甚至会引起经销商的退出。此外，网络渠道的建立可能导致企业与传统渠道商之间信任的缺失，导致双方对立心态严重，进而可能影响在供应链中传递的市场信息的真实性。

### （二）供应链双渠道定价策略

在制定供应链的双渠道定价策略之前，有必要了解构成供应链的各成员所关注的焦点。

对于制造商而言，它所考虑的是采用何种补偿策略以协同竞争实现传统分销与在线直销和谐并存，从而使自身从这两种渠道获取的总收益最大。

对于线下零售商而言，它所关心的是如何降低其物流、库存等分销成本以提升自己的盈利能力是其赢得生存与发展的关键因素。

对于线上零售商而言，它则要面对如何与传统零售商进行差异化战略并避免供应链其他成员对其进行惩罚。

可以看出，协调制造商、线下和线上零售商三者之间的关系和利益是供应链双渠道定价的出发点。根据纵向集成（制造商和零售商的合作）和横向集成（线下和线上零售商）之间的供应链合作方式可以分为完全独立、完全横向集成、直销为主和完全集成等四种双渠道运作模式（如图 3-11 所示）。不同渠道运作模式的定价策略存在较大差异。

### 1. 完全独立的双渠道模式

在这种双渠道模式中，制造商拥有绝对的供应链核心权力，对线上和线下零售商有着完全的价格控制能力。在这种模式中，线下和线上两种销售渠道几乎不会发生冲突，产品的定价几乎不会有所差别，而且通常线下零售商会卖出更多的产品。

典型代表，如苹果公司在线下渠道根据代理的产品类别和经销商资质的不同分为 Apple 优质经销商、Apple Shop、Apple 授权经销商和行业经销商四类，在酷动苹果体验店，顾客能够结识兼具技术和知识的专业人士，在产品购买、安装、学习等方面获得建议和帮助。线上渠道则授权给上海维音进行管理，各渠道商与苹果公司都是独立的实体，共同销售苹果产品。

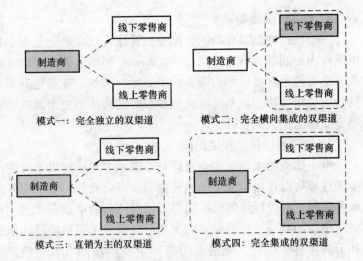

模式一：完全独立的双渠道　　模式二：完全横向集成的双渠道

模式三：直销为主的双渠道　　　模式四：完全集成的双渠道

图 3-11　四种双渠道模式

**2. 完全横向集成的双渠道模式**

在这种双渠道模式中，零售商在供应链中处于权力中心，并且同时对线上和线下的销售渠道进行控制。在这种模式中，线上销售渠道只是为了拓展产品销售量或零售商企业形象，而主体的销售量均由零售商的线下卖场来完成。在这种模式下，零售商是没有动力去进行差别定价的，因此也不需要讨论什么定价策略。

典型代表，如国美、苏宁等渠道商在拥有实体大卖场的同时，先后推出了网上商城，为顾客提供了更多的渠道选择。国美对于网络渠道的拓展始于 2003 年 1 月，目标是要建成"中国家电第一门户网站"的国美网上商城覆盖包括我国香港在内的全国 90 多个地区。然而目前网上商城的销售额占国美全年销售总额的份额还不足 1%。

**3. 直销为主的双渠道模式**

在这种双渠道模式中，制造商和零售商均可以是供应链的核心企业，销售方式主要是以直销为主。在这种模式中，供应链中直销渠道很可能面临另一渠道的价格冲击，尤其是线上低成本的销售渠道很可能会以价格战的形式威胁线下的直销渠道。从经济学的角度来看，通过这种模式进行销售的产品一定是市场充分竞争的，因此最优的销售模式是均采取网络销售（辅之线下体验）并制定相同的价格。实际上即便是同一产品网络定价也有所不同，而信誉、服务、质量和风险等是阻碍同物同价的主要因素。

典型代表，如凡客诚品完全采用网络销售服装，所有的服装来自于代工工厂，没有任何其他线下渠道，因此它可以做到同物同价。在虚拟的电子商务之中，重视信誉和产品质量让凡客诚品可以对其产品进行自主定价（当然，追求更为个性化的消费者可以选择淘宝），企业发展速度和收益增幅也很可观：在短短几年之内的销售额达到 6 亿元（而 2007 年成立之初的销售额为 112 万元），而同行 PPG 却因为信誉和质量问题而快速破产。

**4. 完全集成的双渠道模式**

在这种双渠道模式中，制造商通常是供应链的核心，但制造商的产品技术含量并没有高到第一种模式中其他厂商无法仿制的程度，并且大量的产品是通过线下销售渠道完成的。在这种模式下，任何线上渠道的价格竞争出现都会造成供应链体系的混乱，制造商往往也会遭到来自线下经销商的强大压力。在这种模式下的任何定价策略几乎是无效的，但制造商可以自建网络渠道或者以"定利"模式让其他线上经销商放弃仿制的念头[⊖]。

模式四的典型代表，如根据李宁公司2009年报显示，全国李宁专卖店门店数已达7 249家（估计2010年将超过8 000家）。与此同时，李宁从2008年开始对淘宝等两万多个网商进行"招安"以维护品牌形象，并通过利润分成的形式获得了近乎免费的线上代理商。当然前提条件是，线上价格不能对线下分销商的经营造成冲击，因此往往线上的产品大多是正品的库存或质量有差别的产品。

# 本 章 小 结

本章从供应链对顾客价值的贡献出发，目的是为了让管理者更好地了解从顾客需求的角度出发才能够获得整体供应链的战略价值。其次，本章重点分析了推动供应链运作的动力来源并以此划分了推式和拉式供应链两种不同的运作模式，分析了创新型和功能型产品的供应链匹配模式，当然不同的运作模式各有好处和坏处，了解这些将有助于改进你的供应链运作模式。最后，本章介绍了供应链的定价战略，尽管这部分内容属于收益管理，但近些年来的企业实践表明，定价正越来越成为供应链管理的重要战略之一，在这部分中也介绍了电子商务环境下的定价战略；正确定价是一件非常困难的事情，它可能需要大量复杂的计算和市场检验，但相信了解其中的一些原理将会更有助于管理好供应链的运作体系。

## 关键术语

| | |
|---|---|
| 客户价值（Customer Value） | 推式供应链（Push Supply Chain） |
| 拉式供应链（Pull Supply Chain） | 功能型产品（Functional Products） |
| 创新型产品（Innovative Products） | 有效性供应链（Efficient Supply Chain） |
| 响应性供应链（Responsive Supply Chain） | 定价（Pricing） |
| 收益管理（Revenue Management） | 电子商务定价（E-Business Pricing） |

## 思考与练习

1. 除了本章提及的顾客价值之外，你还认为有哪些顾客价值还值得重点关注？请用一句话来总结和概括现在市场中顾客关注的核心价值（总结得越精炼，表示你对顾客价值的理解就越深）。

2. 可口可乐公司是一个典型的推式供应链，请就可口可乐的供应链运作模式进行分析，重点关注可口可乐供应链中的成本是如何分布的？它的运作模式对你有什么启示？

3. 苹果 iPhone4 是一个典型的创新型产品，它显然选择了响应型的供应链运营战略，请你分析 iPhone4 的供应链成本，并且根据 iPhone4 的售价来分析它的利润率。

4. 价格歧视是收益管理的核心内容，请你列举生活中遇到的一些案例，并仔细思考这些案例中采取的价格歧视真的实现了收益的增长了吗？如果没有，那么问题出现在哪里？

5. 找到更多供应链双渠道定价的案例，请你分析这些案例成功和失败的原因。

---

⊖ 利用一定的利益分成机制使对立的渠道转向合作。例如，淘宝中活跃着一批"淘客"，他们的工作就是将通过网络渠道获得的电子订单交给企业的传统渠道商来完成，并从中获得利润的分成。

# 本章案例：海尔的供应链运营战略

创立于 1984 年的海尔集团经过 26 年发展，已在全球拥有 29 个制造基地、8 个综合研发中心、19 个海外贸易公司、全球员工总数超过 6 万人。同时，海尔在世界白色家电品牌中以 5.1% 的全球市场占有率超过了具有百年历史、曾经的行业领头羊美国惠而浦公司排名第一，在"中国最有价值品牌排行榜"中，海尔也是自 2001 年以来连续 8 年居于首位（2009 年品牌价值达到 812 亿元人民币）。通过对海尔模式的剖析有助于更好地了解本章内容。

（一）海尔模式中的顾客价值

对于质量的追求，是海尔对实现顾客价值的最基本的要求。大部分人仍会津津乐道于张瑞敏"砸冰箱"的事件。那是在 1985 年，青岛电冰箱总厂生产的瑞雪牌电冰箱（海尔的前身），在一次质量检查中有 76 台电冰箱不合格，而按照当时的销售行情，这些电冰箱只要稍加维修仍可出售。但张瑞敏决定在全厂职工面前，将这 76 台电冰箱全部砸毁。在当时，一台冰箱价值 800 多元人民币，而职工每月平均工资只有 40 元，一台冰箱几乎等于一个工人两年的工资。当时职工纷纷建议：便宜处理给工人。但张瑞敏对员工说："如果便宜处理给你们，就等于告诉大家可以生产这种带缺陷的冰箱。今天是 76 台，明天就可能是 760 台、7 600 台……因此，必须解决这个问题！"

在全球化经营的背景下，海尔为实现不同国家及地区顾客的价值，在其海外分支机构中，雇用了超过 98% 的当地员工，以帮助海尔通过售后服务接触到消费者，发掘了他们的最终需求。例如，曾经广受关注的能洗土豆的洗衣机是海尔细心了解农村用户需求的经典案例。如今海尔的团队已经把同样的产品销售到了新西兰，这些设计优秀、很少发生故障的洗衣机，已经成了新西兰的很多农场的必备之物。

此外，海尔积极围绕着顾客需求推进产品的创新。例如，在夏季，人们换洗衣物较为频繁，但传统洗衣机的容量一般在 5kg 左右，这样既麻烦又浪费电、水，为此，海尔推出了容量只有 1.5kg 的小小神童洗衣机，满足了人们洗少量衣物的需求，上市 20 多个月销售量就突破了 100 万台。从顾客的角度出发考虑问题，实现顾客价值的同时也增加了企业自身的收益。

（二）海尔模式中运作战略的选择

海尔的产品涉及了居室家电、厨房家电、IT 产品、商用电器等十个大类，这也给海尔实行具体的运作战略提出了挑战：

成立于 1997 年，依托海尔家电生产以及品牌的实力，海尔厨房赢得了"中国厨卫行业领头雁"的美誉。而在 2009 年海尔首创了行业第一套整体厨房解决方案数据库，囊括了 10 位欧洲红点设计大奖得主与数十位国内顶尖设计师的 1 000 余种厨房解决方案，为顾客量身定做完美的厨房提供了支持。

海尔厨房以顾客为中心，根据实际需求拉动了上游相关的电器、板材等一系列配套设施的生产，实行的是典型的拉动战略。但海尔其他的一些小家电产品，如风扇、电饭煲等则是通过覆盖全国的经销商主动推向市场，以推动战略来满足顾客对这些产品的需求。

（三）海尔模式中双渠道的定价及协调问题

以最小的成本销售产品，以最小的代价全面覆盖市场是任何一家企业所追求的，海尔也不例外。利用网络渠道运营成本低而且容易实现对全国乃至全球范围的市场覆盖的优点，海尔早在2000年便采用了网络和传统双渠道的销售策略（在2008年仅第四季度在京东商城的销售额就突破了1 500万元人民币）。

在一级城市，海尔通过与国美、苏宁、百思买等电器分销商合作构建渠道，而在二、三线城市采取网上商城的方式进行覆盖。但海尔这种双渠道实施过程中并非一帆风顺，网上商场成立之初便遇到了棘手的问题。

相比二、三级城市的分销商，国美、苏宁等大型分销商在一级城市具有更强的市场影响力。因此，对于一线城市的顾客，当线上和线下渠道产品价格相差不大的情况下，他们更倾向于实体渠道以获得更好的消费体验。

反观在二、三线城市中，较高的进货成本使得零售商在面对网上商城的冲击时毫无优势可言。与此同时，这些区域的顾客在网上商城订购产品后，订单是由该顾客所在城市的零售商进行处理的，这实际上并没有让零售商赚到钱反而倒贴了额外的服务费用。大量潜在顾客转投网络渠道让这些传统渠道经销商如哑巴吃黄连一般，有苦说不出，这也逐渐引发了渠道间的冲突。

面对这种可能会影响海尔在二、三线城市立足根基的冲突，海尔又是如何协调的呢？

一方面，出于维持网上商城的运作，不至于出现当地零售商不愿交货的情况，海尔对零售商采取配送补贴的激励方式，即为配送商品按照线上、线下的定价差实现定额补贴；另一方面，海尔实行了"联合销售数量折扣定价策略"，让利给零售商。"联合销售数量折扣定价策略"是指在依据数量实现折扣定价策略的基础上，把线上、线下渠道的销售都计入零售商的销售数量。也就是说在同一个地区，海尔将零售商配送到顾客家中的网络订单也计入零售商的销售量，从而增加了其产品销售总量，进而能享受到海尔更优惠的采购折扣。

海尔之所以实行这样一个机制是因为网络渠道的需求主要集中于二、三线城市，如果为此独立建立仓储和配送体系很不经济，因而借助于传统渠道是一条行之有效的途径。但简单的联合配送会使本已因利益受损心存怨气的零售商更加愤怒，可能激发更深层次冲突，因此通过统一配送的联合销售数量折扣为矛盾的双方找到了利益契合点，从而实现双渠道间的协同运作。

在此过程中，海尔将网上商城所获得效益让利于二、三线零售商，调动了他们的积极性，同时也逐渐培育了市场，拥有了日渐壮大的渠道商，地位也慢慢和一线城市的强势零售渠道平起平坐。例如，海尔在山东安丘这个人口不到100万的城市的专卖店，近三年来，每年增长销售额都在1 000万元人民币以上，如今已经达到了8 000多万元人民币的年销售额，在全国经销商中名列前茅。

海尔以网络渠道带动传统渠道，通过合理的联动机制，挖掘了渠道的潜力，实现了双渠道的协同运营，在平衡各方利益的同时实现了供应链的最优配置。

资料来源：①田文.海尔：张瑞敏的生意经 [M].北京：中国画报出版社，2010.

②沈焱，等.如何协调网上、网下双渠道：伊森艾伦和海尔的实践 [J].北大商业评论，2010，2：92～95。经编者修改整理。

**案例思考：**

1. 海尔是我国最知名的企业之一，它是如何选择供应链运作模式的？

2. 海尔是如何协调线上和线下销售渠道的价格冲突？为维护价格体系，海尔做了哪些工作？你认为海尔这些价格协调工作真的能够解决传统渠道和电子商务渠道的冲突吗？

3. 苏宁、国美等大型零售商也建立了网络销售渠道，但事实表明这些线上销售渠道并没有给这些家电零售巨头带来很大的利益。那么海尔现行的供应链运作模式能够避免这样的窘境吗？你有更好的建议吗？

# 第四章　信息价值和供应链管理

 **本章引言**

  微软 Windows 操作系统最大的贡献在于利用鼠标点击就可以实现对信息的可视化操作。"可视化"的信息（Visible Information）对于供应链运作管理至关重要：供应链各环节的运作如叶脉一样清晰可见，"运筹帷幄决胜千里"的管理决策才有可能实现。然而想做到"信息可视化"绝非易事：海量信息让决策无从下手，被"污染"而失真的信息将导致供应链决策失败。

  正如情报对于战争的重要性，信息是协调供应链运作的重要纽带。然而信息陷阱却在很大程度上造成供应链失调。信息扭曲会引发供应链失调的一个重要现象——"牛鞭效应"。

  地球之所以会变成"村落"，信息技术功不可没。如果仔细审视供应链发展史，可以发现供应链管理与 IT 的进步在时间上是如此惊人的同步。可以毫不夸张地说：没有现代的信息技术，就没有供应链管理。

 **学习目标**

- 了解信息对于企业供应链管理的重要性
- 了解如何有效的收集、识别供应链管理所需的信息
- 了解供应链管理中存在的信息陷阱、产生原因以及如何避免
- 理解供应链牛鞭效应产生的原因和缓解措施
- 了解信息技术发展历程及当前供应链管理中使用较多的信息技术

# 第一节　信息价值和信息陷阱

## 一、信息对供应链管理的重要性

（一）信息是供应链运作的驱动力

  越来越多的供应链管理者都承认"企业管理的本质在于决策"这一事实，但正确决策的前提是拥有高质量的信息。信息是供应链高效运作的首要驱动力，通过高效信息流管理达成的供应链协调能够促进物流和资金流能无缝、顺畅地在供应链中传递，供应链中各个环节——采购、生产、销售和配送得以快速响应市场需求的同时降低了供应链整体的运作成本。

  "快、准、狠"成为大多服装企业生存之道。服装行业的特殊性——强烈的季节性和流行性要求企业制定合理的季节性销售、促销、折扣等策略以及款式设计和采购计划，这些都需要完整、全面的信息，以适应不断变化的市场需求，优化库存。

  被认为欧洲最具研究价值的服装品牌——ZARA，通过对商业信息的高度整合实现了

"快速、少量、多款"的供应链运作模式：①需求反馈迅速。ZARA 的每一个市场专员都参与每一家连锁店的管理工作，并负责与 ZARA 总部进行大量的数据交换，而这些数据细致到每款产品卖了几单、尺码、颜色、卖出时间等各个方面的信息，这让 ZARA 能够及时了解消费者的需求和行为。②设计、生产和交付迅速。通过市场分析部门反馈信息，设计部门快速进行产品设计并将数据传递给位于不同地区的生产部门，生产部门接到设计之后快速组织原材料的采购和生产，最后根据不同服装的附加价值组织物流企业采用空运或陆运的方式将产品送至各个门店……高效的信息管理让 ZARA 的服装从设计理念到成品上架仅需十几天，这样的业绩远超其他欧美同行。

位列中国男装品牌三甲的海澜之家，借助完全透明的信息系统成功实现了全国 3 000 余家门店的资金整合。对于加盟商，海澜之家与其进行"65∶35"分成，其中门店当天 30% 的销售额直接汇入加盟商的账户，剩余的 5% 也在月底进行结算。每日结算保证了加盟商充足的资金流，此外 100% 的退货承诺也降低了加盟者的库存呆滞风险。海澜之家同样利用高效的信息平台使得全国上千家供应商能够透明地了解自身产品的销售情况，及时协调因地域、季节等产生的滞销。另外，固定地向供应商结款也保障了供应商的利益<sup>⊖</sup>，从而达到了整体供应链的协调运作和管理……高效的信息流管理令海澜之家的现金流更加顺畅，同时对于整个链条的管理却更加紧密。

（二）信息是优化供应链库存和物流管理的利器

正如第二章中频繁提及"库存是必要的魔鬼"，许多管理者一直在寻求这样的一种状态：既能保持客户的服务水平（消费者可以随时随地获得产品），又可以降低库存的积压（提高资金的利用效率）。在互联网的电子商务时代，信息正在成为库存最廉价的"替代品"。

中国最大的在线图书销售企业当当网一直津津乐道于它的 60 万种图书，这是任何一家线下实体书店不可想象的一件事，理论上所需的图书库存数量之大是实体书店所不能承受的。可以想象一下：如果一本畅销书在全国新华书店 5 000 余家门店同时上架需要多少样书？而这些上架样本书往往以很低的折扣卖出，浪费了企业大量的资金。当当网利用"比特"数据代替实体的销售库存，在线图书销售系统几乎让实体的店面成本降至为零，实现了"只要拥有仓库就可做生意"和"24 小时不间断销售"的理念。

通过信息整合的供应链运作模式与互联网技术的结合诞生了新的商业模式，而这样的商业模式仍将在供应链管理领域中层出不穷。

高效的信息管理还优化着供应链管理中另一个重要组成部分——物流。高效的物流运作管理不仅能够将产品快速地交付到用户手中，而且还在降低库存中扮演了重要的角色。

### ● 沃尔玛的物流信息能力 ●

据相关资料统计，我国商场、超市的物流成本控制在 15% 就已经非常优秀了。而全球第一大零售商沃尔玛的物流成本仅占其销售额的 1.3%，这对于国内众多的超市等零售企业而言似乎是一个"不可完成的任务"。"高

---

⊖　根据网上公开信息，海澜之家与供应商之间的结款固定在每个月的 3 号。

效的物流运作"是沃尔玛最大的核心竞争力，其中高效的物流信息处理是达成沃尔玛零售业霸主的最大利器。为了提高物流的配送效率，整合自身的全球资源，凭借自己的商用卫星，沃尔玛建立起了强大的信息系统。通过这个系统，沃尔玛不仅可以实现全球 4 000 多家门店在 1 小时之内盘点每种商品的库存、上架、销售量，而且能与供应商每日交换商品销售、运输和订货信息，实现商店的销售、订货与配送保持同步。沃尔玛高效的信息系统配合高度自动化的物流系统，帮助它最大限度地降低了商品库存和在途时间，有效地压缩营运成本和物流成本。沃尔玛"利用信息化武装现代物流"的做法值得我国企业进行供应链管理创新的借鉴。

　　资料来源：陈滢. 沃尔玛的供应链管理信息系统对我国零售业的启示[J]. 商业经济，2009，4：18 -21. 经编者修改整理。

**（三）供应链管理中信息作用的总结**

　　通过上述四个案例的综合分析，可以看到信息在供应链管理中发挥的巨大作用，主要体现在图 4-1 所示的四个方面：

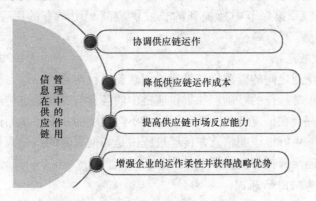

图 4-1　信息在供应链管理中的作用

　　1. 协调供应链运作

　　信息联系着供应链的各个阶段，使供应链各个节点相互协调：供应商可以根据零售商的终端销售量合理安排生产日期、生产量以及补货情况。

　　2. 降低供应链运作成本

　　信息有利于减少供应链中需求的变动性，及时和有效的信息可以减少企业的库存以及对人力资源等方面的需求，降低供应链的成本。

　　3. 提高供应链市场反应能力

　　戴尔公司通过直销的模式面向自己的客户，这种模式帮助戴尔公司更快地了解市场需求及其变化，提高企业的市场响应能力，打造急速供应链，进而满足顾客新的需求。

　　4. 增强企业的运作柔性并获得战略优势

　　例如，当供应商了解到订单的增加是由于零售单位的促销活动而非市场发生真正的需求变化，这时供应商可以做出更好的预测，而不是盲目地增加产量。

## 二、供应链管理中的信息陷阱

《三国演义》淋漓尽致地演绎了如何制造信息陷阱让自身获得战略和战术上的优势。而在现实供应链管理的过程中也存在着信息陷阱。本节将介绍供应链中的信息陷阱并分析其产生的原因。

### （一）两大信息陷阱

虽然供应链是一个利益共同体，但供应链上各成员企业毕竟是独立的经营主体，有各自的经营战略、目标市场、技术水平、运作水平以及各自的企业文化，甚至存在一个企业同属多个互相竞争的供应链的情形。此外，供应链的结构也在很大程度上影响了信息共享的质量。许多研究专家利用信息博弈论对影响供应链信息质量的因素分析之后，认为信息拥有不对称和信息传递不完美是其中最重要的两个影响因素。

1. 信息拥有不对称[一]

信息不对称现象最早见诸金融市场的信息披露，但这样的现象也存在于供应链中的各个企业。一方面，由于供应链上的企业都是独立的经济实体，每一个企业都更了解自己的生产和经营状况，各自都有私有信息。与此同时，供应链中的每一个企业为了追求自身的最大利益，它们会有意隐瞒本企业内部的某些核心信息，即在合作中实现有限的信息共享。本书第二章第一节中所提到的长虹供应商利用私有的库存信息偷卖彩管就是其中典型的一个案例。

2. 信息传递不完美

供应链的合作企业之间的资源传递是通过信息流进行沟通的，信息流的通畅是供应链管理中物流和资金流正常运作的基础。如果供应链中的各参与者间信息传递不及时或信息传递不准确和不完整，都会在供应链各个环节间造成不同程度的扭曲，从而产生"牛鞭效应"。

有一则故事能够更好地说明信息在传递过程中是如何失真的：一人打死一只蚊子，蚊子肚破流血的信息传递至邻村却变成了"该人被打死"。

### （二）产生信息陷阱的原因

通过上述内容的分析，可以清楚看到供应链管理中信息陷阱主要归结于信息扭曲带来的信息失真问题。信息总是因不可避免地被人为的（信息不对称）或是供应链自身的原因（信息不完整）而扭曲，信息在供应链的传递中失真了。图4-2给出了造成信息陷阱的四个方面的原因：

图 4-2 供应链中的信息陷阱及产生原因

1. 供应链的复杂导致信息失真

供应链节点多、层级复杂，会导致信息传递不流通，供应链响应速度迟缓，对顾客需求响应滞后，进而信息发生扭曲。应该有许多人玩过传话的游戏：一句话通过一个接一个人的传递后，到最后，这句话的原话很可能会面目全非。

---

㊀ 【推荐阅读】张维迎. 博弈论与信息经济学 [M]. 上海：上海人民出版社，2004.

## 2. 信息共享的缺乏

供应链上、下游企业之间缺乏有效的沟通和信任机制，使得信息缺乏一个共享。由于各级企业所处的位置、实力等各方面的不同，使其得到的信息量和信息质量是不同的，因此对需求等内容的估计也会有所不同。在信息传递过程中，各级企业都会加上自己对信息的理解，致使信息发生了扭曲。

## 3. 供应链中各企业间的利益冲突

供应链中的每个企业都有自身的利益，利益冲突就不可避免。供应链成员都是经济人，为了维护各自的利益，使自身利益最大化，会在传递中有意识的扭曲信息，以达到自己的利益目标。

## 4. 企业内部部门的目标冲突

公司自身各部门所要达成的目标不同，内部制度的不完善，也会导致信息扭曲的发生。美国电信服务供应商 Pacific Bell 公司提供负责替换和维修用户设备中的易损件的服务，对零件仓库经理和外勤工程师的评估标准分别是零件的库存水平和完成维修的时间。这种相互冲突的评估标准导致仓库经理不充分存货，当外勤工程师需要零件时缺货；外勤工程师开始自己存储零件，以便不依赖仓库的库存而迅速完成任务。这导致公司分散库存水平居高不下，公司成本上升，服务水平下降。

### 三、供应链管理中需要的信息

供应链管理涉及从原材料的采购到产品送达至消费者的全过程，在产品的生产和流通过程中，信息可以说是无处不在。一个企业不仅需要内部供应链信息，如企业内部的库存信息、销售信息、生产信息等，还需要外部供应链信息，比如与企业相关的供应商、制造商、零售商、消费者等方面的信息。企业需要知道零售商的库存信息，结合他们的订单信息分析市场的真正需求，并制定合理的销售策略和激励机制。

由于每个企业所处行业的不同以及企业发展阶段的不同，无法针对每条供应链给出所需的信息，本书在综合多个行业供应链管理的实战经验基础上，原则性地给出如表 4-1 所列的所需的信息种类，获得信息渠道可来自供应链战略部门、第三方评测机构或自建的信息系统等，但尽责调查是其中一项非常重要的工作。

表 4-1　供应链中所需的信息种类

| 信息需求端 | 信息种类 |
| --- | --- |
| 需求端 | 市场需求信息、产品销售信息、产品库存信息 |
| 生产端 | 生产能力信息、产品质量控制、产品交付情况、制造商财务数据 |
| 供应端 | 产能信息（含交付能力）、市场力量（竞争/垄断）、供应商信誉、供应商财务情况 |
| 物流端 | 配送能力、配送质量（货损率、及时交付性）、库存管理能力、能否附加的服务（如包装、简单装配等） |

资料来源：森尼尔·乔普瑞，彼得·梅因德尔. 供应链管理：战略、规划与运营［M］. 2 版. 李丽萍，译. 北京：社会科学文献出版社，2003. 经编者修改整理。

信息可以在一定程度上减少供应链中的不确定性，从这一方面来看，掌握的信息越多越有利于企业的决策，但事实上并非如此。但掌握的信息过多时，会增加处理、划分、分析信息的各种成本，延长决策时间和降低决策的效率。

从上述可见，为了更合理、科学、有效地管理供应链，需要掌握的是有用的信息，而不是尽可能多但无用的信息。那么什么是有用的信息呢？根据苏尼尔·乔普瑞等专家们的观点，供应链管理中有用的信息必须包含三个特征[◯]：

1. 信息的正确性

只有正确的信息才是有用的，错误的信息不仅不利于供应链的管理，还可能导致决策偏离既定的目标。国内某大型超市曾经因为某些原因（如人为失误）造成订单出错，延误了商品补货。

2. 信息的及时获取性

即使信息是正确的，但如果是已经过时的，也不能成为管理者决策的依据。现在市场竞争激烈，瞬息万变，企业只有及时获得当前的信息才可能满足市场的需求。

3. 信息的适当性

信息即使是正确的，并且是及时的，但如果不是本企业需要的，那对于公司的决策也是没有帮助的。公司制定配送系统需要的信息与选择供应商所需要的信息是不同的，只有获取相应的信息才能有利于供应链的管理。因此，企业应该拥有辨析信息的能力，合理配置资源，而不是把时间、精力等浪费在无用信息的收集、分析上。

# 第二节　供应链管理中的牛鞭效应

## 一、"帮宝适"纸尿布的订单扭曲

20世纪90年代，宝洁公司管理人员在考察婴儿一次性纸尿裤的订单分布规律时，发现一个有意思的现象：一定地区的婴儿对该产品的消费相当的稳定，零售商的波动幅度也较小；但到了经销商阶段，订单出现大幅度波动；公司给原材料供应商的订单波动幅度更大。无独有偶，惠普、IBM等企业管理者也发现了类似的现象。

这种因需求信息在向供应链上游传递的过程中发生的被扭曲和放大的现象，就被称为"牛鞭效应"。图4-3显示了需求信息被一步步放大的现象，可以看出：需求量随着供应链层级的增加波动幅度更加剧烈，就像挥动鞭子时手腕稍稍用力，鞭梢就会出现大幅摆动。

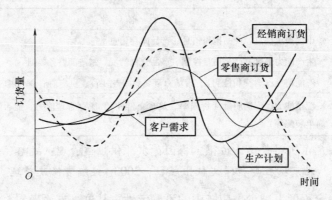

图4-3　需求信息在供应链中被逐级放大

---

供应链中各节点企业都会依据下游需求量来确定自身应该向上游发出的订单数量（或者决定生产多少产品）。为了能够保障产品交付的及时性和连续性，上游企业往往会在下游企业需求量的基础上额外加上一部分订购量。为了更好地理解"牛鞭效应"的产生原因，现在用一个简单的例子对其进行说明（如图4-4所示），但在算例解释过程中需要仔细联系前述的宝洁纸尿布案例。

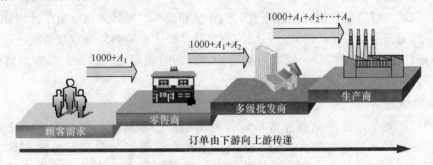

图4-4　牛鞭效应示意图

**例4-1**　假设，某商品的一般月销量为1 000件，但恰逢下个月零售商将进行促销活动，为了保证销售不断货，他会在月销量基础上再追加$A_1$件，于是零售商向其上一级批发商下的订单为1 000 + $A_1$件。同样的，该批发商收到下游零售商的订单后，为了充分保证零售商的需要又追加$A_2$件，于是他向其直接上游下了1 000 + $A_1$ + $A_2$件的订单，通过逐级传递，生产商最终会将订单确认为1 000 + $A_1$ + $A_2$ + $\cdots$ + $A_n$件。于是，需求量像"滚雪球"一样逐层增加，"牛鞭效应"由此充分体现，而正是这种"谨慎"造成了供应链中的库存灾难。

## 二、牛鞭效应产生的原因

信息扭曲是导致供应链"牛鞭效应"的根本原因，但信息扭曲的外在表现是复杂多样的，它涉及供应链中各企业的生产、营销、物流等各个领域，具体来讲可以归结于以下五个方面[⊖]。

### （一）需求预测偏差

供应链各节点企业常常根据下游企业的订单及其历史销售数据，而不是最终消费者的需求变动来预测自身产品的需求，并据此安排生产计划和销售计划。

一方面，消费者需求会由于现有的广告促销、价格折扣以及心理情绪等原因而不断发生变动，为了满足消费者的需求，避免缺货，零售商在向上游企业订货时总是存在在需求预测基础上放大订货量的倾向。

另一方面，消费者需求变动信息在企业之间缺乏透明度，上游企业能够确认的是来自下游企业的订单，上游企业也将对观测到的需求进行预测，同时也会向上一级供应商更大幅度地增加订购……

这样，顾客需求在往上层各级供应链成员的传递过程中将不断被放大，因此企业制定的订货数量和库存水平将更加偏离真实需求，"牛鞭效应"也就产生了。

⊖　Hau Lee, et al. The Bullwhip Effect in Supply Chain [J]. Sloan Management Review, 1997, 38（3）: 93-102.

（二）订货批量决策

库存和运输占据了企业运营过程中的大量费用。为减少订货频率和降低成本，供应链中的企业在向上游企业订货时，往往采取周期性的批量订货策略（而这意味着增加了单次订货量）。另一方面，企业为尽早得到货物或足量得到货物或保证产品不缺货等原因，往往会人为地加大订货量。

此外，频繁的订货也会增加上游企业的工作量和成本，如频繁调整生产计划和原材料采购计划。因此为获得批量生产的效益，供应商也往往要求经销商以一定数量或一定周期订货（即按时按量订货策略）。然而，订货周期越长，市场的波动也就越大，对终端需求的预测也越不准确，牛鞭效应也就越明显。

（三）价格波动

激烈的市场竞争，促使企业经常举行各种促销活动和特殊的促销方式；又或者经济环境突变，导致顾客的预先购买行为。这些因素使得消费者的购买行为没有真实地反映他们的实际需求，订货量也大于实际的购买量，这种不真实的信息需求沿着供应链向上游逐级放大，从而产生牛鞭效应。实质上，许多供应链经理都非常讨厌没有节制的价格战。

此外，一些突发事件也会造成某些关键性产品需求的急剧增加，价格随之上涨，企业也有非常强烈的动机去扩张产能。例如，在 SARS 肆虐期间，原本单价为 6 元一包的板蓝根卖到 100 多元，但仍然供不应求，这种非正常的价格波动仅是对短期内板蓝根需求的反应，而国内各制药厂却以此为依据扩大产能，在疫情结束后造成了大量库存的积压。

（四）短缺博弈

当产品由于产能限制或产量的不确定使得需求大于供给时，供应商一般是按照订货量比例分配现有供应量。因此销售商为了获得更大份额的配给量，避免潜在的缺货可能，就有故意夸大其订货需求的倾向；而当需求降温时，销售商已经拥有较高的库存，因而订货突然消失了，供应商无法获取准确、真实的需求信息。短缺博弈使需求信息在供应链传递中发生扭曲，最终导致了牛鞭效应。

2009 年中国对 1.6L 以下小排量汽车降低购置税的政策直接催化了汽车市场的繁荣，很多经销商担心无法获得足够的汽车均纷纷加大了订货量，而这种"短缺博弈"直接导致了2010 年汽车库存量的大幅上升。

（五）时间延迟

在调研过程中，很多供应链经理说：时间是最大的杀手。而造成供应链时间延迟最主要的两个因素是信息传递延迟和物流延迟。

一般而言，消费者对产品的需求总是需要经过零售商、批发商的订单处理后才能传递到制造商手中，造成了信息传递的时间延迟；制造商生产的产品一般也需要经过批发商和零售商等中间环节才能交付到消费者手中，引起物流配送的时间延迟。消费者的真实需求通过供应链各企业间的传递直到最后得到产品，满足需求，中间需要耗费大量的时间，甚至可能出现当产品现身终端时消费者需求已转移的状况。这些时间上的延迟都使得供应链上的各企业无法同步响应市场实际需求的变化，大大增加了供应链的牛鞭效应（如图 4-5 所示）。

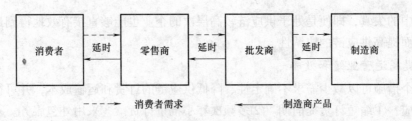

图 4-5　时间延迟示意图

### 三、缓解牛鞭效应的方法

牛鞭效应是企业目标利益不协调等主观原因以及供应链本身存在着层级结构等客观原因综合作用的结果，完全消除"牛鞭效应"无疑是个"天方夜谭"。但可以利用"供应链协调"的理念减少牛鞭效应对供应链的不利影响。

● 供应链协调的定义 ●

供应链协调是指为使供应链的各种流（信息流、物料流和资金流）能无缝地、顺畅地在供应链中传递，减少因信息不对称造成的生产、供应和销售等环节的不确定性，以及消除因供应链各成员的目标不同而造成的利益冲突，提高供应链的整体绩效而采取的任何措施。

不同类型的供应链运作模式存在较大差异，如服装供应链和消费电子的供应链运作就存在很大的不同，在此不能给出具体的缓解措施，只能给出以下六个较为笼统的方法供管理者参考。

（一）激励机制与目标一致

供应链中的各成员企业及其各自部门在制定自身的激励机制时，都是以自身的状况为依据，而很少考虑到与供应链其他成员的关系以及供应链的整体效用水平。这种激励方式促使各成员企业或部门盲目追求自身利益最大化，从而加剧供应链各环节之间的冲突，导致供应链失调。

企业通过保持激励机制和目标的一致性，使供应链的每一个参与者的行为都以供应链总利润最大化为目标，实现供应链的协调。例如，改变对销售人员的激励，把其与零售商的销售量结合起来而非单纯的零售商购入量，有助于消除销售人员片面鼓励超前购买的行为，从而减弱牛鞭效应的危害。

（二）通过信息共享减少不确定

信息的共享能够降低供应链的总成本，给各利益方带来好处，同时提高整体供应链的有效性和绩效水平。减少信息失真和不确定性，能够显著缓解供应链的牛鞭效应，并提高供应链中各企业的集成度和整体竞争力。

现代信息技术给供应链企业的信息共享提供了多种高效迅捷的信息传递渠道，在一个统一且高效的信息平台之中，供应链中所有企业可以及时掌握有关供应、生产、仓储、订货、配送、销售等各个方面的供应链信息，实现供应链节点企业之间的无缝链接。

例如，通过 POS（Point of Sale）系统共享销售数据，能够显著减少终端消费者需求信息在供应链中的失真，即便是处于供应链较高层次的企业也能够直接有效地得到最终消费者的需求，从而提高供应链的协调性。

（三）提高运营业绩和效率

以下几个措施可以减少需求不确定性、降低供应链的订货和运输成本，并可很大程度上缓解牛鞭效应：①缩短订货提前期。②多频次和小批量订货。③采用外包服务。④规避短缺博弈行为。⑤参考历史资料对需求预测进行减量修正。

一般来说，订货提前期、补给供货期越短，订量越准确，需求的不确定性越小，因此鼓励缩短订货期、补给供货期是破解"牛鞭效应"的一个好办法。虽然小批量订购会增加额外的费用，但企业可以通过先进的信息技术来降低成本。

使用外包服务，如第三方物流也可以缩短提前期和实现小批量订购。亚马逊将其国内的配送业务委托给美国邮政（USPS）和UPS，国际物流则委托给国际海运公司等专业物流公司。通过物流外包，亚马逊有效地控制了"牛鞭效应"对企业所带来的冲击。

前面提到短缺博弈会使需求信息在供应链传递中发生扭曲，为解决该问题，供应链管理者可以采取以下一些措施：面临产品供应不足时，供应商可以根据以前的销售记录来进行限额供应（也就是常说的配额制），避免销售商为了获得更多的供应而人为地扩大订单规模的行为。如果供应商在销售旺季来临之前帮助销售商做好订货工作，他们就能更好地设计生产能力和安排生产进度以满足产品的需求，从而降低产生"牛鞭效应"。

（四）利用定价策略和订货管理稳定订单规模

类似于金融中"管理预期"的理念，合理的定价策略在很大程度上能够稳定供应链的需求，使供应链上下游企业之间的订单交换能够稳定在一定水平。

定价策略目的之一：平抑终端消费者对价格的预期，减少"偶尔低价"造成巨大的需求波动。沃尔玛"天天低价"价格策略的最大作用不在于其能够增强自身的市场竞争力，毕竟对于日用消费品而言"低价就是硬道理"，而是沃尔玛由此获得了稳定的市场需求，这对降低沃尔玛供应链的牛鞭效应裨益极大。

定价策略目的之二：鼓励供应链下游企业采取小批量订货，减少超前购买。例如，采用以销售总量而不是单个订单数量确定折扣比例，这样做法的好处是，零售商不必为了获得更低的进货价格而加大单次订货的数量，而同时上游制造企业则避免了"一个大订单，然后无订单，接着又一个大订单"的境况，稳定了上游制造企业的生产计划。

除定价策略之外，供应链管理者也可以在订货流程上做出修改。对于供应链中强势的供应商（如汽车生产商等）而言，下游销售商的地位和作用并非都是相同而是遵循"二八定律"，即比例大约占20%的关键销售商，却实现了80%的销量。因此供应商应根据一定标准对不同的销售商划分不同的等级，实行订货分级管理。在产品供应短缺时，可以优先确保关键销售商的订货。供应商还可以通过分级管理策略，在合适的时机剔除不合格的销售商，维护销售商的统一性和渠道管理的规范性。

（五）构建合作伙伴关系和信任机制

供应链失调的深层原因之一就是各成员企业只追求各自利益最大化，各自为政，忽略了合作，又缺乏相互之间的信任。丰田、宝洁等企业的实践表明，合作伙伴关系和信任机制可以实现供应链中各成员企业的共赢，从根本上减弱或消除导致供应链失调的因素，缓解牛鞭效应，实现供应链的协调性。同时，这种合作伙伴关系本身就是一种协调机制。

合作关系和信任机制一旦确立，即便像通用汽车公司这样庞大的供应链体系也能做到"大象也可以跳舞"，而诸如供应商管理库存（Vendor Manage Inventory，VMI）[一]、联合库存管理（Joint Manage Inventory，JMI）[二]、合理分担库存风险和责任等可以缓解牛鞭效应的供应链库存管理模式才得以顺畅运行。

（六）优化供应链结构并减少供应链流通环节

相对于多层次的供应链而言，牛鞭效应对结构扁平化的供应链的影响较小，这是因为需求信息在供应链中经历的环节大大减少，信息扭曲的程度也将显著降低。极端一点，假设整条供应链只有一个节点，那么整条供应链将直接面临需求，需求信息扭曲将不复存在。

戴尔计算机公司可以认为是减少供应链环节的典范，通过线上和线下的直销模式戴尔面临了最直接的需求。当然，戴尔的供应链并非只有一个，如果追溯戴尔供应链，可以发现英特尔（Intel）、希捷（Seagate）等上游供应商。但戴尔通过一系列的供应链优化措施，如将供应商的合作机制嵌入到戴尔的运作流程，通过零部件的直接供应实现供应链流通环节的减少；利用信息系统实现信息在供应商之间无缝交换，而这很大程度上也扁平化了供应链的结构，信息沟通的加快在提高了戴尔整条供应链敏捷性的同时也大大缓解了牛鞭效应。

# 第三节　供应链管理中的信息技术

## 一、信息技术（IT）的概要

无疑地，信息技术（Information Technology，IT）是推动企业管理发展的重要力量之一，企业间的数据信息交换从来没有像今天这样便捷、可靠以及低成本。

在审视信息技术对供应链管理的推动时，可以发现，信息技术在扫除供应链协调障碍、提高供应链反应能力以及增强供应链可视化程度方面都起到了十分重要的作用。表4-2简要列出了几项关键信息技术的发展历程。

表4-2　供应链中的信息技术发展历程

| IT ＼ 时间 | 20世纪60年代 | 20世纪70年代 | 20世纪80年代 | 20世纪90年代 | 2000年至今 |
|---|---|---|---|---|---|
| 条码 | 在北美铁路系统小范围使用 | 技术标准制定完成。印刷技术、自动识别和POS系统等开始成熟 | | 条码配合EDI等企业信息管理系统被大量使用在各个领域 | |
| EDI | | 限企业内部数据传递，起于单据和信息标准化 | 通信网络、传输协议的统一促进EDI的发展 | EDI开始普及，并发展到企业间交易、库存管理、电子转账和清算系统等 | |
| 射频识别（Radio Frequency Identification，RFID） | | 理论研究和实验室探索阶段 | 技术和工业制造开始进入大发展，由军事后勤领域开始拓展到商业领域 | 开始制定技术标准化（至今仍未完成），制造成本开始下降，和其他信息系统开始连接并成为"物联网"一部分 | |

---

[一]　供应商管理库存相关知识参见本书第六章第二节"供应链环境下的采购模式"。
[二]　联合库存管理相关知识参见本书第十章第四节"联合库存管理"。

（续）

| IT ＼ 时间 | 20 世纪 60 年代 | 20 世纪 70 年代 | 20 世纪 80 年代 | 20 世纪 90 年代 | 2000 年至今 |
|---|---|---|---|---|---|
| 管理信息系统（Management Information System，MIS） | — | MRP（物料需求计划系统），用于零部件生产、采购计划和库存管理 | — | — | — |
|  | — | — | MRPII（制造资源计划）：在 MRP 基础上增加对生产成本和信息流的控制，增加了精益制造和全面质量管理理念 | — | — |
|  | — | — | — | ERP 系统：在 MRPII 基础上发展而来。利用多种信息技术实现企业间运作流程、财会、制造和进销存的集成，并提供决策模型 | |
|  | — | — | — | 地理信息系统（Geographic Information System，GIS）、决策支持系统（Decision Support System，DSS）等开始应用于企业日常运作和决策 | |

　　如何有效地进行信息管理已经成为企业面临的一大问题。信息技术在信息的收集、识别、提取、变换、存储、传递、处理、检索、检测、分析和利用等方面具有强大的优势：利用信息技术能够改善供应链流程、提高配送效率、减少递送时间；缩短订货提前期，降低库存水平；有效地促进供应链的计划与运作，同时为顾客提供各种售前和售后信息、满足顾客服务的需求等。简而言之，利用信息技术改造或提升供应链管理的本质在于，增强供应链协同运作、改善绩效、降低成本和提高整条供应链的市场竞争能力。

### ●━━ 潘云鹤教授谈"中国工业信息化" ━━●

　　中国的工业现状与目前"世界制造中心"的地位相比极不对称，制造业结构水平和制造理念与国外先进的工业化国家相比还有很大差距。中国工程院院士潘云鹤教授对此有过一个生动的比喻：如果把工业化比作人的骨骼和肌肉系统，则信息化就是人的大脑和神经系统，缺乏信息化支持的工业化，就如同一个植物人。

　　20 世纪 90 年代，美国开始将信息技术融入到制造业的再改造，由此产生了一系列先进的生产技术和生产理念，美国凭借工业信息化依然占据世界先进制造业的中心。作为全球化竞争力和国家实力的重要体现，中国的工业也不能置身事外。在追赶先进国家的路途上，中国不仅需要凭借信息技术实现工业的结构调整和升级，更重要的是对信息化本质进行深刻认识和研究。不仅从企业层面上实现工业信息化，更重要的是从国家发展战略上把握方向。

　　资料来源：潘云鹤. 信息化：为中国工业化装上智慧"大脑" ［N］. 新华日报，2008 年 12 月 8 日. 经编者修改整理。

## 二、企业资源计划（ERP）系统

企业资源计划（Enterprise Resource Planning，ERP）系统可能是近 10 年来企业管理信息化中最具有代表性的信息技术，它允许企业根据自身情况将不同的管理模块集合在一起，如制造型企业需要物料管理、生产计划、财务管理等软件模块，而咨询行业可能更加注重财务管理、业务流程等软件模块。

世界上许多知名企业，如通用、丰田、联想等都通过 ERP 的实践获得成功，但需要提醒一下读者：ERP 仅是提升企业管理效率的"术"，要真正确保 ERP 的成功，还需要企业管理理念等"道"的配合。

### （一）ERP 简介

#### 1. ERP 的发展

20 世纪 90 年代中后期，许多企业都建立了各自的信息系统，但这些信息系统绝大部分是基于功能或部门搭建的，不同的功能部门拥有各自的数据库与系统，不同系统的独立运行造成信息传递效率低、业务流程衔接困难等问题。这些"信息孤岛"让企业高层管理者认识到需要一个可以协调运行的新系统来整合"遗留系统"，让它们能够相互沟通，于是 ERP 开始步入管理者的视线。

ERP 的发展并不是一帆风顺的，起初仅仅是为了整合企业日常事务处理而建立的一个通用、统一的数据库。但在信息协调的过程中，管理者发现"统一协调"的运作理念并不是一蹴而就的。ERP 的推行不仅仅是简单的"上一套系统"，更是需要企业投入大量的管理培训，如企业经营战略、管理流程、日常操作等诸多方面的内容。

#### 2. ERP 的定义

从全球最权威 IT 研究和顾问咨询公司高纳德公司（Gartner Group）对 ERP 的定义可以了解到 ERP 绝不是一套简简单单就可以使用的信息系统。

ERP 是通过支持和优化企业内部和企业之间的协同运作和财务过程，以创造客户和股东价值的一种商务战略和一套面向具体行业领域的应用系统。

换而言之：

ERP 是一种企业内部所有业务部门之间，以及企业同外包合作伙伴之间交换和分享信息的系统；是集成供应链管理的工具、技术和应用系统，是管理决策和管理流程优化不可缺少的手段，是实现竞争优势的同义词。

#### 3. ERP 的作用

当 20 世纪 90 年代供应链管理概念提出以后，越来越多的企业家和研究者认识到，企业经营绝不是"一个人在战斗"，而是以一个整体协同运作的形态呈现在消费者面前。当遇上供应链管理思想之后，ERP 开始真正发挥它的作用。ERP 的真正价值在于所收集的信息流（可以提供从供应链各个部分中获得的交易追踪和全球范围的可观察信息），为决策提供信息支持。通过 ERP 系统掌握整个行业的原材料、订货、生产、库存等信息，放眼供应链全过程，开阔企业整体视野。

总体而言，ERP 在供应链管理中的作用可以体现在以下两个方面：

（1）利用 ERP 对信息的处理，帮助企业实现自动化和一体化运作，便于企业从事物流和供应链的计划与运作，提高供应链财力、人力资源等方面的管理水平。从整体上提高企业的经营效率，降低经营成本。

（2）ERP 实现了对企业关键流程（如果需要，可以对所有运作流程）的监控和跟踪，如订单履行情况、生产进度、财务结算等。企业流程在 ERP 的推进之下变得"可视化"。

（二）ERP 的实施误区（以我国中小制造企业为例）

正如之前所说：ERP 本质上是"术"和"道"的结合体。许多知名企业成功抑或失败的经验表明，在一个没有统一经营理念和强大执行力的供应链体系中，实施 ERP 无疑是一件痛苦的事情。联想 CEO 柳传志先生曾对此有过一个生动的描述："不上 ERP 等死，上了ERP 找死。"

何为"等死"？现在企业经营比以往更为复杂：伴随产品快速更新而来的是物料种类成倍增加，人工管理已变得不现实；市场动荡加剧，无法做出及时响应就意味着要退出市场；管理组织随着企业扩张变得越来越庞大，管理难度和管理成本大幅增加……

何为"找死"？ERP 的实施需要一个磨合期，它需要从企业高层到基层对企业战略管理、日常事务性管理有一个深刻且共同的认识。简而言之，需要"共同的企业价值观"和"协同的企业运营观"。世界上许多企业通常花 5～10 年时间、数以亿计的代价才能培养出适合自身的 ERP 系统，这对于我国中小企业而言是不切实际的。因此，ERP 在我国中小企业实施成功率不高也在情理之中，而已经遭受过失败的企业更是"谈 ERP 色变"。

ERP 成功的决定因素在于，三分软件，七分管理，十分数据，二十分在人。由此可见其实施成功的关键在于我国中小制造企业自身，当然，软件公司也需在一定程度上承担责任。

从制造企业的角度来看，有以下四个方面的原因导致了 ERP 实施的失败：

（1）企业高层认识不足是失败的关键因素之一，不应为上 ERP 而买 ERP。很多企业或为得到外资项目，或为获得地区补助，或为企业形象而上 ERP 项目，而非真正认可 ERP 本身。实践证明，中小型企业信息化工程是"一把手"工程，企业高层的态度和心态直接影响 ERP 项目的实施成功与否。

（2）管理思想传统，导致管理框架和做事方式传统。许多家族企业对 ERP 非常谨慎，害怕打破原有的生产管理模式。这样的态度往往导致 ERP 仅成为一套记账系统，ERP 蜕化为软件实施，而非管理实施，造成投资几百万元人民币甚至几千万元人民币购买一套软件的悲哀。

（3）管理目标不明确。企业更重视挣钱，而忽视了应有的供应链流程的规范化管理与监控。国内许多企业管理阶层比较短视，在现实与目标的选择中，更倾向于现实，致使ERP 改动扩大，增加了实施难度。

（4）企业的成功不可能取决于单一的决策，任何决策的实施，都必须要有辅助措施，对于 ERP 项目也是如此。企业管理者想通过 ERP 项目实现管理企业客户、提高生产率、减少浪费等效果，单纯依赖 ERP 项目是很难成功的，它需要有与之配套的管理体制。

软件公司的商业操作、本末倒置、了事心态、漂浮作风以及缺乏企业体验、欠缺项目能力等因素也间接地导致了 ERP 实施的失败。

需要明确一点，ERP 本身不是管理，它不可以取代管理。然而一些企业对它的认识不够，错误地将 ERP 当成了管理本身，在 ERP 实施前未能认真地分析企业的管理问题，寻找解决途径，而过分地依赖 ERP 来解决问题，最终导致了 ERP 实施的失败。

### 三、射频识别 RFID 技术

RFID 技术是近 10 年来发展最为快速的一项信息技术，同时也是当前构成物联网的主要技术之一。许多科学家认为："RFID 将是改变未来世界最重要的技术之一。"而实际上，RFID 在供应链中发挥的作用已经证明了这一观点。

（一）RFID 技术简介

1. RFID 技术的一些知识

射频识别技术，俗称电子标签。RFID 是一种非接触式的自动识别技术，它通过射频信号自动识别目标对象并获取相关数据，利用无线电波对记录媒体进行读写。

最基本的 RFID 系统由 RFID 标签、读写器和天线组成。在实际应用中，RFID 的标签附在被识别的物体上（表面或者内部），当带有 RFID 标签的被识别物品通过其可识读范围内时，读写器自动以无接触的方式将电子标签中约定的识别信息读取出来，从而实现自动识别物品或自动收集物品标志信息的功能。同时将读写器和计算机系统相连接，利用计算机对收集到的数据进行的分析和处理，为进一步的供应链管理提供支持与帮助。如将 RFID 技术应用于服装行业，对服装销售过程进行跟踪，快速掌握服装产品的销售情况，筛选出所需要的产品的种类、数量、销售情况等，实现销售的良性循环。

2. RFID 技术的优势和功能

相对于条码等信息技术手段，RFID 技术在技术水平上更胜一筹：实现非接触识别；识别距离远且速度快；可穿过皮、布、木等材料阅读；可同时识别多个对象，数据的记忆容量大；保密性强，防伪；安全性能高，抗恶劣环境能力强，可适用于多种不利的环境。相信随着射频技术的日臻发展，其在供应链中的作用也将与之增强，能够显著提高供应链的管理水平。

（1）降低人力等各项成本，提高人员等资源的利用效率。RFID 技术让产品、零部件等的登记、盘点实现自动化，不需要人工检查和条码扫描，更加快捷、方便。针对时装销售的特点，将 RFID 技术中的无线射频识别技术引入其销售环节，提出服装的产品电子代码（Electronic Product Code，EPC）设计，即一数据读取一数据处理的基本框架，利用可扩展标记语言（Extensible Markup Language，EML）自动极大地减轻了工人的劳动强度。

（2）准确、及时获取信息。信息的准确性和及时性是供应链管理与运作的关键，RFID 技术能够较好地满足这种需求。RFID 系统可以实时监控从设计、采购、生产、运输、仓储、配送、销售一直到售后服务的整条供应链。海尔集团在一些可能的业务流程中，通过 RFID 技术标签捕获数据，如在零件产品中嵌入芯片标签——既可以记录制造过程中的数据又可以记录顾客和产品保修的有关信息，使员工通过系统对零件的产品信息了然于胸。

（3）提高业务运行的自动化程度，大幅降低差错率，显著提高供应链管理的透明度和效率。将射频技术应用于供应链仓储管理，通过与制订的收货、取货、装运等计划的结合，实现货物存取及库存盘点的自动化。在增加作业的准确性和快捷性的同时，相应地减少了整个物流供应链中由于商品误置、送错、偷窃、损害和库存、出货错误等造成的损耗。

• 沃尔玛的 RFID 技术实践 •

　　沃尔玛曾在 2003 年做出了一个震动整个物流和零售界的表态：要求指定的 100 家供应商在 2005 年 1 月 1 日起对所有商品使用 RFID 技术。通过采用 RFID 技术，沃尔玛每年可以节省 83.5 亿美元，其中大部分是因为不需要人工查看进货的条码而节省的劳动力成本。一些分析师认为 80 亿美元这个数字过于乐观，但毫无疑问，RFID 有助于解决零售业两个最大的难题，即商品断货和损耗（因盗窃和供应链被搅乱而损失的产品），而现在单是盗窃一项，沃尔玛一年的损失就差不多有 20 亿美元。研究机构估计，RFID 技术能够帮助沃尔玛把失窃和存货水平降低 25%。

　　资料来源：百度百科中的沃尔玛：RFID 的一面旗帜。经编者修改整理。

（二）RFID 技术的应用

　　虽然现在一些跨国企业对 RFID 技术的认识已经提升到了新的阶段。然而国内企业将其应用于供应链管理还处于起步阶段，但发展迅速，如 RFID 技术已广泛应用于上海世博会的门票、物流配送、展馆预约、证件管理、电子车牌等诸多方面。

　　物联网热潮正席卷中国，越来越多的物联网创意正在酝酿与应用当中，根据《2010 中国软件创新报告》的披露，物联网、云计算、3G 等将成为我国软件行业新的增长点。而物联网是 RFID、云计算等技术的融合与创新，其核心与硬件基础就是无线射频技术。换言之，利用射频通信实现非接触式数据采集技术，自动识别目标，是实现物联网的重要切入点。物联网的建设可促使我国企业管理从粗放型顺利转型为集约型，提高管理效率。

　　物联网的价值与共享程度呈正相关关系，当共享程度提高时，价值也随之增加。通过RFID 的工作，加强物联网发展中产业链上下游企业之间的沟通与交流；通过不断交流 RFID 技术应用试点工作进展情况和经验，研究解决现存问题和制约发展的瓶颈，使 RFID 技术重点应用试点，逐步从闭环应用向开环应用过渡，加快物联网时代的到来。

• 物联网小知识 •

　　物联网是通过射频识别、红外感应器、全球定位系统、激光扫描器等信息传感设备，按约定的协议，把所有物品与互联网连接起来，进行信息通信和交换，以实现智能化识别、定位、跟踪、监控和管理的一种网络。建设庞大的物联网，不仅可拉动新的投资，而且能提高原有经济的运行效率。

## 四、决策支持系统（DSS）

　　也许受美国智囊兰德公司开启的计算机模拟战争态势的影响，决策"科学化"和"智能化"开始进入企业家的视野。决策支持系统（Decision Support System，DSS）帮助管理者在信息泛滥、良莠不齐的经营环境中进行科学且高效的决策。

（一）DSS 简介

DSS 是以管理科学、运筹学、行为科学等学科为基础，针对半结构化或非结构化的决策问题，通过数据、模型和知识，以人机交互方式，辅助决策者做出决策的计算机应用系统。它为决策者提供分析问题、建立模型、模拟决策过程和方案的环境，调用各种信息资源和分析工具，帮助决策者提高决策水平和质量。决策支持系统的范围包括从用户进行自身决策的电子数据表格到试图综合各方面专家知识并提供多种可供选择方案的专家系统。

随着经济全球化的发展，竞争日益地加剧，管理者被众多信息和数据包围，需要更多的时间和精力对其进行有效的分析与理解，他们发现如今做出决策变得更加困难。而决策支持系统正是能对这些信息和数据进行分析以帮助决策。图4-6是决策支持系统的功能图。

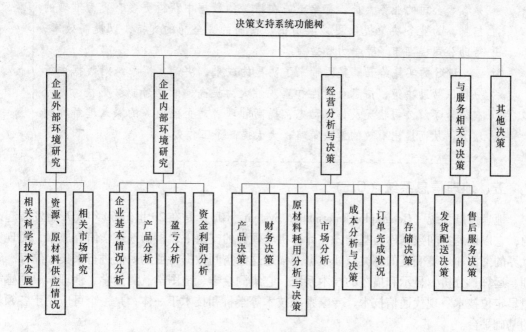

图4-6 决策支持系统在供应链管理中的功能

（二）DSS 的应用

DSS 在供应链管理中的应用范围很广，如帮助企业做出机遇决策，协助企业选择适合的合作伙伴企业，支持供应链组织方式选择的决策，在经营后期指导企业的风险、利益分配决策，并辅助企业对供应链危机预警的决策等各个方面，贯穿企业经营的整个过程。

以利用 DSS 选择适合企业自身的供应链联盟合作伙伴为例：根据 DSS 系统所提供的各种决策资源（包括企业内部环境信息、外部环境信息和各拟合作伙伴企业的信息），建立模型并分析有关候选企业的产品指标系数及其变动对决策方案的影响，比较、评价各备选方案，并优化选择方案，进而对供应商做出科学、合理的分析与评价，为决策和管理人员创造良好的决策环境，提高决策的效率[⊖]。

需要注意的是，DSS 系统不提供决策结果，而是为决策提供相关的支持。企业或者管理人员都不应过度依赖于此系统，而应视其为自身的一项工具。

虽然 DSS 系统在供应链中的应用范围很广，但企业不应盲目地上 DSS 项目，只有适合自己的才是最好的，企业应根据自身所处的行业、问题的本质、计划的范围、需要决策的类

---

⊖ 供应链合作伙伴选择的相关知识，请参见本书第六章第三节"供应商的选择与评价"。

型等因素选择适合某特定情形的 DSS 系统。

### ●—— 中国五矿的 DSS 应用 ——●

中国五矿集团公司是我国最大的五金矿产品贸易企业，拥有全球化的营销网络，服务于超过 8 000 家中国和世界各地的客户。随着业务的发展，公司内部经营范围的多样化以及业务流程的繁杂，五矿集团累积了大量的历史数据，并不断地得到更多的相关信息和数据资料。无论高层决策层还是各级公司的业务人员，都希望能在浩渺的数据中获得更多、更为准确的信息，为业务决策提供更多实时的、横向的、全局的支持，以提高效率，帮助公司提高市场竞争力和效益。

DSS 的实施给五矿集团带来了明显的成果，决策支持系统对数据进行分析以帮助决策，信息及时性和直观性大为提高，管理者能够更快、更为有效地了解公司状况及信息动态，提高管理者对企业业务的深入理解和洞察力，从而提出有效的解决策略，大大提高了工作效率。

## 五、地理信息系统（GIS）

地理信息系统（Geographic Information System，GIS）是在 20 世纪 60 年代开始发展起来的，它以地理空间数据库为基础，在计算机软硬件的支持下，根据地理学研究成果，对现实世界的资源和环境变迁的各类空间数据及描述这些空间数据特征的属性进行采集、储存、管理、运算、分析、显示和描述的技术系统。它集测绘学、地图学、测量学、地理学、遥感与卫星定位技术、现代通信技术、专家系统技术等学科和技术于一体，是一个可应用于各领域的基础平台。

基于 GIS 的供应链分析系统主要集成了车辆路线模型、最短路径模型、网络物流模型、分配集合模型和设施定位等模型，因而被广泛应用于供应链选址、资源配置及物流配送等决策领域。

在供应链选址和资源配置方面，GIS 记录了散布在全国各地的供应商、中转仓库、经销商、零售商以及各种运输环节之中的产品流动状况，所有的商业信息和相关的地理信息都可以及时显示和查询。这样基于 GIS 的供应链管理可以有效运用于决策管理中的选址和资源分配问题。

在物流配送方面，GIS 能够根据不同的配送中心和销售处的地理坐标，运用算法以计算最合理的路径，在提高物流配送效率的同时大幅度降低配送成本。在现实企业的应用中，利用 GIS 进行路径规划是最为常见的。GIS 的物流配送系统通常会提供五个功能：①车辆和货物追踪。②信息查询。③提供运输路线规划和导航。④车辆路径规划。⑤物流决策模拟与支持。

### ●—— 大庆石化物流的 GIS 实践 ——●

在大庆石化地区，有两家分别隶属于大庆石化总厂和大庆石化分公司的物流企业，这两家物流企业不仅规模小、难以形成"第三利润源泉"，而且对主业有绝对的依赖性，同时存在不同程度的人员、设备冗余，以及管理的相对滞后，造成大量的人力、物力浪费。

大庆石化通过对物流系统业务辖区所在地的基础地理数据的收集和量化，形成可以利用的 GIS 基础数据模型，制定基于 GIS 的多种约束条件存在的行车路线及时间的最优化。并把 GIS 技术融入到物流运输业务的过程中，更为容易地处理物流配送中货物的运输、仓储、装卸、送递等各个环节，有助于大庆石化物流企业有效地利用现有资源、降低消耗、提高效率，并摆脱对主业的绝对依赖，得到健康快速发展，真正形成"第三利润源泉"。

资料来源：肖庆来，等. GIS 在大庆石化物流运输管理中的应用探讨 [J]. 炼油与化工，2005，2：13～15. 经编者修改整理。

# 本章小结

可以说，没有 IT 的发展和应用，就没有现代供应链管理。但 IT 的应用并非仅是为了获取信息。本章首先从信息对供应链管理的重要性出发，分析了信息对于协调供应链和增强绩效方面的作用，分析了信息陷阱可能给供应链带来的负面影响，并在此基础上讨论了供应链管理中应该需要的信息的种类和质量。其次，本章介绍了信息扭曲如何造成供应链的"牛鞭效应"，当然，产生该现象的内在原因和相应的解决方法是本章重点分析的。最后，本章介绍了供应链管理中一些常见的信息系统，如 ERP、DSS、RFID 和 GIS 等，但强烈建议牢记，IT 只是工具，工具本身并不会给企业带来绩效的提高，关键在于使用工具的人。

**关键术语**

信息价值（Information Value）　　　　信息不对称（Information Asymmetry）
信息不完美（Imperfect Information）　　信息共享（Information Sharing）
供应链协调（Supply Chain Coordination）
牛鞭效应（Bullwhip Effect）　　　　　企业资源计划（ERP）系统
射频识别（RFID）技术　　　　　　　决策支持系统（DSS）
地理信息系统（GIS）

**思考与练习**

1. 本章大量介绍了信息对于供应链库存管理和物流管理的作用，而资金流作为供应链管理的构成要素之一，信息流对资金流到底起到了什么作用？请你就这个问题，寻找现实中的相关案例进行论述。

2. 供应链信息共享能够有效降低信息陷阱的风险，那么哪些信息是可以在供应链伙伴间共享的？这些信息又是如何发挥作用的？

3. 本章详细介绍了"牛鞭效应"产生的原因，请你就这些知识去分析当前或历史上某条供应链中发生的牛鞭效应。

4. 节能减排成为当前中国经济转型和可持续发展的一个重要方向，2010年10月我国对车船税征收进行分档改革，此举将鼓励发展小排量汽车，那么请你收集足够的资料来分析该政策是否会造成汽车供应链库存的牛鞭效应？

5. "国家十二五规划"报告中明确指出了物联网将是中国未来几年重点的发展方向之一，请你收集相关资料试分析物联网到底可以给企业供应链管理带来什么样的影响，并尝试分析物联网何时能够对供应链管理产生实质性的贡献。

# 本章案例：亚马逊书店的信息管理

自1995年贝索斯创立起至今，亚马逊网上书店（Amazon.com）已经成为世界上销量最大的书店。从亚马逊的成长历程和经营理念中，可以清晰地了解到，供应链管理理念一旦与互联网结合，便会迸发出强大而旺盛的生命力。作为一家全球电子商务企业，亚马逊利用商品信息化创造了惊人的业绩和价值，其完善的供应链系统管理离不开信息与信息技术的支持。从商品信息化到顾客信息收集，再到终端数据系统，使得亚马逊能够对顾客、供应商合作伙伴以及企业自身实行有效的监督与控制。下面将介绍亚马逊是如何利用信息和信息技术来实现资源配置和供应链系统的优化。

（一）丰富的产品线

相对于受货架和场地限制的传统实体书店而言，亚马逊网上书店的图书品种多样、齐全，顾客通过网页浏览便可以行使充分的选择权力。号称中国最大的书店——北京西单图书大厦，其图书品种已达到30多万种，但亚马逊网上书店却达到了300多万种。图书种类之繁多、齐全是传统书店无法想象和比拟的。

此外，亚马逊只需提供图书的信息而不必依靠书架来展示图书，从这个角度来看，电子化的图书信息将图书的销售货架进行了无限的空间压缩，仅需要增加服务器便可极大地扩容产品的展示空间。同时，用于提供顾客翻阅的图书销售库存的减少，也大大降低了图书的库存成本。

（二）产品的追踪

亚马逊虽然销售数百万种商品，但众所周知，它自身并不提供所有产品的库存（只对最畅销的书准备一些库存）。一般情况下，当企业接收到顾客的产品订单后，亚马逊才会向上游合作伙伴采购，这在很大程度上减少了企业的库存资金积压，但同时也意味着亚马逊无法向顾客承诺"准确的送货时间"，转而用"您定购的产品会在×天之内交货"这样的信息替代，但这样的信息大大降低了消费者在不确定的环境下等待产品到货的不耐烦程度。

尽管企业无法承诺精确的交货时间，但这不能成为企业无法满足顾客需求的理由，于是亚马逊另辟蹊径，通过订单跟踪系统随时为顾客提供其订单的动态处理情况。亚马逊虽然不能提供准确的交货时间，但为顾客提供了追踪订单状态的途径，从另一个方面满足了顾客的需求，使顾客满意。

（三）库存的管理

一般而言，企业为了能够快速、准确地找到库存商品，往往把各种商品分门别类，整齐摆放。但亚马逊北京运营中心却反其道而行：各种类型的商品杂乱地摆放在一起，理货人员不是按产品类别摆放，而是"见缝插针"，见到空隙就把商品直接塞进去。而据其公司所称，这种"杂乱"、"无规律"的库房摆放可以最大限度地利用空间，也能使理货员这段流程的效率最大化。

那么亚马逊是怎样使其配送效率达到最优，使其供应链能够快速反应的呢？依然是信息技术！亚马逊的理货员、配货员都拥有一个手持终端扫描设备。通过这个设备，理货员在摆放货物的同时，通过扫描货物的条码和货架条码对每件商品进行位置的定位；配货员根据其指令（该设备可提供货物的所在位置及其取货路径），以最短的路线和最经济的时间将货物配齐。

（四）售后服务

售后服务的质量直接影响顾客的再次购买行为，亚马逊虽然无法与顾客面对面地交流，但可以利用已拥有的各项数据、信息，分析不同消费者的特点和购物需求，进而提供个性化的服务，吸引消费者的注意力。亚马逊根据每位顾客不同的偏好和兴趣，找出其需求特点，进行动态化细分，设计不同的服务方式。当顾客再次光顾时会依据顾客过去的购买经历，适当地筛选新书和相关的搭配书籍推荐给顾客。同时亚马逊还设立网友荐书栏目，提供以电子邮件形式"放入我的收藏夹"和"推荐给我的朋友"的服务，实现搭配销售和宣传，刺激和满足顾客的购书需求，增加书店的竞争力。

资料来源：①李黎. 卓越的亚马逊之路［N］. IT 经理世界，2008 年第 21 期.

②刘志平，金毓. 基于 CRM 的零售企业竞争力构建［J］. 合作经济与科技，2010，1：88～90. 经编者修改整理。

**案例思考：**

1. 面对自身历史的，并不断更新的数据、信息，企业应如何有效地利用这些资源？请结合案例加以说明。

2. 现今越来越多的企业开始应用信息技术，从企业自身的角度思考应该关注哪些因素，以及如何使信息技术发挥更为高效的作用？

3. 亚马逊是如何利用消费者信息的，与其他电子商务企业而言，有何特别之处及不足，应如何扬长避短？

# 第三篇

# 供应链管理之外包
# 和采购篇

# 第五章　供应链的外包决策

 **本章引言**

我们正处在一个社会分工高度细致的世界之中，企业不需要也没有必要对每一个细节都事必躬亲。过去的 20 多年里，惠普、IBM 等老牌企业利用供应链外包实现了运作理念的转变，而一些新兴企业也通过审慎的外包战略获得了快速的成长。

正如任何事物都有它的两面性一样，企业在享受供应链外包带来多重便利的同时，也可能在企业发展战略和经营过程中存在诸多风险，诸如 IBM、迪斯尼等世界知名企业都曾经在外包决策上犯过重大的失误。

在电子商务高速发展的今天，销售的功能大量被互联网所代替，而制造、物流却无法被电子化和虚拟化，物流在供应链中的地位也日渐显现，了解供应链外包中的另一个重要内容——第三方物流，能使我们更加深入地理解供应链外包的力量。

 **学习目标**

- 了解企业核心竞争力的确定思路
- 熟悉如何通过供应链外包战略重塑核心竞争力
- 了解如何从公司战略和财务绩效的角度去评估是否应该将业务外包
- 了解业务外包具体存在的风险
- 了解评估和控制外包风险的具体措施
- 大致了解第三方物流的发展历程以及其在国内外的发展现状

## 第一节　企业核心竞争力的重塑

### 一、企业的核心竞争力

丰田公司的一位经理如是说："丰田的核心竞争力在于汽车的研发、整装和品牌的设计，至于螺丝钉就交给擅长做它的人好了。"世界上没有一家企业能够独立完成一款产品（或服务）从开始设计到推向市场的各个环节，即便是追求完美主义的苹果公司的 CEO 斯蒂夫·乔布斯（Steve Jobs），在打造"i"家族的过程中也外包了大量的应用程序设计。对于企业的管理者，应该时刻问自己：到底是什么让我们获得了市场，我们的核心竞争力是什么？

（一）核心竞争力概述

当前企业界和学术界对企业核心竞争力（Core Competence）定义的一个共识是：企业能够开发独特产品、独特技术和发明独特营销手段的能力，其实质是比竞争对手以更低的成本、更快的速度去发展企业自身具有强大竞争力的核心能力[一]。

不难看出，核心竞争力是企业可持续竞争优势与新业务发展的源泉，它们应该成为公司的战略焦点，企业只有具备核心竞争力、核心产品和市场导向这三个层次结构时，才能在市场竞争中取得持久的领先地位。

一般地，企业的核心竞争力是以核心技术能力为基础，通过企业战略决策、生产制造、市场营销、内部组织协调管理的交互作用而获得使企业保持持续竞争优势的能力，是企业在其发展过程中建立与发展起来的一种资产与知识的互补体系。在此要注意体现企业核心竞争力的两个关键点，即核心技术和资产与知识的互补体系。

核心技术与互补技术有明显差异。对于核心技术而言，只有那些具有显著的唯一性的资源才能称得上企业的核心技术，有关核心技术的业务或活动，应由内部完成。对于互补性技术，如果在企业中具有非常重要的战略作用，则可以通过外包、联盟[二]等合作形式来完成，以提高质量；如果战略重要性低，则可以通过市场进行购买。例如，丰田公司绝不会把发动机的设计和制造外包出去，而至于刹车阀门则委托一个质量和交付能力均可靠的制造商。

如果说核心技术是"硬"实力的话，那么资产与知识的互补体系就是体现企业核心竞争力的"软"实力，对于企业而言，就是通过一系列的管理创新实现核心技术与互补技术的相互融合。在 IT 人士眼里，沃尔玛公司并不是一个高科技企业，但沃尔玛在其发展历程中不断创新管理理念，采用外包和战略联盟等管理手段将其高效的物流配送能力进化至出色的全球供应链管理能力。尽管目前沃尔玛大量的物流工作由供应商或第三方物流完成，但其先前奠定的物流体系却是其提升核心竞争力的基础。从这个角度来看，管理创新能够进一步紧密企业资产和知识的融合能力，而共享信息、共担风险、共享利益的"多赢"管理理念是其中的核心。

## ● 乔布斯的苹果核心竞争力 ●

20 世纪八九十年代，在索尼公司的咄咄进攻之下苹果公司发生巨额亏损，1996 年底，苹果创始人之一斯蒂夫·乔布斯回归公司并重掌帅印。在重新审视苹果核心竞争力之后，乔布斯将视线聚焦在苹果值得骄傲的产品设计能力（尤其是消费电子的时尚设计能力），并通过一系列的改革重塑企业核心竞争力。

尽管苹果在个人计算机制造和应用程序开发领域拥有强大的技术实力，但乔布斯决定将个人计算机制造和应用程序环节进行大量外包，而将公司所有力量聚焦于操作系统的设计、产品研发和市场营销之上。在苹果的供应链上，制造能力并没有增强苹果的核心竞争力，反而削弱了市场的交付能力；应用程序的研发恰恰是需要大量的草根智慧，仅凭苹果一家显然无法胜任市场多元化需求。所以，乔布斯重新识别和定位了苹果的竞争力，而业务的外包在很大程度上加速了苹果的"复苏"，i 系列产品的成功就是最好的体现。

---

⊖　Prahalad C. K. Hamel Grary. The Core Competence of Company [J]. Harvard Business Review, 1990, 5 (6)：2-15.

⊜　有关供应链联盟的相关知识，请参阅本书第二章"供应链战略联盟"。

**（二）企业核心竞争力的特征**

与其他类型的竞争力相比，企业核心竞争力有以下四个主要特征，如图 5-1 所示。

图 5-1　企业核心竞争力的四个特征

1. 价值性

从企业角度看，核心竞争力应该具有极大的战略价值，这种价值能够在企业经营管理的多个方面发挥作用。例如，企业经营管理效率的提高，有利于企业创造价值和降低成本等。从顾客角度看，企业核心竞争力能为顾客带来价值创新和价值增加，也即能给顾客更多、更长时间的消费者剩余。只有使顾客产生心理认同的相对长期的关键性利益，才能使企业形成竞争优势，才能形成核心竞争能力。例如，微软 Windows 操作系统在 PC 方面给消费者带来巨大的便利和使用价值，使它成为全球视窗操作系统的主要标准。

2. 可延展性

企业的核心竞争力不仅能为企业提供当前的某种特殊的产品或服务，而且还可以有助于企业下一步开发新产品或进入新的领域。企业要进入新的领域开发新产品，都应该是其核心竞争力的延伸或发挥，不考虑自己的核心竞争力而盲目地进入新的领域是十分危险的。概括地说：核心竞争力是一颗可以发芽、开花和结果的种子。正如前面所述，沃尔玛的崛起依赖于其高效的物流配送系统，但正是依赖于这一企业的核心运作能力，沃尔玛得以在后续 20 年间将其核心竞争力拓展至高效的全球供应链管理能力。

3. 难以模仿性

从市场竞争的角度来看，专有的技术（如特殊工艺、算法程序）和特定的经营管理流程是企业核心竞争力的重要组成部分。这些都是企业长期经营过程中积累形成的，其他企业很难模仿。如果企业的"核心竞争力"很容易被对手所模仿、抄袭或经过努力很快就可建立，它就很难给企业带来持久的竞争优势。尽管卡尔蔡司在影像产品的设计和生产方面不如佳能、卡西欧等公司，但其掌握的照相镜头生产技术却是其他企业无法媲美的，因而也奠定了蔡司在影像产品供应链上的地位。

4. 稀缺性

一般地，企业核心竞争力只为少数几家企业拥有，大部分同行没有这种竞争力。因为核心竞争力具有难以模仿的特点，而且不可能在短期内形成，而是经过长期的知识、技术和人才的积累逐渐形成的。一些非关键技术在市场上可以买到，但是企业的核心竞争力是用钱买不到的。许多企业成功的经验表明，核心竞争力的形成一般需要 10 年左右的时间。英特尔公司在大规模集成电路的生产工艺方面具有全球无可置疑的霸主地位，尽管很多企业能够设计性能卓越的芯片但却无法做到像英特尔那样的芯片封装技术，而这种在生产工艺上的突破并非能够像设计那样在短短几年之内便可实现。

## 二、供应链战略外包重塑核心竞争力

外包正在成为世界商业的发展趋势，外包战略也正成为企业发展的一个重要战略手段，并越来越成为"智慧企业"的运营方式。下面将从供应链外包的发展现状入手，重点分析供应链外包战略将如何影响企业的核心竞争力。

**（一）供应链外包的发展现状**

外包的英文单词"Outsourcing"是由 out 和 sourcing 组成。顾名思义"从外部寻找资源"，目前"Stick to What You Do Best，Outsource the Rest（坚持你所擅长的，其余均可外包）"成为企业运营管理中的一个新理念。据美国《财富》杂志报道，目前全世界年收入在 5 000 万美元以上的公司都展开了业务外包。营销大师菲利普·科特勒（Philip Koteler）调研表明："2005 年全球大多数公司 60%以上的业务将通过外包实现，少数公司完全外包。"

自 20 世纪 90 年代初柯达与 IBM 签订长达 10 年、总值 2.5 亿美元的 IT 外包合同开始，业务外包逐渐在全球范围内蔓延和盛行。国际数据公司（IDC）在其《1998～2003 年美国和全球外包市场及趋势》中发现：1998 年全球企业在服务外包方面花费了 900 亿美元，到 2003 年超过 1 510 亿美元，2005 年已达到 6 244 亿美元。随着世界经济一体化的深入，国际外包市场正以每年 20%的速度增长，预计 2010 年将达到 20 万亿美元的市场规模。在全球外包支出中，美国约占 2/3，欧洲和日本约占 1/3，亚洲成为承接外包业务最多的地区，约占全球的 45%。2005 年全球服务外包经营商依次排名为 IBM、富士通、惠普、微软、CSC等，涉及电信、计算机、金融、石油天然气等 20 多个行业。

**（二）为什么要外包**

企业考虑业务外包时可能出于很多动机，这些动机包括控制或降低成本，聚焦核心功能，降低风险，利用世界一流企业的能力和品牌，应付市场需求过快增长造成的临时性产能不足和其他一些原因。但归根结底在于企业希望获得多方面利益的同时，达到供应链的"轻资产运作"。表 5-1 给出了供应链在实施外包战略之后获得的利益。

**表 5-1 供应链在实施外包战略之后获得的利益**

| 降低成本 | 总供应链管理成本（占收入的百分比）降低超过 10% |
|---|---|
| 提高生产绩效 | 绩优企业资产运营业绩提高 15%～20% |
| | 中型企业的增值生产率提高超过 10% |
| 缩短时间 | 中型企业的准时交货率提高 15% |
| | 订单满足提前期缩短 25%～35% |
| 降低库存 | 中型企业的库存降低 3%，绩优企业的库存降低 15% |
| 增加资金周转率 | 绩优企业在现金流周转周期上比一般企业保持 40～65 天的优势 |

资料来源：侯方森. 供应链管理 [M]. 北京：对外经济贸易大学出版社，2004。

国际外包中心和商务部培训中心出版的《国际外包》一书中对外包做了一个贴切的描述：

外包是指企业将一些其认为是非核心的、次要的或辅助性的功能或业务外包给企业外部可以高度信任的专业服务机构，利用它们的专长和优势来提高企业整体的效率和竞争力，而自身专注于那些核心的、主要的功能或业务（如图 5-2 所示）。

可见外包作为一种供应链管理模式，它具有整合利用其外部最优秀的专业化资源，从而达到降低成本、提高效率、充分发挥自身核心竞争力和增强企业对环境的迅速应变能力的目的。

采取供应链外包战略带来的"轻资产运作"可以为企业带来以下四个方面的益处：

1. 大幅改善财务状况并获得应对风险的能力

控制和降低成本有可能是企业采取外包时最经常考虑的因素。很多时候企业考虑生产外包的直接动机就是想改善诸如资产回报率（Return of Asset，ROA）一类的财务指标。通过生产外包，企业能够减少固定资产投资，变固定成本为可变成本，降低生产和人力等成本，即便在短时间内也能大大改善企业的财务状况。

外包的另一大优点就是可以成为企业风险管理非常有效的工具。生产外包使企业避免了大量的初始投资和追加投资，减少了库存过时的压力，缩短了流通时间，并使某些不确定性很强的开支固定化。

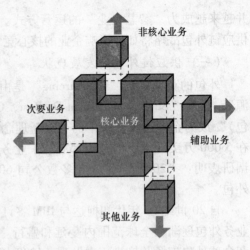

图 5-2　外包的图例描述

例如，消费电子行业，产品的更新换代速度太快，库存产品很快就会过时。为降低风险，诸如 IBM、惠普等企业不仅将许多电路板的组装分包给一些知名电子产品企业，而且还进一步将组装工作外包给一些分销商，只有在接到零售商订单之后，分销商才能按照客户的配置要求，将相应的硬件和软件装到机器上，组装成整机。

2. 减少企业管理边界的同时实现规模经济

许多企业管理者都有这样的感受"企业规模大了，运作效率反而低了，规模反而不经济了"。任何企业在发展过程中都经历着管理边界的扩张，如产能的快速膨胀、市场销售范围的扩张、内部机构设置越来越多、内部行政事务越来越繁杂……这些都是企业管理边界扩张的表现，然而企业管理边界在内部扩张并非总是好事，当企业规模过大到一定阶段时反而会造成组织失灵（如部门间的推诿扯皮现象增多）、管理成本上升等一系列问题，反而出现规模不经济的现象。

通过组织业务外包，企业可在更大范围内实行专业化协作，在专业化过程中"经验效应"更为显著，从而有助于降低单位生产成本（因为其他企业可能对这项业务更为专业）。通过业务外包，企业资产专用性进一步加强，原先许多内部的管理可以通过外包合同外部化，在保持规模经济效应不变的情况下反而可以大幅降低管理成本的支出。

#### ● Hotpoint 的外包规模效应 ●

Hotpoint 是由海尔和通用电气共同开发推出的一个家电品牌，采用通用高端的科技技术，由海尔负责销售和售后服务。其公司在 20 世纪 70 年代曾因生产系统过时而落后于竞争对手。为开创新的核心能力，Hotpoint 将生产外包给意大利最大的厨房设备制造商 Zanussi（扎努西）。随着所有生产车间的关闭，工程师们从繁杂的工作中解脱出来而专注于新技术的研发。通过外包，Hotpoint 在生产规模、产品种类以及成本方面获得了行业中无可匹敌的优势。

### 3. 增加市场反应的灵活性和敏捷性

市场反应的灵活性和企业经营追求规模经济在很多方面是冲突的。从满足客户的需求角度来看，企业产品的更新速度越快越好；但是从产品的制造成本角度来看，品种越少批量越大越好；对于企业来说，产品的更新会带来运营成本的提高，造成利润下降。但外包给企业带来一种"搭积木式"产品变更理念，外包使供应链获得了重新组合的能力：通过与不同企业的合作，产品变更的速度大为增加的同时并没有给企业带来运营成本的大幅上升。这种供应链"轻资产运作"可以轻松化解产品变更带来的障碍，增强了企业对客户需求的灵活响应。

"快鱼吃慢鱼"和"唯快不破"越来越受到企业的重视。战略管理理论将这样的现象归结于"速度经济"[⊖]，也就是说企业在竞争环境的突变中，能否迅速做出反应。如果将企业看成是一个资源转换系统，企业的经济效率不仅来自于资源的数量，而且来自于资源转换的时间（也就是速度）。特别是随着产品寿命周期的缩短和市场需求变化的加快，以及市场容量的限制，企业仅仅依靠自身的规模经济已难以构筑其市场竞争优势，尤其是技术的突飞猛进使得很多企业的竞争门槛越来越低，2006年以来，山寨手机异军突起对国内手机市场格局的冲击就是其中最好的例子。

---

● **国康的"轻型"健康产业** ●

国康健康管理服务有限公司是国内首家"健康一体化解决方案"服务商。国康的做法也与别的保健医疗公司不同，它不建体检中心，不建诊所，不卖保健品，它提供的所有的业务就是专业和优质的服务；它不和医疗机构竞争，而与其他医疗机构进行广泛的合作。国康坚持独立第三方定位，实行"轻资产"运营模式，这样的模式定位清晰，公司可以集中资源继续提高健康管理的专业性、服务网络的覆盖面和服务流程的优质化。国康自建立以来受到社会各界广泛好评，还被《财富》评为"2009年度最具热门的创业公司"。

资料来源：国康健康管理服务有限公司网站。经编者修改整理。

---

### 4. 更好地聚焦企业核心竞争力

许多企业希望把主要资源集中在核心竞争力的建设上，而把其他非价值增值的环节外包给代工企业。企业可以将稀缺的资源（资金、人员、时间）从繁琐的日常业务中解脱出来用于发展和培育本企业的核心竞争力。

戴尔计算机公司的核心能力在于理解委托制造企业的需要、物流、零部件整合，及其他认为有独特价值贡献的领域。戴尔因此仅在这些领域大量投资，而将几乎100%的生产活动都外包给外部代工企业。戴尔向代工企业开放自己的技术需求和生产计划，用最短的时间获得了最流行的产品。通过戴尔的供应链管理体系，这些产品甚至不需要经过戴尔的分销系统直接从代工企业那里运送到客户手中。

---

⊖ "速度经济"一词最早在1987年由美国经济学家小艾尔弗雷德 D·钱德勒在《看得见的手：美国企业的管理革命》中提出，其主旨在于阐述未来商业模式将更加注重速度。

IBM公司目前已将IT产品的大部分制造业务进行了外包，并安排其全球29万雇员中的一半从事信息技术应用服务这一核心业务的培育和发展。以"智慧地球"为代表的多种专家信息服务已经成为目前IBM最为盈利的部门，其盈利额从1996年的160亿美元增加到1998年的234亿美元，到2000年又上升到326亿美元，而IBM也借此完成了"华丽转身"，成为世界上最大的应用软件、硬件和网络技术应用服务承包商。

（三）理解供应链外包策略

供应链外包推崇的理念是，如果供应链上的某一环节不是世界上最好的，如果这一环节又不属于企业的核心竞争优势，如果这些活动不会导致企业与客户分离，那么可以将其外包给世界上最优秀的专业企业去做。

供应链外包战略的实质是企业重新确定企业的定位，企业为取得更大的竞争优势，在内部资源有限的情况下仅保留其最具竞争优势的功能，而把其他功能通过业务整合（利用外部最优秀的资源）予以实现。这样，企业内部最具竞争力的资源和外部最优秀的资源的结合就可以产生巨大的协同效应，使得企业能够最大限度地发挥自有资源的效率，获得市场的竞争优势以及增强对环境变化的适应能力。

以下几个方面有助于正确理解供应链的外包策略。

1. 外包是为了降低管理的成本

外包的最大动机在于借助外部资源获得规模经济优势，降低运营和管理成本是外包的最重要的出发点之一。外包明显区别于兼并收购等资本运作活动，兼并意味着企业在产权规模、股权规模、企业整体规模上都要发生增容，而在管理上最直接的表现是"将外部管理活动内部化"，导致企业管理边界的扩张，反而会产生规模不经济的现象。

"外包"是资源缩小和管理边界缩小的过程，既要充分利用外部资源，也不能增加企业的管理难度。企业在实行业务外包的过程中，需要时刻提醒自己的是，外包是为了更好地利用供应链中其他伙伴的核心能力以降低风险，同时防止资产套牢。外包是为了集中资源培育和发挥企业自身核心竞争能力，而绝非是管理体系和管理边界的膨胀。

2. 外包是供应链战略联盟的一种形态

正如没有基础的婚姻是不幸福的，企业在实施供应链外包之前仍需要大量的工作。信任、合作是供应链外包战略实施的前提，而这很大程度上是为了规避供应链企业所有权归属不同造成的利益分歧。因此，外包需要供应链中所有伙伴投入资源，并且一起工作、一起分享利益、共同承担风险，所以它们必须以更紧密的方式加以整合。

从本质上来讲，由外包形成的供应链联盟是一种中间组织，各企业运作虽然聚焦于同一产品但双方却各自独立；虽然外包企业与承接企业之间的能力互补，但业务上的交易却又不完全依赖于价格机制，而这恰恰给予供应链中核心企业压榨弱势企业的权力。通过外包业务形成的"中间态"供应链组织，导致很多企业在外包决策过程中或多或少犯了战略和运营层面的失误：为快速扩张而忽视了对业务承接方的资源投入或利益共享，为了自身利益而轻易放弃了旧有的合作伙伴。

3. 外包是为了更好地创新

在知识经济时代，信息和知识的传播途径简便且快捷，企业要想依靠原有的竞争优势壁垒阻止其他企业的进入和竞争是不现实的，只有通过不断创造持续竞争优势才能够保持其在市场中的不败地位。

形成竞争优势的关键是不断进行技术和管理方式上的创新，因此，企业在进行外包决策时不能忽视创新这一关键内容。在技术创新周期和产品生命周期不断缩短的情况下，进行外包的企业注重以柔性技术为基础保持技术领先。企业能够在满足新产品的快速开发、降低成本和产品质量保障的前提下，重视高新技术应用和敏捷制造，外包战略所实现的对外部资源的整合也是为了满足企业实现对科技创新的要求，更好地将资源应用于技术开发，从而建立和维持其技术的领先地位。

# 第二节　外包的评估和风险控制

## 一、是否应该外包

IBM 公司也许是研究业务外包时不可不提的一个案例。IBM 曾因外包而快速击败了对手，但却也因为外包给自己埋下了深深的祸根，导致 IBM 经历了长达十多年的漫长战略转型[○]。

1981 年，当 IBM 决定要进入 PC 市场时，公司还没有能够设计和生产 PC 的设备。为快速占领市场，IBM 将几乎所有 PC 的主要部件的生产都外包了出去：微处理器交给了英特尔公司，操作系统由微软公司提供。通过外包实现的 PC 制造资源整合，IBM 将精力集中在设计和制造环节，短短的 15 个月内，IBM 的 PC 便成功推向市场。产品可靠性高的口碑让 IBM 计算机迅速获得成功。短短三年之内，IBM 的 PC 打败了苹果的麦拓金计算机（Mactonish）成为 PC 市场的老大。到 1985 年，IBM 电脑已经占据了 40% 的市场份额。然而在 20 世纪 90 年代计算机降价风潮开始时，IBM 的外包战略出现了大麻烦，因为不断涌现的竞争对手在进入市场时同样选择了微软和英特尔作为供应商。而且当 IBM 试图用自己新开发的操作系统代替 Windows 操作系统时，消费者并不买单。到 1995 年末，IBM 的市场份额已经下降到 3%，此时康柏公司的市场份额已经上升到了 10%，戴尔公司也开始在市场中崭露头角。

从 IBM 外包得与失的案例中可以发现，"外包"并不必然地给企业带来永恒的竞争力。在采取业务外包时，应该从多个维度去思考问题：外包是否有助于（或有害于）企业长期的发展战略？如果回答是正面的，那么外包是否一定会带来财务绩效的提升？

## 二、从战略角度评估是否应该外包

显然，对于一个想做"百年老店"的企业家而言，谁都不想犯类似于 IBM 这样的失误，但外包带给企业"轻资产"运作的诱惑却是实实在在的。

本节将学习如何从企业的战略角度和外包战略风险角度去定性评估企业是否应该将业务进行外包。

（一）从企业的战略角度评估外包

外包不仅仅是短期的业务操作，更应该从企业长期的发展战略来评估外包。因此，对于企业家而言，在进行外包之前需要仔细思考以下四个问题：

（1）外包的业务是否为企业的核心竞争力？

---

○ 【推荐阅读】郭士纳. 谁说大象不能跳舞［M］. 北京：中信出版社，2003.

（2）外包是否能够让资源集中于企业的核心竞争力？

（3）外包是否获取了关键技术或者规避了技术退化？

（4）外包是否能够形成战略伙伴关系？

下面将仔细分析上述四个问题。

1. 外包业务是否为企业的核心竞争力

对于这个问题，需要重点评估外包业务在质量、技术含量等方面所拥有的市场竞争力。例如，企业将不太擅长的业务外包给另外擅长这项业务的外包供应商，这样产品的质量就会提高，市场竞争力也会相应增强。相反，如果被外包的业务是企业的核心竞争力之一，如企业自身在产品开发和营销方面的能力都非常突出，而外包供应商的综合技能、战略和全球扩张等能力可能还达不到企业的专业水平，外包就没有意义。

沃尔玛可以将运输环节外包给其他运输公司，但它绝不会将配送中心的管理外包出去。丰田、通用、福特等汽车企业可以外包玻璃、车灯、轮胎等零部件，但绝不会外包汽车的整车制造。因为前者是这些企业的附加业务，而后者却是其核心竞争力。

2. 外包是否能够让资源集中于企业的核心竞争力

对于这个问题，需要对两方面的问题进行评估：

（1）把业务外包后是否释放了资源（人力、物力和财力）？

（2）业务外包在多大程度上对核心竞争力的发展发挥了作用？

如果因为业务外包导致核心竞争力的发展，那么核心竞争力的提升幅度即为业务外包的绩效；如果释放的资源并没能用于核心竞争力的增强或培养，就不得不重新审视企业的外包决策。

作为全球最大的运动鞋生产商耐克，却没有完整地生产过一双鞋。耐克把鞋的生产交给劳动力成本低的中国、越南、马来西亚等国家，而将所有的人力、物力和财力投入到产品设计和市场营销这两大部门中去，全力培植企业强大的产品设计和市场营销能力。从这个角度来看，生产外包释放了耐克宝贵的资源，而这些资源被实实在在地用于核心能力的培养上。

3. 外包是否获取了关键技术或规避了技术退化

对于前半个问题，很多企业未必具有关键的技术，如IBM并没有计算机操作系统和芯片制造的关键技术（至少短时间内无法具备），但为快速将产品推向市场可以通过外包来实现。因此回答这半个问题前，需要评估，通过业务外包从供应商处获得了多少有助于增强企业核心竞争力的关键技术资源。获取关键技术的程度越大，外包的绩效就越好，这也可以通过计算关键性技术的数量来进行评估。

对于后半个问题，主要考虑到企业自有技术在当前市场中的领先地位是否会因为外包而弱化，主要评估业务外包后企业因技术落后可能遭受的风险和损失程度。然而在实际情况下，对于这后半个问题的评估较为复杂和困难。一方面，快速技术变革经常会使现有技术快速退化，企业可以将业务外包；另一方面，企业现有技术仍然具有强大的市场竞争力，外包并非明智。因此，通常需要决策者对技术发展趋势有敏锐且前瞻性的捕捉能力，或者可以通过外部聘用专家进行评估。

4. 外包是否能够形成战略伙伴

对于这个问题的评估，实质上是评估企业现有的管理能力是否具备优秀的"软实力"，而这种软实力的体现实质上又是通过长期联盟合作的方式（如长期业务来往、管理思想和管理模式的磨合）达成供应链整体竞争力。但前提条件是，业务外包方应该是供应链中的核心企业（通常具有强大的资源控制能力和市场整合能力，如汽车生产商），而作为供应链中的非核心企业（如汽车玻璃生产商）通常应该考虑的是承接外包业务是否会增加资产套牢的风险。

富士施乐株式会就是一个成功的例子。富士公司和施乐集团通过战略联盟组成合资企业富士施乐株式会。在40多年的战略合作中，富士施乐不断创新，稳定发展，取得了优秀的业绩，施乐与富士之间形成最持久、最成功的战略联盟。

### （二）外包的战略风险评估

在前面的一个小节中，从企业战略角度分析了是否应该外包，但这部分问答式的内容属于企业外包决策的理念性分析，尽管分析中考虑了外包的风险，企业在进行业务外包考虑时的战略风险究竟如何并没有一个很好的回答。

美国知名的供应链管理专家——大卫·辛奇-利维（David Simchi-Levi）提出了一个"自制—外包"决策分析矩阵，从技术依赖和生产依赖两个维度来分析外包的风险。以下对这个决策矩阵进行了相应的改进，根据依赖的"低、中、高"3个标度将外包的战略风险划分为9个等级并将之称为外包战略风险九宫格（如图5-3所示）。

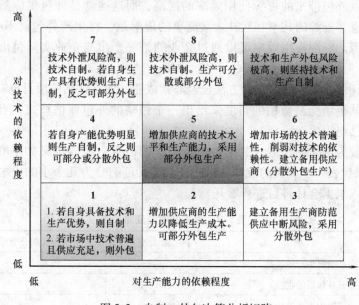

图5-3　自制—外包决策分析矩阵

以下简要对其中的风险等级进行描述，并分析相应的外包和自制决策。

当外包风险评估结果为1时，表明该项业务对技术和生产能力依赖都很低。在这种情况之下，如果企业在技术研发和生产能力方面均具有十分强大的优势，自制显然是最好的决策；如果市场中拥有许多类似的技术且供应充足，则外包能够有效降低成本。

当外包风险评估结果为9时，表明该项业务对技术和生产能力的依赖性都很强。如果将该项业务外包显然会造成致命性的灾难，因此对于企业而言，坚持技术自制和生产自制是最好的选择，如英特尔绝不会外包其CPU的设计架构和封装工艺。

当外包风险评估结果为其他数值时，企业应该重点考虑，是否可以通过技术输出（对应技术依赖程度为中低时）来降低生产成本，或者提高技术的控制力或垄断力（对应技术依赖程度为高时）来降低生产成本。当决定生产外包时应考虑，供应商的生产能力是否能够满足需求，如果不能则考虑建立备用供应商，并在供应商之间分配产能来降低采购成本和防止零部件的供应中断风险。

### 三、从财务角度去评估是否应该外包

当外包决策在战略层面上得以通过之后，接下来应该分析的是外包决策是否会提高企业的财务绩效（如资产回报率和利润水平）。对于企业而言，提高利润水平和资产回报率是外包决策最直接的目标。从财务角度评估外包主要回答以下两个问题：

1. 业务成本是否降低

这应该是企业进行业务外包最主要的动机。评估外包带来的业务执行成本降低，包括两个方面：①外包供应商资源引入带来的直接成本下降，包括生产成本、固定资产折旧等。②企业管理成本的下降，通常是管理层级的减少带来组织运作效率的提高或管理费用的直接下降。

2. 资源使用效率是否提高

这主要是涉及外包带来的资源使用效率的提高，而这通常是外包供应商带来额外的知识、技术以及信息等资源的共享和互补。最简单的理解是，将生产外包就不必要开设工厂、雇佣生产线工人等。资源使用效率可以通过企业的最终产出与企业实际付出的资源比例来衡量。

从财务角度评估业务发展前景的方法已经非常成熟，而且评估的项目也有非常详细的会计科目。以下仅从市场交易费用的角度来给出一个粗略的外包评估算式，当然需要评估的是，外包还是自己组织生产？

为得到一个较为可靠的评估，根据费用经济学的研究，需要定义如下变量（如表5-2所示），不同变量代表一个大类的成本，每一个大类又可细分为几个小的成本（如果需要更精细的评估，可以根据会计科目进行展开）。

表 5-2　成本和收益变量

| 变　量 | 含　义 | 细分变量 | 细分变量含义 |
|---|---|---|---|
| $B_i$ | 自己组织生产的收益 | — | — |
| $B_e$ | 业务外包后的收益 | — | — |
| $C_i$ | 自己组织生产的成本 | — | — |
| $C_e$ | 业务外包的交易费用 | $C_s$ | 调查和信息成本 |
| | | $C_d$ | 谈判决策成本 |
| | | $C_c$ | 制定和实施成本 |
| | | $C_m$ | 管理监控成本 |
| | | $C_x$ | 各种可能的交易费用 |
| | $C_e = C_s + C_d + C_c + C_m + \cdots + C_x$ | | |

如果 $B_i - C_i > B_e - C_e$，表示自己组织生产的净收益要大于业务外包，显然，最优的决策是自己组织生产。反之，如果 $B_i - C_i < B_e - C_e$，外包的收益显然要大于自己组织生产，外包

显然是较好的选择。

然而需要注意的是，企业真实的管理实践并非是上述简单的收益大小的比较，而是一个动态、面向未来的评估方式。当深入查看业务外包的交易费用 $C_e$ 的具体构成，可以发现，企业与外包供应商之间的委托代理成本通常会因为信息不对称和目标冲突等原因发生改变。业务外包前，企业必须付出较高的调查成本 $C_s$ 和 $C_d$ 以确定那个供应商能够给出较高的 $B_e$。而企业与外包供应商在企业文化和管理方式上存在差异，外包实施成本 $C_c$ 和管理监督成本 $C_m$ 通常需要经过一段时间的磨合才可以被有效降低。

### 四、外包的风险和控制

一名优秀的企业管理者，应该时刻关注企业内部和外部的环境变化。在分析关系企业生存和发展的外包决策时，也需要分析外包到底会在哪些方面对企业造成危害，也即外包的风险。通过本部分的学习，应该了解外包中的风险到底有哪些，以及应该如何来控制外包的风险。

（一）识别外包的风险

在外包服务市场中，降低成本、集中核心能力、缩短进入市场的时间、减少内部的专业技术人员以及降低投资风险等是构成外包交易的主要动机。然而，无计划的外包或过度的外包会给企业带来很多麻烦，如固有的财务、运营和决策方面的风险因素可能增加隐含的成本，从而削弱外包的优势，最终使外包企业不能实现预期的收益。

1. 供应链断裂

企业选择外包的原因是为了利用外部更加专业化、高效率的竞争能力。但是必须以双方之间能良好的协作为前提，否则外包就不可能成功。诸如外包合同的重新签订、中间产品质量不合格、外包双方合同的突然中断等外包失败的现象，在很大程度上都可以归因于缺乏有效的沟通。例如，1997 年当加拿大航空公司将其物流信息系统外包给 IBM 之后，由于双方缺乏有效的沟通造成加航物流系统崩溃，甚至使加航物流系统中断 3 个多月。

2. 供应链权力转移

企业将业务交给供应商，失去了部分资产的控制权，导致企业技术应用和更新能力的丧失，信息和数据的安全受到威胁。除此之外，经过几次合作，供应商对外包企业的经营状况和需求的了解进一步深入，为进一步加深彼此的合作关系，供应商往往会推出"量身定做"的外包服务，而这种服务通常会增加外包企业的信任感和依赖感。长此以往，供应商将取代企业内部的部分职能，一旦供应商提供的服务具有极强的外延性，则会严重影响企业未来的市场竞争力，因为供应商同样会接受其他竞争者的外包，前述微软公司向康柏公司提供操作系统而影响 IBM 计算机的市场份额就是其中的一个例子。

3. 服务水平下降

过度的外包使企业与顾客缺乏直接的接触的机会，企业很难获知顾客真实的需求信息。顾客需求信息缺乏以及来自外界的欺骗性信息的影响，使企业做出了错误的服务决策，甚至忽略了顾客服务。例如，我国许多家电生产企业将销售"外包"给了国美、苏宁等大型家电卖场，一方面造成了严重的"零供矛盾"，另一方面也丧失了企业对市场的敏感性。

4. 竞争隐患

外包模式可以充分调动合作伙伴的资源和力量，新产品的开发效率和投入市场的速度将会被大大提升。然而，这种外包模式会使合作伙伴（或有实力的供应商）有机可乘，导致新的竞争者的出现。格兰仕的崛起就是最好的例子。

### ● 格兰仕的"曲线崛起" ●

从一个乡镇羽绒制品厂到全球最大的微波炉制造商的演变，格兰仕公司仅用了 6 年的时间。格兰仕原是在广东顺德一片滩涂上的一家名为桂洲的羽绒厂，分管销售业务的副总经理梁昭贤在对日本进行考察后，发现微波炉具有巨大的市场潜力。梁昭贤利用中国低廉的生产力这一理由，说服东芝微波炉生产厂商将生产线移到中国，甚至允诺在合同时间内免费为其进行代工，而格兰仕获得的好处是在合同时间之外免费使用生产线。结果，在短短几年之内，格兰仕以其成本优势迅速击败国外众多同行业巨头，一度占据全球微波炉 70% 的市场份额。

**5. 技术外溢**

企业的机密信息诸如未来的研发战略、技术路径等可能被泄露出去，这是管理者在进行外包时必须考虑的一个重要风险。技术具有稀缺性和不可模仿性，是企业的宝贵财富，但是过度进行外包的企业，就会把自己的技术毫无保留地转移出去，相当于给外界开了一扇能接近其核心竞争力的方便之门，给自己的优势带来巨大的隐患。

**（二）外包的风险控制**

当外包决策发生之后，供应商分担了企业内部的一部分管理职能，企业和供应商之间的关系从业务角度来看变成了采购合同管理，企业的财务负担和管理费用也因此大为减少。但将业务外包之后企业也丧失了部分的控制权，由此带来了很大的风险。如何在获得外包所带来的益处的同时降低风险？可以分别从两个理念层面和三个操作层面来设计相应的外包风险控制措施。

**1. 理念层面的外包风险控制**

（1）利益共享和风险共担的合作理念。企业将业务外包后分散了自身资本"套牢"的风险，获得财务和市场竞争力的双重利益。但作为供应链中的强势企业，不能一味强调获得外包的利益而忽视了供应商对利益和风险的双重诉求。一系列因供应链权力不对等产生的问题会不利于供应链的健康运行。例如，延迟付款也许会降低外包企业的财务压力，但却会造成供应商财务风险的加大，供应商资金链一旦断裂将反噬企业外包业务后带来的好处；不断降低采购成本会提升外包企业产品在市场中的竞争力，但会造成供应商利润的下降，供应商为保持一定的利润水平而牺牲零部件（或服务）质量将反过来造成企业产品市场上的竞争力。

由此可见，利益共享和风险共担的合作理念应该是企业进行业务外包后首要考虑的问题，一个有效的利益和风险分成合约机制能够有效地促进外包方和承包方的"激励相容"，在保证双方获得最大利益的同时将风险约束至最低水平。

（2）开放的交流机制。从本质上看，企业进行业务外包的本质是提高资源的使用效率。通过外包达成的企业间合作不仅仅是为了获得供应商的专业优势，同时也是为了获得对方的管理优势。信任是双方合作的基石，也是合作成功的关键。缺乏信任的外包会造成双方交易成本的上升（如频繁的谈判、频繁的质量检验等），同时也会增加外包的风险（如法律诉讼等)。

因此，在外包合约达成之后，不仅要求合作双方保持相互信任的态度，更需要建立一种开放的交流机制，将合作中出现的矛盾能够以最小的成本加以消除。而这种交流机制需要在认同双方企业文化和经营理念的基础上，彼此约束各自的私利行为，全力配合彼此在业务上的衔接。

(3) 建立长期战略合作关系。频繁更换供应商会加大企业的交易成本，降低企业的市场反应速度，同时也会造成供应商"资源套牢"的现象而不利于发挥规模优势，双方的市场风险和法律风险都会上升。因此，在度过必要的观察和磨合期之后，企业与承包商之间双赢的合作同盟关系应该逐步得到确认，特别是对于业绩优良的承包商，应建立长期战略合作关系，形成供应链上相互协调、相互依存和共赢协作关系。

2. 操作层面的外包风险控制

(1) 法律手段保证外包安全。虽然从决策层面上，高级管理层已经决定零部件采购和部分产品生产实施外包模式。但在运作层面，考虑到知识产权、商业信息等外包安全风险的问题，在发出与企业产品相关的信息给供应商前，必须签订经过律师审核的标准保密协议，同时签订详细的正式外包合同以防范企业可能面临的外包安全风险。

(2) 加强对供应商的绩效考核。企业即便与供应商签订了协议，也应当监控供应商的绩效。企业不能认为业务外包了，一切就由对方承包，完全是供应商单方面的工作。外包企业应当和供应商一起制订采购作业流程、确定信息渠道、编制操作指引使双方相关人员在作业过程中步调一致，也可以为外包方检验供应商的采购管理业务是否符合企业要求的标准。

定期对供应商进行绩效考核是确保业务外包质量的重要内容，本书第六章详细介绍了如何对供应商进行绩效考核。

(3) 加强对供应商的团队支持。人员支持是确保外包质量和风险控制的重要内容。为控制外包业务的质量，世界上许多跨国公司(如丰田汽车)对供应商提供技术支持、金融服务以及培训等专业团队，确保供应商运作流程能够符合外包方的需求。

此外，双方进行互换的驻厂团队能够快速发现外包业务中存在的风险。2000 年，诺基亚派驻飞利浦封装芯片供应商的团队快速发现了火灾之后供应商生产能力严重受损的事实，并快速组织人员重新设计芯片以及在全球范围内寻求替代供应商，避免了诺基亚芯片供应中断的风险。

### ● ZARA 的保守外包策略 ●

　　ZARA 公司通过有限度的外包规避外包风险。公司在生产和分销设施方面投入了大量资金，用来提高供应链的响应速度，以便应对市场上新出现的需求以及需求的波动。ZARA 大约一半的产品是在自己的工厂生产的，这种行为在同行看来十分不合时宜。同行中大多运用的是纵向一体化，像GAP 和 H&M 这样的对手，它们没有自己的生产设施，所有的生产业务都外包给其他供应商。但 ZARA 的高级管理人员认为，如果是完全依赖于外包，公司就很难稳固资产投资，组织的整体灵活性会受到很大的影响，而拥有生产资本，使 ZARA 拥有超越时间和能力范围的生产水平。

# 第三节　第三方物流和外包

在电子商务高速发展的今天，销售的功能大量被互联网所代替，而制造、物流却无法被电子化和虚拟化。在可以预见的将来，"销售为王"的理念可能被大大弱化，而制造业和物流业将重新分配供应链的权力，联邦快递和 UPS 的崛起就是最好的例子。本节将介绍物流外包的新模式——第三方物流如何实现价值链的优化，以及百安居（B&Q）和三菱汽车的第三方物流实践。

## 一、第三方物流的内涵

使用第三方物流（Third Part Logistics，TPL 或者 3PL）日益成为企业外包的重要实践。越来越多的企业开始借助于第三方物流来改进自己的商业模式：惠普通过第三方物流获得了大量成本的节约，戴尔利用第三方物流实现了供应链的快速响应……

那么，究竟什么是第三方物流？它又是如何吸引企业的物流外包实践的呢？

（一）什么是第三方物流

第三方物流的概念源自于外包战略，它指的是：由供应链上的第一方（供应方）和第二方（需求方）之外的第三方（提供物流交易双方的部分或全部物流功能的物流供应商）去承担客户物流服务的运作模式。

例如，汽车生产商将繁琐的零部件库存管理和配送交给了第三方物流企业，以实现 JIT 的生产方式；戴尔仅负责产品的设计和销售，组装和配送工作则完全或部分交给物流公司。

第一方和第二方企业采用第三方物流的目的之一在于利用第三方物流企业在物流管理效率、专业化的物流设施和物流运作的管理经验，达到提高企业物流运作效率的同时降低物流成本，而将主要的精力放置于提高核心竞争力之上。第三方物流提供商一般是一个为外部客户提供管理、控制和提供物流服务作业的公司，它们并不在产品供应链中占有一席之地，仅是第三方，但通过提供一整套物流活动来服务于产品供应链。

### ●  UPS 的第三方物流服务  ●

Sonic Air 是 UPS 公司的一个部门，它提供一种更为成熟的第三方物流服务。公司服务于一些生产滞留成本很高的产品的企业，因此 Sonic Air 需要迅速将所需的部件配送至需要的地点。Sonic Air 拥有 67 个仓库，它使用特殊的软件来确定每个仓库中每种部件合适的库存水平。当某个订单到达时，系统确定配送部件的最优方式，由公司的地面快递人员将部件送到下一个航班上，然后再将货物发出去。与不采用这种服务相比，这项服务要求每个服务场所必须存放的部件数量更少，但提供的服务水平却是相同的。由于这些部件价值数十万美元，这对客户来说显然节约了成本。同时对 Sonic Air 来说，这项业务的利润很高，因为客户愿意为这种服务水平付个好价钱。

（二）第三方物流的供应链价值分析

从 UPS 案例可以看出，UPS 第三方物流服务吸引客户的着眼点在于"更出色的库存管理"和"更迅捷的配送服务"。而对于客户来说，尽管支付了较高的物流费用，但节约了综合成本。因此，可以看出第三方物流的价值在于优化供应链的"空间价值"和"时间价值"[⊖]。为更好地说明第三方物流对供应链价值的贡献，遵循迈克尔·波特的价值链分析思路将供应链的时间分为"价值增值时间"和"价值非增值时间"，如图 5-4 所示。

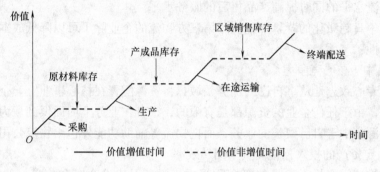

图 5-4　供应链的价值—时间的分布

非价值增值时间实际占据了供应链过程极大的一个比例：麦片粥的加工时间不到 1 小时，但从工厂到超市居然需要 104 天的时间；金枪鱼罐头的加工时间只需要 45 分钟，但从渔场码头到终端销售却需要 150 天的时间；而化妆品从原材料的采购、生产制造到最终销售竟然要花 610 天的时间，各环节的时间分布如图 5-5 所示。

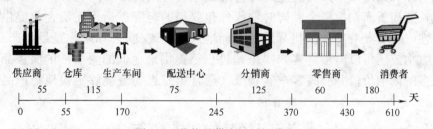

图 5-5　化妆品供应链时间分布

资料来源：MIT OpenCourseWare，15-762JSpring-2005.

对于很多企业而言，它们的核心竞争力在于制造、研发、品牌或者渠道管理等高附加值环节，如丰田的核心竞争力在于整车设计和制造，耐克的核心竞争力在于研发和品牌管理，对于其中涉及的大量的库存管理、运输管理等并非这些供应链的核心企业所擅长。从价值链的角度来看，这些繁琐但极为重要的事务性工作并没有给企业带来价值增值，反而大量吞噬了企业宝贵的资源，消耗了大量的管理成本。因此，"如何缩短非价值增值时间"成为这些核心企业大量外包物流管理的重要原因，而第三方物流所提供的专业化、规模化的服务恰恰满足了它们的要求。

从企业外包的动力来看，降低成本、缩短产品的市场响应时间和提高客户服务水平是供

---

应链核心企业采用第三方物流的主要出发点，当然企业需要的第三方物流服务也随着行业的不同而变化。例如，对于汽车制造业，汽车整车厂周边通常聚集了大量的零配件企业（如上海大众的安亭汽车城），汽车生产商要求的第三方物流服务侧重于"及时配送"，即按照生产计划按时按量将零部件配送至生产线，以降低零部件库存为目的。对于服装行业，企业看重第三方物流服务可以缩短服装的周转时间，以快速响应市场的流行趋势为目标，这就要求第三方物流服务具有较强的运输和配送能力。对于家电企业，生产能力过剩以及市场价格压力过大，企业则更看重第三方物流在全国范围内能够进行区域库存管理、组装和配送能力，在降低物流水平的同时提高产品售后的服务水平。

在市场竞争日趋激化的背景下，使用第三方物流的企业除了可以降低成本，还具有以下几方面的优越性：

1. 精力集中于核心竞争力

企业可以专心致志地从事自己的优势领域，将资源配置在核心事业上。企业应将精力集中于核心业务，由于任何企业的资源都是有限的，很难在业务上面面俱到。为此，企业应把自己的主要资源集中于自己擅长的业务，而把物流等辅助功能外包给物流公司。

2. 降低固定资产的投入，提高资本周转效率

企业自建物流需要投入大量的资金购买物流设备、建设仓库和信息网络等专业物流设备。这些资源对于缺乏资金的企业特别是中小型企业是个沉重的负担。而如果使用3PL不仅减少设施的投资，还撤销了仓库和车队方面的资金占用，加速了资金的周转速度。

3. 获得更为灵活的客户服务

假如你是原材料供应商，而你的原材料需求客户需要进行迅速的货源补充，你就需要有地区仓库。通过第三方物流提供的仓储服务就可以满足客户需求，而不必因为建造新设施或长期租赁而调拨资金，同时物流外包获得的轻资产运作还给企业提供了额外的经营灵活性（尤其是在业务变更导致的仓储地点发生改变）。如果你是最终产品供应商，利用第三方物流还可以向最终客户提供超过自己提供给他们的更多样的服务品种，为客户带来更多的附加价值并提高客户满意度（通常第三方物流能够更快地将产品交付到客户手中）。

## ● 通用萨顿汽车的物流外包 ●

美国通用旗下萨顿汽车将物流外包给赖德专业物流公司就是一个很好的使用第三方物流的例子。萨顿为了聚焦力量于汽车制造，将其所有物流事务外包给赖德公司管理。赖德作为第三方物流的供应商，为萨顿接洽零部件供应商，将零部件运到位于田纳西州的工厂，同时将成品汽车运到经销商那里。赖德在接收到萨顿的订货信息后，从分布在美国、加拿大和墨西哥的300个不同的供应商那里进行所有必要的小批量采购，并使用特殊的决策支持系统软件来有效地规划路线，使运输成本最小化。

资料来源：大卫·辛奇－利维. 供应链设计与管理：概念战略与案例研究［M］. 季建华，译. 北京：中国财政经济出版社，2004。

## 二、第三方物流的发展和现状

现代物流是第三方物流发展的基础，而企业降低物流成本是第三方物流兴起的最大动力。经过十多年的发展，我国和世界上其他一些国家的第三方物流服务有了蓬勃的发展。本节，将简要了解第三方物流的一个发展历程以及国内外的发展现状。

（一）第三方物流的发展历程

二战期间美国陆军的后勤技术极大地保障了美军战争期间的资源需求，战后大量军需官退役后受聘于美国企业，并且以严格的纪律性和高效率的执行力极大地改善了企业的物流效率，物流成本也因此大幅降低，大量的成本节省让许多管理者开始重新审视物流这项繁琐的事务型工作在企业中的作用。随后，彼得·德鲁克（Peter Druker）的"经济领域的黑暗大陆"和西泽修的"物流冰山学说"充分阐述了物流在企业中的战略地位。

随着 1989 年柏林墙倒塌和 1991 年苏联解体之后，国际贸易开始进入繁荣期，尤其是 1978 年中国加入世界产业分工体系之后，发展中国家以巨大的劳动力优势、资源优势和新兴市场容量快速促进全球经济一体化的进程。"全球化生产"和"全球化销售"构成了现代物流的发展原动力，现代意义上的物流在信息技术的进一步催化之下越来越受到企业的关注。除了新产品的研发和品牌建设，降低产品成本（包括生产成本和销售成本）、降低库存（仓储和运输过程中的库存）、提高市场响应（快速产品交付）等开始要求企业重视物流环节的优化，要求增加整个供应链流程的可视化程度。然而，物流行业门槛高（需投入大量的基础建设）、规模效应强（典型的规模经济特点）以及运作繁琐（涉及大量的作业流程）等特点，使得许多企业认为自建物流并不经济而纷纷寻求外包，而第三方物流就在这样的背景下产生和发展。

第三方物流给企业带来绩效的改善十分明显，据相关资料统计，与传统的物流公司（主要从事运输和仓储）相比，企业通过使用第三方物流公司服务，物流成本平均下降 11.8%，物流资产平均下降 24.6%，订单作业周转时间从 7.1 天缩短至 3.9 天，库存平均水平下降 8.2%。第三方物流更专业、综合成本更低、配送效率更高，已经成为国际物流业发展的趋势、社会化分工和现代物流发展的方向。

（二）国内外第三方物流发展现状

在西方发达国家，第三方物流业务的范围仍在不断扩大。商业机构和各大企业面对日趋激烈的竞争不得不将主要精力放在核心业务之上，将运输、仓储等相关业务环节交由更专业的物流企业进行操作，以求节约和高效。另一方面，物流企业为提高服务质量，也在不断拓宽业务范围，提供综合配套服务。同时，很多成功的第三方物流根据第一方和第二方的谈判条款，分析比较自理的操作成本和代理费用，灵活运用自理和代理两种方式，提供客户定制的物流服务。在发达国家的企业眼里，第三方物流产业的发展潜力是巨大的，具有广阔的发展前景。

欧洲目前使用第三方物流服务企业的比例约为 76%，美国约为 58%，而且欧洲 24% 和美国 33% 的非第三方物流服务客户正积极考虑使用第三方物流服务；欧洲 62% 和美国 72% 的第三方物流服务客户认为他们有可能在 3 年内增加对第三方物流服务的运用。在欧盟，1 290 亿美元的物流服务市场中有 310 亿美元分包给第三方物流公司，约占 25%；美国第三方物流企业占有的市场比例较小，大约为 65.1 亿美元。

物流需要大量的资本投入，这也让第三方物流企业在某种程度上获得了"天然垄断力"，西方发达国家的第三方物流服务提供商集中程度非常高，基本处于被四家企业垄断的局面，即美国联合包裹快递公司（UPS）、德国邮政物流（DPWN，DHL 的母公司）、荷兰邮政（TNT）和联邦快递公司（FedEx）。这四家物流企业占据了全球快递市场72%的市场份额。

**• 联邦快递的业务发展历程 •**

1973 年，弗雷德·史密斯组建 FedEx 公司并提供全美翌日到达 Door-to-Door 航空快件服务。20 世纪 80 年代以后，UPS、DHL 等众多竞争对手的加入，FedEx 开始重塑其业务结构并重新调整了业务范围：①抢夺包裹市场。②作为第三方物流服务供应商扩展业务。③组建专门的住宅投递服务团队。

如今，FedEx 已经建立了全球快递交付网络，并已经成为集系统开发、电子数据交换和物流解决方案为一体的大型国际物流企业。

资料来源：联邦快递之父：弗雷德·史密斯. 百度百科. 经编者修改整理。

相对而言，我国第三方物流发展还处于初级阶段，据2006 年 12 月中国物流与采购联合会的统计，我国的第三方物流在物流市场中所占的比例仅为10%，并且大型专业的第三方物流企业数量极少。第三方物流提供的功能单一，80%的服务都只停留在基础性物流业务，如运输和仓储等。更主要的是，第三方物流提供增值服务（组装、包装、测试和修理等服务）的能力较为薄弱，由于缺少高水平的第三方物流供应商，再加上企业有条件自己经营物流，所以在对第三方物流有充分信心之前，可能企业只能局限于外包相对低利润的物流服务。

当然，我国的第三方物流的发展非常之快，第三方物流的市场规模膨胀迅速。整个中国第三方物流市场在2000～2005 年的年增长率达到了25%，2006 年我国销售物流外包比例以5%～10%的速度增长，运输与仓储外包比例以10%～15%的速度增长，运输业务委托第三方物流的比例占企业运输业务的67%……此外，随着我国成为世界制造中心，大量跨国企业的业务通过第三方物流来实现全球物流的配置，物流功能外包后带来大量供应链成本的节约在很大程度上也刺激着国内众多企业采取物流外包，这也很大程度上促进了我国第三方物流业的发展。

**• 我国第三方物流的问题 •**

目前我国大多第三方物流企业并没有将焦点放置于"改善供应链绩效"的增值服务，而热衷于成本与价格竞争。据统计，我国目前第三方物流企业的利润率为3%～8%左右，与国际平均水平差距较大。

我国整个第三方物流企业规模和市场份额都比较小。2006 年我国第三方物流市场大约有18 000 多个服务提供商，排名前十位的服务商占有的市场份额约为13%，没有一家物流企业的市场份额超过2%。

　　我国的第三方物流市场已经趋于国际化，越来越多的外资物流供应商进入国内物流市场，对我国第三方物流业形成严峻的挑战。我国第三方物流的转型升级势在必行，"提供从物流计划、系统设计、物流管理到实施一整套完整物流解决方案提供商"是我国第三方物流企业未来一段时间的发展方向。

　　资料来源：中国第三方物流市场调查报告 [R]. 中国物流与采购联合会，2006 年. 经编者修改整理.

### 三、百安居的第三方物流外包实践

　　自 1999 年英国百安居公司在上海开设第一家门店以来，至 2008 年百安居已经在我国拥有了 63 家门店，并占据我国装饰建材连锁经营行业销售额第一的宝座。从表面上看，百安居赢得我国众多消费者青睐凭借的是两大法宝，即超低的价格和周到的服务，而实际上这两大法宝的法力之源却是其独特的双引擎供应链运营模式。

　　（一）双引擎供应链运营的产生

　　类似百安居这样的大卖场的供应链模式一般有两种，一种是将供应链管理外包给第三方物流，典型的如家乐福；另外一种则是自己进行供应链管理，典型的如沃尔玛。在英国，百安居采用的供应链模式是前者，但进入中国市场之后，百安居在英国威风八面的供应链模式却遭遇无法复制的尴尬。百安居在中国拥有 1 000 多家供应商，经营 50 000 种以上的产品，并且有很多特殊的超长超重产品，如果采用英国的供应链模式必须要有能力极强的第三方物流支持。但我国的物流业还处于起步阶段，国内鲜有能够提供大型装饰建材连锁超市整套供应链解决方案的第三方物流企业。在这种情况下，如果贸然将供应链管理全部外包则可能导致高昂的物流成本和低质的服务，而完全自营供应链又不是百安居的强项，权衡再三，百安居决定采用自营和外包并举的双引擎供应链运营模式。

　　（二）物流外包制胜

　　百安居的强项在于供应链规划和控制，并不擅长具体物流运作，而我国第三方物流的强项恰恰是物流运作，二者正好可以取长补短。经过细致规划，百安居在华东、华北和华南三个区域成立了物流中心作为连接供应商和门店的中转枢纽，以提升整条供应链的效率。百安居是对供应链进行统筹控制的主引擎，根据各门店的销售情况和产品的不同特性通知供应商将货物运送到区域物流中心、门店或顾客手中，而运送到区域物流中心的货物则由作为辅助引擎的第三方物流配送到各门店。百安居的双引擎供应链不但能够使自己从琐碎的物流操作层面解脱出来，专注于整条供应链效率的提升，而且还可以发挥第三方物流低成本的优势，打造出了低成本高效率的供应链管理模式。

　　（三）第三方物流管理

　　百安居凭借双引擎供应链这一强大武器，在短时间内确立了行业内领头羊的地位，还迫使其劲敌装饰建材行业全球排名第四的欧倍德公司在中国苦心经营七年后无奈地退出中国市场，其中国的业务也被百安居尽数收入囊中。双引擎供应链有六种武器，分别是卓越的信息系统、与供应商良好的合作伙伴关系、严格的第三方物流管理、供应商直供模式、订单整合机制和对双引擎配置的权衡。

第三方物流是百安居供应链的副引擎，其能力的高低直接影响着整条供应链的效率，因此百安居对第三方物流的管理非常严格。首先，建立了第三方物流甄选机制。百安居在对众多物流企业初步考察的基础上公开招标，并对中标者再进行全面考核，只有达到百安居所要求的关键指标的第三方物流才能最终入选。其次，百安居会对入选的第三方物流企业的员工进行培训，提出具体的服务要求，如准时送货上门，协助客户签收、验货，送货后的客户回访率不得低于20％等。最后，百安居通过对准时到达率、对商品完好率、对客户的服务态度等关键指标的监控对第三方物流的服务进行考核，对于多次考核不合格者百安居会终止合作关系，以避免低劣的客户服务水平给百安居带来负面影响。

# 本 章 小 结

越来越多的管理者发现，外包非核心业务对于企业"瘦身"和重塑市场竞争力来说是一个非常大的诱惑。本章简单回顾了过去几十年管理学界对于核心竞争力的观点，尽管这些理论是基于战略管理，但这些观点对于供应链外包战略的理解显然是具有非常大的作用。外包正在且仍然是全世界企业管理的发展和实践趋势，但有必要考虑"是否应该外包"这一最初的问题，本章从供应链战略和财务角度分别展示了如何评估这一问题。除了获得的利益之外，本章还介绍了供应链外包中可能出现的风险，并且详细地介绍了可采取的应对之策。最后，本章介绍了供应链中一个非常重要的外包实践——第三方物流，经过许多企业的实践证明，将物流外包给专业的第三方物流企业有利于打造一个"轻松的供应链"。

**关键术语**

外包（Outsourcing）　　　　　核心竞争力（Core Competence）

战略风险（Strategic Risk）　　　财务风险（Financial Risk）

风险控制（Risk Control）　　　　价值链（Value Chain）

第三方物流（Third Part Logistics）

**思考与练习**

1. 外包对企业的核心竞争力有着非常重要的作用，外包究竟给供应链带来了哪些好处，请举例说明。

2. 如何理解外包是供应链战略联盟的一种形态？请问现实的供应链实践中，哪些企业在供应链外包方面堪称战略联盟的典范？

3. 请从战略角度和财务角度评价你所熟知的企业的外包决策是否正确？

4. 当前服装供应链中存在大量的业务外包，甚至像阿玛尼这样的奢侈服装品牌也将大量的服装加工业务外包给中国的企业，那么ZARA为何采取保守的外包政策？但ZARA在中国仍有外包工厂为其加工服装，这又是出于什么目的？

5. 使用第三方物流已被许多供应链所应用，而当前我国提倡"服务业和制造业联动发展"的产业升级思路中也可以看到第三方物流的影子，请收集相关资料并分析第三方物流在未来几年的发展趋势。

# 本章案例：凡客诚品的"举轻若重"的供应链之道

2007 年才在北京创立的凡客诚品（VANCL）网在 B2C 服装电子商务领域只能算是位小老弟，但仅短短三年它便获得了软银赛富、IDG 等多家风险投资商的三轮投资，并以 28.4%的市场份额成为行业翘楚。在 2009 年德勤（中国）公司发布的高科技、高成长中国 50 强报告中，它更是以三年 29 576.86%的销售收入增长率高居榜首。从商业模式上看，凡客诚品与其他同行差异并不大，都是利用网络购物的便捷与低价吸引顾客，而凡客诚品能够脱颖而出凭借的是其"举轻若重"的供应链之道。

凡客诚品曾在供应链运作上遇到过很大难题。与同行一样，凡客诚品都采用"轻"供应链运作模式，即企业尽可能地将供应链中厂房、设备甚至实体店面等重资产与其剥离，只保留设计、研发、营销推广等功能，通过整合供应链各环节达到以少量的资金撬动最大资源的效果。然而，看上去很美的"轻"供应链却蕴藏着很大风险。这是因为，轻供应链虽然脱掉了重资产，但并不意味着不需要重资产的功能。相反，由于重资产不掌握在企业手中，各资产所有者都有自己的如意算盘，存在着不可控的风险，驾驭难度大大增加，易导致如下四大难题，即质量控制难度大、服务水平难以保障、品牌形象难以深入人心和供应链成员利益难协调。

凡客诚品的成功在于它看清了轻供应链的短板，并将"举轻若重"的理念贯彻到了从供应商到顾客的各个环节，在规避轻供应链软肋的同时将其优势发挥得淋漓尽致。为此，凡客诚品打造了五大利器：

（一）源头质量控制，追求卓越品质

为了提升产品的质量，凡客诚品注重从质量问题的源头进行控制，将其扼杀在萌芽状态。凡客诚品对面料质量进行了严格的控制，选择了远东纺织、福田实业等国际顶尖面料供应商，而生产则外包给为 BOSS、ARMANI 等知名服装品牌做代工的一线供应商，如鲁泰、溢达纺织。凡客诚品认为，虽然小厂也能完成任务，但是面料和工艺做不到最好，会损伤顾客的体验，而一线厂商被名牌服装企业"训练"了 20 多年，自身对于产品工艺要苛刻得多，品质更有保障。

（二）有限度的物流外包

绝大多数同类企业都将物流配送完全外包给第三方物流，但我国物流行业整体服务水平相对滞后，顾客投诉率居高不下。为了规避供应链风险和提升客户服务水平，凡客诚品并没有将物流完全外包，而是尝试采用自建物流的方式，成立如风达物流公司，掌控销量最大的北京、上海和广州等地的配送。此外，凡客诚品的配送员也经过严格的培训，配备统一的制服、电动车、手机以及移动 POS 刷卡机。

（三）构建战略联盟

凡客诚品着力与网站建立推广联盟，按照实际的销售效果，即订单量与网站进行销售分成。通过网站每卖出一件衬衫，便给予其大约 15%的分成。在利润的驱使下，数以万计的门户网站、垂直网站和网络社区都成为了凡客诚品的推销员，迅速使凡客诚品的广告在网络上千树万树梨花开，而热衷于尝试新鲜事物的网民很快就成了凡客诚品的顾客。在不到一年的时间里，凡客诚品实现了月销售额从百万元到数千万元的跨越，其40%的衬衫都是通过网络销售的，而市场推广费用却不到2 000万元，连PPG的1/10都不到。

（四）闭环的信息流控制方式

为了对顾客需求做出快速响应，凡客诚品组建了两支团队——买手团队和设计团队。买手团队的任务是到欧美、中国香港等时尚前沿阵地，参加时装节、逛商场，看时装大片，与时尚人士交流，搜罗大量代表流行趋势的产品。设计团队则对买手团队获得的信息进行分析，并在此基础上进行设计创新。

（五）改善顾客体验，积累品牌资源

由于没有实体店铺，与传统服装企业相比，凡客诚品先天就有顾客体验不足的短板，因此在改善顾客体验上凡客可谓煞费苦心。为了解决顾客买前不能试穿的难题，凡客诚品推出了"开箱试穿"服务。顾客收到衣服后可先当场开箱试穿，不满意可以拒收。为了打消顾客对产品质量的顾虑，凡客诚品做出了承诺，使用过程中若发现质量问题，即便洗过穿过，30天内依然可以无条件退换货。

**案例思考：**

1. 对于一个确定的产品，不同的消费者常常会对其有不同的看法。从消费者角度讨论一下产品各因素（如产品功能、价格等）的重要程度对外包决策的影响。

2. 当企业决定进行外包之后，应该怎么样保证各个组成部分（如衣服的纽扣、拉链等）供应的及时性？

3. 互联网对凡客诚品的发展起到了什么样的作用？你认为凡客诚品还有哪些地方可以改进？

# 第六章 供应链的采购决策

## 本章引言

通用电气公司前 CEO 杰克·韦尔奇（Jack Welch）说："采购和销售是企业唯一能'挣钱'的部门，其他任何部门发生的都是管理费用！"尽管这种说法有点绝对，但采购部门在任何一个企业中所拥有的权力却印证了它的重要性。

作为供应链运作的首要环节，采购管理的优劣对企业的运作成本和利润产生了直接的影响。许多企业因出色的采购管理获得了巨大的市场竞争优势，同时又有许多知名企业却因采购管理的不善而遭受了巨大的损失。尽管高效的采购管理对供应链绩效会产生巨大的推动作用，然而不同行业的供应链采购模式却存在许多不同之处。

戴尔公司的直销模式之所以可以成功，其出色的供应链采购管理功不可没。如果供应不稳定，就有可能影响戴尔对最终用户的承诺。供应商对企业的重要性与日俱增，单从材料成本的角度看，通常有 50% ~85% 的成本是支付给供应商的。除此之外，供应商所提供的零部件的质量、交付期及服务，无不直接影响企业的竞争力。成功的采购不仅依赖于采购人员出色的谈判技能，更依赖于高水平的供应商持续开发与全面管理能力。

## 学习目标

- 掌握采购管理的重要性和相关管理要点
- 理解供应链环境下的 JIT、VMI 及其他采购模式
- 掌握如何进行供应商的选择、评价和绩效考核的理论和相关方法
- 理解供应商关系管理

# 第一节 供应链中的采购管理

## 一、为什么要进行采购管理

### （一）产品成本的构成比例

一项针对企业产品成本构成的研究发现：全球范围内，工业企业的产品构成中，原材料及零部件的采购成本比例随行业不同而不同，但平均水平在 60% 以上（对应中国制造业，采购占到总成本的 70% 以上）；即便是人力成本高昂的软件行业，采购也占据了近 1/3 的成本。

从图 6-1 中可以看出，采购占据了产品成本中的绝大比例，显然是企业成本控制的主体和核心内容。然而不幸的是，现实中许多企业在进行成本控制时却将大量的时间和精力放在不到 40% 的企业管理费用以及工资福利等上。而事实上，在产品成本中，采购部分每年都

存在着 5% ~20% 的潜在降价空间。

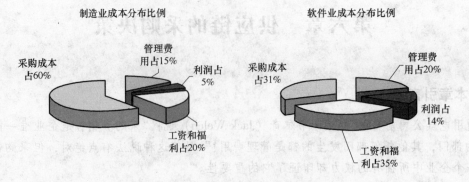

图 6-1　全球工业产品成本构成的平均比例

**（二）采购的杠杆效应**

杠杆效应（Leverage Effects）通常见于金融领域，其意在于，通过一个小的代价即可获得较大的收益。例如，房屋按揭贷款时，首付 30% 即可完成房屋的交易，那么这个过程中的杠杆为 $1/0.3 = 3.3$ 倍。而事实上，类似的"杠杆效应"也存在于企业的采购过程中，以下将通过两个算例来分别描述采购成本的节约将如何对企业净资产回报率（Return of Asset，ROA）以及销售额起到的杠杆作用。

**例 6-1**　假设 A 企业的净资产为 1 000 万元，原材料成本为 1 000 万元，人工及其他管理费用为 500 万元，销售收入为 2 000 万元，假设年资产周转率为 2 次，则此时净资产回报率为 50%。如果原材料采购成本降低 10%，其他费用条件均不变，则此时净资产回报率为 60%，比先前上升 20%。也就是说，采购成本对企业 ROA 增幅的杠杆为 2 倍。计算过程如图 6-2 所示。

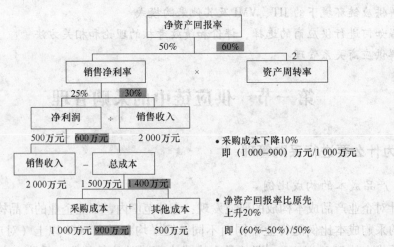

图 6-2　采购对净资产回报率的杠杆作用

**例 6-2**　假设 B 公司的利润率为 5%，在其他条件不变的情况下，B 公司节省 1 元钱的采购成本，公司若想靠增加销售收入来获得同样的利润，则需要增加多少销售额？

在例 6-2 中，采购中每 1 元钱的节省都会直接转化为 1 元钱的利润，销售收入不变，成本节约 1 元时的利润为（销售收入 $\times 5\% + 1$）；若采购成本不变，销售增加 $x$ 元时的利润为（销售收入 $+ x$）$\times 5\%$。若要利润相等，则上面两式取等号，则 $x = 20$ 元！也就是说采购成本对销售额的杠杆为 20 倍。

上述两个简单的例子给出的启示是：

（1）下大力气降低采购成本，可以获得更高的净资产利润率，由此产生的财务报表将更有力地反映企业在同行中的市场竞争力。

（2）许多企业的实践证明，通过销售环节获得一个百分点的利润很难，但在采购环节节省一个百分点的成本相对容易，获取利润的空间较大。

由此可见采购水平的高低，可以成为企业利润的"摇篮"，也可能成为企业利润的"坟墓"。

## 二、什么是采购管理

企业在市场上经营运作的一般流程是"采购—生产—销售"。采购处在企业经营运作的前端，是企业进行生产和日常运作的前提条件。没有采购，企业的生产和销售就不可能进行。而对采购工作进行有效的管理，从而保证以最小的采购成本，创造最大的采购效益正是所有企业的追求目标。肯尼斯·莱桑斯对供应链中的采购管理作了如下定义：

采购管理，是一个由组织机构的单位实施的过程，不论作为一种职能还是作为整个供应链的一部分，它既负责以最有效的方式在合适的时间采办或协同用户采办合适的质量、数量和价格的货物，又负责管理供应商，并由此对企业的竞争优势和企业共同的战略目标做出贡献。

由上定义，可以看出供应链采购管理的目标可以分解为如下几个部分：

1. 支持供应链总体的目标

采购管理最重要的一个目标就是支持供应链的总体目标，这需要企业决策层、采购部门及其他各部门的相互协调与整合。单个最好并不意味着整体最好，即采购的单独绩效最好，并不代表企业总体的绩效最好，如采购批量大，必会批次少，则采购成本低，可是这么做的结果是仓储环节批量大，成本特别高，而企业的总成本必然是采购成本与仓储成本之和⊖。这说明采购部门能直接影响企业总绩效。通过采购管理，加强各个部门协调，使采购部门做到及时配送，从而为实现总体目标做出贡献。

2. 支持运营需要

采购管理的最基本的目标就是满足内部运营需求。通常，采购通过购买原材料、配件、维修及服务等来满足所有运作需求，还可以通过向配送中心提供服务来满足配送中心的需要。原材料和零部件的缺货，会造成交货延迟，这些都将使企业造成极大的损失。例如，没有外购的轮胎，汽车制造商不可能制造出完整的汽车；没有外购的燃料，航空公司不可能保证其航班按航运时刻表飞行；没有外购的手术器械，医院也不可能进行手术。可见，采购管理首先必须保证企业所需物料及服务的需求。

3. 保证采购流程高效

这里所指的高效既表示采购过程的高效率，又表示采购结果的有效性。一般的采购流程

---

⊖　有关订货批量的理论和数学模型，请参见本书第十章第二节"经济批量模型"。

涉及采购计划、采购认证、采购订单、进货管理、管理评估五个环节，每个环节有其对应的具体的采购活动。采购流程的设计要避免过程中发生的摩擦、重复与混乱，提高资源的可利用性，减少不必要的浪费。

**4. 注重供应商关系管理**

采购管理的重要目标之一就是选择、开发、维持合适的供应商，这也是供应链管理的核心内容所在。在供应链管理的环境下，企业采购对于供应商的选择往往不是只注重短期的、个别的，而是定位于长期的、充分共享信息的关系采购。这一部分内容将会在第四节进行详细讨论。

至此，通过上述目标的分解，可以提炼出供应链采购管理中的 6R 原则（如图 6-3 所示）：在合适的时间（Right Time）、合适的地点（Right Place），选择合适的供应商（Right Supplier），以合适的价格（Right Price）购买合适质量（Right Quality）的产品，为企业提供满足其需要的物料和适合数量的（Right Quantity）服务。

图 6-3　供应链采购管理的 6R 原则

## 三、供应链采购管理的要点

在上两节中，讨论了采购对于企业的重要性以及什么是采购管理。接下来，将从降低成本、收益共享、供应链可视化以及防范风险管理四个视角去审视供应链中采购管理的注意要点。

**（一）从成本的角度去看待供应链采购管理**

**1. 降低原材料采购成本**

原材料采购成本的降低是采购管理最直接、可见的经济效益，也是众多企业所追求的。与供应商建立战略联盟能大大降低原材料的采购成本，提高企业的竞争能力。

物料成本的降低是采购管理最直接的经济效益，也是目前国内绝大多数企业所追求的目标。建立长期的、稳定的战略联盟关系对于降低物料的采购成本具有非常重要的作用，当然这同样需要双方合同的约束。

但需要注意的是，降低原材料采购成本并不意味着采购单价一定是最低的。实际上，越来越多的企业认识到，供应商提供的后续增值服务同样起到降低采购成本的作用。例如，跟进企业新产品研发的零部件重新设计，稳定且一致的产品质量，极高的产品交付能力等。

**2. 提高物流效率**

物流是实现"极速供应链"的重要组成部分，同样的，提高物流效率是企业获得经济效益的重要途径之一。通常，采购双方基于战略的长期联盟合作伙伴关系带来的协同运作理念，可以有效降低物流阻力，生产、组装、配送等运作环节的效率可以大为改善。

例如，许多跨国企业将零部件供应商作为企业的延伸，并将其设立在自己企业的附近（如上海安亭的大众汽车工业园），零部件供应商的叉车可以开到企业的仓库内，甚至将零部件直接送到企业生产线的工位上，这样不仅节省了企业的运输成本，还提高了彼此的物流效率。

### 3. 降低库存

库存作为一个即便你发烧到三十九度半也不能忘记的单词，是企业运营过程中需要时刻关注的环节。许多企业引入 JIT 采购、VMI 采购等模式[⊖]，都是为了更好地控制库存量：在满足企业运营需要的基础上，尽量降低库存（无论是销售库存还是物料库存）。根据一项调查表明，高效的采购管理可以使原材料和外购件的库存降低 40% ~ 85%。

例如，现在越来越多的企业采用了电子商务的采购模式，企业生产和采购可以做到"接到订单后组织采购、生产"的拉式供应链运作模式，原材料或产成品库存也可以大幅降低[⊖]。

### 4. 改善质量

作为影响产品质量的第一道关，采购原材料的质量情况直接决定了产品的质量。高质量的采购不仅降低了生产成本，而且还在改善物流效率、降低库存方面起到了重要的作用。"质量是企业的生命"并不是一句已经过时的口号，许多企业（其中包括许多知名企业）因产品质量问题付出了沉重的代价，忽视或忽略了供应商质量管理问题是其中最主要的几个问题之一。

**（二）从收益共享的角度去看待供应链采购管理**

在供应链环境下的采购管理，既要关注本企业的收益，同时也要关注战略联盟伙伴的收益，做到收益共享。最常见的收益共享出现在零售业：为了销售出更多的产品，生产厂家降低批发价，以增加订货量，而经销商也会将所获利润的一部分分给供应商，双方共同协调供应链关系获得全局最优。

#### ● 全局最优 ●

全局最优（Global Optimal）源自数学优化理论，对于供应链管理者而言，需要注意的是，尽管供应链环节上的某一个企业达到了最优的结果，但对于整条供应链而言并非是最佳的结果。例如，制造商为追求生产成本最低，可能会不断要求供应商降低零部件成本，尽管供应商做到了低成本供应，但因此也损失了零部件的质量，这反过来会影响制造商后续质量服务成本的大幅增加。又如，经销商经常会延迟支付货款，这对经销商的财务绩效是有利的，但却加大了供应商的资金周转压力，一旦供应商资金链断裂，经销商也无法找到合适的供货源。因此全局最优要求供应链管理者具有大局观，而非仅将视野聚集于某一个环节的最优。

在现实企业运作过程当中，想要强势企业与供应商分享收益是一件困难的事情。但这并不表示供应链核心企业就应该拒绝分享收益。实际上，分享收益会使核心企业获得的收益更多。例如，更加稳定可靠的零部件供应，稳定的合作关系（免去了频繁更换供应商带来的适应过程），更好的后续服务（如新产品研发的零部件重新设计），更快速的市场响应速度，危机时期的供应商忠诚度……

**（三）从可视化的角度去看待供应链采购管理**

充分的信息沟通和协同运作是供应链采购"可视化"运作的两个重要的方面。

---

⊖　有关供应链中的采购模式，请参见本章第二节"供应链环境下的采购模式"。
⊖　有关拉式供应链的相关理论，请参见本书第三章第二节"供应链的推拉模式"。

在第四章中，已经充分分析了供应链运作过程中的信息扭曲和失真原因。同样信息传递过程的"不可视"也是造成采购决策失误的重要原因之一。解决这一问题的关键点在于建立和营造一个和谐的内部协调机制和外部沟通方式。

和谐的内部协调机制主要针对企业内部的运作协调，可以通过"团队式"的采购组织来实现。在这种采购组织下，采购不单纯是采购部门的工作，而需要生产、销售、计划、财务等多部门人员集合到一起，明确采购的目标、分解各自的职责、协同其他部门发挥各自的能力，进而形成一个跨部门、多专业和多功能采购团队，保证采购效率达到最佳，将各部门的推诿扯皮现象降至最低。

外部沟通方式主要是企业与供应链其他节点企业之间的运作协调，可以通过共享信息来实现。供应链企业间信息的透明传递，不仅可以提高核心企业的采购效率，更重要的是供应商的利益也得到保证（如更好的生产计划、库存管理等）。信息透明、数据共享带来的"共赢"伙伴关系也会进一步增强企业的采购绩效。这一点，沃尔玛公司的实践值得借鉴：沃尔玛公司把销售信息毫无保留地传递给供应商，实现信息透明、数据共享，也说明了沃尔玛公司与供应商建立了一种互相信任、互相依赖的特殊关系，无论在形式上，还是在内容上，供应商与沃尔玛公司已经连接成了一个系统。

（四）从防范风险的角度去看待供应链采购管理

道德风险、不可抗力风险以及市场风险是供应链采购中经常遇到的风险类别。认识这些风险产生的原因就可以采取相应的措施来防范。

1. 道德风险

信任是建立供应链战略联盟关系的前提和基础，但这其中却存在极大的风险。企业都有自己独立的经济利益，为了追求本企业利润的最大化，获得更大的竞争优势，企业的行为有可能会损害供应链上其他企业的利益。

这就需要采购管理中对供应链上的伙伴进行：

（1）适时的考核，淘汰损害供应链绩效的供应商。

（2）设计合适的采购合同并进行收益共享，防止败德行为的发生。

（3）交叉投资或持股，形成企业运营的共同体。

2. 突发风险

突发风险通常来源于地震、火灾、海啸等自然灾难，或者恐怖袭击、战争、政治动荡等人为灾难。针对上述不可抗力造成的风险，可以通过事前供应链采购和库存设计来进行"冗余缓冲"，如多源采购模式（提前确定备用供应商），战略缓冲库存，或与其他同类型供应链共享原材料库存等。

同时也可以通过供应链伙伴援助方式（如资金援助、技术援助等）来及时恢复受损供应商的生产能力。同样，大型供应商也会通过援助的形式来帮助受损的关键采购商快速恢复生产。例如，"5·12"汶川地震造成长虹液晶电视生产线损毁，作为长虹液晶面板的供应商之一，LG公司及时斥资援助长虹并帮助长虹快速渡过困境、恢复生产。

3. 市场风险

（1）供应与需求的匹配。市场需求的不确定性和市场预测的不准确意味着巨大的财务、库存以及供应风险。20世纪90年代，波音飞机制造企业因原材料供应不足，生产效率低下等原因造成26亿美元的亏损。采购商与供应商协同规划、预测及补充，能有效降低这种不确定性[三]。

（2）原材料价格变动。2010年初，世界三大铁矿石巨头（力拓、必和必拓、淡水河谷）与中国签订新的供应合同：由年度定价机制转变为基于到岸价（包含海运费）的短期协议。也就是说，此后中国铁矿石的采购价格将会随着季度改变而改变。这项协议造成2010年3月中国铁矿石采购价格较2009年提高了90%左右。类似于铁矿石，石油、粮食等大宗原材料价格的提升对于中国的工业来说无疑是个重大的打击。如何应对这种提价变化以做好采购策略调整，争取国际大宗原材料的定价权将是未来中国企业的重要战略。

上述采购管理要点之间互相耦合、互相影响，在企业实际采购管理操作中，应该将上述要点整合、综合地进行考虑，才能进行最适合本企业的采购管理。

# 第二节　供应链环境下的采购模式

尽管高效的采购管理对供应链绩效会产生巨大的推动作用，然而不同行业的供应链采购模式却存在许多不同之处。通过本节的学习，将了解供应链环境下的几种常见的采购模式以及对应的企业成功案例，同时也对这些采购模式中存在的问题进行分析。

## 一、JIT 采购模式

JIT采购（Just in Time Procurement）又称为"准时制"采购，它源自于20世纪70年代末日本丰田汽车的JIT管理思想，其核心理念是将采购管理中的一切浪费减少到最低直至为零。在大量制造型企业中，JIT的采购模式被广泛使用。

### （一）什么是JIT采购

JIT采购模式是一种完全以满足需求为依据的采购方法。需求方根据自己的需要，对供应商下达看板指令[二]，要求供应商在指定的时间，将指定的品种、指定的数量的产品送到指定的地点。JIT采购模式如图6-4所示。企业物资采购中有大量的活动是不增加产品价值的，如订货、收货、开票等，JIT采购就是要最大限度地消除浪费、降低库存、最终实现零库存，是一种很理想的采购模式。

图6-4　JIT采购模式

JIT采购在汽车工业和家电制造企业中得到了广泛的应用，在经过近30年的企业采购实践和研究后，管理者和研究者总结出JIT采购的一系列的特点，可以简单归纳为以下五点：

1. 单源采购[三]

单源采购通常选取单一供应商作为某一零部件的供应商，并通过技术支持、股权投入等

---

[三]　协同规划、预测及补充的相关知识，请参见本章第二节及第九章第三节"供应链环境下的CPFR策略"。

[二]　看板在JIT中是一个信号系统，用于在工序以及部门甚至企业间传递生产以及运输的信号，有关JIT的相关知识和理论，请参见第七章"JIT生产计划"。

[三]　单源采购存在一定的风险，请参见本章第三节"单源采购的脆弱性"。

方式与之建立长期的战略合作伙伴关系，充分发挥供应商的生产能力，通过降低供应商的生产成本达到降低采购成本。施乐（Xerox）公司采用单源采购后，原材料采购平均成本下降40%～50%。不过近年来，一些企业（如西门子公司等）开始对同一零部件发展数量有限的可靠供应商以降低单源采购的风险。

2. 采购质量高

JIT 采购模式使用单源采购也使质量监管变得简单，企业将零部件的质量责任返回到供应商，从根源上保证了采购质量。高质量的原材料采购质量可以省略耗时的质检环节，采购原材料可以直接由供应商送到生产线的工位之上，大大提高了采购的效率。根据西门子的经验，JIT 采购可以使零部件的采购质量提高 2～3 倍，因质量缺陷带来的损失减少26%～63%。

3. 小批量和多频次采购

小批量采购的出发点在于降低企业生产过程中的原材料、半成品（或在制品）的库存。小批量采购会增加送货的频次，从而会增加运输成本和运输过程的不确定性。为解决这两个难题，丰田公司将其零部件供应商设在公司附近，把供应商作为企业的延伸拓展，这样做就可以大大地节约运输成本。根据丰田公司的经验，小批量和多频次采购可以使原材料和外购件的库存降低40%～85%。

4. 信息共享程度好

企业在进行 JIT 采购之后，生产计划、运输计划、库存水平等通过企业与供应商之间的采购信息系统进行共享，同时也完成了财务计算等工作。此外，越来越多的核心企业开始与长期合作的供应商共享研发信息和部分技术，而这并没有导致核心企业技术外溢，反而获得了新产品研发过程中供应商的研发技术支持。

---

**● 戴尔公司的 JIT 采购实践 ●**

戴尔计算机公司的 JIT 采购对于其"直销模式"的成功具有非常重要的作用。戴尔之所以采用 JIT 采购的原因有多方面。戴尔95%的物料来自于供应商，其中75%来自30家最大的供应商，另外20%来自规模略小的20家供应商。戴尔几乎每天都要与这50家供应商交互一次或多次。

如果戴尔生产线上某一部件需求突然增大导致原料不足，主管人员会立刻联系供应商，确认对方是否可能增加下一次发货量。如果涉及硬盘之类的通用部件，主管人员就会立即与后备供应商协商。如果穷尽了所有供应渠道后仍没有收获，主管人员就会与公司内部的销售和营销人员协商，通过他们的"直线订购渠道"与客户联系，争取把客户对某些短缺部件的需求转向那些备货充足的部件，而所有这些操作都是在几个小时内完成。

为保证 JIT 采购，戴尔公司内的很多部门都要参与进来，和供应商紧密合作，在商品管理、质量和工艺管理等方面为供应商提供培训，帮他们改善内部流程。戴尔公司还把品质管理和计划流程等管理工具分享给供应商，使得供应商自身采购的管理水平也得到提高。通过对供应商的 JIT 理念的培训和实践，为数众多的供应商成了戴尔公司的一个个"车间"。

资料来源：吕英斌，储节旺. 营销案例评析［M］. 清华大学出版社，2004. 经编者修改整理。

### （二）被扭曲的 JIT 采购

"迟到 1 分钟，罚款 200 美元。"这常常用来约束员工上班的考勤制度，被一些汽车总装厂用来约束其零配件供应商实施 JIT 供货。事实上，可能天气原因、也可能是意外事件（如"911"事件），供应商的零部件交付时间会被搁置数周。

JIT 采购是一种理想化的采购模式，实际上并不能保证"零库存"的采购理想。如果企业仅仅利用 JIT 采购将库存风险转嫁给供应商，而没有从整条供应链的角度来配合运作，那么 JIT 采购将无功而返。

近几年来，国内一些大型制造企业的 JIT 采购实践表明，供应链上的库存并没有减少，反而增多了。造成这样的原因在于，核心企业向零部件供应链转移了大量的库存压力，核心企业的库存减少了，但为了及时向核心企业供货，供应商却不得不备足库存。核心企业的利益看似得到了满足，实际上如果供应链的整体库存没有降低，那么产品的整体成本就不可能降低。这仅仅是库存成本转移给制造商造成成本降低的假象。零部件供应商的利益一直得不到满足，很有可能会选择退出、偷工减料等，而核心企业的利益也将遭受损失。

扭曲的 JIT 带给企业的灾难还不止于此。一个原材料库存为"零"的"温水池"，会让那些身处其中的核心企业变成"井底之蛙"。在缺少成本约束的前提下，核心企业很难主动改善内部管理。不难想象：一个具有十足优越感、巨大惯性、死水一潭的企业的最终结局将与被它压榨干的供应商们一起死去。"皮之不存，毛将焉附"的案例在我国的手机和家电供应链中并不罕见。

## 二、VMI 采购模式

供应链中的企业往往会备有一定量的库存来应对可能的突发性变化，而冗余的库存通常会增加供应链的总体库存和运作成本，进而降低整条供应链的竞争优势。经过二十多年的实践，供应商管理的库存（Vendor Managed Inventory，VMI）采购模式在大型连锁超市、卖场和通用零部件采购中均被大量使用。

### （一）什么是 VMI 采购模式

VMI 采购模式中，采购不再由需求方操作而是由供应商操作，需求方只需要把自己的需求信息向供应商连续和及时传递，供应商根据需求信息预测未来的需求量，并根据这个预测需求量制订自己的生产计划和送货计划，主动小批量多频次地向需求方补充货物库存。VMI 的采购模式如图 6-5 所示。

图 6-5　VMI 采购模式

VMI 采购模式中最引人注目的是，库存的管理权下放给了供应商，核心企业不再管理繁琐的库存运作。仅此微小的改动，却造成 VMI 采购模式与传统采购模式的诸多不同（见表6-1）。

表 6-1 VMI 采购模式与传统采购模式的比较

| 比较项目 | 传统采购模式 | VMI 采购模式 |
| --- | --- | --- |
| 采购订单 | 根据需求预测向供应商下订单 | 根据实际需求向供应商下订单 |
| 库存透明度 | 上游供应商往往不知道下游企业的库存状况，下游也是如此 | 双方随时可以看到对方的库存水准和产品出库情况 |
| 存货补充 | 采购方控制库存的补货时间和订单批量 | 供应商控制补货时间和订单批量 |
| 计划 | 采购方全权制订和修改 | 供应商同采购方一起制订、修改 |
| 商品流动方式 | 商品以订单推动的方式在供应链中流动 | 商品以需求拉动的方式在供应链中流动 |

自从宝洁公司和沃尔玛公司在"帮宝适"婴儿纸尿裤的库存管理采用 VMI 模式以来，越来越多的零售行业供应链采用了 VMI 的采购模式[注]。归纳起来，VMI 采购模式的应用给供应链绩效带来了以下两个方面的改善。

1. 降低了需求方的采购管理工作

以零售供应链为例，供应商主动管理库存、制定库存策略，不仅降低了零售商的采购管理工作，而且也大大降低了产品的缺货率和积压率。库存成本的下降最终反映到了产品销售的"低价格"，通过将节省的管理精力放在销售管理上，零售商可以获得更强的市场竞争力和更多的销售收入。

2. 改善供应商的运营计划

通过共享的信息系统，供应商可以从零售商处获得真实的需求以及预测信息，以此可以更好地安排自身的生产计划，通过柔性的生产安排增加资产使用的效率。而零售商共享的库存水平，也能更好地让供应商安排补货计划，由此也可发展与零售商长期的战略合作伙伴关系，间接地提升了供应商的市场竞争力。

● 家乐福公司与雀巢公司的 VMI 采购实践 ●

1999 年开始，雀巢公司与家乐福公司在我国台湾等地的分公司开始进行 VMI 采购示范计划。两大公司建立 VMI 整体运作机制的总目标是增加商品的供应率，降低家乐福库存天数，缩短订货前置时间以及降低双方物流作业成本。经过近一年的推进实施，雀巢公司和家乐福公司均减少了滞销品的积压，提高了畅销品的满足率。两家企业的 VMI 运作方式由如下五个步骤组成：

(1) 9:30 以前，家乐福公司将结余库存与出货资料等信息传递给雀巢公司。

(2) 9:30～10:30，雀巢公司将接收到的资料合并同时生成补货建议订单。

(3) 10:30 前，雀巢公司将建议订单传送给家乐福公司。

(4) 10:30～11:00，家乐福公司在确认订单并进行必要的修改后回传至雀巢公司。

(5) 11:00～11:30，雀巢公司依据确认后的订单进行拣货与出货。

资料来源：雀巢与家乐福之供货商管理库存系统案例. 中国物流网，2004. 经编者修改整理。

---

[注] 参见第四章第二节"帮宝适"纸尿裤案例。

（二）VMI 采购模式的陷阱

尽管 VMI 能够让供需双方获得诸多好处，但 VMI 所许诺的回报似乎并没有得以实现。在供应商眼里，优化了的供应链只是让像家乐福、麦德龙那样强大的零售商获利，而供应商却承担了更大的压力。众多企业的实践表明，利益分配、企业间的信任都是妨碍 VMI 采购模式运行成功的陷阱，对此管理者必须提高警惕。

1. 利益分配陷阱

在 VMI 采购模式下，供应链下游企业获得的利益会远大于上游供应商，上游供应商面临的最大问题是库存压力的问题。一些知名汽车企业的供应商如此抱怨：该企业实施 VMI 后，供应商就得大量地囤积货品以备采购商的即时需求，如此一来加大了供应商的库存压力及资金压力，若无法及时周转，后果不堪设想，而采购商对此却没有对供应商给予任何承诺。

2. 信任危机

VMI 采购模式的实施是要以供求双方的信任为基础的，一旦失去信任，VMI 采购模式也就宣告失败了。斯巴达百货（Spartan Store）是类似于屈臣氏的折扣连锁店，其 VMI 采购模式运行仅一年便夭折了。供应链研究专家在分析其失败原因后发现，采用 VMI 采购模式后，斯巴达百货在订货方面花的时间并没有比实施计划前少，因为它们没有充分地信任供应商。对供应商进行库存管理的货物依然进行严密监控，一旦问题出现便开始干预；面临不停的库存管理干预，供应商也没有任何积极性来分担斯巴达百货的担忧。这样的"恶性循环"最终导致双方的合作关系破裂，VMI 采购模式也就无法顺利运行下去。

● **VMI 采购模式的利益蛋糕之争** ●

在 VMI 采购模式之中，大型零售商相对供应商来说有着更明显、更巨大的优势。由于种种压力，供应商往往别无选择，只能与大型零售商进行合作，遵守零售商的有效补货规定，接受不公平待遇。许多供应商认为，他们对 VMI 采购模式进行了大力投资，但到了分配利润时却由大型零售商享受了大部分的利润，让他们感觉不公平。

VMI 采购模式真正的效益被忽视了。"没有永恒的蛋糕"应该让强势的零售商重新审视他们与供应商之间的利润分配问题。如果供应商因为无奈而接受 VMI 采购模式，而结果却令他们感到失望，进而放弃与零售商合作，这样的 VMI 采购模式对零售商和供应商双方来说是双输的。

## 三、供应链中的其他采购模式

尽管许多企业经过实践和研究，提出了多种供应链的采购模式，但就本质来说都是围绕"快速响应"和"减少库存"两个主题展开的。在深刻理解供应链管理的本质后，可以认为这些采购模式在很大程度上是 JIT 采购和 VMI 采购理念的拓展。通过本节学习，将会了解到 CPFR 等供应链中其他的一些采购模式。

（一）CPFR 采购模式

协同规划、预测与补货（Collaborative Planning Forecasting and Replenishment，CPFR），它能同时降低销售商的库存量，增加供应商的销售量。CPFR 采购模式的最大优势是能及时、准确地预测由各项异常情况带来的销售高峰和波动，从而使销售商和供应商都能做好充分的准备，赢得主动⊖。

作为德国最大的零售商麦德龙（Metro AG）公司和宝洁公司的 CPFR 采购模式合作始于 2001 年。它们的合作可以大致分为三个阶段：①两家公司首先共同达成一个通用业务协议，协议涉及麦德龙公司在德国的 53 个销售点和 1 个分销中心。②对于销售数据的预测，两家公司每周进行一次预测，预测方法采用对当前数据和历史数据进行分析，数据来自 53 个销售点的 POS 的销售数据和分销中心前 8 周的数据。③两家公司分别对销售情况进行预测，最后再分析汇总，并按照协议所达成的框架形成一个统一的预测销售数据。双方经过 1 年的 CPFR 采购模式实施，证明了 CPFR 采购模式在改善库存、提高客户满意度方面是有效的。

如何将零售商收集到的多样化、个性化的消费需求反馈给生产商，使得采购活动有序进行，是值得研究的内容。通过麦德龙和宝洁的合作案例可以看出，如何将 CPFR 采购模式的理念与供应链采购活动涉及的内容统一起来考虑，对企业的发展非常重要。

（二）寄售制库存采购模式

寄售制库存（Consignment Managed Inventory，CMI）采购模式与 VMI 采购模式类似：需求方将厂房或仓库的部分场地以租金或免费方式租借给供应商作为仓库，该仓库里的库存可由需求方或供应商管理（通常是由需求方管理），需求方可根据生产需要到仓库里取货，领取货物后将单据交给供应方，并定期结算货款。所谓寄售制是指供应商将物品"寄存"在需求方的仓库中，并最终将物品"出售"给需求方。寄售制库存采购又被形象地称为"自来水"式的采购模式，需求方通过"使用后才结算"的方式在财务上实现了零库存。

20 世纪 90 年代，日本新力公司采用寄售制库存的采购模式，其基本运作方式是：对于本公司生产所需采购的电线、小螺钉、电阻等标准件，与供应商签订购买合同，并将本企业的仓库无偿出借给供应商，供应商则将合同商品交由新力公司代为保管，新力公司根据生产需要随用随取，按合同约定方式付款。这种供应商与需求方之间的新型库存管理运行模式犹如供水公司与用户之间的关系，即供水公司供应并储存自来水，用户只需打开水龙头就可用水而无需再用桶、盆等器皿储存水。

（三）电子采购模式

互联网的发展开始让电子商务被运用到许多企业的采购管理工作中。越来越多的大型企业（如通用、海尔）开始采用电子采购这一模式来节省采购成本，如出差费用、人员费用、通信费用等。采用电子采购的企业通常会通过电子商务交易平台发布采购信息，或主动在网上寻找供应商、寻找产品，然后通过网上洽谈、比价、网上竞拍实现网上订货甚至付款，最后通过物流进行货物的配送，完成整个交易过程。

例如，通过电子目录，可以快速找到更多的供应商；根据供应商的历史采购电子数据，可以选择最佳的货物来源；通过电子招标、电子询价等采购方式，形成更加有效的竞争，降低采购成本；通过电子采购流程，缩短采购周期，提高采购效率，减少采购的人工操作错误；通过供应商和供应链管理，可以减少采购的流通环节，实现端对端采购，降低采购费用；通过电子信息数据，可以了解市场行情和库存情况，科学地制订采购计划和采购决策。

1996 年，通用电气（GE）公司开发出在线采购（Trading Process Network，TPN）系统，

---

⊖　CPFR 中有关需求预测的知识，请参见本书第九章第三节"供应链环境下的 CPFR 策略"。

内部各部门通过电子申请单向采购部门发出订货请求,采购部门通过互联网将竞标书发布给世界各地的供应商。各个供应商在收到竞标书后需要在 7 天内准备好标书,并寄回 GE 公司。另外,招标、评标等工作也是在网上进行的。通过采用 TPN 系统后,GE 公司得到以下好处:①节省了 60% 的采购专员。采购部门每月至少有 6~8 天的空余时间从事战略性工作而不是程序操作性工作。②由于拥有在线的更广泛的供应商,原材料采购成本下降了 5%~20%。③过去常常需要 18~23 天用来确认供应商、准备竞标需求、谈判价格、签约等一系列流程缩短至 9~11 天。④电子化交易从开始到结束,发票会自动同采购订单相一致,减少了企业的暗箱操作。⑤GE 公司遍布世界的采购部门都可以共享其最佳的供应商的信息。

# 第三节  供应商的选择与评价

## 一、供应商的选择

### (一)供应商的选择策略:单源或多源采购

供应商选择策略,又称供应链采购策略,是供应链采购管理的首要问题。

供应商选择策略属于采购战略和采购运作之间的中间层,该策略将直接影响到供应链的运作绩效,如质量、成本、响应速度和风险。诺基亚公司和爱立信公司由于具有不同的供应商选择策略,从而促使两家公司具有截然不同的命运:诺基亚公司成为了全球手机头号制造商,而爱立信公司却退出了手机制造市场转而与索尼合作,这也是人们能够看到索爱手机的原因之一。

在 JIT 采购理念的影响之下,许多跨国企业为了节省成本就单一零部件选择单一的供应商,这种采购模式称为单源采购(Single Sourcing)。相应地,选择多个供应商进行采购则称为多源采购(Multiple Sourcing)。

> ●━━━ **诺基亚公司与爱立信公司的胜败抉择** ━●━ ━ ━ ━ ━
>
> 2000 年 3 月 17 日晚,美国新墨西哥州的飞利浦公司第 22 号芯片厂的一个车间因雷电起火,造成生产线完全瘫痪,而诺基亚公司和爱立信公司的 40% 芯片是由这家工厂提供的。
>
> 火灾后,诺基亚公司在全球范围内找寻新的供应商,最终在日本和美国找到新的供应商,重新获得了芯片供应。而爱立信公司依旧采取单源采购,期望飞利浦能够很快恢复生产,但现实却未能如愿,致使爱立信高端手机生产遭受严重的影响。这场危机的结果是,诺基亚公司奠定了在全球手机市场的领导地位,2001 年的市场份额由原来的 27% 上升至 30%。与此相对的是,爱立信公司的市场份额由 17% 下降至 9%,爱立信公司由此走向衰落并最终被索尼合并。
>
> 资料来源:Latour. Trial by fire:A blaze in Albuquerque sets off major crisis for cell-phone giants. Wall Street Journal, 2001, January 29. 经编者修改整理。

尽管单源采购拥有多种好处，如降低采购成本、确保采购的及时性、培养与供应商合作伙伴关系……但从诺基亚公司和爱立信公司的案例可以看出，在突发事件频发的当今世界中，单源采购其实十分脆弱，相对而言，多源采购策略提供了一个缓解风险的途径，但拥有多个供应商并不能完全保证供货的持续性，非人力所能抗拒的极度突发事件将造成所有采购的中断（如"911"恐怖袭击、战争等带来的全国性戒严）。

单源采购的脆弱性主要表现在三个方面。

**1. 区域性突发状况导致的供应中断**

地震、火灾、战争、恐怖袭击等自然灾难或人为灾难可能会导致供应商供应的中断。相对而言，多源采购策略提供了一个缓解中断风险的途径，但这也不意味着拥有多个供应商就可以完全保证供货的持续性。例如，"911"恐怖袭击事件爆发后，美国政府封锁了边境，导致美国三大汽车厂商因零部件供应中断而停止了生产。

**2. 供应商产能的不足**

当市场需求急剧膨胀或者企业快速扩张之后，通常会面临供应商产能跟不上需求的情况。例如，经过5年的高速发展，蒙牛公司发现国内奶源供应已经严重不足，为了保证企业发展的需要，蒙牛公司除了在国内建立自己的奶源基地，还在澳大利亚、新西兰等国家建立海外奶源基地。

**3. 采购价格问题**

单源采购策略虽然能够确保采购效率，但通常会造成采购价格的上升。尤其是在当前的全球化市场下，一旦原材料或零部件供应商崩溃，将导致该物料价格的全球性猛涨。例如，1999年中国台湾地震摧毁了新竹地区的芯片封装产业，而该地区是全球电脑芯片最重要的供应地之一，这场地震造成全球芯片价格的飙升，给很多电子制造企业带来了严重的成本危机。多源采购可以缓解这个风险，另外，供应商之间的竞争其实也给企业降低采购成本提供了一条便捷的途径。当然需要注意的是，二级和三级供应商通常不如一级供应商那么高效。

**（二）供应商的选择程序**

在市场上同一产品的供应商数目越多，供应商的选择就越复杂，这就需要有一个规范的程序来操作。一个好的供应商是指拥有持续制造高质量产品的加工技术、拥有足够的生产能力以及能够在获得利润的同时提供有竞争力的产品。不同的企业在选择供应商时，所选择的步骤千差万别，但基本的步骤应包含以下七个方面（见图6-6）。

步骤1：分析市场竞争环境。这个阶段第一步解决的是建立何种产品的供应链，回答的是"要做什么"的问题；第二步分析构成该产品的供应商的状况（包括数量、技术能力、产能等），同时还要考虑竞争对手的供应商情况。

步骤2：建立供应商的选择目标。优秀的供应商应该符合"低成本、高质量、好服务"的特点。

步骤3：建立供应商评价标准。企业应该根据行业特点、企业现状和产品需求等来设计符合步骤2中优秀供应商特点的指标体系。

步骤4：成立供应商评价和选择小组。选择小组的组员应包括研究开发部门、技术支持部门、采购部门、物流管理部门、市场部和计划部，除了应具备的专业技能和经验，小组成员应该还具有良好的团队合作精神。

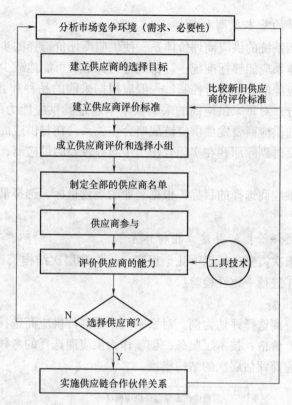

图 6-6　供应商的选择程序

资料来源：赵道致，王振强. 采购与供应链管理［M］. 北京：清华大学出版社，2009.

步骤 5：制定全部的供应商名单。通过供应商数据库以及各种渠道，了解市场上能提供所需产品的供应商，然后遵循评价指标体系分别列出关键数据，如信誉、产能、技术、交付能力等。

步骤 6：供应商参与。由于企业的力量和资源是有限的，只能与少数关键的供应商保持紧密的合作关系，因而参与的供应商应该是经过精选确定的。

步骤 7：评价供应商的能力。可以参照步骤 2 中的指标体系进行评价。对供应商的评价包括两个程序：一是对供应商进行初步筛选；二是对供应商进行实地考察。

## 二、层次分析法在供应商评价中的应用

供应商选择是企业将投入转换为产出过程的起点，是企业采购管理的重要内容，也是建立供应链合作、联盟甚至战略伙伴关系的基础。而供应商的评价是供应商选择中的一个重要环节。目前常用供应商选择方法通常有经验评价法、层次分析法（Analytic Hierarchy Process，AHP）、成本计算法、平衡记分卡等。以下仅以层次分析法在供应商评价中的应用为例给予介绍。

基于 AHP 的供应商评价需要依次经过以下三个步骤：

（1）确定供应商选择的基本原则和目标。

（2）确定供应商评价指标、建立指标体系以及判断分析。

（3）遴选出备选的供应商。

**（一）供应商选择的基本原则和目标**

首先，要建立全面系统的供应商评价体系，使供应商评价选择的步骤和过程透明化、制度化、科学化。评价体系应能够标准统一，稳定运行，最大可能地减少主观因素。

其次，需要对供应源的数量进行控制，一般应根据采购的品种和数量选择 2～4 家供应商，并且要有主次之分；对每家供应商的采购数量不超过其供应能力的 50%，反对全额供货的供应商，对重要的供应商要发展供应链战略合作关系。在与供应商合作之后的一定周期内要进行淘汰评估，及时剔除那些在实际合作当中服务较差的供应商，让供应商承受一定的压力。

最后，同时也是供应商选择的目标：根据企业的运营目标，选择最合适的供应商并发展长期合作伙伴关系。

**（二）确定供应商评价指标并建立指标体系**

在这个步骤中，依次需要进行以下几个程序：①构建层次结构模型。②构造判断矩阵。③确定各指标权重。④进行一致性检验。

**1. 构造层次结构模型**

以汽车零部件供应商选择评估为例。对影响汽车零部件供应商选择的有关因素进行认真分析和比较，以质量、价格、技术、服务、创新作为供应商选择的考核指标。图 6-7 给出了相应的汽车零部件供应商评估层次的结构模型。

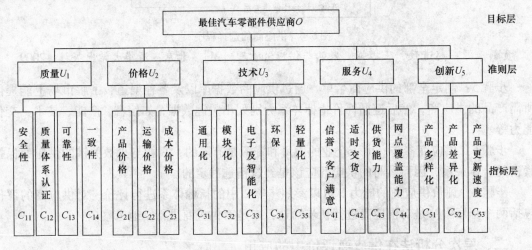

图 6-7    汽车零部件供应商评估层次的结构模型

**2. 构造判断矩阵**

以图 6-7 中的目标层 $O$ 和准则层 $U$ 为例。对于较为复杂的判断问题，如准则层元素 $U_1 \sim U_5$ 的相对重要性通常需要凭经验（或者专家）进行打分。例如，对于目标层 $O$、$U_i$ 和 $U_j$ 哪个元素更为重要，可以用 1～9 的比例标度对这两个元素进行打分⊖。表 6-2 描述了各项指标之间的相对重要性，由此可以得到一个关于目标层 $O$ 和准则层 $U$ 的两两判断矩阵 $OU$：

---

⊖    如果问题不是很复杂，也可以采用 1～5 的比例标度对两两比较的结果进行打分。

$$
OU = \begin{array}{c} \\ U_1 \\ U_2 \\ U_3 \\ U_4 \\ U_5 \end{array} \begin{array}{ccccc} U_1 & U_2 & U_3 & U_4 & U_5 \\ \left( 1 & 2 & 3 & 5 & 8 \right. \\ 1/2 & 1 & 3 & 4 & 6 \\ 1/3 & 1/3 & 1 & 3 & 4 \\ 1/5 & 1/4 & 1/3 & 1 & 3 \\ \left. 1/8 & 1/6 & 1/4 & 1/3 & 1 \right) \end{array}
$$

类似地，可以对准则层 $U_i$ 及其对应的指标层 $C_{im}$ 进行重要性打分，并可得到 5 个两两判断矩阵 $U_i C_i$：

$$
U_1 C_1 = \begin{pmatrix} 1 & 3 & 5 & 8 \\ 1/3 & 1 & 3 & 4 \\ 1/5 & 1/3 & 1 & 3 \\ 1/8 & 1/4 & 1/3 & 1 \end{pmatrix}, \quad U_2 C_2 = \begin{pmatrix} 1 & 2 & 2 \\ 1/2 & 1 & 1 \\ 1/2 & 1 & 1 \end{pmatrix}, \quad U_3 C_3 = \begin{pmatrix} 1 & 1/3 & 1/4 & 2 & 2 \\ 3 & 1 & 2 & 4 & 3 \\ 4 & 1 & 1 & 5 & 3 \\ 1/2 & 1/2 & 1/5 & 1 & 3 \\ 1/2 & 1/3 & 1/3 & 2 & 1 \end{pmatrix}
$$

$$
U_4 C_4 = \begin{pmatrix} 1 & 4 & 1/4 & 2 \\ 1/4 & 1 & 1/7 & 1/3 \\ 4 & 7 & 1 & 3 \\ 1/2 & 3 & 1/3 & 1 \end{pmatrix}, \quad U_5 C_5 = \begin{pmatrix} 1 & 1 & 3 \\ 1 & 1 & 3 \\ 1/3 & 1/3 & 1 \end{pmatrix}
$$

**表 6-2 判断矩阵各项指标之间的相对重要性**

| 标 度 | 意 义 | 解 释 |
|---|---|---|
| 1 | $U_i$ 与 $U_j$ 同等重要 | 对于目标 $O$ 而言，指标 $U_i$ 与 $U_j$ 一样重要 |
| 3 | $U_i$ 比 $U_j$ 稍重要 | 对于目标 $O$ 而言，指标 $U_i$ 比 $U_j$ 略微重要 |
| 5 | $U_i$ 比 $U_j$ 明显重要 | 对于目标 $O$ 而言，指标 $U_i$ 比 $U_j$ 重要 |
| 7 | $U_i$ 比 $U_j$ 重要得多 | 对于目标 $O$ 而言，指标 $U_i$ 比 $U_j$ 明显重要 |
| 9 | $U_i$ 比 $U_j$ 绝对重要 | 对于目标 $O$ 而言，指标 $U_i$ 比 $U_j$ 绝对重要 |
| 2、4、6、8 | | 介于两相邻重要程度之间 |
| 以上各数的倒数 | | 比较指标 $U_j$ 与 $U_i$ 时 |

### 3. 确定各指标权重

仍以图 6-7 中的目标层 $O$ 和准则层 $U$ 为例。当 $OU$ 矩阵确定完毕之后，需要计算 $U_1 \sim U_5$ 这 5 个准则层元素对于目标层 $O$ 的影响程度，也即权重 $w_1 \sim w_5$，写成向量的形式为 $W = (w_1, w_2, \cdots, w_5)^T$。计算权重向量 $W$ 的步骤如下：

（1）计算判断矩阵 $OU$ 每一行元素之乘积 $P_k$：

$P_1 = 1 \times 2 \times 3 \times 5 \times 8 = 240$，$P_2 = 1/2 \times 1 \times 3 \times 4 \times 6 = 36$，

$P_3 = 1/3 \times 1/3 \times 1 \times 3 \times 4 = 1.33$，$P_4 = 1/5 \times 1/4 \times 1/3 \times 1 \times 3 = 0.05$，

$P_5 = 1/8 \times 1/6 \times 1/4 \times 1/3 \times 1 = 0.001\ 736$

（2）计算 $P_k$ 的 5 次方根 $\overline{P}_k$：

$\overline{P}_1 = \sqrt[5]{P_1} = \sqrt[5]{240} = 2.99$，$\overline{P}_2 = \sqrt[5]{P_2} = \sqrt[5]{36} = 2.05$，$\overline{P}_3 = \sqrt[5]{P_3} = \sqrt[5]{1.33} = 1.06$，

$\overline{P}_4 = \sqrt[5]{P_4} = \sqrt[5]{0.05} = 0.55$，$\overline{P}_5 = \sqrt[5]{P_5} = \sqrt[5]{0.001\ 736} = 0.28$

（3）归一化处理得权重 $w_k$：

$$w_1 = \frac{\overline{P}_1}{\sum\limits_{k=1}^{5} \overline{P}_k} = 0.43, w_2 = \frac{\overline{P}_2}{\sum\limits_{k=1}^{5} \overline{P}_k} = 0.29, w_3 = \frac{\overline{P}_3}{\sum\limits_{k=1}^{5} \overline{P}_k} = 0.16,$$

$$w_4 = \frac{\overline{P}_4}{\sum\limits_{k=1}^{5} \overline{P}_k} = 0.08, w_5 = \frac{\overline{P}_5}{\sum\limits_{k=1}^{5} \overline{P}_k} = 0.04$$

准则层对目标层（最优供应商）的权重向量为：

$$W = (0.43, 0.29, 0.16, 0.08, 0.04)^{\mathrm{T}}$$

同理可求得判断矩阵 $U_1 C_1 \sim U_5 C_5$ 的权重向量，见表6-3。

**表6-3　判断矩阵权重向量**

| 判断矩阵 | 权重向量 $W$ |
|---|---|
| $U_1 C_1$ | $(0.57, 0.25, 0.12, 0.06)^{\mathrm{T}}$ |
| $U_2 C_2$ | $(0.5, 0.25, 0.25)^{\mathrm{T}}$ |
| $U_3 C_3$ | $(0.133\,7, 0.375\,5, 0.317\,7, 0.067\,2, 0.105\,9)^{\mathrm{T}}$ |
| $U_4 C_4$ | $(0.225\,3, 0.061\,38, 0.553\,8, 0.159\,5)^{\mathrm{T}}$ |
| $U_5 C_5$ | $(0.428\,6, 0.428\,6, 0.148\,2)^{\mathrm{T}}$ |

**4. 进行一致性检验**

为了保证判断矩阵的逻辑性和合理性，必须对判断矩阵进行一致性检验（主要判断专家打分是否合理，如果不合理需要对其中某些指标重新打分）。下面以判断矩阵 $OU$ 为例，对其进行一致性检验。

（1）计算判断矩阵 $O$ 的一致性指标 CI（consistency index）：

$$\mathrm{CI} = \frac{\lambda \max - n}{n-1} = \frac{5.17 - 5}{5 - 1} = 0.042\,5$$

其中，$\lambda_{\max}$ 是判断矩阵 $O$ 的最大的特征根，$n$ 是 $OU$ 矩阵的阶数。

$$\lambda_{\max} = \frac{1}{n} \sum_{k=1}^{n} \frac{AW_k}{w_k} = \frac{1}{5}\left(\frac{2.21}{0.43} + \frac{1.55}{0.29} + \frac{0.80}{0.16} + \frac{0.41}{0.08} + \frac{0.21}{0.04}\right) = 5.17$$

其中，$AW = OU \times W = \begin{pmatrix} 1 & 2 & 3 & 5 & 8 \\ 1/2 & 1 & 3 & 4 & 6 \\ 1/3 & 1/3 & 1 & 3 & 4 \\ 1/5 & 1/4 & 1/3 & 1 & 3 \\ 1/8 & 1/6 & 1/4 & 1/3 & 1 \end{pmatrix} \times \begin{pmatrix} 0.43 \\ 0.29 \\ 0.16 \\ 0.08 \\ 0.04 \end{pmatrix} = \begin{pmatrix} 2.21 \\ 1.55 \\ 0.80 \\ 0.41 \\ 0.21 \end{pmatrix}$

（2）查表找出平均随机一致性指标 RI（Random Index）：

通过查表6-4，$OU$ 矩阵的阶数 $n = 5$ 对应的 RI = 1.12。

**表6-4　平均随机一致性指标 RI**

| $N$ | 1 | 2 | 3 | 4 | 5 | 6 | 7 | 8 | 9 | 10 | 11 |
|---|---|---|---|---|---|---|---|---|---|---|---|
| RI | 0 | 0 | 0.58 | 0.92 | 1.12 | 1.24 | 1.32 | 1.41 | 1.45 | 1.49 | 1.51 |

（3）计算一致性比例 CR（consistency ratio）：

$$\mathrm{CR} = \frac{\mathrm{CI}}{\mathrm{RI}} = \frac{0.042\,5}{1.12} = 0.04$$

一般而言，CR 值越小，判断矩阵的一致性越好。通常情况下，CR < 0.1 即可认为判断矩阵满足一致性检验；否则应对判断矩阵进行一定的调整。由此可知，判断矩阵 $OU$ 的一致性是可以接受的。同理，可以对判断矩阵 $U_i C_i$ 进行一致性检验，结果见表 6-5。结果说明对图 6-7 汽车零部件供应商构造的判断矩阵是合理的，也即对下一层两两指标对上一层指标的重要性判断是合理的。

表 6-5    判断矩阵一致性检验结果

| | $OU$ | $U_1 C_1$ | $U_2 C_2$ | $U_3 C_3$ | $U_4 C_4$ | $U_5 C_5$ |
|---|---|---|---|---|---|---|
| $\lambda_{max}$ | 5.17 | 3.39 | 3.00 | 5.196 3 | 4.009 5 | 3.00 |
| CR | 0.04 | −0.21 | 0.00 | 0.043 9 | 0.044 62 | 0.00 |

### （三）遴选出备选的供应商

仍以图 6-7 为例。聘请相关专家对参加投标的供应商进行评鉴，首先，淘汰那些不具备基本条件的或过去有过严重不良记录的供应商，然后对符合基本条件的供应商从安全性、质量体系认证、可靠性、一致性、产品价格、运输价格、成本价格等方面按百分制的规则进行打分，取各个专家的评分的平均值即为各供应商在每个评价指标上的得分。按照采用层次分析法得出的每个因素的综合权重乘以相应的得分，可得出每一家供应商的总得分，根据每一家供应商的得分值进行优劣排序，从而选出拟合作的供应商，并根据得分确定供应商的等级。

具体结果见表 6-6，供应商 A 为最佳选择，供应商 C 次之，供应商 B 则基本不予考虑。

表 6-6    汽车零部件最佳供应商选择表格

| 目 标 层 | 准 则 层 | 指 标 层 | 供应商得分 | | |
|---|---|---|---|---|---|
| | | | 供应商 A | 供应商 B | 供应商 C |
| 最佳汽车零部件供应商 $O$ | 质量 $U_1$ (0.43) | 安全性 $C_{11}$ (0.57) | 95.00 | 75.00 | 85.00 |
| | | 质量体系认证 $C_{12}$ (0.253) | 90.00 | 76.00 | 82.00 |
| | | 可靠性 $C_{13}$ (0.12) | 97.00 | 80.00 | 83.00 |
| | | 一致性 $C_{14}$ (0.06) | 93.00 | 83.00 | 88.00 |
| | 价格 $U_2$ (0.29) | 产品价格 $C_{21}$ (0.5) | 90.00 | 77.00 | 87.00 |
| | | 运输价格 $C_{22}$ (0.25) | 92.00 | 79.00 | 90.00 |
| | | 成本价格 $C_{23}$ (0.25) | 89.00 | 86.00 | 89.00 |
| | 技术 $U_3$ (0.16) | 通用化 $C_{31}$ (0.133 7) | 98.00 | 80.00 | 92.00 |
| | | 模块化 $C_{32}$ (0.375 5) | 96.00 | 83.00 | 89.00 |
| | | 电子及智能化 $C_{33}$ (0.317 7) | 94.00 | 83.00 | 79.00 |
| | | 环保 $C_{34}$ (0.067 2) | 93.00 | 86.00 | 87.00 |
| | | 轻量化 $C_{35}$ (0.105 9) | 92.00 | 79.00 | 85.00 |
| | 服务 $U_4$ (0.08) | 信誉、客户满意 $C_{41}$ (0.225 3) | 98.00 | 78.00 | 87.00 |
| | | 适时交货 $C_{42}$ (0.061 38) | 91.00 | 89.00 | 83.00 |
| | | 供货能力 $C_{43}$ (0.553 8) | 88.00 | 86.00 | 82.00 |
| | | 网点覆盖能力 $C_{44}$ (0.159 5) | 87.00 | 75.00 | 88.00 |

（续）

| 目 标 层 | 准 则 层 | 指 标 层 | 供应商得分 | | |
|---|---|---|---|---|---|
| | | | 供应商 A | 供应商 B | 供应商 C |
| 最佳汽车零部件供应商 O | 服务 $U_5$ (0.04) | 产品多样化 $C_{51}$ (0.428 6) | 91.00 | 78.00 | 89.00 |
| | | 产品差异化 $C_{52}$ (0.428 6) | 96.00 | 84.00 | 90.00 |
| | | 产品差异化 $C_3$ (0.148 2) | 93.00 | 79.00 | 88.00 |
| 总分 | $\sum$ = 1 | | 92.90 | 79.00 | 85.92 |
| 等级 | | | A | C | B |

## 三、供应商的绩效考核

对供应商进行绩效考核主要是为了确保供应商所提供产品和服务的质量，并且对各个供应商进行比较，目的是选择优秀的供应商进行长期合作、淘汰绩效差的供应商。

仍以汽车零部件供应商的绩效考核为例。在图 6-7 中已经确定了相关的选择指标，这些指标同时也可以作为绩效考核指标，通过 AHP 得到的指标权重同样可以用来进行供应商绩效的评价。但应当注意，供应商绩效评估不仅要根据过去的数据和事实对供应商做出评价，还需要站在发展的角度，也就是从公司未来供应链发展战略的角度重新审视供应商。

表 6-7 是对供应商 A 的三期绩效的考核情况。由表 6-7 可以看出，供应商 A 的绩效表现非常稳定，是一个可以进行长期战略合作的伙伴。也可以对其他供应商进行类似的评价。

**表 6-7    对汽车零部件供应商 A 的三期绩效的考核情况**

| 准则层权重 | 指标层权重 | 供应商 A | | |
|---|---|---|---|---|
| | | 一期 | 二期 | 三期 |
| 质量 $U_1$ (0.43) | 安全性 $C_{11}$ (0.57) | 95.00 | 95.00 | 95.00 |
| | 质量体系认证 $C_{12}$ (0.253) | 90.00 | 88.00 | 88.00 |
| | 可靠性 $C_{13}$ (0.12) | 97.00 | 97.00 | 97.00 |
| | 一致性 $C_{14}$ (0.06) | 93.00 | 93.00 | 95.00 |
| 价格 $U_2$ (0.29) | 产品价格 $C_{21}$ (0.5) | 90.00 | 90.00 | 90.00 |
| | 运输价格 $C_{22}$ (0.25) | 92.00 | 92.00 | 96.00 |
| | 成本价格 $C_{23}$ (0.25) | 89.00 | 89.00 | 89.00 |
| 技术 $U_3$ (0.16) | 通用化 $C_{31}$ (0.133 7) | 98.00 | 98.00 | 98.00 |
| | 模块化 $C_{32}$ (0.375 5) | 96.00 | 87.00 | 87.00 |
| | 电子及智能化 $C_{33}$ (0.317 7) | 94.00 | 94.00 | 94.00 |
| | 环保 $C_{34}$ (0.067 2) | 93.00 | 93.00 | 95.00 |
| | 轻量化 $C_{35}$ (0.105 9) | 92.00 | 92.00 | 92.00 |
| 服务 $U_4$ (0.08) | 信誉、客户满意 $C_{41}$ (0.225 3) | 98.00 | 98.00 | 98.00 |
| | 适时交货 $C_{42}$ (0.061 38) | 91.00 | 89.00 | 89.00 |
| | 供货能力 $C_{43}$ (0.553 8) | 88.00 | 88.00 | 88.00 |
| | 网点覆盖能力 $C_{44}$ (0.159 5) | 87.00 | 87.00 | 87.00 |

（续）

| 准则层权重 | 指标层权重 | 供应商 A | | |
| --- | --- | --- | --- | --- |
| | | 一期 | 二期 | 三期 |
| 服务 $U_5$ (0.04) | 产品多样化 $C_{51}$ （0.428 6） | 91.00 | 91.00 | 91.00 |
| | 产品差异化 $C_{52}$ （0.428 6） | 96.00 | 90.00 | 90.00 |
| | 产品差异化 $C_3$ （0.148 2） | 93.00 | 93.00 | 93.00 |
| $\sum = 1$ | | 92.90 | 91.39 | 92.39 |

# 第四节　供应商关系管理

供应商对企业的重要性与日俱增，仅从材料成本的角度看，50% ~ 85%的成本是支付给供应商的。除此之外，供应商所提供的产品品质、交付期及服务，无不直接影响整条供应链的竞争力。成功的采购不仅依赖于采购人员出色的谈判技能，而且更加依赖高水平的供应商持续开发与全面管理的能力。通过本节学习，将了解到什么样的供应商是适合本企业发展的以及如何进行成功的供应商关系管理。

## 一、供应商关系的细分

供应商关系管理是对供应商的了解、选择、开发、使用和控制等综合性的管理工作的总称。其中，了解是供应商关系管理的基础，选择、开发、控制是手段，使用是目的。供应商关系管理的目的是要建立一支稳定、可靠的供应商队伍，为企业生产提供可靠的物资供应。

供应链管理中的一个核心法则是："并不是所有关系自从创建起就是平等的，而且也不应该平等"。这个法则运用在供应商关系管理中可以理解为每一家供应商对企业的重要程度是不同的，尤其是对于大型企业而言，拥有成百上千家供应商的这一事实显然不要求企业与每一个对象建立紧密的关系，而事实上也没有必要。例如，英特尔公司拥有数百家直接原料供应商，上千家间接原材料供应商。如果再考虑到第三方关系以及顾客关系，那么显而易见，即便是对于像英特尔这样成功的企业来说，也不太可能与每一个对象建立紧密的关系。

因此，根据采购业务对于采购企业的重要性和对于供应商的重要性两个维度，可以将供应商关系划分为四类，即商业型供应商、优先型供应商、重点商业型供应商和伙伴型供应商（如图 6-8 所示）。应针对这四类不同类型的供应商关系采取不同的管理方法。

图 6-8　供应商的重要性矩阵图

### 1. 商业型供应商关系

这种类型的供应商关系是企业中最为常见的，主要特征是供求双方基于短期的合同交易。通常在市场中可以寻找到很多这样的供应商，因此企业在进行采购时重点关注的是如何谈判和如何提高自己的谈判技巧，而不是如何改善自己的工作，使双方都获利。当交易完成时，双方关系也就终止了。这种类型的合作关系一般不会超过1年，合同是按订单变化的。这种合作关系的最大缺陷在于，交易是短期性的，供应商不会做太大的价格让步，采购成本相对较高。

2. 优先型/重点商业型供应商关系

这两类供应商关系企业已经开始从关注价格转向关注其他方面，如企业更加关注质量并与供应商共同控制质量，双方的工作重点是从长远利益出发，相互配合，不断改进产品质量与服务质量，双方合作的范围遍及企业内的多个部门。这种类型的合作关系一般持续时间较长，它们会在合同期内采取合作的态度。

3. 伙伴型供应商关系

与以上的供应商关系类型相比，伙伴型关系需要企业对供应商的研发、生产等诸多能力进行仔细检查和谨慎管理，通常需要花费较长时间和资金投入来培养与这种类型供应商的关系，以便进行长期的合作。

伙伴型供应商关系又可细分为供应伙伴型供应商关系和战略伙伴型供应商关系。供应伙伴型供应商关系是从战术层面考虑的，采购方定期向供应商提供物料需求计划，以保证供应商能够适时地供应原材料和零部件等；从供应商角度来看，这样的关系可以使供应商能够准确做好生产运营计划，避免出现库存不足或过剩的现象。战略伙伴型供应商关系是从战略层面考虑的，这类关系的特点是由互联网的信息系统所支持的，密切且相对公开地交流，有关生产计划及技术引进计划的信息是共享的，如海尔公司的战略合作型供应商关系管理。

### ● 海尔公司的供应商关系管理 ●

在供应商关系的管理方面，海尔公司采用的方法是共同发展供应业务。

海尔有很多产品的设计方案都直接交给厂商来做。海尔向供应商提供未来两个月的市场产品预测，供应商根据海尔的需求将待开发的零部件形成图纸。这样一来，供应商就扮演起海尔的设计部门和工厂的角色，从而大大加快海尔产品的开发速度。许多供应商的厂房和海尔的仓库之间甚至不需要汽车运输，工厂的叉车直接开到海尔的仓库，大大节约了运输成本。海尔本身侧重于核心产品的交易和结算业务。这与传统的企业与供应商关系的不同之处在于，它从供需双方简单的买卖关系成功转型为战略合作伙伴关系，是一种共同发展的双赢策略。

## 二、供应链中的伙伴型供应商关系管理

伙伴型供应商是企业应该重点关注的对象，通常需要经过供应链核心企业长期的培育——技术、人力和资金的投入，因此对于任何企业而言，获得伙伴型供应商并非易事。

（一）什么是伙伴型供应商

伙伴型供应商关系是供应链管理中最高层次的合作关系。它是供应链各节点企业在相互

信任的基础上，为了共同和明确的目标而建立的一种长期合作关系。它的出发点是利用各自具备的能力形成优势互补，并共同实现供应链的战略目标和提高市场竞争力。

越来越多的供应链管理实践表明，紧密的合作伙伴关系能够大幅改善绩效。除了大幅度优化供应链库存管理之外，与供应商建立伙伴关系还可以为企业带来以下三点好处：

### 1. 减小不确定因素

传统的供需关系往往面临许多不确定因素（如质量、研发和竞争风险等），通过帮助供应商改进生产设备、支持供应商技术改造、升级企业间信息交换系统等方式建立的合作关系，能够将供应链中不确定因素充分暴露，而这些暴露的风险可以通过合作加以消除或者规避。

### 2. 快速响应市场

通过建立合作伙伴关系，各个企业可以集中力量于自身的核心竞争优势，并能迅速开展新产品的设计和制造，从而使新产品响应市场的时间明显缩短。以战略合作伙伴为基础的供应链管理能够加强和发挥企业的核心竞争优势，并以供应链整体运作赢得市场份额。

### 3. 增加客户满意度

联系紧密的供应链合作伙伴关系，能够向客户展现"优质的产品质量"、"完善的售后服务"、"快速的交付能力"以及"强大的产品创新能力"等正面的供应链成就，而这些成就恰恰是构成客户满意度的重要元素。

供应链中伙伴型的供应商关系可以分为两类，即参与新产品研发的供应商和协同抗衡竞争型供应商。

（1）参与新产品研发的供应商。在传统的供应商关系中，一般是由需求方独立进行产品的研究和开发，最多只将零部件的最后设计结果交由供应商制造。在这种关系中，供应商是没有机会参与到产品的研究和开发的过程中的，只能被动地接受来自制造商的信息。

而在供应链管理的背景下，许多大型企业都会让供应商参与到产品的研究开发中来，将供应商视为整个产品开发过程中的一分子，其成败不仅影响需求方，也影响供应商。如此一来，对需求方来说，既减少了研发成本，加快了产品的研发，又降低了研发风险；对供应商来说，参与新产品的研发无疑是对他们的一种激励，可以对需求方的需求有大致的了解，更好地进行供应计划，以获得更大的利润。

> ● **本田公司与供应商的合作伙伴关系** ●
>
> 本田公司在俄亥俄州工厂生产的汽车是其在美国销量最好、品牌忠诚度最高的汽车。本田与供应商之间的合作伙伴关系无疑是它成功的关键因素之一。
>
> 自 1986 年起，Donnelly 公司成为本田车内玻璃的唯一供应商。随着双方合作的加深，双方建立了长期战略合作伙伴关系。本田建议 Donnelly 生产汽车的外玻璃（这不是 Donnelly 的强项）。在本田的帮助下，Donnelly 建立了一个新厂生产本田汽车的外玻璃。合作的第一年两个公司之间的汽车外玻璃交易额达五百万美元，到 1997 年达六千万美元。
>
> 资料来源：供应链合作伙伴关系及合作伙伴的选择. 百度知道. 经编者修改整理。

（2）协同抗衡竞争型供应商。所谓协同抗衡竞争关系，指的是具有伙伴型供应商关系的上下游企业双方为获得整体的市场竞争能力而建立起的一种战略联盟关系，双方目标一致、利润共享并且彼此共担风险。

一般协同抗衡竞争型供应商通常是关键原材料或零部件的供应商，其一旦遇到意外将对整条供应链产生巨大影响，企业需要做好对于供应商的援助工作，这样不仅帮助了供应商，也是在对企业自己进行自救。

例如，汶川地震后，多家汽车企业的高管频频奔赴灾区，援助当地供应商进行生产。对于追求"零库存"的汽车制造商来说，在地震灾害面前，应变能力也几近为零。汽车制造商不得不调整不同车型的生产计划，加快对供应商的援助，来应付部分供应商生产线断裂的难题，以帮助受损工厂尽快恢复生产。

（二）如何进行伙伴型供应商关系管理

"双赢"是供应商关系管理的重要目的，一个缺乏双赢的供应链是无法长期存在的。因此，对供应商的管理应集中在如何与供应商建立双赢关系以及维持这种双赢关系上。

通过对供应链管理的研究，专家、学者提出了许多改善供应商关系管理的方法，但就总体而言大致可以归为两类，即信息共享（提高供应链运作绩效）和建立激励制度（利益共享、风险共担）。

1. 通过信息共享进行伙伴型供应商关系管理

在本书第四章已经提到了信息对供应链的价值，信息在供应链各节点之间的共享可以大幅降低供应链的"牛鞭效应"。信息共享带来供应链整体运作绩效的提升能够大大减少供应链中消极合作的阻力（对应的是增强合作的信心）。

需要注意的是，供应链的战略伙伴关系并不意味着所有信息的共享，事实上共享所有的信息并不意味着能够建立或者维持伙伴关系，而这通常也是不必要的。共享的信息种类和范围仍然是有限的，通常对于供需双方来说，以下五种信息是应该共享的：①销售信息和销售预测。②库存水平。③订单的追踪状况。④绩效指标。⑤产能信息。

为加强企业与其供应商的信息共享，可以从以下几个方面着手：

（1）在企业与其供应商之间经常进行有关成本、生产计划、质量控制等信息的交流，保持信息的连续性和准确性。

（2）企业在产品设计阶段让供应商参与进来，这样供应商可以在原材料和零部件的性能方面提供有关信息，双方及时进行价值协调。

（3）建立联合的任务小组解决共同关心的问题，在供应商与企业之间应建立一个工作小组，双方的有关人员共同解决供应过程以及制造过程中遇到的各种问题。

（4）企业与供应商应经常性互访，及时发现和解决各自在合作活动中出现的问题，建立良好的合作气氛。

（5）使用电子数据交换（EDI）和互联网技术进行快速的数据传输。

2. 通过建立激励机制实现收益共享和风险共担

要保持长期的供需双赢的伙伴关系，对供应商的激励是非常重要的，没有有效的激励机制，就不可能维持良好的供应关系。在设计激励机制时，既要考虑供应商的感受，同时也要考虑企业的能力，但重点应该放在收益共享和风险共担的机制设计之上。

一般而言，常见的激励机制有以下几种方式：

（1）价格激励。价格作为一种激励手段，其效果是明显的，更高的价格能增强供应商的积极性；但价格激励也是有风险的，因为一旦提高价格，供应商就很难有降价的动力，这对供应链本身而言就是一种成本上升的表现。因此，应该针对供应链具体的盈利情况，利用阶段性的价格激励以达到供应链的利益分享。

（2）订单激励。更多的订单对于供应商来说就表示有更大的利润空间，对于供应商企业的发展壮大也有十分关键的影响。相对价格激励而言，订单激励是目前使用最多的激励机制。

（3）信息激励。供应商获得更多的信息意味着其拥有更多的机会、更多的资源，供应商自身生产计划和库存控制方式的改善本身就是收益共享和风险共担的体现。

（4）投资激励。供应链核心企业可以以参股等方式对供应商进行投资。这种激励机制对于相对弱小的供应商来说是极其重要的。通过"绑定效应"，可以提高供应商的技术、研发和生产能力，同时也可以分散供应商的投资风险。但并不是所有供应商对投资"绑定"都持欢迎态度，资产的套牢会削弱供应商的谈判能力。

（5）淘汰激励。淘汰激励是在供应链系统内形成的一种负激励，目的是让所有合作的企业都有一种危机感。可以借鉴本章第三节的供应商绩效考核方式遴选优秀的供应商、淘汰不合格供应商。

# 本 章 小 结

采购管理是供应链管理的重要内容之一，忽视采购管理将给企业带来严重的危机。本章首先从采购管理的重要性出发，详细介绍了采购管理可以给供应链带来什么样的好处，以及供应链采购管理应该注意哪些要点。其次，本章对供应链中常用的一些采购模式进行了深入的分析，在对其分析的过程中，介绍了这些采购模式的优点，"企业在实际实践中应如何运用这些采购模式"以及"这些采购模式都有哪些缺点"。再次，在供应链采购管理中企业与供应商合作是一个非常重要的方面，本章详细介绍了利用 AHP 选择和评估供应商的流程，掌握定量化选择供应商的方法有助于规范企业的采购管理。最后，本章详细介绍了采购管理的另一个要点——供应商关系管理，采购不单纯是一个零和博弈，通过培养供应商与企业之间的深层次关系有助于构建一条和谐、稳定和高效的供应链。

**关键术语**

| | |
|---|---|
| 采购管理（Procurement Management） | 可视化（Visualization） |
| 采购风险（Procurement Risk） | 供应中断（Supply Disruption） |
| 单源采购（Single Sourcing） | 多源采购（Multiple Sourcing） |
| 准时制采购（JIT Procurement） | 供应商管理库存（VMI Procurement） |
| 寄售制（Consignment Procurement） | 电子采购（Electric Procurement） |
| 供应商选择（Supplier Selection） | 绩效评价（Performance Evaluation） |
| 层次分析法（AHP Analysis） | 伙伴型供应商（Parterner Supplier） |
| 供应商关系管理（Supplier Relationship Management） | |

思考与练习

1. 苹果公司出品的 iPhone 4 是当前运营最为成功的智能手机之一，但可以发现 iPhone 4 中大量的零部件和其组装都是在中国完成的，请尝试分析 iPhone 4 手机的成本构成，并指出采购成本占 iPhone 4 多大的比例？

2. 请就你所熟悉的一家企业的采购管理进行分析，它采用了何种采购模式，与本章介绍的供应链采购模式相比它有什么优缺点？

3. 请思考 VMI 采购模式和寄售制采购模式有什么联系？它们的区别又是什么？

4. 某手机制造商的首席运营官李刚发现：该公司有超过 10 家模具供应商，尽管采购部门制定了一系列的采购制度以保证模具供应商提供的产品质量是有保证的。但李刚发现，仅仅保证质量是远远不够的，交货及时和创新能力也非常重要。为了规范供应商的选择机制和日后的供应商绩效考核，李刚决定利用 AHP 对一些重要指标的权重进行计算，以便挑选出最合适的模具供应商。该算例，李刚的目标是"最佳的模具供应商 O"，准则层是"质量（$U_1$）、成本（$U_2$）、技术（$U_3$）、交货（$U_4$）和创新（$U_5$）"，并在调研之后列出了一个关于目标层和准则层的判断矩阵：

$$OU = \begin{array}{c} \\ U_1 \\ U_2 \\ U_3 \\ U_4 \\ U_5 \end{array} \begin{array}{ccccc} U_1 & U_2 & U_3 & U_4 & U_5 \\ \left( \begin{array}{ccccc} 1 & 4 & 5 & 8 & 6 \\ 1/4 & 1 & 4 & 7 & 5 \\ 1/5 & 1/4 & 1 & 2 & 5 \\ 1/8 & 1/7 & 1/2 & 1 & 3 \\ 1/6 & 1/5 & 1/5 & 1/3 & 1 \end{array} \right) \end{array}$$

请计算准则层中每一个指标的权重，并分析李刚对这些指标打分是否合理，如不合理请你对其中一些评分进行修改，并重新计算权重。

5. 采购经理收取回扣似乎已经成为现在商业中心照不宣的秘密，那么苹果公司是如何处理回扣事件的？请你分析公司负责采购的员工应该如何把握好与供应商之间的关系尺度？

# 本章案例：与供应商建立深层关系

在如今以规模为动力、技术密集的全球经济时代，制造商日益依靠供应商来降低成本、提高质量，以及在开发新工艺、新产品上超过竞争对手。如何让制造商与供应商进行更为密切的合作？在这一点上，美国专家的意见相当一致：美国企业应像日本企业那样，建立起供应商"联盟体系"。换言之，制造商应和供应商建立长期合作伙伴关系。

在20世纪80年代倡导质量优先的浪潮中，美国制造商都大张旗鼓地采用了日式合作模式。然而，与其日本对手相比，它们只做到了"形似"：它们与供应商之间的关系并无实质性变化，甚至逐渐恶化。但与此同时，丰田和本田两家公司在与北美供应商的合作方面卓有成效：非但没有像美国三大汽车巨头那样陷入与供应商龃龉不断的局面，而且还在加拿大、美国和墨西哥各地创建了新时代的日式联盟体系。在美国的汽车行业中，这两家公司不仅与供应商维持着最佳拍档关系，实现了最快的产品开发速度，同时也达到了每年降低成本、提高质量的目标。

在竞争对手屡尝败绩的情况下，丰田公司和本田公司是如何取得成功的呢？20 多年来，杰弗里·莱克和托马斯·崔对美国和日本汽车行业进行了持续的研究，他们认为：在发展与美国供应商的合作关系上，丰田和本田可谓"英雄所见略同"，它们都采取了以下六个步骤：

1. 清楚掌握供应商的情况

丰田公司和本田公司总是尽其所能地加深对供应商的了解。这两家公司都认为对供应商的认识应该达到供应商对自己的了解程度，否则就无法建立牢固的合作基础。

1987年，当时本田在美国的分公司使用大西洋模具用于冲压源和焊接工作。本田美国分公司派遣了一位工程师在大西洋公司工作了一年的时间。该工程师研究了组织工作的方式，收集了相关的数据和事实，以及非正式地分享了他的同事在大西洋公司的研究结果。随着时间的推移，大西洋公司承认了本田公司的工程师的研究结果并接受了他的建议，由此，大西洋公司车间的工作效率得到了明显的改善。大约在工作6个月之后，本田工程师请求大西洋公司的高层管理人员提供其公司的账簿，并得到了他们的配合。所以，当本田公司的工程师离开时，他对大西洋公司的业务和成本结构几乎了如指掌。

2. 化解竞争关系，创造合作机会

在鼓励供应商竞争方面，美国企业和日本企业的做法迥异。美国企业的方式是让供应商彼此争斗，然后将业务交给最终坚持下来的获胜者。而丰田公司和本田公司虽然也鼓励供应商展开竞赛，但前提是必须得到现有供应商的支持。

1988年，丰田公司决定在肯塔基州生产汽车时，选择江森自控公司作为座椅的供应商。当时，江森自控公司希望扩大其附近的设施，但丰田认为这不需要，部分原因是扩张将需要大量投资，会耗尽供应商的利润。最终，江森自控公司在丰田精益生产专家的帮助下，调整店铺、削减库存，使得江森自控公司在现有的状态下生产更多的座椅。丰田和江森自控之间的关系并没有就此结束。6年后，当丰田想开发另外一个座椅供应商时，丰田邀请江森自控公司加入了丰田公司在日本最大的合资企业，与丰田旗下计划进入美国市场的座椅供应商Araco公司合作。同年，江森自控公司和Araco公司在美国成立合资企业：江森自控公司持有40%的合资企业的股份，丰田持有20%。江森自控公司在持有股份方面占据极大的优势。

3. 监督管理供应商

在"联盟体系"中，各方能获得平等的地位。但丰田和本田并没有对供应商采取放手不管的做法。相反，两家公司都设计了周密的计划，对供应商的工作进行评估，为他们制定目标，并时刻关注其表现。

例如，本田公司使用一个报告卡监测其核心供应商，甚至可以监测二级或三级供应商。与大多数全球财富排名前1 000的公司每年或每两年将报告发送给供应商不同，本田每个月都将报告发送给供应商的高层管理人员。这些报告有一部分是质量报告，另一部分则是和供应商进行沟通。本田利用"注释"鼓励供应商，如"好好工作"和"请继续努力，非常感谢"；本田也经常使用"注释"用以突出问题，如"对策提出依据不充分"等。

4. 发展匹配的技术能力

从亚洲劳动力成本低廉的国家采购零部件的做法，受到西方国家企业的普遍认同。丰田和本田却没有这样做，较之人工成本，它们更为看重供应商的创新能力。为了提高核心供应商的产品开发能力，两家公司都进行了大量投资。

丰田和本田创造了"客人工程师项目"。两家公司要求第一级供应商派遣他们的数名设计工程师到制造商办公室，与其所派遣的工程师一起工作 2～3 年。最终，供应商的工程师们将了解丰田和本田的发展过程，并为丰田和本田提出设计理念。其间，供应商通过派遣人员、开展跨国产品开发项目等来帮助制造商。例如，由于丰田与供应商 Denso 公司在日本合作，当丰田将技术和知识从日本转移到其在密歇根州的技术中心，Denso 公司也把技术和知识从日本转移到其密歇根州的技术中心。之后，丰田技术中心总部和 Denso 公司共同开发美国市场。

5. 有选择地加强信息共享

丰田公司和本田公司坚信，必须有选择、系统地与供应商进行交流和信息共享。这两家公司深知，向所有供应商提供各种大量信息必将适得其反，导致没有供应商能在真正需要时获得有用的信息。

丰田将组件分为两类：第一类，供应商可以自行设计生产的零件，可以不与丰田的工程师进行密切合作。这类组件的部分生产工作相对独立，包括地面控制台、后视镜、门锁及其他小组件等。第二类，供应商应在同丰田的工程师密切磋商下设计生产的零件，其部件接口的设计必须与供应商进行更为密切的合作。对于这类组件的供应商，丰田要求其必须在技术中心工作，丰田提供给他们很多的专有信息，尤其是在项目的早期阶段。

6. 携手合作，共同提高

丰田和本田公司是精益管理的典范，它们能使供应商的生产和管理能力得到全方位的提高。许多美国供应商在接到丰田或本田公司的第一笔订单时都欣喜不已。因为他们知道，除了新业务以外，他们还将获得学习和提高的宝贵机会，并能提高自己在其他客户心目中的声誉。

例如，本田在美国的数名工程师带领其供应商进行铅的持续改进项目。本田的工程师认为，公司的目标是开放沟通渠道，并建立合作伙伴关系。遵循这一目标，本田公司的最佳实践计划帮助供应商增加了 50% 左右的产量、提高了 30% 的质量、降低了 7% 的成本。当然这帮助本田自己节省了 50% 的成本。

在这六步措施中，某些步骤需要以其他步骤为基础，它们构建起了一个供应商合作层级架构。丰田公司和本田公司之所以获得成功，并非因为它们采用了其中的一两个步骤，而是因为，它们能将这六个步骤作为一个系统来实施。

资料来源：Liker and Choi. Building Deep Supplier Relationships, Harvard Business Review, 2006, Dec. 经编者修改整理。

**案例思考：**

1. 请结合案例，从供应商关系管理的角度，分析日本汽车企业与美国汽车企业在这方面的差异。

2. 丰田公司和本田公司是如何对已选定的供应商进行审核的？

3. 通过此案例，你认为美国汽车企业在供应商管理方面存在哪些问题？同时，日本汽车企业与供应商关系又存在哪些问题？

4. 对于一种产品，从一个供应商处采购，还是同时从多个供应商处采购比较好，一家企业拥有几个供应商较合理呢？中国自古以来的徽商、晋商都讲究"货比三家"，也就是说："选择 3 家左右比较好。"你是怎么看待这个问题的？

# 第四篇
# 供应链管理之生产计划篇

# 第七章　供应链经典的生产计划

 **本章引言**

在实践中被证明有效的生产方式主要有三种：推动式生产，以 MRP（物料需求计划）为代表；拉动式生产，以 JIT（准时制）为代表；瓶颈系统，以约束理论（Theory of Contraints，TOC）为代表。这三种生产方式特色鲜明，并且各有众多支持者。生产计划的制订要与生产方式相适应，脱离生产方式的生产计划是毫无意义的。本章将从三种经典的生产方式出发来探讨生产计划的制订。

需要着重指出的是，在供应链环境下，生产计划不再仅仅是生产部门的事情，若要提升整条供应链的生产效率，采购、分销、研发等部门甚至供应商都要参与到与生产部门的协同运作中来。例如，海尔所提倡的"三个 JIT"，其中不仅有 JIT 生产，还包括了 JIT 采购和 JIT 分销，这三者是有机结合的整体，保证了何时有需求就何时采购、生产和分销，形成了非常高效的生产模式。因此，上述三种典型的生产方式现在都不再只对企业内部生产进行计划，而是从供应链的视角来优化生产计划。

 **学习目标**

- 掌握物料需求计划的基本原理
- 了解 JIT 系统运作的机制
- 熟悉 TOC 生产计划的理念
- 了解 MRP、JIT 和 TOC 下的供应链生产计划

# 第一节　物料需求计划

## 一、物料需求计划的机制

### （一）物料需求计划的产生

在物料需求计划出现之前，人们使用订货点法来处理制造过程中的物料需求。订货点法假设顾客的需求（也即物料需求）是稳定的，如图 7-1 所示，为了不因物料短缺影响生产，需要确定订货点和订货批量。但随着市场需求波动和产品复杂性的增加，这种方法暴露出明显的缺陷，因为它只能保证在稳定均衡消耗的情况下产品不出现短缺，但不能保证在复杂多变的情况下产品不出现短缺。为了应对需求预测偏差所导致的缺货现象，企业不得不保持一个较大数量的安全库存来应对需求，使其占用的流动资金、库存空间以及由此引起的其他费用的支出增多[○]。

---

○　有关安全库存和订货点知识，请参阅本书第十章第三节"不确定环境下的库存控制模型"。

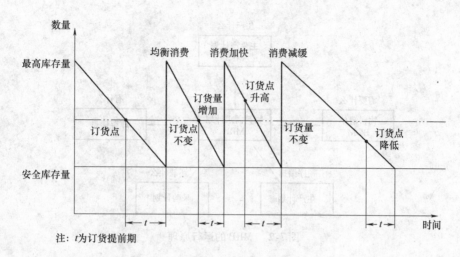

注：t为订货提前期

图 7-1　订货点法

为了解决上述问题，美国 IBM 公司奥列基博士（Dr. Joseph A. Orlicky）于 20 世纪 60 年代中期提出了"物料独立需求和相关需求"的学说，在此基础上，人们形成了"在需要的时候提供需要的数量"的认识，由此发展并形成了物料需求计划（Material Requirements Planning, MRP）理论，它可以计算出物料需求量和需求时间，彻底改变了企业的生产计划体系。

（二）MRP 的基本思想

MRP 的基本思想是围绕物料转化来制造资源，实现按需要准时生产的。这里的"物料"泛指在企业生产中涉及的所有原材料、在制品、半成品、产成品和外购品等。对于制造企业，若确定了产品的出产数量和时间，就可以按产品结构确定所有部件和零件的需求数量，并可按各种部件和零件的生产周期，反推出它们的出产时间和投入时间。物料在转化过程中需要不同的制造资源（机器、设备、场地、工具、工艺装备、人力和资金）。有了各种物料的投入产出时间和数量，就可以确定制造资源所需要的时间和物料的数量，这样就可以围绕物料的转化过程形成生产计划。

MRP 思想的提出解决了物料转化过程中的几个关键问题：何时需要？需要什么？需要多少？它不仅在数量上解决了缺料的问题，更关键的是从时间上解决了缺料的问题，实现了制造业销售、生产和采购三个核心业务的信息集成与协同运作。MRP 不仅能够指导企业内部的生产，其计算结果对供应链上游的供应商的生产也意义重大，供应商可据此制订其生产计划。

（三）MRP 运行原理

MRP 的运行原理就是由产品的交货日期反推出零部件的生产进度日程与原材料、外购件的需求数量和需求日期，即将主生产计划转换成物料需求表，如图 7-2 所示。

1. MRP 的输入

（1）主生产计划（Master Production Schedule, MPS）。其描述一个企业在一定的生产周期内，所需要装配或生产的产品的数量以及装配或出产时间等信息。它是 MRP 的主要输入，决定了最终产品或零部件在各个时间段内的生产量。主生产计划中的各类产品都取决于顾客的需求。

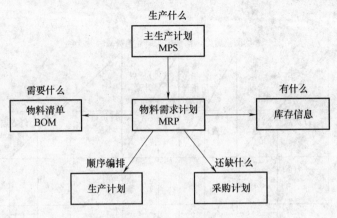

图 7-2　MRP 的运行原理

主生产计划考虑的时间范围，即计划展望期，取决于产品的累计提前期，也就是产品的生产提前期和采购提前期之和。

以自行车为例（见表 7-1）：

表 7-1　主产品计划（部分）

| 周次项目 | 1 | 2 | 3 | 4 | 5 | 6 | 7 | 8 |
|---|---|---|---|---|---|---|---|---|
| 系列一/辆 | | | 100 | | | | 150 | |
| 系列二/辆 | | | | | | 180 | | |
| 系列三/辆 | | | | | 120 | | | 120 |
| 部件 A/个 | | 150 | | 150 | | 150 | | 150 |
| 零件①/条 | 90 | 90 | 90 | 90 | 90 | 90 | 90 | 90 |

注：1. 系列一为公路自行车（辆）。

2. 系列二为山地自行车（辆）。

3. 系列三为折叠自行车（辆）。

4. 部件 A 为车架（个）。

5. 零件①为链条（条）。

（2）物料清单（Bill of Material，BOM）。其详细描述生产一个产品所需要的零部件、原材料、组装配件等的时间和数量等内容。它不仅仅是一份清单，还反映了零部件之间的相互关系以及产品项目的结构层次。实际上，物料需求计划是在产品结构的基础上，根据产品结构中各个层次的隶属关系，倒推出各种物料的需求量。

仍以自行车为例，其产品结构如图 7-3 所示。

图 7-3 显示了构成自行车所需零部件的层次结构，被称为"产品结构树"。树形图中，最高层为 0 层，通常为最终产品项，即上例中的自行车，1 层列举构成最终产品的主体项，2 层代表组成产品主体的各个部件，3 层则为组成部件所需的零件。产品的层次数依照产品的复杂程度而定，产品越复杂，涉及的范围越广，层次越多。

物料清单还可以表示成其他形式，如产品结构文件。根据文件内容详略程度不同，分为单级物料清单和多级物料清单两种。文件中只涉及最终产品项，以及构成最终产品的直接组件两部分内容的文件，称为单级 BOM，见表 7-2，采用单级 BOM 的企业多为对外采购零部件进行组装生产。如果企业选择自行生产零部件，则应该使用多级 BOM，见表 7-3。

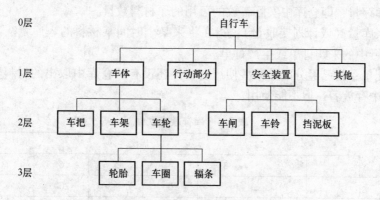

图 7-3　自行车的产品结构（部分）

**表 7-2　自行车的单级 BOM**

| 代码 | 说明 | 需求量/个 | 代码 | 说明 | 需求量/个 |
|---|---|---|---|---|---|
| A | 车把 | 1 | E | 车闸 | 2 |
| B | 车架 | 1 | F | 车铃 | 1 |
| C | 车轮 | 2 | G | 挡泥板 | 2 |
| D | 驱动系统 | 1 | H | 车篮 | 1 |

**表 7-3　自行车的多级 BOM**（以一辆自行车为例）

| 物料组成 | 代码 | 说　明 | 需求量单位 | 层　次 |
|---|---|---|---|---|
| 第一部分 | 一 | 车体 | | 1 |
| 部件 | A | 车把 | 1 个 | 2 |
| | B | 车架 | 1 个 | 2 |
| | C | 车轮 | 2 个 | 2 |
| 零件 | ① | 轮胎 | 2 个 | 3 |
| | ② | 车圈 | 2 个 | 3 |
| | ③ | 辐条 | 100 条 | 3 |
| 第二部分 | 二 | 行动部分 | | 1 |
| 部件 | D | 驱动系统 | 1 个 | 2 |
| 零件 | ④ | 链条 | 1 条 | 3 |
| | ⑤ | 飞轮 | 2 个 | 3 |
| | ⑥ | 中轴 | 2 个 | 3 |
| | ⑦ | 脚蹬 | 2 个 | 3 |
| 第三部分 | 三 | 安全装置 | | 1 |
| 部件 | E | 车闸 | 2 个 | 2 |
| | F | 车铃 | 1 个 | 2 |
| | G | 挡泥板 | 2 个 | 2 |
| 第四部分 | 四 | 其他 | | 1 |
| 部件 | H | 车篮 | 1 个 | 2 |

（3）库存状态文件（见表7-4）。其说明物料清单中所列的各项材料的库存状态信息。对文件中涉及的主要的术语解释如下：

1）现有库存量：即仓库中实际存放的可用的原材料数量。

2）计划入库量（或计划接收）：指在将来某个时间某材料的入库量。该入库量一般来源于正在执行中的采购订单或生产订单。

3）已分配量：指已经分配给某些使用者，但还没有从仓库中取出的材料数量。这些材料虽然在仓库中存放着，但不能使用。

表7-4　库存状态文件

| 部件A | 周次 | | | | | | | |
|---|---|---|---|---|---|---|---|---|
| | 1 | 2 | 3 | 4 | 5 | 6 | 7 | 8 |
| 毛需求量 | | | | 200 | | 200 | | 200 |
| 计划入库量 | | 270 | | | | | | |
| 已分配量 | | | | | | | | |
| 现有库存量 | 50 | 320 | 320 | 120 | 120 | −80 | −80 | −280 |
| 净需求量 | | | | | | 80 | | 200 |
| 计划发出订货量 | | | | | 80 | 200 | | |

2. MRP的处理过程

采用MRP进行数据处理，遵循自顶向下、逐层计算的方法。即从产品结构树中的0层开始，逐层往下计算，底层的数据由高层数据推算而来。这里的"数据"主要是指净需求量和物料需求时间两个方面。

（1）净需要量的计算（见表7-5）。

$$净需要量 = 毛需求量 - 计划入库量 - 现有库存$$

期初现有数应为计划期开始时的现有库存数。当计算结果为负值时，净需要量为0。

表7-5　净需要量的计算

| 周次 | 总需要量 | 预计到货量 | 期初现有数 | 结果 | 净需要量 |
|---|---|---|---|---|---|
| 1 | 0 | 0 | 50 | −50 | 0 |
| 2 | 0 | 270 | 50 | −320 | 0 |
| 3 | 0 | 0 | 320 | −320 | 0 |
| 4 | 200 | 0 | 320 | −120 | 0 |
| 5 | 0 | 0 | 120 | −120 | 0 |
| 6 | 200 | 0 | 120 | 80 | 80 |
| 7 | 0 | 0 | 0 | 0 | 0 |
| 8 | 200 | 0 | 0 | 200 | 200 |

（2）物料需求时间的计算。在确定物料需求数量的同时，还应考虑需求时间。而需求时间的确定涉及各个物料的提前期。如图7-4所示，若最终产品在第8周开始生产，则应在第8周之前，将各种原材料和零部件准备充分：部件A的提前期为两周，则应在第6周开始生产（或采购）；零件1的提前期为3周，则应在第5周起生产，而构成零件1所需的原材

料 1 的提前期为 3 周，需在生产零件 1 之前供应充足，即应在第 2 周开始生产（或采购）。以此类推，计算出各种物料的需求时间。

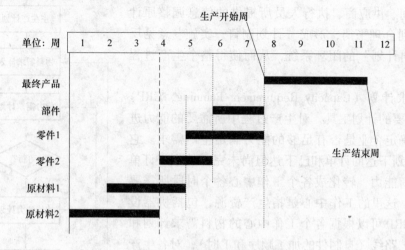

图 7-4　物料需求时间的确定

3. MRP 的输出

由图 7-2 的 MRP 处理逻辑可知，物料需求计划主要产生新产品生产计划和采购计划，生成制造任务单和采购订货单，再据此组织产品的生产和物资的采购。MRP 系统可以根据企业的实际需要，生成各种内容和形式不同的生产、库存控制报告，其主要内容包括：

（1）与生产相关。包括原材料需求计划、零部件出产计划、工装设备需求计划、生产费用预算、下达订单的通知、要求提前或推迟已下达订单的通知、撤销订单的通知、未来一段时间的计划订单等。

（2）与库存相关。包括库存状态记录、物料库存分析数据、物料发出和已到达清单、库存费用预算等。

## 二、MRP 的扩展 MRP Ⅱ

物料需求计划虽然在一定程度上解决了订货点法的问题，能够较为精确地给出物料生产的时间和数量，但依然存在一些软肋。例如，MRP 输出的生产计划没有考虑生产线及供应商的能力，因此做出的计划往往不具可行性。此外，MRP 所产生的数据只能给制造部门使用，企业的其他部门都无法共享。因此，人们开始对 MRP 的功能进行扩展，先后出现了闭环 MRP、MRP Ⅱ 以及 ERP。

### （一）闭环 MRP

最初的 MRP 是将产品的生产计划转化为零部件自行生产计划和相关物料采购计划，但若不考虑企业自身的生产能力，这些计划也会落空，因此 MRP 仅仅是生产管理的一部分，不足以满足企业生产的需求，因而在 MRP 的基础上，人们提出了闭环 MRP。图 7-5 为闭环 MRP 处理逻辑。

"闭环"有着双重含义：①它不仅考虑物料的需求，同时还考虑企业自身的生产能力等，将自制件生产计划、外购件采购计划、企业生产能力计划纳入 MRP，形成一个封闭系统。②在计划执行过程中，利用来自车间、供应商、执行人员所提供的信息调整原计划，使之达到合理平衡，形成"计划制订—实施—意见反馈—修改—再计划"的闭环系统，从而使得整个生产过程协调统一。

能力需求计划（Capacity Requirement Planning，CRP）是 MRP 中重要的计划工具，对生产过程中所需要的能力进行核算，以确定企业是否有足够的能力满足生产需求。它把 MRP 的计划下达的订单和已下达但尚未完工的生产订单所需要的负荷能力，转化成各个工作中心各个时段所需要的负荷能力。这里的工作中心是指生产资源，包括机器设备和人等。CRP 可以根据各个工作中心的物料需求计划和各物料的工艺路线（自制件的加工顺序和工时），对各生产工序和各工作中心所需的各种资源进行精确计算，得出人力负荷、设备负荷等资源负荷情况，然后根据工作中心各个时段的可用能力对各工作中心的能力与负荷进行平衡，以便实现企业的生产计划。

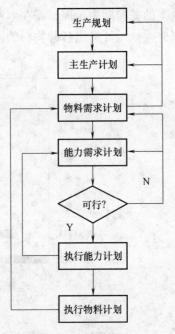

图 7-5　闭环 MRP 处理逻辑

CRP 的作用在于帮助企业分析生产能力，包括分析企业的生产规划、主生产计划的可行性，及早发现企业能力的瓶颈所在，提出切实可行的解决方案，从而为企业实现生产任务提供能力方面的保证。具体而言，CRP 不仅时刻关注着生产设备的完备性，还可以监督生产效率和员工的工作绩效，一旦发现能力不足，可以根据实际情况调整生产设备或增加人力，若能力实在无法平衡，可以向上修正生产计划，以使生产计划达到最佳均衡。

（二）制造资源计划

闭环 MRP 能准确计算出零部件需求数量和时间，也能精确地计算和记录所有的库存量。但生产制造领域除了要确定零部件数量以外，还需要消耗其他的资源。这些资源包括工时、成本、资金等，每种资源可以像零部件数量一样转化成 MRP 的数据形式。当 MRP 系统中增加这些功能和模块时，MRP 就逐渐发展成为制造资源计划（Manufacturing Resource Planning，MRP Ⅱ）。

MRP Ⅱ 于 20 世纪 70 年代末、80 年代初被提出，是指以物料需求计划为核心的闭环生产计划与控制系统，它将 MRP 的信息共享程度扩大，使生产、销售、财务、采购、工程紧密结合在一起，共享有关数据组成了一个全面生产管理的集成优化模式。MRP Ⅱ 通过物流与资金流的信息集成，将生产系统和财务系统联系在一起，形成一个集成营销、生产、采购和财务等职能为一体的生产经营管理信息系统。图 7-6 是 MRP Ⅱ 的基本处理逻辑。

MRP Ⅱ 以生产计划为主线，可以有效地配置各种制造资源，使企业的物流、信息流和资金流畅通，以达到减少资金占用、缩短生产周期的目标。实施 MRP Ⅱ 后一般可以取得如下效果：库存资金占用减少 15% ~ 40%，资金周转率提升 50% ~ 200%，缺货率减少 60% ~

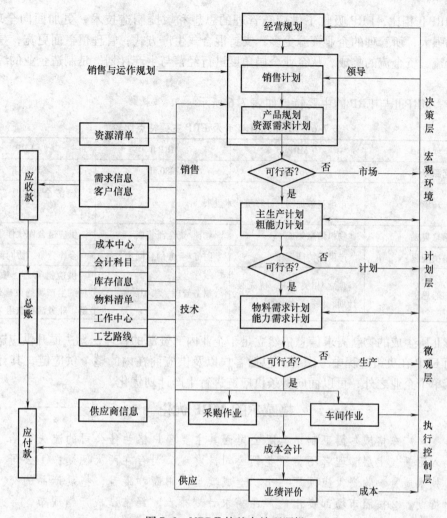

图 7-6 MRP Ⅱ 的基本处理逻辑

资料来源：陈启申 . MRP Ⅱ 制造资源计划基础［M］. 北京：企业管理出版社，1997.

80%，劳动生产率提高 5% ~ 15%，及时交货率达到 90% ~ 98%。

但是，随着全球化进程的加快和竞争加剧，市场形势更加复杂多变，产品更新换代加快，顾客对企业的响应能力的要求大大提高，而 MRP Ⅱ 对需求的改变，尤其是计划期内的变动适应性差，需要设置较高的库存水平才能消化需求的波动。为了解决 MRP Ⅱ 的软肋，很多企业进行了有益的尝试，有些企业将 MRP Ⅱ 与 JIT 相融合，有些企业则将 MRP Ⅱ 的集成范围继续扩大，试图实现整条供应链的优化，以更好地响应顾客需求。

（三）企业资源计划 ERP

MRP Ⅱ 的管理范围依然局限在企业内部，而随着商业竞争的加剧，企业与企业的竞争逐渐演变为供应链与供应链之间的竞争，这就要求企业不能局限于内部管理，而是要对整条供应链进行管理。因此，美国著名的 IT 咨询公司 Gartner Group Inc 在 20 世纪 90 年代初提出了企业资源计划（Enterprise Resource Planning，ERP）的概念，认为其内涵是"打破企业四壁，把信息集成的范围扩大到企业的上下游，管理整个供需链，实现供需链制造。"

与 MRPⅡ 相比，ERP 吸收了供应链管理的思想和敏捷制造技术，更加面向全球市场，功能更为强大，所管理的企业资源更多，支持混合式生产方式，管理覆盖面更宽，是企业物流、信息流、资金流的集成，从企业全局角度进行经营与生产计划，是制造企业的综合集成经营系统。

MRP、MRPⅡ 与 ERP 的主要特点如表 7-6 所示。

**表 7-6    MRP、MRPⅡ 及 ERP 主要特点比较**

| 项目 | MRP | MRPⅡ | ERP |
|---|---|---|---|
| 起源年代 | 1965 年 | 1980 年 | 1990 年 |
| 环境 | 市场竞争加剧、计算机技术发展 | | 经济全球化、互联网的普及 |
| 信息集成 | 物料信息集成 | 物流/资金流集成 | 供应链合作伙伴集成 |
| 解决问题 | 产供销协同运作 | 财务/业务信息同步 | 合作竞争、协同商务 |
| 核心思想 | 独立/相关需求、优先级计划、供需平衡原则 | 财务管理、模拟决策 | 供应链管理、敏捷制造、精细生产、约束理论、价值链、业务流程重组 |

MRPⅡ 所生成的物料需求信息依然立足于企业内部资源的管理，无法提升供应链的运作效率，而 ERP 在决策过程中考虑到了包括客户以及供应商在内的整个供应链，其计划范围扩展到了单个企业之外，可以面向整条供应链进行生产计划优化。

### ● 格威尔的 MRP 优化 ●

广东格威尔橱卫制造有限公司因其主要客户格兰仕公司的流失而陷入困顿，上层管理者不得不整顿公司，发现公司存在两大问题：①公司技术质量、物资供应问题突出，造成其生产中断和混乱，拖延产品的交货期。②按照市场部提出的产品需求计划排产，经常造成产销脱节，导致资源和能力的浪费。

为解决交货期拖延问题，公司优化了 MRP 系统的主生产计划，优先生产使用率高的产品；将自己本身不具备生产能力的零件外包；旺季时提前生产时间，并拥有多家供货商。同时，公司运用 JIT 理念，与分销商、经销商等建立互惠互利的伙伴关系；对内控制产品数量，按淡季、平季和旺季制定各销售网点的安全储备定额，从而解决产销脱节问题。

经过不懈努力，销售网络产品的供应、储存、调配的失控现象得到了有效的控制，产成品积压比原来下降了 5%，产品市场占有率比上一年上升了 0.6%，使公司渡过了难关。

资料来源：张刚. 供应链管理环境下的生产计划管理 [D]. 天津大学硕士学位论文，天津大学，2007. 经编者修改整理。

## 三、高级计划排程 APS

虽然 ERP 已经具备一定的供应链优化功能，但供应链整体生产计划优化依然是其软肋，高级计划排程也就应运而生。高级计划排程（Advanced Planning Schedule，APS）是一种基于供应链管理和约束理论的先进计划与排产工具，它是整个供应链的综合计划，从供应商、制造商、分销商再到客户，可以将企业内外的资源与能力约束都考虑在内，运用基因算法、启发式算法等智能算法对供应链成员的生产计划进行优化。由于 APS 常驻内存，因此大大地缩短了计划和排产的计算时间。

APS 在制订计划时考虑了几乎所有的约束因素，如物料、设备、人员、场所、时间和技术等资源约束，使其做出的计划更加准确可行。APS 可以决定生产地点、分销中心和其他设施的最优组合和定位，能够在考虑随机因素的情况预测产品需求，根据物料、能力、运输和客户服务的约束对供应链进行建模，并根据产品需要日期向后排产或考虑物料和能力约束时从当前日期向前排产来生成最优生产计划。因此，APS 能够帮助供应链成员提高客户响应速度，减少在制品和成品库存，甚至可以自动识别潜在瓶颈，提供资源利用率。

APS 的优越性还在于其信息双向传送机制。在传统的计划逻辑中，由于计划修改而产生的信息传送只能是单方向的，这会引发一些问题。例如，生产订单延期执行可能会影响到供应链下游企业的活动（如产品无法如期完工），同时也会影响供应链上游企业的活动（如未来的库存水平和采购需求可能会改变），APS 可在向供应链上游和下游企业双向传送变化信息，因此能确保供应链整体计划的一致性。

需要指出的是，APS 虽然具有强大的供应链整体优化功能，但它只是 ERP 的补充，却不能替代 ERP。相反，APS 计算所需的信息还需要从 ERP 中获取。因此，企业若要实施 APS 首先要具有良好的信息化基础，尤其要有较为成功的 ERP 系统。

将 ERP 与 APS 最有效地结合的方法是，使用 APS 系统计划各个不同生产设施间的物流运作，而每个生产设施内部的物流运作则由其本地的 ERP 系统来管理，如图 7-7 所示。即便如此，将 APS 与 ERP 系统连接起来依然是一项非常有挑战性的任务，如果企业没有良好的供应链管理基础以及卓越的 ERP 运作经验，遭遇失败的可能性非常大。

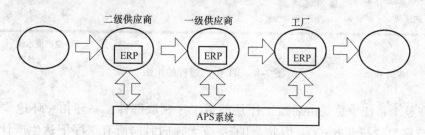

图 7-7 APS 和多个 ERP 系统的连接

# 第二节 JIT 生产计划

## 一、JIT 生产的机制

传统的汽车生产方式进行少品种大批量的生产是十分有效的，然而到了 20 世纪后期，顾客对产品的需求开始多样化，需求的波动越来越大，原来的生产方式明显不适用了，因为这会产生设备、人员、库存费用等一系列的浪费。在传统的生产方式下，存在一个处在核心位置的生产管理中心，该中心在经过大量的计算和分析后，向所有工序同时提出生产计划以满足需求。也就是说，不仅最终装配线受其控制，零部件生产工序也会受其控制。接收到生产计划的各工序开始各自生产零件，并将生产好的零件"推向"下道工序，而并不关心下道工序是否需要。由于生产管理中心要处理大量的信息，因此这种生产方式很难对某个工序发生的故障和需求的变化做出及时有效的反应。为了应对故障的发生和需求的变化，企业必须为各工序准备库存，这会造成库存的浪费。更严重的是，各工序库存量也常常会不平衡，经常会发生持有过剩库存、设备和劳动力的情况。

在这种背景下，丰田汽车公司的大野耐一设计了一种在多品种小批量混合生产条件下高质量、低消耗的生产方式，这就是准时制生产。准时制的目标是消除生产中的一切浪费，这些浪费包括库存、无用的动作、过长的调整准备事件、多余的人力等。为此，准时制生产提出，"只在需要的时候，按需要的量，生产所需的产品"。那么，如何实现这一点呢？准时制的办法是拉动式生产，即产品的生产指令是由最终客户拉动的。

JIT生产过程的组织如图7-8所示，从理论上讲，在JIT系统中，一个产品的出售会产生补充一个产品的信号，这个信号会沿着生产线逆向传递，拉动整个系统生产一个补充产品。产品生产信号首先会传给总装线，然后总装线向其前道工序组装线领料并拉动组装线的生产，组装线又向其前道工序生产线领料并拉动生产线的生产，以此类推，直到拉动零部件供应商的生产。

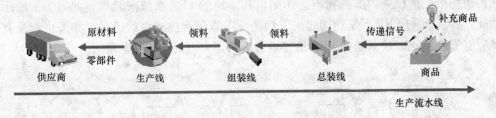

图7-8　JIT生产过程的组织

由于在整个系统中总是由后道工序从前道工序领取部件，一环扣一环地"拉动"生产，因此被称为"拉动方式"。因此，JIT系统无须同时向所有工序下达生产计划和工序变更指令，如果在生产汽车的过程中有必要变更生产计划，只需将变更传达至最终装配线即可。

还有一个问题需要解决，JIT系统如何向上游企业传递拉动信号？这就需要了解看板的工作原理。看板通常是一张装入长方形塑料袋里的卡片，卡片上记载着关于生产或搬运零件的信息，是整个JIT系统的神经系统，控制着JIT系统几乎所有的物料及产品的生产和运输。

看板大致可以分为两类。一类是传送看板，记载着后道工序应该从前道工序领取的产品种类和数量，见表7-7。

表 7-7　传送看板

| 存放点标号：　B-1121 | 前工序： |
| :--- | :--- |
| 产品编号：　FM-201009 | 锻造 |
| 产品名称：　钢圈 | |
| 适用车型：　A 类 | 后工序： |
| 收容数：　50 | 机械加工 |
| 容器：　3 号箱 | |

另一类是生产看板，记载着前道工序必须生产的产品品种和数量，如表 7-8 所示。

表 7-8　生产看板

| 存放点标号：　B-5531 | |
| :--- | :--- |
| 产品编号：　XR-201010 | 工序： |
| 产品名称：　轮胎 | 机械加工 |
| 适用车型：　A 类 | |

传送看板和生产看板拉动生产的基本步骤如下：

（1）当后道工序的传送看板箱中的看板累计到一定数量或规定好时间（如每隔 30 分钟）后，搬运工将传送看板和容器送到前道工序的零部件存放场。

（2）搬运工将盛满零件的容器上的生产看板拿下，并将其放入看板接收箱，并换上传送看板，还要将空容器放到前工序的指定的地方，最后将零件和传送看板一起送到后道工序。

（3）后道工序一旦开始作业就要把传送看板放入传送看板箱。

（4）前道工序生产一定时间或一定数量的零件后，必须将接收箱中的生产看板收集起来放入生产看板箱（当工序的终点和起点距离较长时才需设置两个看板箱），并按照放入生产看板箱的看板顺序生产零件。

（5）加工零件时，零件和生产看板要一起移动，并在加工完成后，将零件和生产看板一起放到存放场，以便后道工序的搬运工随时领取。

（6）这样两种看板周而复始地连续运作就能够使各工序在必需的时候，仅按必需的数量，领取必需的物品，全部工序（包括供应商）就实现了准时制生产。

## 二、JIT 的生产计划体系

JIT 系统独特的拉动式生产能够使生产管理部门不再需要制订所有工序的生产计划，而只要向总装线下达生产计划就能在看板系统的控制下使生产顺利进行。JIT 系统根据来自销售商的信息制订生产计划，根据时间跨度的不同可以分成两个层级，即月度生产计划和每天的生产计划（逐日生产实施计划），下面将分别对其进行介绍。

（一）月度生产计划

企业的销售部门每月都要从销售商处获得按生产线划分的产品未来几个月的销售量预测值。企业的生产管理部门则根据这些信息制订生产计划，并将未来一个月的成品车数量分解为按车种生产线划分的日产量。这种分解是为了均衡生产而进行的，所以基本上是简单地将工作天数平均，产生的结果被称为"基本生产计划"。

生产部门根据基本生产计划和物料清单（即产品由哪些零件构成的信息）制订所需材料的计划，并将这些信息通知各生产线和供应商。当然，各生产线和供应商并不按照这些信息进行生产，而只是作为参考，实际每天的生产主要通过看板的指示来执行。

（二）日生产计划

月生产计划较为粗略，只能作为生产准备的参考，因此需要更加细致的生产计划来指导生产的进行。日生产计划的信息源依然是销售商，各销售商根据基本生产计划确定的本月生产数量的范围，将10天份额订货的最终规格（包括车型、任选部件、车颜色的选择）提前一周提供给企业的销售部门。企业的生产管理部门则按照旬订货信息来计划各生产线的日产量，这是对基本生产计划的修正。

旬订货信息也并非是绝对的，依然有一定的浮动空间。客户每日的变更订货信息会从各销售商处进入公司的销售部门，这被称之为日变更，一般在产品下线前的四天进行。企业销售部门的信息系统按照型号、颜色等信息将订货分类，并在产品下线前三天传递到制造部门，而各生产线就依照该信息进行实际的生产。制造部门收到日订货信息后立即编制混流生产的顺序计划，并在产品下线前两天通知各生产线。各生产线有计算机终端可接收来自中央计算机的具体生产信息，这样作业人员就可以知道下一辆应该组装哪种车。

### 三、生产计划信息的共享

为了减少供应链中的牛鞭效应，提升供应商的生产效率，企业的部分生产计划信息需要与上游供应商共享。企业每个月都需要向零部件供应商提供未来三个月的生产预订量，其中最近一个月的预订量确切地写着每天的供货数量，其余两个月则有变化的可能。企业每天还会向供货厂家发送一次各种零部件的生产顺序计划，规定供货厂家的装配线上应该依次组装的零部件的规格。

当然，上述信息主要是对供应商的生产起指示作用，实际的供货依然是由传送看板拉动的。企业装配线旁放着许多装着零部件和传送看板的容器，随着零部件在装配线上的消耗，容器逐渐空了，这些空容器和传送看板就会被定时用货车送到各供应商处，并从各供应商的产品存放场将装满零件的容器领回来。

# 第三节　TOC生产计划

世界上数以千计的先进企业正在成功运用约束理论（Theory of Constraint，TOC），小至不足五十人的小工厂，大至跨国企业如通用汽车、AT&T、3M、National Semiconductor、Intel等，并视TOC为令企业恒久保持活力，击败竞争对手的一大利器。本节将具体阐释TOC及其管理方法。

### 一、TOC的机制

要了解TOC的机制首先要理解何为"约束"。TOC认为，在企业的整个经营业务流程中，任何一个环节只要它阻碍了企业去更大程度地增加产销率，或减少库存和运行费，那么它就是一个约束。约束可以来源于企业内部，也可以来源于企业外部。

约束有三种类型：

（1）资源（Resources）约束。它是生产能力（生产资源）、原材料（材料采购）方面的约束，是进行市场活动时或当市场需求超过生产能力时产生的约束。

（2）市场（Markets）约束。它是指由于市场规模、地域性、成长性的约束，使得市场能力超过了市场需求。此外，即便这个市场有着充分的需求，但由于产品固有的生命周期而使销售停滞的情况也可以视为市场制约的一种。

（3）方针（Policies）约束。它是指由公司的方针和制度形成的约束。在方针约束中，不仅存在着成本计算方式、业绩评价标准等错误管理方式，还存在着对事物的看法、价值观这些扎根在企业文化里的各种各样的内在制约。除此之外，政府的法律法规往往也会成为企业的重要方针约束。

TOC 认为任何系统都至少存在一个约束，制约着它的产出，是系统最弱的环节。任何系统都可以想象成由一连串的环所构成，环环相扣，这个系统的强度取决于其最弱的一环，而不是最强的一环，如图 7-9 所示。

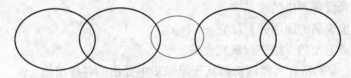

图 7-9　最弱的环

TOC 是能使瓶颈产能得到最大化，从而使系统产销率[注]最大化的生产管理与控制方法，同时也是辨识系统核心问题并持续提升系统约束的管理哲学。TOC 原理认为，一个企业的计划与控制的目标是寻求顾客和寻求企业产能的最佳配合，一旦一个被控制的工序（瓶颈）建立了一个动态的平衡，企业的工序应相继地与这一被控制的工序同步。

简单来讲，TOC 就是关于进行改进和如何最好地实施这些改进的一套管理理念和管理原则，可以帮助企业识别在实现目标的过程中存在着哪些制约因素——TOC 称之为"约束"，并进一步指出如何实施必要的改进——消除这些约束，从而更有效地实现企业目标。

----●　福特公司的 TOC 之路　●----

福特汽车公司的电器分部生产提前期平均为 10.6 天。它们去到日本取经，把提前期减到了 8.5 天。可这时日本又已经把这个数字压缩到了 8 天。这回福特公司电器分部实施了 TOC，一年后提前期降至 2.2 天，当然这个改进的过程还在继续，今天福特公司电器分部已把提前期降至两个班次以内（即低于 16 个小时）。此外，顾客需求量增加了 300%，对合理化建议的采纳时间从 150 天降至 10 天，计划提前期从 16 天降至 5 天又降至 1 天，真正实现了今天安排明天就投产的生产模式。

---

⊖　产销率是指单位时间内生产出来并销售出去的量，即通过销售活动获取金钱的速率。

## 二、TOC 的五大核心步骤

TOC 的五大核心步骤为企业解决生产过程中的种种约束提供了必要帮助。大多数引进 TOC 并实践其步骤的企业，都在没有增加经费、投资的同时提高了 30% 的生产效率和实现了库存的减少。以下是 TOC 的五大核心步骤。

第一步，找出系统中存在哪些约束。

第二步，寻找突破（Exploit）这些约束的办法。

要解决第一步中所找出的种种约束，实现产销率的增加，可以采取如下行动：

（1）设置时间缓冲。即在瓶颈设备前工序的完工时间与瓶颈设备的开工时间之间设置一段缓冲时间，以保障瓶颈设备的开工时间不受前面工序生产率波动和发生故障的影响。

（2）在制品缓冲。

（3）在瓶颈设备前设置质检环节。

（4）统计瓶颈设备产出的废品率。

（5）找出产出废品的原因并根除它。

（6）对返修或返工的方法进行研究改进。

第三步，使企业的所有其他活动服从于第二步中提出的各种措施。

通过采取各种措施，实现系统其他部分与约束部分同步，从而充分利用约束部分的生产能力。

第四步，实施第二步中提出的措施，使第一步中找出的约束环节不再是企业的约束。

第五步，谨防人的惰性成为系统的约束。

当你突破一个约束以后，一定要重新回到第一步，开始新的循环。就像一根链条一样，你改进了其中最薄弱的一环，但又会有一环成为最薄弱的。如此周而复始，最终使整个系统得到不断的优化。

当约束能够很容易被识别出来的时候（如具体的设备、工序等是约束），TOC 的五大核心步骤可以提供解决这些约束的必要帮助。当约束不容易地被识别出来的时候（如企业整个"链条"的某些不同"环节"之间的相互关系是个约束），TOC 的思维流程（Thinking Process，TP）可用来找出核心问题或核心冲突，以及解决问题的有效工具。TP 严格按照因果逻辑，来回答以下三个问题：

（1）改进什么？（What to change?）

（2）改成什么样子？（What to change to?）

（3）怎样使改进得以实现？（How to cause the change?）

TOC 提供了一系列工具来回答以上三个问题，如当前现实树、未来现实树、负效应枝条、消雾法和必备树等，在此不再详细说明。

## 三、TOC 的生产计划：DBR 系统

TOC 的计划与控制是通过鼓—缓冲器—绳（Drum-Buffer-Rope，DBR）系统实现的，如图 7-10 所示。

TOC 实施计划与控制主要包括以下几个步骤：

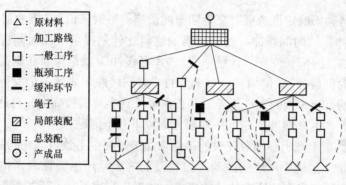

△：原材料
—：加工路线
□：一般工序
■：瓶颈工序
▬：缓冲环节
┅：绳子
▨：局部装配
▦：总装配
○：产成品

图 7-10　DBR 系统

（1）识别企业的真正约束所在是控制物流的关键。一般来说，当市场需求超过企业生产能力时，排队最长的机器就是"约束"。如果知道一定时间内生产的产品及其组合，就可以按物料清单计算出要生产的零部件。然后，按零部件的加工路线及工时定额，计算出各类机床的任务工时，将任务工时与能力工时比较，负荷最高、最不能满足需求的机床就是约束。找出约束之后，可以把企业里所有的加工设备划分为关键资源和非关键资源。

（2）基于瓶颈约束，建立产品出产计划。产品出产计划的建立，应该使受瓶颈约束的物流达到最优，因为瓶颈约束控制着系统的"鼓点（Drumbeat）"，即控制着企业的生产节拍和产销率。为此，需要按有限能力法进行生产安排，在瓶颈上扩大批量，设置"缓冲器"。

（3）对"缓冲器"进行管理，以防止随机波动，使瓶颈不致出现等待任务的情况。

（4）对企业物流进行平衡，使得进入非约束部分的物料被约束部分的产出率所控制（即"绳子"）。

一般按无限能力，用倒排方法对非约束资源安排作业计划，使之与关键资源上的工序同步。

（一）鼓（Drum）

所谓"鼓"就是约束工序排程决定系统的生产节奏。从以上步骤可以看出，"鼓"是一个企业运行 TOC 的开端，即识别一个企业的约束所在。约束控制着企业同步生产的节奏——"鼓点"。要维持企业内部生产的同步、企业生产和市场需求的同步，存在着一系列的问题。其中一个主要问题就是企业的生产如何能满足市场或顾客的需求而又不产生过多的库存。因而，安排作业计划时，除了要对市场需求进行正确的预测外，还必须按交货期给顾客赋予一定的优先权数，在瓶颈上根据这些优先权数的大小安排生产，并据此对上下游的工序排序，则得到交付时间。TOC 的处理逻辑就是使交付时间与交货期限相符。

为了使交付时间与交货期限相符，靠的是权衡在约束上的批量规模。因为，在约束上只有加工时间和调整准备时间，增大瓶颈的加工批量，可以减少调整准备时间，使瓶颈的有效能力增加，但会减少系统的柔性，增加库存和提前期。反之，其效果与增大加工批量相反。两者都会影响到一些订货的交货时间。

从计划和控制的角度来看，"鼓"反映了系统对约束资源的利用。对约束资源应编制详细的生产作业计划，以保证对约束资源的充分合理的利用。

（二）缓冲（Buffer）

所谓"缓冲"就是为了保证约束的生产计划能被实现并防止其停工待料而在约束前设

置的缓冲以消除各种不确定性约束对交货期限的影响。一般来说，"缓冲器"分为"时间缓冲"和"库存缓冲"。"时间缓冲"是将所需的物料比计划提前一段时间提交，以防随机波动，以约束上的加工时间长度作为计量单位。"库存缓冲"就是保险在制品，其位置、数量的确定原则同"时间缓冲"。例如，一个3天的"时间缓冲"表示一个等待加工的在制品队列，它相当于在约束上3天的生产任务。其长度可凭观察与实验确定，再通过实践，进行必要的调整。在设置"时间缓冲"时，一般要考虑以下几个问题：

（1）要保证约束上产出率相对较快的工件在加工过程中不致因为在制品少而停工。

（2）应考虑加工过程中出现的波动。如瓶颈上的实际产出率比原来估计的要快，或者瓶颈前的加工工序的产出率比原来估计的要慢，或者出现次品。在有的情况下，还要考虑前面的机器是否出现故障。因为，如果要对机器故障进行维修，则维持后续工序所需的在制品库存是难以估计的。所以，在设置"时间缓冲"时一般要设置一定的安全库存。

（3）根据TOC的原理，约束上的加工批量是最大的，而约束的上游工序则是小批量多批次的。约束前的加工工序的批次又和各道工序的调整准备时间有关。如果上游工序的调整准备时间小，或约束上的加工时间和前一台机器的加工时间相差很大，则批次可以较多，批量可以较小。反之，批次则可能较少，甚至和约束上的批次相同，加工批量也和约束上的批量相同。

（4）要考虑在制品库存费用、成品库存费用、加工费用和各种人工费用。要在保证约束上加工持续的情况下，使得整个加工过程的总费用最小。

（三）绳子（Rope）

所谓"绳子"就是约束对其上游机器发出生产指令的媒介。如果说"鼓"的目标是使产销率最大，那么，"绳子"的作用则是使库存最小。约束决定着生产线的产出节奏，而在其上游的工序实行拉动式生产，等于用一根看不见的"绳子"把瓶颈与这些工序串联起来，有效地使物料依照产品出产计划快速地通过非约束作业，以保证约束的需要。所以，"绳子"起的是传递作用，以驱动系统的所有部分按"鼓"的节奏进行生产。在DBR系统的实施中，"绳子"是由一个涉及原材料投料到各车间的详细的作业计划来实现的。

"绳子"控制着企业物料的进入（包括约束的上游工序与非约束的装配），其实质和"看板"思想相同，即由后道工序根据需要向前道工序领取必要的零件进行加工，而前道工序只能对已取用的部分进行补充，实行的是一种受控生产方式。在TOC中，就是受控于约束的产出节奏，也就是"鼓点"。没有"约束"发出的生产指令，就不能进行生产，这个生产指令是通过类似"看板"的物质在工序间传递的。

通过"绳子"系统的控制，使得约束前的非约束设备均衡生产，加工批量和运输批量减少，可以减少提前期以及在制品库存，而同时又不使约束停工待料。所以，"绳子"是约束对其上游机器发出生产指令的媒介，没有它，生产就会造成混乱，要么造成库存过大，要么会使瓶颈出现"饥饿"现象。

## 四、TOC在供应链管理中的应用

自从TOC诞生以来，无数企业的成功实践证明约束理论在提高企业的产销率、降低库存和运行费用方面有着非常显著的作用。与此同时，会自然而然想到把TOC的管理思想引入到供应链的管理上面，这可以有效地解决供应链重组过程中重组范围难以控制和缺乏重点的问题，即当核心企业对出现瓶颈环节的供应商的置换成本较高时，或因为这个拥有核心竞争优势的供应商规模不大。这种情况在不确定性市场需求中是普遍存在的，因为供应商的供应商、供应商、制造商、分销商和零售商都存在生产经营方面在资产上的专有性。

**（一）基于 TOC 的供应链运作**

供应链管理的首要任务便是合理地配置各部分的生产能力，也就是在识别出整个系统瓶颈的前提下，通过对瓶颈及瓶颈前后流程的管理，达到整条供应链产销率的最大化。

基于 TOC 的供应链管理也是通过如图 7-11 所示的 DBR（鼓—缓冲器—绳子）系统实现的。

图 7-11　供应链管理中的 DBR 系统

由 TOC 可知，整个系统的产销率是由瓶颈的产销率来决定的，因此如何保证瓶颈资源的充分利用是首先要解决的问题。根据瓶颈资源的节拍决定整个供应链的节拍，就是所谓的"鼓点"，是确保瓶颈资源利用率最大化的途径之一，它通过选择瓶颈资源的节拍作为整个供应链的节拍来协调整体运行的和谐性，而"绳子"就是指系统中各资源能力的合理分配，使供应链在运作过程中保持稳定性。"缓冲器"则如前所述。

**（二）利用 TOC 优化供应链**

在供应链管理中，因为经常涉及企业间的物流配送，因此在整条供应链中会出现一定数量的缓冲。缓冲的设置是为了抵消系统中的错误，它决定了产品从最初工序开始的整个提前期，等同于操作时间、准备时间以及保护时间量的加总。通常需要在以下位置设置缓冲：

（1）为了保证面向客户的及时运输，需设立发货缓冲。

（2）为了充分利用瓶颈处的资源，需设计瓶颈缓冲。

（3）在一个同时由一个瓶颈资源和一个非瓶颈资源供应的装配处，为了让瓶颈资源不发生等待状态需设立装配缓冲。缓冲位置设置得不合理将起不到稳定系统的作用，而太多的缓冲又会降低供应链的响应速度，因此缓冲在供应链中显得尤为重要，合理地设置缓冲能够对供应链进行优化。

# 本 章 小 结

生产计划的制订与生产方式关系密切，因此本章从 MRP、JIT 以及 TOC 三种经典的生产方式出发探讨供应链的生产计划。本章从推式生产方式的基本 MRP 出发，逐层深入地介绍了 MRP II、ERP 以及 APS 在供应链生产计划中的运用。此外，本章还探讨了拉式生产的典型代表 JIT 的生产计划体系，并指出了在 JIT 生产计划中信息共享的重要性。最后，本章分析了基于 TOC 的生产计划系统，探讨了 TOC 在供应链生产计划中的应用方法。需要指出的是，以上三种供应链生产计划并非不可相容，本章案例中的企业就将 MRP 与 JIT 融合起来进行生产计划的优化。

### 关键术语

物料需求计划（Material Requirement Plan）　　约束理论（Theory of Constraint）

制造资源计划（Manufacturing Resource Plan）　　主生产计划（Master Production Schedule）

企业资源计划（Enterprise Resource Plan）　　物料清单（Bill of Material）

准时制（Just In Time）　　高级计划排程（Advanced Planning Schedule）

### 思考与练习

1. MRP、MRPⅡ与 ERP 虽然概念不同，但彼此之间有着密切的联系，它们的核心是什么？它们的管理范围有什么差别？

2. JIT 系统通过不断降低库存来暴露管理中的问题，并通过持续改进获得提升。具有什么特点的企业最适合采用 JIT 系统来改进生产过程？

3. MRP 是推式生产方式的代表，JIT 是拉式生产方式的代表，二者的生产计划是否存在冲突？在实际的供应链生产计划中，MRP 与 JIT 融合的关键是什么？

4. TOC 试图通过消除供应链中的瓶颈资源来改善供应链的运作绩效，在将 TOC 运用到供应链生产计划制订的过程中可能遇到什么障碍？应如何解决？

## 本章案例：舒适公司的供应链生产计划

舒适公司（Schick & Wilkinson Sword）是全球第二大剃须用品的制造商，总部设在美国康涅狄格州。舒适刀片（广州）有限公司于 1994 年在中国广州成立，是其在全球的剃须刀制造中心之一。舒适广州公司属于典型的来料加工的制造型企业，生产的产品 90% 以上出口到全球不同的国家。它为全球消费者提供 Schick 和 Wilkinson Sword 品牌的剃须刀架和负责亚太地区、非洲地区、南美洲和中欧国家地区的产品包装生产。经过多年的发展，现已成为舒适集团公司在全球性战略中的生产中心。

（一）供应链生产计划体系变化的原因

在十多年前，对剃须用品制造企业来说，市场的竞争并不激烈，企业在以需求预测为驱动的推动式供应链模式下，生产批量大，生产周期较宽裕，产品生命周期长，产品品种较少。所以，舒适广州公司采用了推动式的生产管理方式来组织生产。那时，舒适的各个国家和地区的兄弟销售公司负责根据对市场需求的预测制订产品订单，然后舒适广州公司的供应链计划部根据这些订单制订相应的生产计划。该部门分为两个小组，客户服务组负责与集团内的兄弟销售公司沟通，跟踪市场的需求预测变化和处理客户订单；生产计划组负责根据客户订单制订生产计划和采购计划，生产计划会发送给生产部以便它们组织生产，采购计划则发送给供应商以便它们进行物料供应。

但随着产品市场的竞争日趋激烈，市场情况发生了变化。生产小批量、多品种、短周期产品的特点越来越明显，甚至上百个品种的产品同时上市，不同的产品、不同的工艺互相交叉，互相混合。在这种情况下，这种作业计划管理方式的局限性很快凸现出来。其中的问题主要表现在以下几个方面：

（1）产品物料清单结构复杂。

（2）生产计划的编制和变更调整工作量大。

（3）生产作业计划变更频繁。

（4）存在大量的在制品（Work in Process，WIP）库存。

（5）产品生产周期长。

为了使公司可以持续发展，舒适公司开始引进精益生产管理，在现有的推动式供应链模式下融入拉动式生产方式。舒适公司通过实施 JIT 生产与原有的 MRPⅡ融合后形成了新的供应链生产计划系统。

该系统包括以下两部分：①传统的 MRP 系统及其标准输入客户需求、库存状况和物料清单，它能生成主生产计划和相应的物料需求计划和能力需求计划。②MRPⅡ/JIT 系统的接口和 JIT 方式的控制系统，包括生产车间作业计划和看板系统，它控制着供应商配送物料的时间以及生产产品的时间和工序。整套计划系统由战略层计划、战术层计划、执行层计划三部分构成。

（二）战略层计划

战略层计划的跨度为一年，舒适公司首先根据总体经营计划确定未来一年的销售预测，并在此基础上形成总生产计划，进而订立月度库存计划。

1. 销售计划

舒适广州公司根据全球总公司和广州公司的经营计划、亚太地区和非洲国家地区的各销售分公司的销售预测，制订未来一年的月销售计划，在此基础上得出每月平均客户需求的节拍。

2. 总生产计划

舒适公司的总生产计划根据未来一年的月度的平均销售计划和公司的生产能力的信息，制订相对平衡的公司月度生产计划，从而确定了每月的生产节拍。由于客户的需求具有季节性，生产节拍也会适应客户的需求变化而相应调整。

3. 库存计划

舒适公司根据每月的销售需求计划和生产供应计划订立月度的库存目标和计划。这个库存计划可作为吸收客户需求的波动、在满足销售计划的前提下平衡生产能力。

（三）战术层计划

战术层计划的跨度为三个月，公司根据主生产计划得出物料需求计划，并根据能力需求计划判断该计划是否能够执行。

1. 主生产计划

舒适公司制订的具体产品未来 12 周的主生产计划中，未来的 6 周的主生产计划是客户确认的订单。舒适公司每个星期会根据客户的预测和确认订单的变化和公司的产能情况而对主生产计划进行相应的调整更新，其中未来的两周生产计划是固定的，一般是不会调整的。

2. 物料需求计划

舒适公司在 SAP 系统根据主生产计划分解为部件装配和原材料的需求，并对需求进行平滑处理并将指令下达给最终成品和采购项目的分时需求。最终成品指令就是生产作业生产计划，而在制品库存的控制和中间过程的生产控制就由看板系统来完成。

另外，根据产品的主生产计划，按照物料清单进行分解计算出的原材料在不同计划时区的需求，再根据现有原材料库存和供应商的产能计划的情况来制定原材料的采购计划。

### 3. 能力需求计划

舒适公司将主生产计划转换成能力需求计划，生产负荷报告，然后通过负荷报告分析的结果和反馈调整主生产计划，从而平衡生产计划，以实现均衡生产，保证主生产计划的可执行性。原则上，如果不发生超负荷情况，则对主生产计划不进行调整。

另外，对关键设备、工装等关键资源的负荷与能力进行比较分析，检查其能力是否满足负荷要求，资源负荷是否均衡，并对计划进行一定的调整，使关键资源的生产达到均衡化。对经过调整后仍不能满足负荷要求的关键资源，发出信息，经过提前/拖期分析后，重新调整计划。对排在能力之外的任务发出报警信息，以便及时采取相应措施。

### (四) 执行层计划

执行层计划由车间作业计划和原料供应计划组成，其时间跨度为 6 周，每天的生产通过看板系统进行拉动，可以实现 JIT 生产。

### 1. 车间作业计划

舒适公司的生产计划员根据未来 6 周的主生产计划制订 6 周的生产计划和 2 周的车间日作业计划，并按平准化原则均衡生产负荷。每天的产品生产通过看板化的准时制生产控制系统来拉动所有工序生产和原材料的供应。

生产由每日的产品包装生产计划驱动，加工提前期很短，部件从开始加工装配到产品包装完成的时间也较短，所以车间控制变得很简单。部件从开始加工装配到产品包装的中间生产作业过程，就由 JIT 的看板系统来控制。

舒适公司在不同的工序之间设定了看板系统，通过看板将工序间的取料、生产的时间、数量及品种等相关信息从生产的下游传递到上游，将相对独立的工序个体结合为有机的整体。

### 2. 原材料供应计划

舒适公司采用 VMI 系统来控制供应商的库存和供应计划。舒适公司会将未来 2 周的日生产计划更新到 VMI 系统，本地供应商会根据舒适公司日生产计划的每日物料需求来进行按时、按量供应。当舒适公司的生产计划改变时，相应供应商的原材料供应计划也要调整。

### (五) 启示

舒适公司的实践表明，MRPⅡ与 JIT 这两种不同的生产计划和控制方式是可以相容互补的：MRPⅡ强调集成，重视计划；JIT 强调改善，重视控制，两者的融合形成新的生产管理模式，可以在集成化的环境下不断改善，计划与控制并重。舒适公司结合两者的长处对 MRPⅡ/JIT 这两种先进管理方法融合运用，对其生产计划控制有十分突出的改善，不仅优化了生产计划与库存管理，改善了内部的业务流程，更重要的是从供应链的整体出发，进行全面的调整，提高了运作效率，适应了市场环境的变化，提升了企业在供应链上的竞争力。

资料来源：潘锦明．舒适公司拉动式生产计划控制案例研究［C］．成都：西南交通大学硕士学位论文，2008．经编者修改整理。

**案例思考：**

1. 在运作机理上，JIT 系统为"拉"式，MRP 为"推"式，两者存在着一定的矛盾，舒适公司是如何解决这个问题的？

2. 在舒适公司的供应链生产计划体系中，JIT 系统与 MRP 系统各有什么作用？它们处于供应链生产计划的哪一个层次？

# 第八章　供应链新的生产理念：大规模定制

 **本章引言**

　　人类社会自诞生以来，生产就是其中一个重要的主题。随着历史的演进，人们的消费需求也不停发生变化：从追求温饱到追求质量，从整齐划一到追求个性宣扬……伴随于斯，人类的生产方式也在不停地发生演变。现在所提倡的"先进生产模式"在理念上与过往的模式是如此接近，只是处在更高的技术层面上罢了。

　　1851 年，出于战争的需要，伊莱·惠特尼当着美国总统托马斯·杰斐逊的面，从一大堆零件中快速组装出一支步枪，这种标准可互换的零件开启了大规模制造的时代。20 世纪90 年代，巴德尔文和克拉克在《模块化时代的管理》一文中正式提出了"模块化"理念，这为后续大规模定制理论在工业界的推广和应用开启了"上帝之门"。

　　产品模块化是实现大规模定制的前提，但产品模块化仅仅实现的是在设计上将产品功能进行分解，但对于企业而言，如何通过生产流程在恰当的时间、恰当的环节上将产品完成组装是实现生产成本优化的一个非常重要的步骤，而这些恰恰是延迟生产的理念来源。

 **学习目标**

- 了解生产模式的演变历程
- 理解大规模定制模式的特征与类型
- 掌握模块化生产的概念及特征，企业如何进行产品的模块化设计
- 了解延迟生产的内容及分类
- 了解大规模定制模式在全球背景下的发展

# 第一节　大规模定制模式

## 一、生产模式的演变历程

### （一）从手工作坊到机械作坊

　　研究生产模式的演变过程，需要追溯到原始社会生产时期。石斧等原始劳动工具的发明，以及对谷物种植秘密的发现，使人类社会进化的速度大大加快了。在公元前 3 000 年左右，人类社会开始步入经济史学家眼中的"培育经济时代"，畜牧业开始从农业栽种中分离开来，实现了人类社会的第一次社会大分工。

　　每一次社会分工都会带来新的生产方式，人类社会物质资料的生产都会产生一个较大的飞跃。在公元前 1 000 年左右，陶器、青铜器的制作开始成为一部分手工艺者的生活来源，手工业逐渐从农业中分离开来，人类社会进入第二次社会大分工，而这次社

会分工的时间持续长达 3 000 多年，直至 19 世纪以前，人类社会的主要生产模式依然是手工作坊<sup>⊖</sup>。

许多生物研究学者认为"能量消耗最小化是自然界的法则"。对应人类社会而言，可以认为工具的发明是"偷懒"天性驱使的结果。当人类发现水力能够比畜力产生更强大的动力时，水车被发明了，农业加工开始得到长足发展；当人类发现蒸汽机能够持续、稳定地提供动力时，机械作坊逐渐替代了手工作坊。短短的一百年里，机械作坊制造的产品的份额由17% 快速膨胀到53%。

尽管以现代标准来看，机械作坊生产的产品质量仍然低下，但在 19 世纪，由这些机器制造的产品质量已居上层。生产效率在机器的帮助之下得到大幅提升，但从生产方式来看仍属于高度定制化的单件生产："完全按照客户的要求进行制造，产量无法大幅提升，生产耗时且昂贵"。20 世纪初，欧洲已有几百家公司采用这种生产方式制造汽车，而每家公司每年的产量只不过是几十到几百辆而已。此外，由于缺乏标准体系，工人甚至需要在现场对汽车零部件进行修改才能够进行装配。这种低效率、低产量、高成本的机械作坊式的生产模式进入 19 世纪之后逐渐显露出其弊端：无法满足市场大规模的需求。

（二）从大规模生产到大规模定制

从作坊式的单件生产模式到大规模生产模式，是生产模式演变过程中的第一次飞跃。而泰勒和福特是推动这种生产模式根本性变革的两个代表性人物。泰勒在对刀具的生产过程进行研究后，提出了工序标准化、劳动分工和计件工资等科学的管理思想。亨利·福特在汽车工业的实践中将泰勒的思想推进了一大步。1913 年，福特发明了汽车装配流水线，它标志着以高效的自动化专用设备和流水线生产为特征的大规模生产时代的来临。

流水线生产是大规模生产模式的典型特征。亨利·福特在 T 型车的制造上淋漓尽致地展现了流水线的强大生产效率。1913 年 10 月福特公司引入 T 型车装配线后，生产一辆汽车所用的时间从 3 天缩短为 93 分钟，每天可以有 1 000 辆 T 型车走下装配线。

流水线生产方式的使用，发挥了机器工业的规模经济效应："企业规模越大，产量越高，成本就越低"。而成本越低，价格也随之降低；价格下降，更多的人买得起该产品，销售随之增长，产量因而得以提高，成本更低，价格将再次下降……

随着福特 T 型车价格的不断下降，其销售量迅速增长。1921 年 T 型车产量已占世界汽车总产量的 56.6%（实际上 T 型车已经成为名副其实的"全球车"）。随着设计和生产不断改进，T 型车的制造单价最终降到了 260 美元。流水线生产帮助福特成就了汽车工业的神话：自 1908 年 10 月 1 日第一辆 T 型车交货以来，到 1927 年夏天 T 型车停产，T 型车共售出 1 500 多万辆（如图 8-1 所示）。

大规模生产模式的基础可以总结为三个要点，即"标准化"、"统一的市场"和"稳定的需求"。它以规模经济、高效率、低成本为特征，使制造业以前所未有的速度发展，并且从 1913 年直至此后的半个多世纪以来成为世界制造业的主导模式。

---

⊖ 【推荐阅读】恩格斯. 家庭、私有制和国家的起源［M］. 中共中央马克思、恩格斯、列宁、斯大林著作编译局，译. 北京：人民出版社，2003.

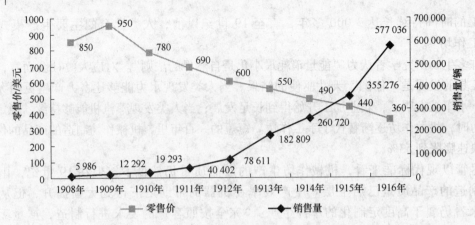

图 8-1　福特 T 型车生产规模和价格（1908～1916 年）
资料来源：福特 T 型车．维基百科和百度百科．经编者修改整理．

　　但随着社会经济和文化多元化的发展，以提供单价便宜的单一产品大规模生产方式在满足客户个性化需求方面出现了麻烦。1927 年福特公司在通用公司的雪佛兰的竞争压力之下不得不关闭 T 型生产线并开始向雪佛兰汽车学习，在驾驶的舒适感、产品质量以及迎合消费者追求时髦口味等方面恶补功课。

　　到了 20 世纪 80 年代，大规模生产模式与市场需求变化之间的矛盾越来越明显。20 世纪 70 年代，日本丰田凭借着更好的生产柔性和丰富的产品线快速挤占了福特、通用等老牌汽车厂商的市场份额。丰田的快速崛起引起了西方企业界和学者的关注，在经过大量和长期的比对研究之后，丰田生产模式（Toyota Production System，TPS）被精炼为精益生产模式（Lean Production，LP）。在这种模式下，机器设备具有较高的柔性，企业可以根据需求变化情况及时调整产品的生产，从而使生产模式转变为多品种、中小批量的生产模式。

### ● 大规模生产的缺点 ●

　　1. 市场消费由功能消费、便利消费进入个性化消费，商家必须考虑消费者的细分要求并提供多样化产品。大规模生产方式的最大缺陷在于产品单一，定制化程度低，忽视了顾客的差异化需求。

　　2. 细分市场规模越来越小且不断变化，只有以更快的速度生产出更多品种的产品才能不断取得成功。产品技术更新日益加快，因此必须以同样的速度缩短产品开发周期。固定不变的单一产品流水线生产变得难以适应市场的需要。

　　1991 年，美国国防部联合通用汽车、波音、IBM 等 100 多家美国企业，启动了一项关于探讨美国 21 世纪制造企业战略研究计划。此项研究历时 3 年，在对精益制造等国际上先进的制造模式进行深入研究之后，于 1994 年提出《21 世纪美国制造企业战略报告》。该项报告前瞻了未来制造企业生产模式的特点："能够将柔性的先进制造技术，熟练掌握生产技能、有知识的劳动者，以及促进企业内部和企业之间的灵活管理者三者集成在一起，对千变万化的市场机遇做出快速响应"。这种生产模式被称为敏捷制造。在后续的十多年内，又陆续加入了信息技术、供应链管理等元素，逐渐形成了大规模定制的生产方式。

从大规模生产模式到大规模定制生产模式是生产模式演变过程中的第二次飞跃，在这个过程中，精益生产模式和敏捷制造为这次飞跃起了铺垫的作用。

## 二、大规模定制的概念和特征

### （一）大规模定制的概念

在工业界传统的观念里，"个性化定制"和"大规模制造"两种生产方式在成本上存在不可调和的矛盾。个性化定制是为了满足细分市场客户的个性化需求，过度细分的市场通常要求企业提供丰富的产品种类，每一类产品生产的数量都不会太多，而这进一步要求企业投入更多的制造成本、耗费更多的管理精力……显然这些又是违背"大规模制造"本身所追求的规模经济。

1970年，美国未来学家阿尔文·托夫（Alvin Toffler）在《未来冲击波》一书中提出一种全新生产方式的设想："以类似于标准化和大规模生产的成本和时间，向客户提供特定需求的产品和服务"。而后，1987年美国另一个未来学家斯坦·戴维斯（Stan Davis）在《完美未来》中首次将这种生产方式称为大规模定制（Mass Customization）。此后，1993年美国宾州大学约瑟夫·派恩二世（B. Joseph Pine Ⅱ）正式对大规模定制进行了定义：大规模定制的核心是产品品种多样化和定制化急剧增加，而不相应增加成本；个性化定制产品的大规模生产，其最大优点是提供战略优势和经济价值。

事实上，自20世纪80年代以来，一些最前沿的科技被广泛应用到传统制造业改造之后，"个性化定制"和"大规模制造"的矛盾才在一定程度上被缓和。例如，工业机器人和计算机集成制造技术将生产线调整的时间由几个月缩短至几分钟；条码技术让工厂能够追踪每一个零部件和产成品；数据库的完善和互联网的普及，让工厂能够了解每一个客户的特殊需求并尽可能最大化贴近客户需求。

至此，可以发现，大规模生产和大规模定制在关注焦点和市场目标上存在很大的不同（如图8-2所示）。

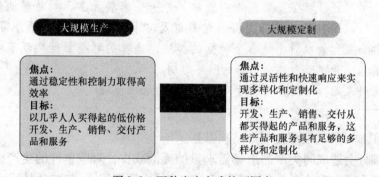

图8-2　两种生产方式的不同点

对于关注焦点，大规模生产希望生产过程具有强稳定性，拒绝客户介入生产以获得对每一个制造环节的完全控制力，从而获得生产的高效率；而大规模定制关注如何让客户参与产品的生产过程，以此来提高客户的满意度和忠诚度，生产流程强调灵活性，市场策略追求快速响应。

对于市场目标，大规模生产方式追求"人人都买得起"的产品；而大规模定制则追求制造"客户自己需要"的产品。

（二）大规模定制的特征

2001 年亚太经济合作组织（Asia-Pacific Economic Cooperation，APEC）会议首次在中国举办，各国家或地区领导人身着唐装，甫一亮相便惊羡世人，这唐装就是"定制"的。唐装上的图案是为 APEC 专门设计的，颜色是领导人亲自挑选的，尺寸是按照领导人各自的体型度身定制的，甚至面料也是特制的。实际上，唐装的这种生产方式在服装工业中被大量使用，在颜色、花式、面料、规格、款式上均可以根据消费者的需求来进行定制。

大规模定制这种新生产方式具有以下四个特征：

1. 能够满足客户多样化的需求

大规模定制是以客户需求为导向，是一种需求拉动型的生产模式。与传统的大规模生产模式先生产后销售不同，在大规模定制中企业以客户提出的个性化需求为生产的起点，因而大规模定制是一种需求拉动型的生产模式。

惠普公司针对美洲、欧洲和亚洲地区不同国家的电源供应<sup>⊖</sup>和语言的不同，将惠普台式打印机产品设计为由通用的打印机核心部件和可选择的变压器、电源插头、不同语言的说明书和包装组成，可以方便地定制出适应不同国家的客户需求的台式打印机产品。

2. 能够满足多元化的细分市场

需求的多样化和个性化使以往统一稳定的市场日益多元化，逐渐变成许多不同层次的和不同区段的细分市场。企业要想赢得市场竞争，就应该追随这些具有个性化需求的细分市场，并尽量满足细分市场。

---

**• 服务也可以大规模定制 •**

移动通信运营商根据消费者行为对市场进行细分，建立品牌区隔。例如，中国移动建立了"全球通"、"动感地带"和"神州行"三大品牌，每个品牌内的用户只能选择同一品牌内的套餐。除了套餐内的基础服务，用户还可以在一定范围内叠加另外一些套餐元素，如动感地带套餐用户可以通过另外选择虚拟网包月以及"长话包"来满足额外需求。而这些套餐元素本质上是各个独立的模块，套餐的可叠加性实现了中国移动通信运营商面向细分市场的服务定制。

　　资料来源：中国移动官方网站. 经编者修改整理.

---

3. 能够以低成本和高质量定制产品和服务

市场不断细分会造成同类产品市场需求量的逐渐减少，对应单件的生产成本会逐渐上升，采用大规模生产方式的企业会在不断细分的市场中逐渐陷入"成本困境"。

面对多样化和个性化的客户需求，质量的意义不再是仅仅是废品率和故障率等概念，而是满足客户的期望需求和潜在需求。高质量意味着生产正确的产品（Right Product），并以正确的时间（Right Time）、正确的地点（Right Place）递送到需要它的客户手中（Right Person）。

---

⊖　电压有 110V 和 220V 的区别，插座规格也有所不同。

戴尔公司每年生产数百万台个人计算机，每台都是根据客户的具体要求组装的。以戴尔公司为其大客户福特汽车公司提供服务为例，戴尔为福特不同部门的员工设计了各种不同的计算机配置。当福特的员工通过戴尔顶级网页（Dell Premier Pages）<sup>○</sup>进行订货时，戴尔马上就知道订货的是哪个工种的员工，他需要哪种计算机。戴尔便组装合适的硬件，安装带有权限的福特办公软件（这些软件可以用来帮助福特管理商业文档秘密）。

4. 能够大大缩短产品开发周期

多样化的客户需求和多元化的市场需要大量不同的产品来满足，要求企业开发多品种的产品。而个性化需求和细分市场很不稳定，不断变化，只有不断地以更快的速度开发出满足客户需求的产品才能获得成功。

中国是世界最大的玩具生产基地，与世界最大的玩具市场美国有着千丝万缕的关系。经过对美国玩具市场的特点研究发现，美国儿童对玩具"喜新厌旧"的速度很快，玩具产品的生命周期一般不超过一年，而且主要集中在圣诞节销售期中的 3 个月。除游戏机、玩具车类产品，美国儿童在购买玩具后的"新鲜感"甚至不超过一个星期。但对于同类型的玩具，构成玩具的大量模块并没有发生本质上的改变，因此设计师仅需要通过改进旧的模块就可以快速完成新玩具的制造。

## 三、大规模定制的分类

大规模定制的类别可以根据企业生产流程和客户需求两个角度来进行分类。即便是同一个生产模式，从不同的角度也会得出不同的结论。但有必要对这些角度下的分类结果进行分析，因为从不同角度去看待同一事件也许会让管理者对大规模定制有着更为深刻的认识，而实际上，越来越多成功的商业模式正遵循着这些视角。

（一）根据生产过程分类

对于制造业而言，设计、生产、装配和销售是大多企业共通的生产过程，根据产品在几个流程中所处的位置，可以将大规模定制划分为以下四种类型。

1. 设计定制化

设计定制化是指，根据客户的具体要求，设计能够满足客户特殊要求的产品。在这种定制方式中，从开发设计到制造生产的全部流程完全由客户订单所驱动。这种定制方式适用于大型机电设备和船舶等高附加值产品，或者用户参与和体验度极高的产品（如装饰）。专业"定制化"窗帘设计咨询服务是美克美家 2009 年品牌升级后推出的一项意在为消费者进一步完善梦想生活方式的服务。美克美家在通过对窗帘市场现状的调查后发现，窗帘专业程度不高、受建筑面积尺寸约束较大、风格难与家具统一等现象已成为消费者选择窗帘的几大难题。因此借助已有的家具口碑，美克美家向消费者提供近 300 中窗帘面料的选择空间，并提供完全的窗帘定制化解决方案。

2. 制造定制化

制造定制化是指接到客户订单后，在已有的零部件、模块的基础上进行变形设计、制造和装配，最终向客户提供定制产品的生产方式。在这种定制生产中，产品的结构设计是固定的，变形设计及其下游的活动由客户订单所驱动。大部分机械产品属于此类定制方式，一些

---

○ 戴尔顶级网页，一个专为大客户量身定做的电脑采购系统。

软件系统（如 MRP、ERP 等管理信息系统）和软件商根据客户的具体要求在标准化的模块上进行二次开发。

美国明尼苏达州的窗户制造商安达信公司开发了一种名为"知识之窗"（Window of Knowledge）的系统，该系统构造了由 5 万多种可能的窗户元素组成的图标结构，由分销商与最终用户合作设计窗户。这个系统能够自动生成报价单和详细的制造说明书，并将订单直接传送到加工厂。安达信公司的加工系统可以做到将定制产品连夜送给分销商。

3. 装配定制化

装配定制化是指接到客户订单后，通过对现有的标准化的零部件和模块进行组合装配，向客户提供定制产品的生产方式。在这种定制方式中，产品的设计和制造都是固定的，装配活动及其下游的活动是由客户订单驱动的。

前述的戴尔计算机公司的案例就是典型的装配定制化的例子。

4. 自定制化

自定制化是指产品完全是标准化的产品，但产品是可客户化的，客户可从产品所提供的众多选项中，选择当前最符合其需要的一个选项。因此，在自定制方式中产品的设计、制造和装配都是固定的，不受客户订单的影响。常见的自定制化产品是计算机应用程序，客户可通过工具条、优选菜单、功能模块对软件进行自定制化。

（二）根据客户需求分类

从市场营销或客户需求获取和满足的角度，大规模定制也可分为四种类型，即合作定制、适应定制、装饰定制和透明定制。

1. 合作定制

合作定制是指企业通过与每个客户对话和交流帮助他们清楚地表达自己的需求，确定能够准确满足这些需求的产品和服务，并为他们定制这些产品和服务。合作定制可以有两种方式，即选择型合作定制和描述型合作定制。

选择型合作定制将产品定制化成多个特征的选择，客户通过分布选择这些选项获得自己需要的产品类型。例如，Mattel 公司推出电子商务网站并开辟了 My Design 网页，为广大儿童提供了定制展示自己的芭比娃娃的系统。儿童可以在线选择芭比娃娃的肤色、眼睛的颜色、发型、服装和小物品，定制属于自己的芭比娃娃。

当企业提供了大量的选择空间时，客户往往会无从下手甚至讨厌使用这些复杂的定制系统。另外，客户也可能无法正确表述真正的需求，实际上很多客户并不知道他想要什么。这时候，可以采用描述型合作定制方式，如让客户填写所需要的产品的实际尺寸或纪念性文字等，而主体产品由企业提供。例如，喀嚓鱼（http：//www. kachayu. com）提供网上冲洗照片业务，客户可以将照片上传到系统并定制个性化木版画或者杯子，其中木板的尺寸、材料以及杯子的坯胎均由企业提供。

2. 适应定制

适应定制提供一个标准化但却是可定制的产品，这个产品的设计使得客户可以在使用时进行个性化的选择。适应定制是将客户在不同场合需要的不同用途集成在一个产品中，允许客户在使用时通过选择产品提供的定制功能获得定制效果。

例如，微软公司的 Office 软件使客户可以在使用时根据自己的需要随心所欲地定制Office软件的桌面快捷按钮。

3. 装饰定制

装饰定制是将标准化的产品或服务有区别地呈现给不同的客户，可以看成是标准化产品加上定制化的表现形式。将标准化的产品特别包装后提供给不同客户，使每个客户都体验到"只为我一个（Just for me）"的个性化服务。

例如，花嫁喜铺的喜糖专柜，新人可以挑选自己喜欢的糖果和盒子后再下订单，商家会根据客户对糖果的种类、分量和包装等的需求，提供给属于客户的喜糖。

4. 透明定制

透明定制是将定制的产品或服务提供给各个客户，但并不让他们明显地知道这些产品和服务是为他们定制的。企业观察客户行为但并不直接与客户交流，然后用标准化的包装提供给客户定制化的产品。实质上，这些产品属于适用多种用途的多功能性产品。例如，洗衣粉中添加了大量的元素，用于满足既可以去污也可以去渍等功能。

再如，Chemstation 是一个生产和分销工业清洁剂的公司，它根据客户用于洗车、清洁餐馆和工厂的地面等不同用途，应用其专利技术和独特的工艺，为客户在产品浓度、酶浓度、颜色和气味等方面定制成适合的皂液，然后采用统一的罐装发送给客户，使客户认为Chemstation 的产品好用，而不是去关心产品的特殊性。

# 第二节 大规模定制理念之一：模块化生产

1851 年，伊莱·惠特尼用步枪的标准的可互换的零件开启了大规模制造的时代以后，经过亨利·福特的改进，标准零件的使用促进了流水线生产方式的发展并一直影响着当时的工业界直至今日。不过当时的"福特年代"并没有提及"模块化"，直至 20 世纪 90 年代，哈佛商学院的两位学者 Badlwin 和 Clark 在哈佛商业评论上发表《模块化时代的管理》一文之后，模块和模块化理论才开始被重新认识。进入 2000 年之后，工业界开始快速进入"模块化生产"的时代，类似于物种大爆炸的寒武纪，千禧年之后，全球产品丰富度开始进入一个前所未有的时代[一]。

通过本节的学习，将了解大规模定制中的核心理念之———"模块化生产"。

## 一、模块化：大规模定制的前提

"大规模制造"追求生产的规模效应以降低单位生产成本，"定制"追求满足消费者个性需求。在传统的生产理念之中，这两者之间存在着不可调和的矛盾，即若要实现大规模制造，则产品多样性将会受到限制；而要实现定制化产品生产，则无法实现大规模制造的经济性。

模块化为平衡上述矛盾提供了一个折中的途径：在产品构架允许的基础上通过共享"通用模块"生产标准化的产品，将"功能模块"转接到其他产品结构中来快速实现定制化产品的生产[二]。

---

⊖ 【推荐阅读】沃麦克，等. 改变世界的机器 [M]. 沈希瑾，译. 上海：商务印书馆，1999.

⊜ "定制模块"在产品基本构架不变的情况下体现产品性能上的差别；"通用模块"保证系列产品所使用的核心技术不变。"一对一"型功能模块属于"定制模块"，而"一对多"型功能模块属于通用模块。

　　基于模块化的大规模定制模式不仅能够通过灵活性和快速响应来实现多样化和定制化，同时还可以通过大规模生产，生产出低成本、高质量、高定制化的产品，从而为满足多样化市场需求及细分市场提供了可能。此外，还需重点地提醒各位读者，模块化的大规模定制同样适用于软件研发、服务产品菜单设计等服务领域。

　　因此，"模块化"生产和设计是大规模定制这种新生产方式得以进行的前提和条件。

### ● 苹果在模块化上的教训 ●

　　　苹果公司是第一个提出个人家用计算机（PC）概念的公司，并且以强大的创新能力和管理执行能力迅速占领了 PC 市场。但拒绝将产品模块化制造却导致苹果在 20 世纪 80 年代快速衰弱。

　　　苹果公司拒绝授权其他计算机生产商生产深受欢迎的 Macintosh 软件，并试图阻止其他公司仿造它的计算机，苹果公司更不允许低价的或更专项化的仿苹果式插入兼容机大量出现。这个做法大大减少了使用苹果公司软件的计算机总数，并妨碍了苹果公司建立有效的工业标准，从而失去了一个拓展市场的绝好机会。而与此相反，IBM 公司却公开了 PC 全部设计细节，鼓励软件人员为它编写程序，鼓励其他厂家生产兼容产品，从而大大刺激了对 IBM 产品的需求。因为，市场上的大部分消费者是根据现有软件来选择计算机，因此争夺计算机市场的关键就在于和公司生产的计算机配套的全部软件所占的份额。2007 年苹果推出的 iPhone 系列吸取了之前的教训，开放 iPhone 的运算平台，吸引大量软件开发商设计了大量的应用程序，因此取得了巨大的成功。

## 二、模块化生产理念

### （一）模块和模块化产品

美国斯坦福大学经济系教授青木昌彦（Aoki Masahiko）对模块进行了定义：

　　模块是指可组成系统的、具有某种确定独立功能的半自律性的子系统，可以通过标准化的界面（Interface）结构，与其他功能的半自律性子系统按照一定的规则相互联系而构成的更加复杂的系统。

　　上述关于模块的定义看上去过于"工程化"：各模块系统通过不同的接口连成整体进行工作。但该关于模块的定义却包含着丰富的外延哲学，举例而言，经济学鼻祖亚当·斯密认为社会分工的本质是生产禀赋优势造成生产效率差异的结果，也就是做自己擅长的工作。如果将整个世界比喻成一台机器，那么那些在各自领域中具有极强竞争力和优势（无论是生产力还是科技实力）的组织就是构成这大机器的模块，这些模块在各种规则（如交易规则、法律、道德等）约束下确保机器的正常运行。当其中的模块出现病变时，则需要修理或者用相同功能（当然质量更好）的模块去替换即可恢复正常。

　　对于工业界而言，模块应该具有集成性的功能，也就是构成模块的零部件数量应该恰到好处。过少的零部件会导致模块数量急剧膨胀，不利于不同产品的设计、制造和装配；过多零部件的集成也会丧失模块原本的出发点。因此，对于模块而言，需要了解模块化的原则：把性能不同而具有一定功能或用途的同类部件的联系尺寸标准化，而部件具有很强的互换性，便于组装。

现在许多的消费电子产品，如计算机、手机以及数码相机等均遵循着上述模块化的原则。此外，大型且复杂的计算机软件设计也遵循了上述原则。如果思维再发散一些，可以将模块化的理念推广到经济、管理中的各个方面。

下面通过一个案例来看山寨手机的模块化生产方式<sup>⊖</sup>。

2006 年，我国台湾联发科技公司推出 MTK 芯片改写了整个手机行业的商业模式。MTK 芯片不仅集成了通话、音乐和视频的多项功能与一身，并以技术性能稳定和成本低而广受市场欢迎。对于一些小的手机厂商，生产手机只需要简单的 3 个模块，即 MTK 芯片模块、手机主板模块和软件模块即可形成一部手机的"半成品"。在半成品的基础上只要加个外壳和电池，一部手机就可制作完毕。整个手机的生产过程就像是 PC 一样，CPU、内存、硬盘、显卡都是现成的，只要用螺钉把他们组装在一起即可，唯一可以个性化部分就是手机的外壳。通过图 8-3 所示的供应链，山寨手机可以通过卖场和电视购物快速销售出去。

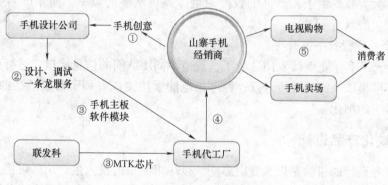

图 8-3　山寨手机的供应链

### （二）模块化生产的优势

对照山寨手机模块化生产案例来分析，模块化产品是如何让山寨手机做到逼迫诺基亚、三星等国际知名手机厂商大幅降价，迫使联想、夏新等国产手机厂商退出传统手机市场的。

**1. 极大丰富产品的供给种类**

2008 年国际知名手机制造商推出新机型的情况：三星推出 47 款新机型，诺基亚推出 34 款，索尼爱立信推出 19 款，摩托罗拉推出 18 款。据不完全统计，山寨手机在 2008 年推出新款手机超过 1 000 款。

面对激烈的市场竞争和消费者个性的选择，一方面丰富的产品线无疑会增加企业的竞争能力；另一方面丰富的产品线还能够降低企业的经营风险，这也是为什么国际上许多知名企

---

⊖　很多调查显示：许多山寨手机的产品质量存在很大缺陷，同时在山寨手机的设计和生产过程中也存在大量侵犯知识产权的问题。在知识产权保护日益受到厂家和政府重视的今天，山寨手机行业面临着巨大的危机和挑战。本文所提及案例，仅从山寨手机的成本控制和产品多样化入手，其目的是让读者能够更为深入理解模块化的理念和作用。

业都不会在单一产品上投入过多筹码的原因。

### 2. 加快产品研发和创新的速度

一款手机新机型从研发到投入市场，三星需要 12 个月，诺基亚需要 14 个月，索尼爱立信需要 10 个月，摩托罗拉需要 12 个月。而山寨手机从研发到投入销售的时间则以"天"计算，根据赛迪顾问的调研，山寨手机推出一款新机的时间约为 45 天。

模块化推进的创新的速度，使得企业对竞争者的举动做出的反应时间大大缩短。大量利用已有的经过试验、生产和市场验证的模块，可以降低设计风险，提高产品的可靠性和设计质量。

### 3. 有效控制成本

从研发成本来看，三星等国际知名手机厂商推出一款新手机需要上万名研发人员的参与，而山寨手机制造商推出一款手机仅需要 20 ~ 50 人。仅研发成本一项，山寨手机无疑拥有极强的成本竞争力。[注]

另外，采用成熟的手机生产模块可以大大缩短采购周期、物流周期和生产制造周期，从而加快产品上市的时间。采用成熟的经过验证的模块，可以提高采购批量，降低采购和物流成本，也可以大大减少由于新产品的投产对生产系统调整的频率，使新产品更容易生产制造，可以降低生产制造成本。

### 4. 促进企业经营效率提升

模块化生产有利于企业研发团队分工，规范不同团队间的信息接口，进行更为深入的专业化研究和不同模块系统的并行开发；标准规范的模块接口有利于形成产品的供应商规范，有利于产业分工的细化。

## 三、模块化产品设计

模块化产品设计的目的是以少变应多变，以尽可能少的投入生产出尽可能多的产品，以最为经济的方法满足各种要求。由于模块具有不同的组合可以配置生成多样化的满足客户需求的产品的特点，同时模块又具有标准的几何连接接口和一致的输入/输出接口，如果模块的划分和接口定义符合企业批量化生产中的采购、物流、生产和服务的实际情况，这就意味着按照模块化模式配置出来的产品是符合批量化生产的实际情况的，从而使定制化生产和批量化生产这对矛盾得到解决。

B. 约瑟夫·派恩提出了六种不同的模块化方法：

### 1. 共享构件模块化设计

这种产品设计理念的主要内容是，同一构件被用于多个产品以实现范围经济，通过减少零件数量从而降低已经具有高度多样化的现有产品系列的成本。宝洁公司所有洗发水的原浆的成分几乎是一致的，不同品牌的洗发水只需在原浆中添加个别模块即可实现。例如，针对油性发质只需要在原浆中添加去油成分。那么洗发水原浆就是典型的共享构件模块。

### 2. 互换构件模块化设计

这种产品设计理念的主要内容是，不同的构件与相同的基本产品进行组合，形成与互换构件一样多的产品。比较典型的是多功能枪支，只需要增加望远镜和子弹等互换构建即可完

---

　⊖　山寨手机研发成本的降低，很大程度上是通过侵犯其他手机厂商的知识产权而达到目的的。

成从步枪到狙击枪的切换。此外，多功能的电动钻头也是该类设计的典型产品。

3. "量体裁衣"式模块化设计

这种产品设计理念的主要内容是，一个或多个构件在预制或实际限制中不断变化。这种模式下，客户对产品的估价很大程度上依赖于为适应个性化需求可以不断变化的构件。例如，原先只有几种颜色出售的杜邦漆，现在客户可利用红黄蓝三种原色，调出自己喜欢的任何一种颜色交给杜邦，并在几天内就可以拿到这种颜色的杜邦漆。

4. 混合模块化设计

这种产品设计理念的主要内容是将上述三种中的任何一种类型模块进行混合，且构件混合在一起形成完全不同的产品。这种模式主要应用在食品生产、化学工业等流程企业。例如，化妆品可以通过美白、防晒、控油等多种原料的组合形成不同的产品系列。盖浇饭也是一个典型的例子，只需要加上不同的菜品就可以形成不同款的盖浇饭。

5. 总线模块化设计

这种产品设计理念的主要内容是，采用附加大量不同种类构件的标准结构，产品或服务除了有可变更的结构还有可确定的标准体系。个人 PC 的主板、CPU 属于此类典型的产品设计。

6. 可组合模块化设计

这种产品设计理念的主要内容是，允许任何数量的不同构件类型按任何方式进行配置（接口必须标准化），允许产品本身的结构或体系结构可以变化。例如，目前大多汽车生产企业允许在相同汽车底盘上生产不同款型的汽车，汽车工业中模块化设计是现代工业最为典型和最为复杂的工程技术。

上述六种模块化设计的总结见表 8-1。

**表 8-1　六种模块化的产品设计方式**

| 模块化方法 | 主要内容 |
| --- | --- |
| 共享构件模块化 | 同一构件被用于多个产品以实现范围经济 |
| 互换构件模块化 | 不同的构件与相同的基本产品进行组合，形成与互换构件一样多的产品 |
| "量体裁衣"式模块化 | 一个或多个构件在预制或实际限制中不断变化 |
| 混合模块化 | 将上述任何一种类型模块进行混合 |
| 总线模块化 | 采用附加大量不同种件的标准结构 |
| 可组合模块化 | 允许任何数量的不同构件类型按任何方式进行配置（接口必须标准化） |

# 第三节　大规模定制理念之二：延迟生产

## 一、延迟生产的概念

模块类似于积木，它给企业提供了产品生产的种种零部件和要素。延迟生产类似于搭积木，"什么时候生产什么、生产多少"是实现大规模定制中"规模经济"的另一个重要环节。正是因为延迟生产，"大规模生产"和"定制生产"才得以有机结合，消费者才能够以较低的成本享受到个性化的产品或服务。

1950 年奥尔德森（Alderson）针对营销管理最先提出了"延迟"概念，他认为，产品可以在接近客户购买点时实现差异化，即实现差异化延迟。奥尔德森还认为，要降低风险成本和不确定成本，最好的办法就是延缓产品差异化的空间，或推迟产品在结构上的改变。他将延迟定义为一种营销战略，即将形式和特征的变化尽可能向后推迟。

十多年之后的 1965 年，巴克林（Bucklin）从市场风险的角度对延迟概念进行了拓展，他认为，生产和流通环节中存在大量的风险，但延迟可以缓解甚至消除这些风险。例如，产品以零部件形式存在的风险要远远低于产成品，因为很有可能市场风格的转变将会造成产成品滞销，而零部件却仍然可以用于其他型号的产品组装。但之后很多年，延迟的理念并没有得到太多人的关注[○]，直到 20 世纪 90 年代后，大量企业成功的实践才让延迟得以重视并形成理论体系。

延迟和模块化的差别在于，模块化主要基于产品设计，而延迟则注重整体上的改进，它包括产品延迟和过程延迟。延迟差异的基本想法是：在工厂制造通用形式的产品，然后运送到靠近终点的配送中心，最后根据市场需求完成特定产品的组装（如图8-4所示）。这种延迟制造技术极大开拓了企业运营的效率边界，因为它在生产和运输两方面都提供了更多的规模经济的效益，同时也增强了企业应对需求变化的灵活性。

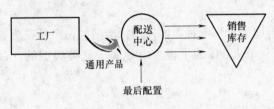

图 8-4　延迟概念的示意图

## 二、延迟生产的内容

为进一步理解延迟生产的概念，需要知道延迟的形式有哪些？如何来区分延迟的类别？通过本节的学习，将进一步了解上述延迟生产的具体内容。

### （一）延迟的形式

在产品种类激增的背景之下，延迟作为推迟产品差异的策略有三种形式，即时间延迟、地点延迟和形式延迟。

### 1. 时间延迟

将产品差异的任务，包括制造、集成、定制、本地化和包装尽可能地在时间上向后推迟。时间延迟使备货生产模式向订货生产模式转化成为可能。

一般而言，差异化任务可在制造厂、地区配送中心、经销渠道，甚至于客户处实施。极早延迟是指所有差异化任务都在工厂实施，而极晚延迟是指所有差异化任务都在客户处实施。

例如，战斗机需要对发动机、电子设备、飞机整装等进行绝对的定制化，这种生产方式就是极早延迟的一个特例。油漆只有在接收到客户订单之后才将白色原浆进行染色则属于极晚延迟的例子。而大多数产品的延迟处于上述两者之间，如惠普打印机的组装。

---

○ 这大概与战争之后物质匮乏、人们的消费需求低、企业最关注如何利用大规模制造来降低生产成本有关。

**2. 地点延迟**

推迟产品向供应链下游企业的位置移动，接到订单后再以供应链的操作中心为起点进行进一步的位移和加工处理。

宜家（IKEA）的尼克折叠椅原先由泰国生产，运往马来西亚后再转运中国。采购价相当于人民币 34 元一把，但运抵中国后成本已达到 66 元一把，再加上商场的运营成本，最后定价为 99 元一把，在这样的价格之下年销售额仅为 1 万多把。而利用地点延迟，宜家根据成本决定将折叠椅的生产放在中国。中国的采购价为人民币 30 元一把，商场的零售价最后可定为 59 元一把，比以前低了 40 元，年销售量猛增至 12 万把。

**3. 形式延迟**

形式延迟的目的在于尽可能在上游阶段实施标准化。这一过程同时伴有零部件的标准化。在形式延迟中，既可能是产品形式延迟也可能是工艺形式延迟。同时，两种形式延迟还可能同时存在，形成不同的组合。这样，产品的差异点就会被有效地延迟。目前，随着部件标准化程度的不断提高，使得做出延迟差异的设计更为可行。

例如，国际知名的服装制造商贝纳通公司（Benetton）原先的羊毛衫生产模式为，先将毛线染成不同的颜色，然后把染好的毛线编织成衣服；成品衣服被库存起来，运送给不同的零售商。颜色各异的服装存货的估计失误导致代价昂贵的季末大减价。后来贝纳通将编织和染色操作顺序进行了调换（如图 8-5 所示）。这种顺序的改变，有效延迟了羊毛衫颜色这个差异点，更好满足了客户的需求，并最终减少了库存。

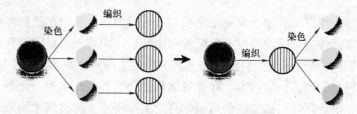

图 8-5 贝纳通羊毛衫生产流程的对调

**（二）延迟的分类**

延迟策略实施的关键是客户需求切入点的定位，而这个切入点也被称为客户订单分离点（Customer Order Postponement Decoupling Point，CODP）。

例如，在生产过程中，在 CODP 之后，采用不同的生产工艺或添加不同的零部件或原材料，分化出若干种满足不同客户定制需要的产品，因此 CODP 也是产品"共性"和"个性"的转折点：CODP 之前可以进行大规模的面向库存生产（Make To Stock，MTS，又称备货生产），而 CODP 之后可以根据客户需求进行定制化制造。

大规模定制的延迟也可以依据 CODP 在产品流程中所处位置的不同分为销售延迟、装配延迟、制造延迟和设计延迟四大类（如图 8-6 所示）。

**1. 销售延迟**

销售延迟又称按订单销售（Sales to Order，STO），是指根据客户订单的需求量进行出库销售。在这种延迟方式中，CODP 发生在配送或销售环节。

销售延迟可以分为两种情况。一种是面向库存的最终产品销售，根据客户发出的订单进

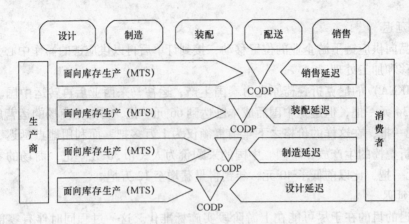

图 8-6　大规模定制中的 CODP

行交货。这是一种大批量生产方式，销售中不会对产品进行任何实质性的改动，如家电、可口可乐、汉堡包等。

另一种是根据客户订单对最终产品进行包装或简单加工后交付。虽然产品没有发生实质性变化，但它可以在外包装和附件性能上稍做改变来满足客户个性化的需求。这是大规模定制最简单的形式，也是一些快速消费品中常见的延迟，如将散装食品进行分重包装后发货；服装制造商通常会预留充分长的裤长以适合相同腰身但腿长不同的客户。

2. 装配延迟

装配延迟又称为按订单装配（Assemble to Order，ATO），是指在接到客户订单之后，企业对现有标准化零部件或是模块经过重新配置和组装后，向客户提供定制化的产品。在这类延迟中，CODP 发生在装配环节，装配活动及其下游的生产完全是客户订单驱动。

模块化程度较高的产品，如汽车、计算机比较适合这种生产延迟。此外，一些快速日化产品也采用了这类生产延迟，如宝洁公司根据客户实际需要，将洗发水原浆和添加剂进行混合后灌装成为飘柔、海飞丝等不同产品。

3. 制造延迟

制造延迟又称为按订单制造（Make to Order，MTO），是指企业在接到客户订单之后，在已有的零部件、模块基础上进行变形设计、制造和装配，最终将定制化的产品交付到客户手中。在这类延迟中，CODP 发生在制造环节，变形设计及其下游活动完全由客户订单驱动。

许多大型设备或模块化程度不太高的产品（如飞机、部分机械产品、家具和服装等）需要这种方式生产。例如，随着现在的自行车爱好者的增加，许多自行车制造工厂推出了定制化服务，针对客户的个性需求配置自行车。

4. 设计延迟

设计延迟又称按订单设计（Engineer to Order，ETO），是指根据客户订单要求设计零部件或产品。这类延迟的 CODP 发生在设计环节，开发设计及其下游活动完全根据客户订单进行，是完全定制化的生产方式。

一些超大型设备（如化工生产设备、汽车生产线以及发电站）或者特制的纪念品（如上海世博吉祥物海宝等）均采取此类延迟方式。此外，在追求个性化的现在，很多人都是通过这种方式买到满足不同要求的产品，而互联网也提供了充分的选择空间。

### 三、延迟生产为供应链带来的好处

为了更好地理解延迟生产为供应链带来的好处，本节将通过惠普打印机延迟生产这个经典案例来探讨企业是如何进行延迟生产的，以及延迟生产给企业带来的好处。

#### （一）惠普打印机的延迟生产

惠普公司是全球最大的打印机生产商，它在16个国家设有生产和研发机构，在110多个国家设有销售部门。1990年之前打印机的制造和组装都由惠普在加拿大温哥华工厂完成，然后将装配好的打印机配送到北美、欧洲和亚太地区的分销中心。由此，可以画出惠普打印机的供应链：一个由原材料供应商、制造工厂（温哥华）、分销中心和经销商和消费者组成的网络，如图8-7所示。

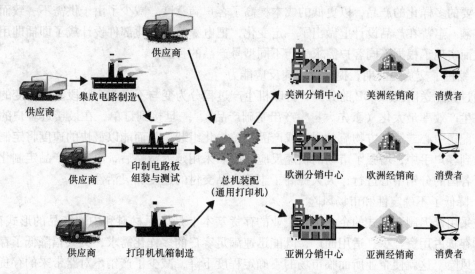

图8-7 惠普打印机供应链结构

资料来源：张涛，孙林岩．供应链不确定性管理：技术与策略［M］．北京：清华大学出版社，2005．经编者修改整理．

不同国家电源要求（110V和220V电压）和操作手册（语言不同）的差异给制造工厂和分销中心造成了很大的库存压力。为尽可能快地满足客户需求，温哥华工厂不得不采用备货生产模式（MTS）以确保对分销中心快速供货；考虑到运输时间的延迟，分销中心也积累了大量的安全库存。为缓解快速供货和降低库存的压力，惠普在1992年之后对打印机的供应链进行了重新设计：利用延迟策略，总机装配工厂不再生产完整的打印机，转而生产通用的打印机部件。适合每个销售国家产品标准的零部件被运送到各大洲的分销中心，不同型号的产品组装工作都在分销中心完成。

通过延迟策略的采用，惠普大大加快了产品的交付速度，同时也大量减少了打印机成品的库存压力。为进一步降低生产成本，2005年之后惠普在中国、印尼等发展中国家设立制造工厂，但产成品延迟组装的策略一直延续至今。

#### （二）延迟生产带来的好处

惠普打印机的装配延迟策略实现了通用零部件的大规模生产和产成品定制化生产，增强了惠普打印机市场适应力的同时节省了大量的运营成本，具体表现在以下四个方面：

1. 降低库存与物流成本

打印机的通用零部件以半成品的形式存放，直到收到客户订单后，才在靠近客户的地点进行下一步的成品装配。相对于产成品运输而言，半成品的体积、重量、规格都要少得多，可以大大提高运输的规模经济，运输成本也大幅降低。此外，延迟装配还大大降低了产成品的库存成本（通常零部件的库存压力要远远小于产成品）。采用延迟策略后，惠普的运输和存货成本降低了25％，原来需要7周的成品库存量现在只需要5周的库存量，一年大约可以节约3 000万美元。

2. 更好地满足了客户的差别化需求

模块化和标准化的零部件设计以及延迟装配，使惠普能用较少品种规格的零部件拼合成客户需要的多样化的产品，以更低的成本提高了客户满意度，减少了由于供需不一致而损失的销售额。惠普在产品设计上做出了一定变化，把电源等定制化部件设计成了即插即用的组件，从而实现了根据不同客户需求生产不同型号产品的目的。

3. 缩短了交货提前期，提高了快速反应能力

通过在配送阶段CODP的分离，打印机生产过程分为变与不变两个阶段。将不变的通用零部件生产效率最大化（事先大量生产出基础产品），一旦接到订单，在最接近客户的库存中心、配送中心或第三方物流公司完成产品的差异化组装，从而能以最快的速度将定制的产品交付到客户手中，增强了市场的快速反应速度。采用延迟策略后，惠普将产品定制化过程放到了各国的分销中心进行，大大提高了惠普产品交付的速度和灵活性。

4. 降低了不确定性和市场风险

在采用延迟制造模式的企业中，企业的存货基本上是以原材料和中间产品的形式存在，这样的存货占用资金少、适用面广，既能迅速满足客户的多样化需求，又大幅降低了存货的成本与风险。这就使企业所面临市场的不确定程度下降，减少了产销不对路带来的存货跌价损失，有利于提高企业效益。通过在供应链管理中应用延迟策略，惠普实现了大规模定制的目标，既降低了打印机库存量，又减少了因原材料供应导致的生产不确定性和停工等待时间，并提高了客户服务水平。

# 本 章 小 结

大规模定制被称为"21世纪制造业的新战略"。对于管理者而言，深入理解大规模定制的一些理念对于成功管理供应链显然裨益良多。本章首先从生产方式的历史着手，介绍了几千年来人类生产方式的演变，当然这一部分内容是从制造业的角度来进行叙述的；同时在这部分内容中详细介绍了大规模定制的一些基本概念和理论，这些内容将有助于理解大规模定制的整体轮廓。其次，介绍了大规模定制的两个核心理念，模块化和延迟生产是本章重点介绍的内容，同时也列举了大量的案例和事实来帮助理解这两个核心理念，掌握这些内容有助于更为深刻地理解大规模定制的精髓。

**关键术语**

生产方式演变（Evolution of Production）　　　　大规模定制（Mass Customized Production）

模块化生产（Modular Production）　　　　　　延迟生产（Postponement Production）
客户订单分离点（Postponement Decoupling Point）

**思考与练习**

1. 家装行业是一个高度个性化的行业，从装修设计到装修都是围绕着客户的需求，请你思考在这么一个高度定制的服务过程中，你认为可以利用大规模定制的思想来改造这个行业么？如果可以，请尝试写一份分析报告。

2. 宜家销售的家具几乎不提供任何完整的产品，消费者需要自己负责运输、自己安装，请问宜家对哪些模块进行了模块化设计？安装延迟又给宜家带来了什么好处？宜家的生产和销售模式对我国的家具行业有何启示？

3. 大规模定制不一定需要实物的模块，如智能手机就可以通过操作界面的设计来达到低成本的定制。除此之外，你还能想到哪些产品可以实现这样的大规模定制？

# 本章案例：锐步全球化下的大规模定制

橄榄球是美国人最喜爱的球类比赛，其在美国的影响程度超过篮球，美国国家橄榄球联盟（NFL）是美国最专业的橄榄球联盟组织，该组织由 32 支球队组成，每年组织一次"超级碗"橄榄球比赛，该比赛的激烈程度造就了极高的电视收视率。

对于橄榄球、足球和篮球等比赛，赛事结果往往会极大影响运动服生产商的销售结果：获得冠军的球队队服通常会在比赛结束后获得大量的销售机会，而排名靠后的球队的队服几乎无人问津。对于球迷来说，球类竞赛结果极大的不确定性是吸引他们的最大魅力，而运动服销售商却对这种不确定性存在极大的厌恶感，因为一旦比赛结果预测失败，就会积压大量排名靠后的球队的球服。下面将介绍锐步（Reebok）是如何通过大规模定制来应对这种不确定性并大量获利的。

（一）背景介绍

锐步原是英国一个小的制鞋公司，1979 年美国户外器材经营者保罗·费尔曼获得锐步在北美的代理权，其后在他的领导下，1985 年锐步美国有限公司并购其英国母公司成为现如今的锐步国际有限公司。该公司总部设在美国坎顿，主要经营业务为"锐步"运动服和运动鞋，2003 年锐步的营业收入达 34.85 亿美元，与耐克、阿迪达斯并称为世界三大运动服饰生产巨头。

与其他运动服饰生产巨头类似，销售特许服装是锐步获得超额利润的重要来源，其秘诀在于，通过赞助大型赛事获得授权以提升品牌知名度和销售量。2000 年 12 月，锐步与 NFL 签署了一份为期 10 年的独家赞助协议，锐步因此获得 NFL 授权许可，销售包括主场制服、副业服装、练习服和运动鞋等一系列 NFL 官方品牌服装。

（二）橄榄球衣的需求

NFL 球衫由 5 盎司重的带菱形网眼设计前后身、一双亮色的尼龙短袖以及一个 8.6 盎司中的聚酯纤维扁平编织螺纹衣领组成，不同的球队球衣采用不同的条纹编织。尽管每个球队的球服都有不同的风格，但就球服每个部位来看除了球队 Logo、颜色、材质不同之外并没有太大的差别。

消费者购买球衣有几个原因：①明星球员的转会。②支持出色的球队及球员。③圣诞节礼物。④比赛时的冲动性购买。

消费者对于NFL球服的需求是会受他们对球赛的痴迷狂热程度影响的。整个橄榄球比赛从每年的9月开始直至次年1月，每个球队会参加16场常规赛。根据锐步的历史经验：NFL球服在8月份和9月份销售额最高，因为此时球迷会做出预测并准备好球服迎接即将到来的赛季。季后赛期间，消费者的需求会随球队每周的表现而变化。被淘汰的队伍的球服的销量大减，而胜利的球队的球衣销量则大增。

淡季时，前一季的球员的表现会对需求产生很大的影响，消费者都会去购买与自己喜欢的球队、球员同款式的球衫。大多数球员转会或者自由球员签约一般也都在2~4月淡季的时候。消费者常常会对他们所支持的队伍的明星球员的转会做出反应，产生新的需求。在赛季初期，消费者会根据球队球员的表现来购买球衣。圣诞节期间销量也会有大幅上升，这是因为很多人都会选择把球衣当做圣诞礼物，圣诞节是对那些没有机会参加决赛的球队的队服进行清仓的最后的机会。

（三）销售周期

1~2月，是每年的销售周期的起始点。锐步对于那些在早期订货的零售商，通常会提供一定的折扣，这样在5月份的时候，零售商大约就可以完成20%的年度订单了。锐步会利用以前的订单信息去计划即将到来的赛季的采购计划。这些赛季前的订单为锐步提供了足够的信息，使锐步能够有信心地计划接下来几个月的采购订单。

2~4月，除了一些需要调整的和随着球员转会而改变的订单，零售商下达新订单的可能性是很小的。因为，在3~4月期间，零售商会关注球员的变动然后改变订单。由于消费者在球员转会时希望马上得到该球员的球服，也就意味着零售商们也希望能尽快收到订单。

5~8月，锐步就需要在配送中心备有足够的库存来满足零售商后续的补货要求。6月后零售商的订单主要用于补充零售分销中心的库存，用以满足各个零售店的补货需求。在此期间零售商所期望的提前期为3~4周。截至8月底NFL赛季开始时，50%的货已经送达至零售商处。

9月至次年1月间是"超级碗"杯进入最为激烈的时期，也是消费者对球员和球队表现反应最强烈的时期，这时候的市场是最火热的，同时也是销售利润最高的时期，这个时期被称为"热门市场"。因此锐步将这个赛季的补货期称为"追赶期"，其意为快速向零售商补充最正确的球服并停止生产排名靠后的球队的球服。一家大型体育零售商的高级采购经理解释说："我们真的需要预测哪一个小组，哪些球员将在本赛季受欢迎，并确保他们的球衣有充足的库存，并且我们需要在一周内从制造商那里拿到需要的球服。"

锐步卖给零售商的批发价是24美元/件，零售价在50美元/以上。锐步的成本取决于供应商。一件空白球衣的平均成本为9.5美元，一件成衣（已送至印第安纳波利斯）的平均成本为10.9美元。一件空白球衣的印刷费为2.4美元。锐步可以通过多种途径处理那些没有卖给零售商和赛季末残留下的球衣。锐步可以折价销售，但必须保护正常的零售渠道；也可以将衣服当废料处理，但成本昂贵。锐步也可以将这些没有售出的球衣存在分销中心，希望可以在下个赛季售出，但这个选择的风险比较大，尤其是对于成衣来说有些球员可能会退休、转会或成自由球员，有些球队也有可能改变队服的款式和颜色。无论哪种情况，锐步都将为了保存球衣或那些库存球衣支付成本。

（四）锐步 NFL 球服的供应链制造延迟计划

锐步会直接从位于美国印第安波利斯的分销中心仓库配货给零售商。一般情况下，零售商期望的交货时间为 3～12 周，但在旺季他们希望的交货时间为 1～2 周甚至更短。如果分销中心的库存无法满足他们的需求，也就意味着锐步将损失巨大的销售收入。

图 8-8 是锐步的 NFL 球服的供应链结构，这条供应链又被称为外部供应链。图 8-9 所示是锐步的 NFL 球服的内部供应链：合同制造商（Contract Manufacturer，CM）负责面料等原材料的采购并缝制成空白球衣，锐步维持在印第安波利斯的分销中心的空白球衣库存以确保随时有能力应付突然改变的市场需求。

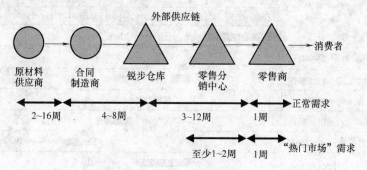

图 8-8 锐步的 NFL 球服的供应链结构

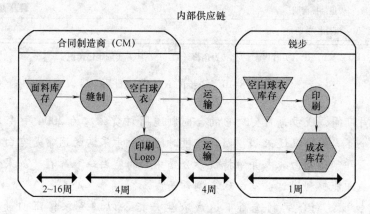

图 8-9 锐步的 NFL 球服内部供应链

空白球衣是合同制造商生产的那些没有球员姓名或球号的球服。这类球衣可能通过两种途径成为成品。对于某些订单，合同制造商就会把球员的姓名或球号印在球衣上然后将货发给分销中心。而对于那些锐步分销中心的空白球衣，则在消费者需求确定后才在分销中心进行缝制和印制。印第安纳波利斯的空白球衣的存货主要有两个目的：①为了满足小批量订购者的需求。②为了对超出期望的球衣需求做出快速反应。合同制造商与锐步达成协议，每位运动员的订单至少 1 728 件，低于这个订货数量的球员就会通过空白球衣来满足需求。一般来说一支队伍可能只有一个明星球衣，他们的球衣就会特别受欢迎。

一件成衣往往印有球员的名字和号码。球员的号码可能会印在前面，也可能印在背部，而球员的名字常常会印在后背上方。海运送货常需要两个月，而空运只要一周。运输路线为海运从西海岸出发到芝加哥，然后再用货车装到印第安纳波利斯的分销中心。而那些空白球衣是从合同制造商处运到分销中心，然后通过锐步一个印刷部门印上球员姓名和号码。这个印刷部门拥有很多剪裁及最高级的印刷设备。该部门专门用来为 NFL 及 NBA 的球服印花，当然也适合那些 T 恤衫、运动衫及其他需要印花的服装。

（五）锐步的采购计划和需求预测

图 8-10 为锐步的 NFL 采购日历。从图 8-10 可以看出：采购周期远远早于销售周期（这也是理所应当的）。销售周期要从锐步公司将球衣卖给零售商时开始算起。采购周期开始于前一年（2003 年）的 7 月（比 NFL 赛季开始早了 14 个月）。

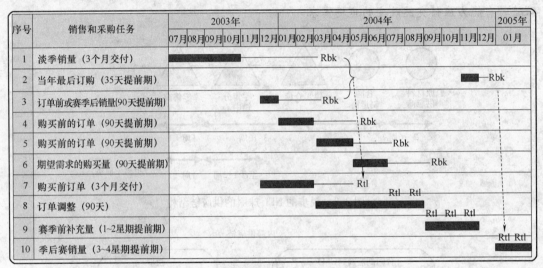

Rbk—锐步　　Rtl—实时物流　　1~6为销售计划　　7~10为实际销售情况

图 8-10　锐步的 NFL 采购日历

在 7~10 月期间，锐步每月会向它的合同制造商订货 2 次为 2004 年 4 月的交货计划做准备。由于下个赛季的情况还未知，因此这段时间内锐步采购的通常是空白球衣。锐步希望合同制造商能立即制造空白球衣并维持锐步分销中心的空白球衣库存。如果锐步在本年度需要球衣，那么立即能够利用这些空白球衣制作而成。

1~2 月，锐步就向合同制造商下达成衣生产指令以满足零售商们最早下达的订单。3~4 月，锐步就会根据已知的和预测的信息制订采购计划。5~6 月，锐步会根据零售商对下个赛季的预测情况调整分销中心的库存。这是锐步一年中最困难的一段时间，因为赛事的结果很难被预测正确。尽管分销中心可以满足一些最重要的订单，但分销中心的库存任务远不止于此，它必须满足从 6 月开始至整个赛季结束时的需求。

预测需求是一项挑战。锐步会依据一系列因素来进行预测：过去的销量、球队和球员的表现、市场信息、已定订单及一些猜测。另外，锐步公司也会随着销售周期的展开及依据在本赛季获得的更多的信息来进行预测。表 8-2 是锐步在 2003 赛季对新英格兰爱国者队球衣销售做出的需求预测。当时，表中的 6 名球员的球衣是最受欢迎的，这 6 名球员中每人都拥有足以满足覆盖合同制造商最小订单数量的需求预测。然而，锐步希望预测其他球员球衣的需求，如 Ted Johnson（52 号）的需求就很难预测了。因此，锐步公司采用了累积预测方法，得到其他队员的球衣需求总和超过 23 000 件。

表8-2　锐步对爱国者球衣的需求预测

（单位：件）

| 描述 | 均值 | 标准偏差 |
|---|---|---|
| 新英格兰爱国队需求总额 | 87 680 | 19 211 |
| Brady, Tom（12 号） | 30 763 | 13 843 |
| Law, TY（24 号） | 10 589 | 4 756 |
| Brown, Troy（80 号） | 8 159 | 7 270 |
| Vinatieri, Adam（4 号） | 7 270 | 4 362 |
| Bruschi, Tedy（54 号） | 5 526 | 3 316 |
| Smith, Antowain（32 号） | 2 118 | 1 271 |
| 其他球员 | 23 275 | 10 474 |

资料来源：Copyright 2005, John C. W. Parsons. This case was prepared by John C. W. Parsons under the direction of Professor Stephen C. Graves as the basis for class discussion rather than to illustrate either effective or ineffective handling of an administrative situation. The case is based on the author's MLog thesis, "Using a Newsvendor Model for Demand Planning of NFL Replica Jerseys" supervised by Professor Stephen C. Graves, June 2004. 经编者修改整理。

**案例思考：**

1. 考虑到赛事结果对球服需求造成的巨大不确定性，锐步该如何控制 NFL 球服的库存计划？

2. 锐步公司的目标是什么？锐步公司在赛季末应该达到其库存最小化，还是利润最大化，还是同时达到两个目标？锐步应该向消费者提供怎样的服务？

3. 你认为新库存模式有效吗？一件赛季内正常销售出球衣的成本是多少？一件赛季内未售出球衣的成本是多少？锐步公司该如何计划其成衣及空白球衣的数量？

4. 根据对新英格兰爱国者队的预测，每位球员的最佳订单数量应为多少？每个球员的空白球衣最佳数量为多少？你认为锐步能获得多少期望利润？赛季结束后，会留下多少库存，怎样的球衣会成为库存？锐步的服务水平如何？

提示：有关需求预测和库存管理，请参阅本书第九章和第十章内容后做出回答。

# 第五篇

# 供应链管理之库存控制篇

# 第九章　供应链环境下的需求预测

 **本章引言**

你知道今年夏天可口可乐的销售量会达到多少，气温变化对它的销量有什么影响吗？你知道沃尔沃今年的销售业绩会上升还是下滑，吉利的并购对它会有影响吗？不管是可口可乐的销售量还是沃尔沃汽车的销售量，这一系列的问题，其中都涉及了供应链中一个重要的概念：需求预测。

人类一直在寻求占卜未来的能力，企业管理者总希望能够得到一套行之有效的方法来预测市场需求变动，期望这些预测结果能够改善企业的经营绩效。在过去一百多年时间里，许多数学家开发了很多预测模型，借助对历史数据的回归来反演未来数据可能的走向。对于供应链管理者而言，如何利用这些预测模型来建立适合的需求预测显然非常有意义的。

当然，需要明确的是：对于供应链管理者而言，如何实现生产计划、库存管理和配送计划等供应链一体化运作以快速响应客户需求比单纯预测需求更为重要。一个缺乏协同配合的供应链运作体系，即便是能够精准地预测市场需求也无法实现供应链目标。

 **学习目标**

- 了解需求预测的本质和重要性
- 熟悉进行需求预测的方法
- 了解供应链环境下 CPFR 需求预测

## 第一节　供应链的需求预测

### 一、需求预测的作用和特点

2009 年阿迪达斯公司中国区销售业绩突然大幅回落，这是为什呢？究其原因，是其供应链环节中的需求预测出现了问题：2008 年阿迪达斯过分乐观地估计了北京奥运会可能给公司带来的利益，销售并非如原先预料，以致北京奥运会结束后阿迪达斯积压了大量的库存，迫使许多代理商采用折扣、促销等手段来解决库存积压的问题，而这极大地伤害了阿迪达斯的供应链绩效。

（一）预测对供应链的作用

对于任何一位管理者而言，对未来市场情况的预测和判断是必要的。一个好的预测会给供应链带来丰厚的利润，而糟糕的预测会给供应链带来大麻烦。

对于预测的作用，可以大致归为两个方面：①为战略决策提供参考。②为运作计划提供依据。

1. 为供应链战略决策提供参考

供应链的战略决策对于链中所有企业的生存和发展都具有极为重要的意义，而战略决策的前提是对市场当前和未来发展趋势需要有一个明确的判断。供应链管理者应该时刻对市场发展方向、客户需求进行判断和预测，然后决定是否应该增强供应链的响应速度，还是应该改变供应链的产品，抑或逐渐降低对供应链的投资，甚至考虑解散当前的供应链……

● 当当网的母婴频道 ●

2007 年当当网的总裁俞渝认为，母婴用品将会卖得非常火爆，甚至会有不少产品出现脱销的可能。俞渝作此判断的理由是，2007 年社会上就开始流行关于生宝宝抱金猪的说法，2008 年的新生儿比例将是往年的 2 倍，而来自医院的数据也支持这一观点。

当当网需要做的就是通过这个"抱金猪"的社会现象，对市场需求做出准确的预计。当当网从 2007 年开始就投入大量人员进行准备，2008 年年初正式推出母婴频道。所以，对市场、对需求做出准确的判断，是现在市场对每一个企业提出的新的要求。因为市场竞争越来越激烈，客户需求越来越多、要求越来越高，每一个企业必须要顺应市场的变化，满足客户的需求才能获得快速的发展。

资料来源：当当网俞渝：电子商务还没有到求回报的时候 [N]. 腾讯科技，2008 年. 经编者修改整理.

2. 为供应链运作计划提供依据

对于任何一条供应链来说，管理者都会编制一系列详细的计划，如需求计划、销售计划、生产计划、配送计划以及相应的财务计划，而这一系列计划的初始来源是对于市场需求的预测。对此，著名的供应链管理专家苏尼尔·乔普拉有着深刻的解释：就如供应链中的推动流程和拉动流程，不管是推或拉，供应链管理者必须进行的第一步都是预测客户需求将是多少，需求预测影响着供应链决策，对供应链管理者来说，做好预测工作起着至关重要的作用。

除了计算机直销的市场销售策略之外，戴尔公司的成功还来自于整条供应链对市场需求的精确预测。戴尔虽然是根据客户的订单来对产品进行装配，但它必须根据预测的客户未来的需求来决定需要准备的计算机零部件数量（这是一种推动流程），同时确定工厂所需的产能（为拉动生产做准备）。而在供应链上游的企业，英特尔公司也进行着同样的预测工作。英特尔的供应商也必须进行预测。精确的预测可以让戴尔的供应链更好地响应和更好地服务于客户。从 PC 的制造商到成品零售商，合作预测提高了供应链对市场需求的准确性，提高了供应链中供求关系的匹配度。

供应链中的需求预测与库存管理之间是息息相关的，需求预测的结果最终会落到库存这一实体之上（生产计划中也包含着原材料库存的消耗）。库存管理常常要求管理者对固定时间间隔之内的需求数量做出预测，同时，预测工作也为库存控制提供重要信息。管理者可以预测客户本期的需求达到多少，在不同时间段应准备的库存量应该控制在什么范围才能应对各种可能出现的情况。

因此，需求预测可以给库存管理提供两个方面的参考，即需要多少库存（数量上）和何时需要库存（时间上）。

## ● 夏普的快速电子消费品需求预测 ●

作为日本最大的快速电子消费品生产商之一，夏普实时的需求预测系统为其供应链运作绩效的改善做出了极大的贡献。

提高电子产品需求预测准确率是夏普的关注点，通过信息系统的链接，不断更新的需求预测在供应链中实时传递，并驱动着订单管理、生产制造、仓库管理、运输配送以及财务结算等流程在夏普供应链中的无缝连接。共享的需求信息，能够使供应链中各节点的管理者能够比过去更加方便和有效地协调人员、设备资源和流程配置，以更加准确地满足市场的需求。准确的需求预测实现了夏普对供应链的一体化管理，不仅降低了库存的水平，加快了库存的周转率，降低了物料管理的成本，而且大大提升了夏普的供应链价值。

资料来源：夏普公司的供应链管理案例分析. 供应链世界（www.worldscm.com）. 经编者修改整理。

### （二）预测的特点

任何时候要实现精确的预测是极其困难的，100%的需求预测精度对于任何供应链来说都是一个理想。尽管供应链管理者对市场需求有着丰富的经验，但也会因为种种突发情况导致预测的失败。2010年5月iPhone4进入中国市场后，频频出现库存告急的现象，无法满足消费者的需求，而主要原因就是厂家对中国市场缺乏信心，对中国内地市场的不准确预测造成的。而后2010南非世界杯又让许多商家吃尽了苦头，法国、意大利和阿根廷等热门球队的失利造成了大量印有这些球队的商品严重积压……

如何才能让预测更接近未来真实的需求？关于这个问题的回答，必须首先了解一些关于供应链需求预测的特点。

1. 预测通常是不准确的

预测是根据现在推知未来，而未来的变化总是充满着不确定性，除非极端巧合，否则误差是不可避免的，或多或少总会存在。管理者无法穷尽所有影响未来的因素，不同的预测模型也会对误差的大小产生影响。但这并不意味着未来就无法预测，管理者仍可以通过多种方法来降低预测的不确定性。例如，晚霞可以用来预测第二天的晴好天气，也可以利用大气模型预测第二天的温度和湿度。

对于供应链管理者而言，预测的目的之一在于降低对未来需求的不确定。

2. 长期预测通常没有短期预测准确

气象台对于第二天的天气预测相对来说会比较准确，而对于一年之后的天气预测仍然是科学界的难题。对于供应链的需求预测也是如此，短期需求预测通常会比长期需求预测准确。造成这方面的原因很多：一方面，随着时间的推移，不确定因素会更多；另一方面，数学上也证明了根据短期预测结果进行长期预测会造成误差逐渐累积，长期预测的偏离度也会加大。此外，越来越多产品的生命周期极短，很多都不会发生第二次销售，对其进行长期预测的结果当然会造成极大的误差。

对于供应链管理者而言，需要定期对预测模型进行调整，提高预测的准确度。

3. 综合预测通常要比独立预测准确得多

综合预测相对于均值的标准相差较小，这就像每个人的个体差异会很多，但一个民族的整体差异就小得多。相对独立预测，综合预测法的预测结果较为可靠和精确。这是因为，综合预测可以综合定性的宏观分析预测和微观预测模型，对市场需求转向和产品需求量的预测比较可靠；综合预测可以通过联合供应链上下游企业的预测数据，对市场具体的需求预测进行修正，这在原材料、零部件的需求预测方面具有较高的精度。

4. 越靠近上游或距离客户越远，预测误差越大

本书第四章详细地介绍了供应链中订单的"牛鞭效应"，从供应链末端（消费者处）到供应链上游企业的订单预测会被层层放大（或缩小）。在没有一个透明的信息传输系统和信息共享机制的供应链体系之中，供应链越长、越远离终端客户需求的企业，需求预测的误差就越大，而这种需求预测误差的累积反过来进一步放大了供应链的"牛鞭现象"。

需求预测误差的累积最终会造成供应链各个环节上频繁出现库存积压或者缺货的现象，会极大影响供应链的运营绩效，而当供应链成员对此感到失望时，供应链也面临着崩溃的风险。

## 二、供应链需求预测的方法

尽管很多人都在预测未来，但来自自然科学（尤其是量子理论）和社会科学的证据均表明了这样一个事实：世界上不存在也不可能存在一个完美的预测模型。各种突发事件都会改变市场的需求。例如，2008 年中国南方地区普降大雪，完全出乎羽绒服供应链管理者的预测，因为从历史销售数据来看多年的暖冬将导致羽绒服的销售量长期低迷。

尽管"测不准"的事实会让供应链管理者感到沮丧，但管理者仍然需要对未来进行预测。预测本身不在于数据的精确性（当然如果能够精确是最好的），而是在于降低供应链管理者对未知未来的恐惧感。此外，现实中的突发事件并没有想象中的那么多，历史现象的重复性在很大程度上能够给管理者提供借鉴。

在对需求进行预测之前，供应链管理者应该做好充分的"课前准备"，对可能影响市场需求的因素进行广泛地收集。以下这些影响因素（但绝不仅限于这些因素）应该是被充分收集的：①宏观经济数据。②市场需求风向。③所涉及的未来时间跨度。④可获得的历史需求数据。⑤广告计划或其他营销努力。⑥竞争者的当前和未来动向。⑦可供支持预测的市场调研或试验资金。

### ● SARS 来袭后宝洁的"一放一收" ●

2003 年，SARS 来袭后市场上对清洁产品的需求骤然增加。当时宝洁公司的一项调查结果显示：杀菌类清洁用品的使用率已经从 SARS 爆发前的 25% 上升至 50% 左右。但当时宝洁公司中国区个人清洁用品事业部市场总监邓晓华认为，突如其来的销售变化并不是真实的市场需求，疫情变化情况在当时是无法预料的。宝洁对当时的情况进行具体的分析后认为整个状况会分为两步：①首先，一旦疫情扩散，清洁用品的需求必定

全面激增，为此宝洁必须保证"不能断货"。②随着政府防疫措施执行，疫情将逐渐稳定，之后清洁用品需求将逐渐萎缩至北京等疫情严重的城市。基于上述判断，宝洁的做法是有限度扩大生产，但重点是将原本发往其他城市的产品调配到需求旺盛的地区。果然如邓晓华判断，2003 年 5 月疫情稳定后，清洁用品的购买量开始迅速回落。宝洁的"一收一放"策略使得其避开了花大量时间消化库存和解决供大于求问题的局面。

　　资料来源：管理人网（www. manaren. com）中的《舒肤佳漂亮销售曲线和宝洁弹性生产管理》，经编者修改整理。

　　当影响未来需求的因素都被考虑之后，接下来就是选择合适的需求预测方法。很多供应链管理者会陷入这样一个误区，最复杂、最昂贵的预测方法通常会产生最好的预测结果。其实这个观点并不正确，简单的预测方法可能会产生好的效果，同样，复杂的方法也可能得到糟糕的结果，所以应该具体问题具体分析。在现实的企业实践中，常用的需求预测方法大致基于以下五种模式：

　　1. 定性预测法（Qualitative Prediction）

　　当可获得的数据十分有限、不可得或不直接相关时（如新产品第一次投放市场），定量的需求预测模型是无法完成预测工作的，这时需要采取定性的预测方法来对需求进行一个大致的研判。定性分析法主要依赖于人的主观评估和判断，预测的有效性也取决于预测者的经验、技巧和逻辑分析能力。这种方法的特点是简单易行，不需要经过复杂的运算过程，但同样也存在时间长、费用高、不能够提供精确的预测数值等缺陷。

　　常用的定性方法主要包括德尔菲法（又称专家会议预测法）、小组集体讨论法、市场调研法、头脑风暴预测法等。如果需要对这些方法进一步了解，可以参阅管理学或者市场营销学的相关书籍和资料。

　　2. 时间序列预测法（Time Series Prediction）

　　时间序列预测法是建立在可知的历史数据基础之上，运用历史需求数据对未来需求进行预测的一种方法。这种方法是运用最为广泛的一种，在下一节中将对各种时间序列预测模型展开具体的介绍和分析。

　　3. 因果关系预测法（Causal Prediction）

　　因果关系是假定需求预测与某些内在因素或周围环境的外部因素有关。常见的因果联系法主要有回归分析、经济模型、投入产出模型等。而最常用的是回归分析法，在下一节中，将具体对回归分析进行介绍。

　　4. 仿真模拟法（Simulation Prediction）

　　仿真模拟允许对预测条件进行变动分析（数学上称为灵敏度分析），可以结合上述三种方法进行分析，并可以用来回答诸如此类的问题：价格提升多少个百分点将会给销售带来什么样的影响？竞争者在附近开设商店将会带来什么样的影响？

　　5. 智能预测法（Artificial Intelligent Prediction）

　　随着计算机性能和软件的大幅提升，诸如神经网络、模糊数学、混沌理论等方法也应用到企业的需求预测之中。这些智能模型能够进行极强的非线性数学分析，而这一特性也非常符合市场需求非线性变化的特点，因此往往能够获得更好的预测结果。但这些智能算法的预测过程大多是基于"黑匣子"的理念，管理者很难对预测过程进行干预，算法的可靠性仍需检验，因此本书对这类算法将不再赘述。

综合上述五种预测方法的特点和适用情况，图9-1给出了相应的选取方法。

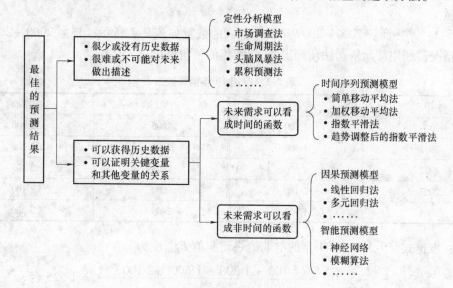

图 9-1　需求预测模型选取方法

在选择需求预测模型时，供应链管理者还应该考虑以下五个原则：

（1）精度优先原则。预测期间所预测的结果与实际值相比较误差较小则精确度越高。

（2）简洁性原则。在相同预测精度下，预测模型结构越简单，简洁性通常也越好。

（3）适应性原则。当参数发生变化后得到预测误差变化越小，模型适应性越强。

（4）实用性原则。模型易于被使用者理解和接受且使用条件苛刻，则实用性越强。

（5）不断更新原则。随着时间推移需要对预测模型进行修正，否则预测精度会降低。

# 第二节　需求预测的数学方法

## 一、时间序列预测法

时间序列预测是通过对历史数据的分析去发现未来的发展趋势，并根据一定的算法规则预测下一段时间内可以到达的水平。例如，由过去四个星期中每一星期的销售量可以预测第五个星期的销售量。过去几年内每季度的销售量也可用于预测未来各季度的销售情况。

简单移动平均法、加权移动平均法、指数平滑法等预测模型是一些常用的时间序列预测方法，以下分别对其进行介绍。

### （一）简单移动平均法

简单移动平均法（Simple Moving Average，SMA）预测需求的数学原理非常简单，它根据历史发生的数据，将最近 $n$ 期数据赋以相同的影响权重，并通过简单的移动平均算法来预测未来一段时间的需求。例如：假设已经拥有 $n$ 期的销售数据，第 $n+1$ 期的销售量可以进行简单的移动平均预测，其计算公式如下：

$$F_{t+1} = D_{t-n+1} + D_{t-n+2} + \cdots + D_t = \frac{1}{n} \sum_{i=t-n+1}^{t} D_i \qquad (9-1)$$

式中，$n$ 为用于销售预测的历史数据长度；$F_{t+1}$ 为第 $t+1$ 期的销售预测值；$D_i$ 为第 $i$ 期的实际销售量。

**例 9-1**：某一商场 2000~2009 年出售空调的数量如表 9-1 所示。根据 2000~2003 年空调销售情况，利用移动平均法预测出第 2004 年的销售情况。

表 9-1　空调 10 年销售数据

| 时期/年 | 需求/台 | 时期/年 | 需求/台 |
| --- | --- | --- | --- |
| 2000 | 1 100 | 2005 | 2 300 |
| 2001 | 1 300 | 2006 | 2 200 |
| 2002 | 1 600 | 2007 | 2 800 |
| 2003 | 2 100 | 2008 | 3 100 |
| 2004 | 1 900 | 2009 | 3 300 |

**解**：根据式（9-1），2004 年的空调销售预测值 $F_{2004}$ 应为

$$F_{2004} = \frac{1}{4} \sum_{i=1}^{4} D_i = \frac{(1\,100 + 1\,300 + 1\,600 + 2\,100)\ 台}{4} = 1\,525\ 台$$

由计算结果可以看出，预测结果与实际空调的销售情况相差较大，其主要原因在于 $n$ 值的选取。如果选择 $n=3$，则 $F_{2004}=1\,667$ 台；如果 $n=2$，则 $F_{2004}=1\,850$ 台。一般来说 $n$ 越大，表示考虑过去历史数据的长度就越长，那么最近数据对移动平均值的影响就越小。这也非常容易理解，用过去 10 年的数据来预测未来一年的销售量其实并不需要，因为可能最近两年的数据对未来一年的销售情况影响是最大的。因此式（9-1）中的 $n$ 值是需要认真选取的，否则预测的结果会有很大偏差。

需要注意的是，移动平均预测方法简单，而且当 $n$ 值选取合理的时候往往能够得到较为真实的预测结果，但由于移动平均消除了季节性、周期性和随机性变动等因素的影响，预测结果往往比较粗糙。

（二）加权移动平均法

简单移动平均预测中认为每一期历史数据对未来的影响是相同的，其实现实情况并非如此。例如，如果要预测夏天的啤酒销量，春季销售的数据影响程度要远远小于夏季，夏季销售情况的加权应该更大。由于加权移动平均法考虑了历史各期产品需求数据对未来需求的权重情况，因此在现实企业销售预测时该方法也是预测方法之一。加权移动平均预测可以用下式所示

$$F_{t+1} = w_{t-n+1}D_{t-n+1} + w_{t-n+2}D_{t-n+2} + \cdots + w_t D_t = \sum_{i=t-n+1}^{t} w_i D_i \qquad (9-2)$$

式中，$n$ 为用于销售预测的历史数据长度；$F_{t+1}$ 为第 $t+1$ 期的销售预测值；$D_i$ 为第 $i$ 期的实际销售量；$w_i$ 为第 $i$ 期销售量的影响权重（$\sum w_i = 1$）。

与简单移动平均预测类似，加权移动平均预测的效果也依赖于历史数据长度 $n$ 值的选

择，$n$ 值越大预测结果就越平滑，但这也会导致预测值对数据实际变动的不敏感。因此，$n$ 值的选择有赖于预测者的经验。

**例 9-2**：根据表 9-1 中提供的数据，商场空调销售量在 2000～2003 年的影响权重分别为 0.1、0.2、0.3、0.4，则利用加权平均法预测 2004 年的空调销量为多少？

**解**：根据式（9-2）有

$$F_{2004} = \sum_{i=1}^{4} w_i D_i = 0.1 \times 1\,100\,台 + 0.2 \times 1\,300\,台 + 0.3 \times 1\,600\,台 + 0.4 \times 2\,100\,台 = 1\,690\,台$$

如果选用 $n=3$，对 2001～2003 年销售权重赋值为 0.1、0.3、0.6，那么加权平均预测 2004 年的空调销量为 1 870 台；如果选用 $n=2$，对应 2002～2003 年销售权重赋值为 0.3、0.7，则加权平均预测 2004 年的空调销量为 1 950 台。

### （三）指数平滑法

指数平滑法是一种特殊的加权平均法，对当期需求水平的预测值是所有历史需求观测值的加权平均。在指数平滑预测中，引入了一个移动加权系数 $\alpha$，$\alpha$ 越大，相当于在移动平均中所用样本数越少，近期数据对预测结果的影响程度越大；反之，$\alpha$ 越小，相当于在移动平均中所用的样本数越多，近期数据对预测结果的影响程度就越小。

指数平滑预测可用下式来表示

$$F_{t+1} = F_t + \alpha(D_t - F_t) \tag{9-3}$$
$$或\ F_{t+1} = \alpha D_t + (1-\alpha)F_t \tag{9-4}$$

式中，$F_{t+1}$ 为第 $t+1$ 期的预测值；$F_t$ 为第 $t$ 期的预测值；$D_t$ 为第 $t$ 期的实际需求值；$\alpha$ 为移动加权系数（$0 \leqslant \alpha \leqslant 1$）。

指数平滑法兼容了移动平均法和加权移动平均法的长处，该预测方法没有舍弃过去的数据，而是逐渐减弱影响程度。这种方法简单且需要的数据量少，比较适用于那些趋势不明显的产品销售预测（如可口可乐），该方法是当前企业使用最为广泛的预测方法。

**例 9-3**：根据表 9-1 中提供的数据，应用指数平滑法，预测 2004 年空调的销售量，其中假设 $\alpha = 0.2$。

**解**：根据式（9-3）有

$$F_{2002} = D_{2001} + \alpha(D_{2001} - D_{2000}) = 1\,340\,台$$
$$F_{2003} = F_{2002} + \alpha(D_{2002} - F_{2002}) = 1\,392\,台$$
$$F_{2004} = F_{2003} + \alpha(D_{2003} - F_{2003}) = 1\,534\,台$$

若 $\alpha = 0.5$，则 $F_{2004} = 1\,800\,台$；若 $\alpha = 0.8$，则 $F_{2004} = 1\,994\,台$。显然，从 2004 年发生的销售数据来看，近年来的销售数据对预测结果的影响较大。

### （四）趋势调整后的指数平滑法

指数平滑预测会抹平数据的趋势，如在一段时间内收集到的数据呈现上升或下降趋势时，指数平滑预测的结果往往存在滞后效应。因此，需要对指数平滑的结果添加一个趋势修正值进行调整，从而在一定程度上改进指数平滑的预测结果。在趋势调整后的指数平滑预测中引入了趋势平滑系数 $\beta$ 就可以达到上述目的。$\beta$ 值越大表明近期需求趋势对预测结果影响越大。反之 $\beta$ 值越小，近期需求趋势对预测结果影响越小。

趋势调整后的指数平滑预测可用下式表示

$$TAF_{t+1} = F_t + T_t \tag{9-5}$$

式中，$F_t$ 为第 $t$ 期指数平滑预测的结果；$T_t$ 为第 $t$ 期的趋势调整项；$F_t$ 和 $T_t$ 分别满足：

$$F_t = \alpha D_{t-1} + (1-\alpha)(F_{t-1} + T_{t-1}) \tag{9-6}$$

$$T_t = \beta(F_t - F_{t-1}) + (1-\beta)T_{t-1} \tag{9-7}$$

式中，$D_{t-1}$ 为第 $t-1$ 期的真实需求；$\alpha$ 为移动加权系数（$0 \leqslant \alpha \leqslant 1$）；$\beta$ 为趋势平滑系数（$0 \leqslant \beta \leqslant 1$）。

**例 9-4：** 根据表 9-1 中提供的数据，利用趋势调整后的指数平滑方法预测 2004 年空调的销售情况，其中假设 2000 年指数平滑的趋势为 200 台，$\alpha = 0.8$，$\beta = 0.1$。

**解：** $T_{2000} = 200$ 台，根据式（9-6）和式（9-7）得：$F_{2001} = 1\,140$ 台，$T_{2001} = 184$ 台；$F_{2002} = 1\,305$ 台，$T_{2002} = 182$ 台；$F_{2003} = 1\,577$ 台，$T_{2003} = 191$ 台；则由式（9-5）可得趋势调整后的 2004 年空调销量预测结果为：$TAF_{2004} = F_{2003} + T_{2003} = 1\,769$ 台。

如果其他参数均不变，若 $\beta = 0.5$，则 $F_{2003} = 1\,565$ 台，$T_{2003} = 205$ 台，$TAF_{2004} = 1\,770$ 台；若 $\beta = 0.8$，则 $F_{2003} = 1\,562$ 台，$T_{2003} = 249$ 台，$TAF_{2004} = 1\,811$ 台。显然从 2004 年发生的销售数据来看，近期的需求趋势对预测结果的影响随着 $\beta$ 值的增大而增大。

## 二、回归分析预测法

前面一节介绍了如何利用时间序列进行简单的需求预测，但上述的预测方法仅仅使用了销售数据，并没有对影响销售数据的因素进行分析。实际上，天气炎热会加大啤酒的市场需求量。通过本节的学习，将进一步了解回归分析法是如何将影响因素纳入需求预测模型之中的。

### （一）一元线性回归

一元线性回归是最简单的回归模型，该模型中只有一个影响因素。例如，啤酒的销量只和气温相关（气温高销量大，气温低销量小），且两者的关系可以用一条直线近似表示，如下式所示

$$\hat{Y} = b_0 + b_1 x \tag{9-8}$$

式中，$\hat{Y}$ 是预测值或因变量；$x$ 为自变量（如气温）；$b_0$ 为直线在 $Y$ 轴的截距；$b_1$ 为直线的斜率。

对于已知的 $n$ 组 $(x_i, Y_i)$ 数据，需要求出 $b_0$ 和 $b_1$ 值才可以将模型用于未来需求的预测。

根据市场调研的研究，假设已经获得 $n$ 组 $(x_i, Y_i)$ 数据，则可由下式求得偏差平方和 $Q$ 值

$$Q = \sum_{i=1}^{n}(Y_i - \hat{Y}_i)^2 = \sum_{i=1}^{n}(Y_i - b_0 - b_1 x_i)^2$$

根据极值定理，要使 $Q$ 为最小，则必须满足一阶导数为零，如下式所示

$$\begin{cases} \dfrac{\partial Q}{\partial b_0} = -2\sum(Y - b_0 - b_1 x_i) = 0 \\ \dfrac{\partial Q}{\partial b_1} = -2\sum(Y - b_0 - b_1 x_i)x_i = 0 \end{cases}$$

整理得

$$\sum Y = nb_0 + b_1 \sum x$$

$$\sum xY = b_0 \sum x + b_1 \sum x^2$$

可求得 $b_0$ 和 $b_1$ 如下

$$b_0 = \overline{Y} - b_1 \overline{x} \tag{9-9}$$

$$b_1 = \frac{\sum xY - n\overline{x}\,\overline{Y}}{\sum x^2 - n\overline{x}^2} \tag{9-10}$$

**例 9-5**：假设啤酒的销售量仅受气温的影响，表 9-2 为某小区便利店在 2010 年夏天每天啤酒销售量与气温（气温高于 34℃ 时）的关系。试建立一元线性回归模型分析气温为 35.5℃ 时啤酒的销售量。

表 9-2　某便利店啤酒销售量与气温关系

| 气温 $x$/℃ | 啤酒销售量 $Y$/箱 |
| --- | --- |
| 35 | 10 |
| 36 | 12 |
| 37 | 16 |
| 38 | 22 |
| 39 | 30 |

**解**：根据表 9-2 中的数据，利用式（9-10）、式（9-9）计算参数 $b_0$、$b_1$ 值

$$b_1 = \frac{\sum xY - n\overline{x}\,\overline{Y}}{\sum x^2 - n\overline{x}^2} = \frac{3\,380 - 5 \times 37 \times 18}{6\,855 - 6\,845} = 5$$

$$b_0 = \overline{Y} - b_1\overline{x} = 18 - 5 \times 37 = -167$$

则可得啤酒销量和气温的一元回归模型：$Y = -167 + 5x$。

当气温 $x = 35.5℃$ 时，可预测啤酒的销量为 10.5 箱。

**（二）多元线性回归**

在现实的经济生活中，通常会涉及两个或两个以上的影响因素。例如，啤酒销量不仅仅与气温有关，而且与便利店所在小区的人口数量有关，这时仅考虑气温因素对啤酒销量显然是不够的。在此用多元线性回归模型对需求预测问题重新建立回归模型，如下式所示

$$\hat{Y} = b_0 + b_1 x_1 + b_2 x_2 + \cdots + b_k x_k \tag{9-11}$$

式中，$\hat{Y}$ 为需求预测值；$x_k$ 为自变量；$b_0$ 为 $Y$ 轴的截距；$b_k$ 为自变量 $x_k$ 的回归系数。

假设有 $n$ 组 $(x_{i1}, x_{i2}, \cdots, x_{ik}, Y)$，$i = 1, 2, \cdots, n$，则可由下式求得偏差平方和 $Q$

$$Q = \sum_{i=1}^{n} (\hat{Y}_i - b_0 - b_1 x_{i1} - b_2 x_{i2} - \cdots - b_k x_{ik})^2$$

根据极值定理，要使 $Q$ 为最小，则必须满足一阶导数为零，如

$$\begin{cases} \dfrac{\partial Q}{\partial b_0} = -2\sum_{i=1}^{n} (\hat{Y}_i - b_0 - b_1 x_{i1} - \cdots - b_k x_{ik}) = 0 \\ \dfrac{\partial Q}{\partial b_j} = -2\sum_{i=1}^{n} (\hat{Y}_i - b_0 - b_1 x_{i1} - \cdots - b_{ik} x_{ik})x_{ij} = 0, \quad j = 1, 2, \cdots, n \end{cases}$$

由此可得

$$B = (X^{\mathrm{T}}X)^{-1}X^{\mathrm{T}}Y \tag{9-12}$$

$$b_0 = \overline{Y} - \hat{B}^{\mathrm{T}} \overline{X} \tag{9-13}$$

其中, $B = (\hat{b}_1, \cdots, \hat{b}_k)^{\mathrm{T}}$ 为多元回归系数的最小二乘估计, $\overline{Y} = \frac{1}{n} \sum_{i=1}^{n} Y_i$ 为需求量的均值, $\overline{X}$ 为对应自变量的均值。

**例 9-6**: 某小区便利店对 2010 年夏天每天啤酒的销售量进行分析后发现, 啤酒的销售量与气温和访问便利店的人数相关, 表 9-3 为该便利店在 2010 年夏天啤酒销售量与气温 (气温高于 34℃) 和访问便利店客户人数, 试建立二元线性回归模型进行分析当气温为 35.5℃ 和客户人数为 200 时的啤酒销售情况。

表 9-3　某便利店啤酒销售量与气温和人口关系

| 气温 $x_1$/℃ | 人口数 $x_2$/人 | 啤酒销售量 $Y$/箱 |
| --- | --- | --- |
| 35 | 190 | 10 |
| 36 | 195 | 17 |
| 37 | 200 | 22 |
| 38 | 180 | 18 |
| 39 | 190 | 20 |

**解**: 由表 9-3 可知

$$X^{\mathrm{T}} = \begin{pmatrix} 35 & 36 & 37 & 38 & 39 \\ 190 & 195 & 200 & 180 & 190 \end{pmatrix}, \quad Y^{\mathrm{T}} = (10 \quad 17 \quad 22 \quad 18 \quad 20)$$

由式 (9-12) 可求得二元回归系数 $b_1 = 0.786$, $b_2 = -0.061$; 由式 (9-13) 可得 $b_0 = -0.066$。则可以相关的二元线性回归模型为: $Y = -0.066 + 0.786x_1 - 0.061x_2$。当气温 $x_1 = 35.5$℃、客户 $x_2 = 200$ 时, 可预测啤酒的销量为 15.7 箱。

### 三、预测误差的度量

预测的最终目的是得到一个准确的和不含主观偏见的结果。预测误差带来的成本是巨大的。最近一份研究显示, 被调查的公司中只有 18% 的公司其预测准确度超过 90%。进行预测的公司必须做大量的努力来跟踪预测误差并采取必要的步骤改进它们的预测技术。

所谓预测误差, 是指在给定的时间间隔内实际值与预测值之间的差值, 预测误差 (Forecast Error) 为决策者提供了一个判断预测准确与否的标准, 同时决策者可根据误差产生的原因并及时调整决策。误差的计算公式如下

$$E_t = D_t - F_t \tag{9-14}$$

式中, $E_t$ 为第 $t$ 期的预测误差; $D_t$ 为第 $t$ 期的真实需求; $F_t$ 为第 $t$ 期的预测值。

常见的衡量预测模型的误差指标有 MSE、MAD 和 RSFE 等, 以下仅对这三种误差衡量指标进行说明。其他衡量预测误差的指标可参见相关的统计学教材[⊖]。

1. 均方误差 MSE

均方误差 (Mean Squared Error, MSE) 是衡量预测误差最常见的指标之一, 其计算方法

---

⊖ 李金昌. 统计学 [M]. 北京: 机械工业出版社, 2007.

如下式所示

$$\text{MSE}_n = \frac{1}{n}\sum_{t=1}^{n} E_t^2 \qquad (9\text{-}15)$$

式中，$n$ 为进行预测的期数。

在 MSE 误差计算过程中，较大的预测误差经过平方、相加、再平均后就不那么突出了。这就会产生 MSE 误差很小，但反映到真实的误差之上会存在较大幅度的波动，即预测结果不仅有许多小的误差同时还有几个大的误差。所以一般情况下，决策者不太喜欢这样的预测模型。

2. 平均绝对误差 MAD

平均绝对误差（Mean Absolute Deviation，MAD）是所有时期预测误差绝对值的平均，其计算方法如下式所示

$$\text{MAD}_n = \frac{1}{n}\sum_{i=1}^{n} |E_i| \qquad (9\text{-}16)$$

MAD 是一项广泛使用的预测准确性的指标，为评估人提供了对比各种预测方法的简易途径。当 MAD 是 0 的时候，表明预测结果准确地反映了实际需求的情况；MAD 越大，表示预测结果就越偏离实际情况，这也就说明预测模型很差，需要修正。所以，通过对不同预测技巧的比较，决策者可以由最小的 MAD 来决定选用哪种预测方法更准确。

3. 预测累积误差 RSFE

预测累积误差（Running Sum of Forecast Error，RSFE）是用来判定预测结果与真实需求相比是否持续高估或者低估，其计算公式如下式所示

$$\text{RSFE}_n = \sum_{t-1}^{n} E_t \qquad (9\text{-}17)$$

如果 RSFE 为正，则表明预测结果低估了真实需求（容易造成缺货）；如果 RSFE 为负，则表明预测结果高估了真实需求（容易造成库存积压）；如果 RSFE 值为 0，则表明预测结果比较稳定。

为进一步了解累积误差是否处于可接受的控制范围之内，可以用跟踪信号 TS（Tracking Signal）来进行检验，其计算公式如下式所示

$$\text{TS}_t = \frac{\text{RSFE}_t}{\text{MAD}_t} \qquad (9\text{-}18)$$

如果 $\text{TS}_t$ 在 ±4 的范围之外，就说明预测出现了偏离，当 TS < −4 时，表明预测结果低估了真实需求；当 TS > +4 时，表明预测结果高估了真实需求；在这两种情况下，公司有必要选择一种新的预测方法，以改进预测的准确性和效率。

# 第三节　供应链环境下的 CPFR 策略

## 一、CPFR 的发展历程

协同、计划、预测和补货策略（CPFR）最早应用于零售业供应链。尽管早期零售业供应链管理者采用 VMI 采购（供应商管理库存）等模式来改善零供双方的库存管理水平，然而多年的实践表明：VMI 管理模式仍然存在很多缺陷：

（1）VMI 管理模式都是单行预测的结果（供应商承担销售预测），决策过程中缺乏协

商，供应链在运作过程中难免会造成错误。

（2）VMI 模式中，零售商将库存管理权过度下放给供应商，供应商不仅需要预测需求而且还承担补货的任务。除了销售，零售商几乎不负任何责任。从这个角度来看，供应链的集成运作并没有真正实现，尤其是当终端需求发生异动之后，VMI 模式会面临着严重失效的可能性。

（3）VMI 模式并没有考虑到零售商市场营销的影响。零售商的促销和供应商的库存补给并没有协调起来，往往出现零售商加大清仓力度而供应商误以为市场需求旺盛。需求预测缺乏沟通，造成零售商和供应商之间的业务流程并没有畅通地衔接在一起。

（4）VMI 模式中供应商承担了大量的库存压力，一旦供应或市场出现问题，留给供应商解决问题的时间是非常有限的。

正是上述 VMI 采购模式的缺陷促使零售商和供应商采用 CPFR 这一新的供应链管理模式。

CPFR 实践的原型可以追溯到 1995 年沃尔玛与华纳兰伯特（Warner Lambert）[1]的合作预测和补货（Collaborative Forecast And Replenishment）项目，该项目最初的目的是零售企业与生产企业通过网络进行合作，共同做出商品预测，并在此基础上实行连续补货。该项目大获成功，客户服务水平明显得到改善。该项目让华纳兰伯特的商品满足率从 87% 提高至 98%，新增销售收入 800 万美元。

1995 年，沃尔玛等 5 家公司共同出资组建了一个 CFAR 项目的研究小组[2]，目的是研究如何进一步改善零售商和供应商之间的合作伙伴关系、提高需求预测准确度、降低供应链运营成本和库存水平。随着研究的深入，协同规划的理念开始加入到 CFAR 项目中，也就是在共同预测和补货的基础上，进一步推进供应链计划的共同制订，一种新型供应链合作模式——协同计划、预测和补货的 CPFR 模式由此产生，并且迅速在其他供应链中得到应用。美国商业部推算，如果在零售供应链中全面推广 CPFR，可以减少 15%～25% 的库存，约合 1 500 亿～2 500 亿美元。

1998 年美国召开零售系统大会，以沃尔玛、凯马特、宝洁、惠普等为代表的零售业和制造业巨头极力推荐 CPFR 这一供应链管理新的运作理念。会后，来自零售业、制造业、咨询业和软件业的 30 多家企业成立了 CPFR 协会，并与产业协同商务标准（Voluntary Inter industry Commerce Standards，VICS）协会一起致力于 CPFR 的研究、标准制定、软件开发和推广应用工作。

### ●◆ 屈臣氏的 CPFR 实践 ◆●

一直以来，屈臣氏公司采取的都是先预估销售量，然后定期向各供货商下订单。但屈臣氏的需求预测经常不够精准，往往会造成库存积压，或是畅销商品却存货不足的现象，也会造成与消费者信息沟通困难的情况。

通过实施 CPFR 最新管理模式，屈臣氏对采购流程进行整合，与供货商在订货的计划阶段就共同合作，供货商也可以知道屈臣氏的商品销售

---

[1] 美国一家知名的制药企业，2000 年被辉瑞制药并购。

[2] 其他四家公司分别为华纳兰伯特、管理信息系统供应商 SAP、供应链软件供应商 Manugistics 和咨询公司 Benchmarking Partners。

状况和商品的销售计划。通过双方信息的透明化，双方均提高了需求预测的精准度，降低了过去订货数量与实际销售需求量的落差。

到目前为止，包括宝洁公司在内的 20 多家供货商参与了屈臣氏的 CPFR 计划。

## 二、CPFR 的概念和内容

### （一）CPFR 的概念

CPFR 在国内外企业中已有 20 多年的实践经验，但至今尚无统一的定义。在参考国内外众多学者对 CPFR 的定义和解释后，在此将其定义为：

CPFR 是一种面向供应链的新型合作伙伴的策略和管理的模式，它应用一系列的处理和技术模型，提供覆盖整个供应链的合作过程，通过共同管理业务过程和共享信息来改善供需双方的关系、提高预测准确度，最终达到提高供应链效率、减少库存和提高消费者满意度，实现双赢的过程。

由定义可以看出，CPFR 的实施，主要就是为了改善零售商和供应商的伙伴关系，通过供应链中的商业合作伙伴之间紧密合作，交换信息和风险，提高预测的准确度。值得注意的是，CPFR 要求合作伙伴的框架结构和运作过程以消费者为中心，合作伙伴之间必须共同参与协商、共享消费者需求预测系统，并共担在这一过程中可能产生的风险，真正提高企业的供应链效率，实现其价值链的增值。

### ● 其他学者关于 CPFR 的定义 ●

1. 塞西尔·博扎思（Cecil C. Bozarth）将 CPFR 定义为，CPFR 是具有共同的商业目标和标准的成员，制定的联合销售和运营计划，并在电子信息方面合作以形成并不断更新销售预测以及补货计划的一系列以信息技术为支持的商业过程。

2. 美国生产与仓储控制联盟（APICS）给 CPFR 下的定义为，供应链中上下游商业伙伴之间，包括从原材料的运送到生产，再由生产到产成品运送给终端客户，在这一系列关键活动中进行协同行为的过程。

### （二）CPFR 的内容

CPFR 之所以能帮助企业实现提高供应链效率、减少库存、提高消费者满意度等目标，它有着自身适合企业发展计划实施的本质特征。CPFR 是协同（Collaborative）、规划（Planning）、预测（Forecasting）和补货（Replenishment）4 个英文的头字母缩写，因此这也是 CPFR 的最主要内容，以下就对上述四个内容进行简要介绍。

1. 协同（Collaborative）

供应链上、下游企业只有确立共同的目标，才能使双方的绩效都能得到提升，取得综合性的效益，使总体作用大于个体作用，这就是协同效应。CPFR 的这一特点，实质上就是与其供应商之间关系的问题，双方的关系是共同合作，以实现双赢为目的。

应当注意的是，零供双方在确立这种协同性目标时，不仅要建立起双方的效益目标，更要确立协同的盈利驱动性目标，只有这样才能使协同性能体现在流程控制和价值创造的基础之上。

### 2. 规划（Planning）

CPFR 中的规划要求企业对产品从制造商到消费者手中整个流程中涉及的各个方面都有一个规划，包括需要双方协同制订促销计划、库存政策变化计划、产品导入和中止计划以及仓储分类计划等，其实就是要求企业对整个供应链活动的各个方面都有一个计划，或者说是应对供应链各个环节可能出现的情况都有一个应对的措施。此外，通过 CPFR 达成的协同运作规划也可以尽量避免今后各企业间出现分歧时的权责不明现象。

### 3. 预测（Forecasting）

预测是贯穿于整个 CPFR 的最重要的一个环节，供应链中任何一个企业都必须且都能做出预测。但 CPFR 强调的是供需双方之间的协同预测，以期改善整个供应链体系原本存在的低效率、死库存问题，提高产品销量、节约供应链资源。需要注意的是，CPFR 强调供应链中各环节共同参与需求预测模型的建立和修正。

### 4. 补货（Replenishment）

经过协同规划和预测之后，协同补货的决策难度将大大降低。零售商和供应商只需要根据事先议定的协议框架在冻结期间已经冻结的预测结果生成订单，通常冻结期是根据供应商的制造和配送提前期来决定的。对于供应商而言，冻结期间的订单数量为已经确认的需求量，零售商实际的订单传来之后，供应商只需及时除去此部分的产能。另外，供应商也可以采取 VMI 的库存管理模式来自动补充零售商的库存，并以冻结期的订单总量为补货规范。

为保证 CPFR 项目的推进，宝洁公司针对沃尔玛公司专门开发了一套"持续补货系统"，并通过 EDI（电子数据交换）和卫星通信实现对沃尔玛物流中心内产品的销售量、库存量和价格信息等数据进行监控。通过这套系统，宝洁不仅能够及时制订生产计划和研发计划，同时也能够对沃尔玛的库存进行连续补货，防止滞销商品库存过多或者畅销品断货。

## 三、CPFR 的实施步骤

在沃尔玛等企业的倡导下，特别是美国 VICS 协会于 1998 年发布了 CPFR 指导准则以后，越来越多的企业开始采用 CPFR，并以此来提高企业的运营业绩。

CPFR 的实施具体可划分为规划、预测和补给 3 个阶段，包括 9 个主要流程步骤。第 1 个阶段为规划，包括第 1 步和第 2 步；第 2 个阶段为预测，包括第 3~8 步；第 3 个阶段为补给，主要是第 9 步。具体表现为：

第 1 步：制定框架协议。买卖双方就协作的目标、协同合作的范围、销售预测中的例外标准、财务标准、提高客户服务水平、降低存货、增加销售等达成正式商业协议。

第 2 步：建立协商方案。销售商与制造商之间分享商业战略和项目发展计划。一般包括商品目录，适合商品销售的促销计划、仓储计划、促销活动以及特别规定的价格战略等。

第 3 步：建立销售预测报告。拟定预测时间的范围、单位等，根据有关历史数据分析产品在未来各时期的销售量，得到可供分享的预测结果。

第 4 步：辨别销售预测可能出现的异常情况。销售预测异常表现为：现货零售的准确率低于 90%、销售预测的误差超过 15%，与去年同期相比销售预测的误差超过 10%。对于销售预测异常情况要加以注意以便调整策略。

第 5 步：协商处理异常情况。要根据销售商、生产商的决策数据，合作双方通过协商，对预测异常情况进行处理并得到一个一致的预测。

第6步：建立订单预测报告。分析历史需要、安全库存、运输信息等数据，得出订单预测，生产人员根据订单预测进行原材料采购并制订生产计划。

第7步：辨别订单预测可能出现的异常情况。订单预测异常，即超出订单预测标准。类似于第4步的过程。

第8步：协商处理异常情况。销售商、生产商根据历史决策数据，分析订单预测异常的原因，并协商解决预测异常。类似于第5步的过程。

第9步：生产计划。根据预测的订单制订生产计划。

以上 CPFR 各步骤之间相关流程如图 9-2 所示。

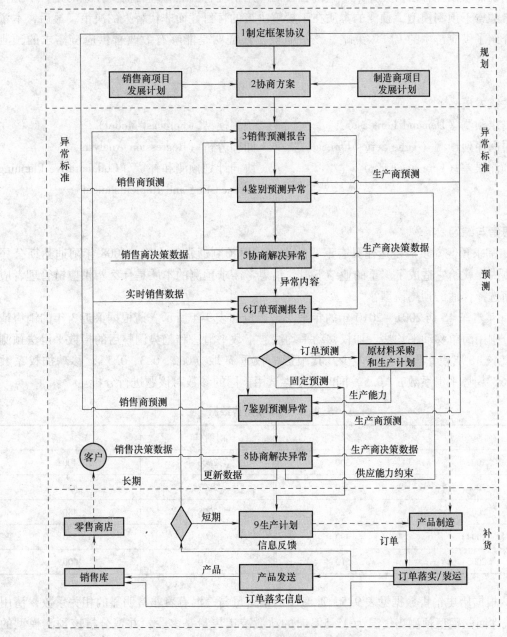

图 9-2　CPFR 各步骤之间的流程

资料来源：威斯纳. 供应链管理 [M]. 朱梓齐，译. 北京：机械工业出版社，2006.

# 本 章 小 结

需求预测对供应链的运作来说具有非常重要的地位，因为对于供应链管理者而言，预先知道市场的真实需求是一件非常有意义的事情。本章首先从需求预测的特点出发，详细介绍了需求预测的作用和特点，同时也介绍了需求预测的方法和选择依据。其次，本章介绍了一些常用的需求预测方法，并介绍了它们各自的应用情境，当然管理者需要注意的是，不能将所有希望寄于预测模型，预测的本质在于缓解决策的盲目性而非代替人的决策。最后，本章详细介绍了供应链中的 CPFR 策略，该策略被实践证明是能够有效改善供应链需求的预测精度。

**关键术语**

需求预测（Demand Forecast）　　　　预测模型（Forecast Model）

时间序列预测（Time Series Forecast）　回归分析（Regression Analysis）

预测误差（Forecast Error）　　　　　协同计划预测和补货（Collaborative Planning Foreacasting and Replenishment）

**思考与练习**

1. 需求预测对供应链运作具有重要的作用，但预测通常会出错。2008 年阿迪达斯公司的预测失误就给它造成了严重的业绩下滑，请思考需求预测的本质是什么？供应链管理者应该如何选择合适的预测模型？

2. 某汽车 4S 店 2001～2010 年的年汽车销售量如表 9-4 所示。请根据最近 3 年的销售情况，分别用简单移动平均法、加权移动平均法、指数平滑法和趋势调整后的指数平滑法预测 2010 年该 4S 店汽车销售量是多少？其中影响权重 $w$ 取（0.2，0.3，0.5），移动加权系数 $\alpha = 0.6$，趋势平滑系数 $\beta = 0.5$，同时请你尝试用不同的参数对该题进行分析。

**表 9-4　汽车年销售数据**

| 时期/年 | 需求/辆 | 时期/年 | 需求/辆 |
| --- | --- | --- | --- |
| 2001 | 300 | 2006 | 400 |
| 2002 | 360 | 2007 | 430 |
| 2003 | 420 | 2008 | 480 |
| 2004 | 490 | 2009 | 580 |
| 2005 | 510 | 2010 | 600 |

3. 根据历史销售数据见表 9-5，冰激凌的销售量与气温有着非常明显的相关系数，请用一元线性回归模型预测当气温为 35.5℃时的冰激凌销售量是多少？并请分析该预测模型的 MSE 预测误差是多少？

**表 9-5　冰激凌销售量与气温之间的关系数据**

| 气温 $x$/℃ | 冰激凌销售量 $Y$/盒 |
| --- | --- |
| 35 | 100 |
| 36 | 122 |
| 37 | 146 |
| 38 | 92 |
| 39 | 80 |

4. 根据历史销售数据表 9-6 显示，冰激凌的销售量除了与温度有关之外，还与空气的湿度有很大的关系。请用二元线性回归模型预测气温为 35.5℃、湿度为 60% 时的冰激凌销售量是多少？并请分析该预测模型的 MSE 预测误差是多少？并请分析该预测模型的 RSFE 预测误差是多少？

**表 9-6　冰激凌销售量与气温、湿度之间的关系**

| 气温 $x$/℃ | 湿度（%） | 冰激凌销售量 $Y$/盒 |
| --- | --- | --- |
| 35 | 50 | 100 |
| 36 | 62 | 122 |
| 37 | 75 | 146 |
| 38 | 60 | 92 |
| 39 | 55 | 80 |

5. 请寻找更多其他的 CPFR 实践案例，试分析这些案例成功和失败的原因是什么？

# 本章案例：摩托罗拉的 CPFR 实践

与许多重要的手机制造商一样，摩托罗拉公司非常了解自己的细分客户群体，销售部门知道技术发烧友和功能需求者的差别：技术发烧友希望能够得到更为智能的手机，而功能需求者则希望手机满足日常通话需求即可。所以，摩托罗拉需要知道的是应该生产哪种机型，以及需要生产多少。

手机销售是极具挑战的，消费者的喜好变化总是很快。因此，对零售商进行准确的补货将是实现公司业绩的决定性因素。如果顾客对蓝色糖果系列的翻盖手机情有独钟，而零售店没有库存，那么这位顾客宁愿选择其他竞争者的手机而不是摩托罗拉黑色翻盖手机。在这样的环境下，摩托罗拉将会面临这样的危险处境：它失去的不仅仅是下次服务的机会，而是包括顾客以后的所有消费。

在实施 CPFR 之前，摩托罗拉掌握的是它的零售商从它那里进了多少货，而不是各个零售商正在卖什么。因此，了解更多的销售信息，对于摩托罗拉改进预测模型无疑是有帮助的，而预测的结果也将促进销售的发展。经过一段时间的实践，摩托罗拉已经认识到了 CPFR 中协同、计划和预测对准确补货的重要性。

摩托罗拉的 CPFR 实践被证明是一项耗时、艰苦的工作。摩托罗拉需要根本改变的不仅仅是和零售商之间的关系，更重要的是改变每个参与者的管理方式。这种合作需要摩托罗拉开发新的工作流程、组织重组和利用信息系统来支持实时销售信息的变化。一些学者的研究表明：对零售商的业务流程和知识管理进行投资时，有助于改善供应商和零售商之间的关系，这对保障供应商长久的利益是至关重要的（显然，这里的供应商相对于零售商而言是强势的）。这需要供应商进行大量的投入，如电子数据交换技术（EDI）的开发和推广。此外，供应商也应该改变传统业务流程中零供双方各自对需求做出独立预测（而这通常会造成大量库存的积压，同时也破坏了彼此之间的关系）。

摩托罗拉认识到：若要确保 CPFR 成功，就有必要改变自身的组织结构和业务流程，并将零售商的业务流程纳入到摩托罗拉的供应链体系中来。为此，摩托罗拉的 CPFR 实施项目组组长 Cederlund 采取了以下一些措施：

1. 战略重组

从根本上说，CPFR 要求在公司战略上做出改变，从与客户合作转向与有合作精神的客户合作，这里的客户包括摩托罗拉内部其他部门和外部的零售商。合作双方必须建立共同的目标，并且要求内部部门、零售商与摩托罗拉之间共享的信息达成一致意见。摩托罗拉的手机部门对合作抱以积极的合作态度，因为它们希望制造出消费者真正需要的产品。但对于零售商而言这却不是一件容易的事情，因为零售商还不适应分享信息的习惯，这花费了 Cederlund 很长的时间去培养零售商的合作精神，并向其灌输这是一种文化。

2. 改造关键流程

为帮助企业流程在计划、预测和补给上更合理化，Cederlund 的团队在供应链上就多重目标建立起基本的合作沟通流程。这个过程通常涵盖了几个星期的业务沟通，这被称为是 "Several Week Cycle"，即每个礼拜召开合作计划会议，回顾摩托罗拉和零售商几周前和本周的销售、库存和订单情况。

3. 重新思考组织结构

Cederlund 的团队重新定义了组织结构，同时把重点放在合作关系上。其中一个重要的举措是，公司确立了计分制的合作团队。计分制的合作机制为零售商注入了来自摩托罗拉的合作，包括消费者支持、合作经营、区域营销、产品运营和定价程序等。同时摩托罗拉所有部门员工所负责的职责也需要改变，公司高层对这种变化的支持是至关重要的。

4. 调整合作信息系统

由于 CPFR 的实施需要大量的信息共享，这就需要一个强有力的信息系统。Cederlund 的团队利用 Excel 建立简单的信息共享。

5. 如何改变摩托罗拉与零售商的关系

当摩托罗拉和零售商改变了它们的工作流程、组织结构以及信息系统后，摩托罗拉的高层发现它们的内部组织关系也同时发生了相应的变化。在实施 CPFR 之前，交流合作主要在摩托罗拉的销售人员和零售采购人员之间进行，个人与个人的交流具有很大的局限性，也会经常出现问题，但是在应用了 CPFR 之后，公司的流程和组织结构变得更加简便，而且基于团队的交流更有利于资源、信息的共享，提高工作效率。

6. 对摩托罗拉和其零售商的好处

与那些没有实施 CPFR 的零售商相比，摩托罗拉发现实施了 CPFR 的零售商库存降低了 30%。合作预测和补货同时也带来了额外的好处：在运输费用上也比以前降低了一半。应用 CPFR 系统之后，摩托罗拉能够制订更加长远的产品计划。同时，所有参与方通过 CPFR 合作将它们之间的利益相互联系了起来，对彼此的产品销售也是有利的。

摩托罗拉公司通过切实把 CPFR 应用到与供应商、零售商的实践当中，获得了丰厚的利润，同时也在这过程中学到了很多：

（1）合作是基础。

（2）每个参与方都必须做充分的准备工作。

（3）以时间为依据是做出决策的关键。

（4）成功需要正式的、规范的交流。

（5）必须要有共同的目标，并采取措施。

（6）合作就是致力于建立关系。

（7）必须改变组织角色。

CPFR 的实施需要花费大量的时间，而且如果想把它的作用发挥到最大，就需要高层管理者坚决地在组织角色和组织关系上作大幅度的变动。而且这些改革必须由一个对 CPFR 的实施流程以及长远价值非常明确的人来领导和实施，同时这位管理者必须至少坚持 18 个月来开展 CPFR 以取得一定的绩效。摩托罗拉的实践有力地证明了，CPFR 是可以为企业带来更大的收益的。

资料来源：Cederlund, et al. How Motorola put CPFR into action ［J］. Supply Chain Management Review, 2007, 28 ~ 35. 经编者修改整理。


**案例思考：**

1. 联系本案例，谈谈你对 CPFR 内涵的理解。

2. 摩托罗拉是怎样将 CPFR 应用到它的供应链系统之中的，其中你认为最重要的环节是什么？请给出你的理由。

3. 摩托罗拉通过 CPFR 实践做到了很多改进，请你分析这些改进对改善需求预测到底起到了什么作用？

# 第十章 供应链的库存管理模型

 **本章引言**

库存（Inventory）常常会让供应链管理者头疼。许多供应链经理对库存的评价是："它是个恶魔，但我们却离不开它！"实际情况确实如此，库存涵盖了企业运营管理的各个环节，库存过多过少都会给企业造成麻烦，有些供应链管理的专家认为："管理好了库存，就等于管理好了整条供应链！"。因此库存也被视为供应链管理的焦点之一。

库存几乎存在于供应链中的各个环节，从原材料库存、半成品库存到产成品库存各个方面都会因为管理不善而给企业造成严重的危机。一项调研显示：我国中小型企业平均的存货资金占流动资产总额约 40% ~ 50%。在 2008 年全球性金融危机中许多企业破产的原因也大多与库存占用大量的流动资金有关，"去库存化"一词也频频现于各大媒体。库存管理不是一个拍脑袋的决策过程，而是需要进行精密的计算，掌握一些数学模型有助于改善供应链的库存管理绩效。当然，除了数学模型，理解供应链中一些重要的库存管理模式将更有助于供应链管理者深入思考适合自身的库存管理模式。

 **学习目标**

- 理解库存的作用和危害性
- 理解实施库存管理要考虑的因素
- 掌握 EOQ 模型、报童模型及其相关的变种
- 理解如何用安全库存应对不确定性
- 了解主要的库存管理模型

# 第一节 供应链管理库存理论

## 一、库存管理的基本知识

库存管理始终是任何企业都不可避免的环节，它几乎涉及了企业经营管理的各个环节，从需求预测开始到采购、生产计划、产品销售和售后服务……库存就像是一把双刃剑：库存过多会造成积压，轻则减少企业利润，重则影响企业资金周转；库存过少同样会产生麻烦，轻则无法及时满足客户需求、降低企业的服务水平，重则影响企业的声誉、使企业丧失在市场中的份额。对于供应链管理者而言，有必要了解库存的一些基本内容。

### （一）库存的定义

关于库存（Inventory）的定义有各种不同的版本。

狭义的库存仅仅指的是在仓库中处于暂时停滞状态的物资，是指仅存在于仓库中的原材

料、零部件和产成品。而广义的库存是指表示用于将来目的、暂时处于闲置状态的资源，除了包括仓库中的原材料、零部件和产成品外，生产线上的半成品，以及运输途中的物品均属于库存的概念。

根据中华人民共和国国家标准，本书将库存定义为：根据作为今后按预定的目的使用而处于闲置或非生产状态的物品。

当然，上述观点大多是针对工业企业的库存所下的定义，如果思维发散一些，甚至可以认为货币是银行的库存，人力资源是咨询公司的库存。

### • 库存的不同解释 •

1. 库存是指企业在生产经营过程中为了现在和将来的耗用或者销售而储备的资源，其包括原材料、材料、燃料、低值易耗品、在产品、半成品、产成品等。

2. 库存是指企业用于今后生产、销售或使用的任何需要而持有的所有物品和材料。

3. 库存就是存货，即暂时处于闲置状态的用于将来目的的资源。

### （二）库存的分类

《生物进化论》的作者查尔斯·达尔文（Charles Darwin）认为，任何科学的起源都来自于对事物的分类（Classification）。对于库存也如此，欲对库存进行科学的管理，就需要将库存按其企业运营过程中所处状态、来源、库存物品所处状态、库存的目的、用户对库存的需求特性等不同的标准进行不同的分类。本书主要根据库存的目的将其分为以下几大类：

1. 循环库存（Cycle Inventory）

循环库存也称经常库存，是指企业在正常的经营环境下为满足日常的需要而建立的库存。

例如，企业都会为未来的销售存有一定量的库存，当库存量降至一定点时，即通常所称的"订货点"，企业又会再次储存一定的库存，对循环库存的管理是一个周而复始的过程。此外，循环库存还存在于原材料的采购和库存管理之中。

2. 安全库存（Safety Inventory）

安全库存是指为了防止由于不确定因素而准备的缓冲库存。

这种不确定性包括很多方面，像临时性的大批量订货、因某些特殊原因的延迟交货等，安全库存的存在就是为了防范这些不确定性而给企业带来不必要的损失，影响服务水平。例如，可口可乐公司为防范上述不确定性，通常会建立一个安全库存池（Safty Inventory Pool）以防止销售端缺货。

3. 季节性库存（Seasonal Inventory）

季节性库存是指为了满足特定季节出现的特定需要而建立的库存。

例如，夏天是啤酒销售的旺期，但由于生产工艺的问题，啤酒生产商通常会在冬天就建立次年夏季销售的啤酒库存。时令的服装库存也是季节性库存，经销商通常会备有一定量的当季服装以避免缺货。大米、棉花、水果等农产品上市具有强烈的季节性，但消费却通常跨了多个季节，这也就需要建立季节性库存。

**4. 投机库存（Speculation Inventory）**

投机库存是指为了避免因货物价格上涨造成损失或为了从商品价格上涨中获利而建立的库存。例如，在低价时储备一定量的石油库存以平抑未来石油价格的猛涨。此外，本书第二章中所述长虹囤积电子显像管的案例也属于投机库存的范畴。

**5. 在途库存（InStock Inventory）**

在途库存是指正处于运输以及停放在相邻两个工作地之间或相邻两个组织之间的库存，这种库存是一种客观存在，而不是有意设置的。在途库存的大小取决于运输时间以及该期间内的平均需求。对于一些易逝品（如食品）和价值快速衰减的产品（如CPU芯片），库存在途时间越长对供应链的经营绩效越不利。

**6. 积压库存（Sunk Inventory）**

积压库存是指因物品品质变坏不再有效用的库存或因没有市场销路而卖不出去的商品库存。例如，过时的汽车零部件通常会以呆滞品存在，当季无法销售出去的服装通常无法再卖掉，变质的食品也无法销售。

---

**● 库存的其他一些分类 ●**

1. 按库存在企业物流过程中所处的状态不同，可分为原材料库存、在制品库存、维修/维护库存和产成品库存。

2. 按库存的来源可分为外购库存和自制库存两类。

3. 按库存物品所处状态可分为静态库存和动态库存。

4. 按照客户对库存需求特性不同，则可以把库存分为独立需求库存和非独立需求库存（也称相关需求库存）。

---

**（三）库存的功能**

从本质来看，库存产生的主要原因来源于供给和需求的不匹配。在现实的市场中，"供给等于需求"是完全的理想主义，供给和需求或多或少会在时间、空间上存在一些不匹配。库存实质上成为解决这种不匹配的一个"缓冲器"，在供给和需求之间起到调节平衡的作用：一方面，通过生产或采购等手段来实现补货，增加供应；另一方面，根据库存情况，在了解内外需求的基础上来满足客户的需求（如图10-1所示）。

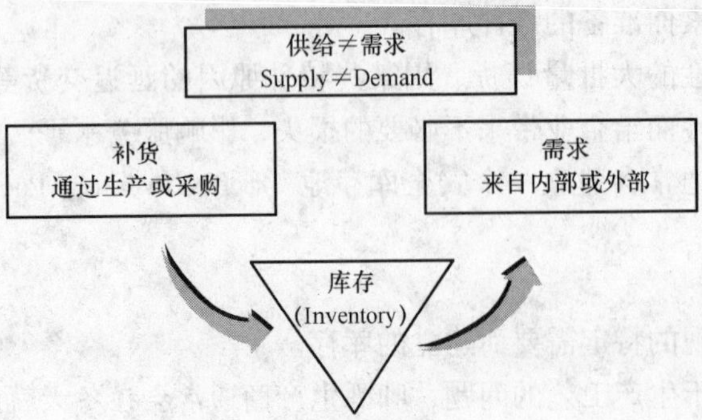

因此，对于企业持有库存和维持库存的原因，可以归结于"三个平衡"，即对客户资源、生产资源和运输资源的平衡利用。

**1. 客户资源平衡**

客户需求总是具有不确定性，而企业也无法十分准确地预测客户接下来的需求会发生怎样的变化。为防止企业因短缺而

图10-1　库存平衡供给和需求

遭受损失，企业必须持有一定的库存来调节供需之间的不平衡，保证企业能按时或快速交货，满足客户的需求，能够避免或减少由于库存缺货延迟带来的损失，保证企业的服务水平。

2. 生产资源平衡

在许多情况下，产品供应的数量和质量，供应的成本及交货期存在很大的不确定性，而库存具有保持生产过程连续性（节省作业交换费用）、分摊订货费用、快速满足客户订货需求的作用。库存有助于缓解具有不同生产速率的生产制造环节，协调生产资源在时间和空间上的衔接。

3. 运输资源平衡

运输企业提供的规模经济鼓励企业运输大量产品，因而持有大量库存。实际上，许多承运人通过向托运人提供各种折扣来鼓励大批量运输。

## 二、库存的两面性

许多企业管理者感叹："挣的钱全在仓库里！"全国知名的休闲服装生产基地中山沙溪，一家知名休闲服名牌厂商 2001 年销售额为 1 亿多元，而其仓库库存也超过 1 亿元以上；2004 年国产手机产量 6 600 万部，销售量为 3 500 万部，库存积压超过 40%，以每部 300 元生产成本计算，相当于积压 120 亿元资金；2004 年国内轿车库存 50 万辆，汽车企业为此一年花费 120 亿~180 亿元……

类似案例频频可见，而许多企业又不得不建立库存。因此，有必要了解库存的两面性，即积极的作用和负面的影响。

（一）库存的作用

"零库存"几乎是所有企业共同的理想，但事实上库存的存在有其积极的作用，即便像戴尔和沃尔玛这些在供应链库存管理方面有着丰富和成功经验的企业，仍然能够在其供应链上发现库存的踪影，如供应商原料库存、半成品库存及经销商库存。

可以将库存对于企业的积极作用总结为如下几点：

1. 缩短订货提前期

企业通过持有一定的库存，可以在接到客户订单后，最大限度地缩短响应时间，即缩短从接受订单到送达货物的时间，快速对客户的需求进行响应，从而提高对客户的服务水平。对于计算机等电子消费产品而言，缩短订货提前期意味着获得更多的市场份额。

2. 维持生产的稳定

企业是按照销售订单与销售预测安排生产计划，并制订采购计划，下达采购订单的。由于采购的物品需要一定的提前期，会存在一定的风险，通过增加材料的库存量，保证生产的计划性、平稳性，消除或避免销售波动的影响。对于具有极强"生产节拍"的汽车工业而言，因原材料缺货造成生产中断，企业将遭受巨大的损失。

3. 防止缺货现象

企业持有一定数量的库存，可以防止产品短缺和脱销，也可以应付各种变化，起到应急和缓冲的作用。例如，国家为应付自然灾害和战争，通常会委托药品或战略物资生产企业维持一定的战略储备，以备不时之需。

4. 分摊订货费用

如果企业每次只对需要的原材料进行采购，这种做法不会产生库存，但是分摊到每种物料上的成本，如运输费用、订货费用等相对较高；如果企业每次采购一批货物，允许一定量库存的存在，那么分摊在每种物料上的成本就会低很多，使企业达到经济订货规模。

5. 对冲原材料价格波动

在金融动荡的今天，石油、铁矿石、粮食等大宗原材料价格波动日益剧烈，这对国内外众多企业生产成本造成了巨大的压力。通过金融工具实现库存的积累和减少，能够有效地平抑原材料市场价格波动对企业利润的影响。从这个角度来看，库存反而能够达成企业"成本领先"的经营战略。

### ● 戴尔的库存管理 ●

戴尔公司直接从客户处接受订单，并按照实际需求生产 PC，绕过了传统的经销商渠道。车间调度算法每两个小时运行一次，并将运行结果（包括预测和库存水平）告知给供应商，供应商则在戴尔工厂附近的仓库里保持着平均 5 天的库存供应量。相比之下，戴尔的一些竞争者需要持有 30 天的库存量。

依靠这个供应链管理模型，戴尔公司成为世界第一的 PC 生产商，并在 2001 年获得了 3.61 亿美元的利润，而与此同时该行业中其他企业的总亏损超过 11 亿美元。

资料来源：戴尔怎样采购. 百度文库. 经编者修改整理。

### （二）库存的危害

在很多情况下，企业在享受库存带来的好处的同时，也在另一些方面遭受库存的折磨。许多企业都遭受过库存管理不善带来的严重后果。

许多运营管理和供应链管理专家的研究表明，库存有可能在以下几个方面对企业产生巨大的杀伤力。

1. 资金积压

库存是暂时闲置的资源，大量库存的存在意味着企业的巨额资金被占用，而这可能会造成企业资金周转率下降，甚至造成资金链紧张。

2001 年，互联网泡沫破裂之后，思科被迫计提了 22 亿美元的库存资产，其中大量的零部件库存从来都没有用到过，思科公司的股价从 82 美元迅速跌至 14 美元。

2. 增加产品和管理成本

库存材料成本的增加直接增加了产品成本，此外，企业还要为维护库存支付一定的管理费用，这些费用的增加可能会使企业利润下降，甚至出现亏损。2008 年金融危机爆发之前，国内化工企业在石油 120 美元/桶的价格时采购了大量的原材料，导致我国许多化工企业进行了一年多的"去库存化"过程，如图 10-2 所示。

3. 掩盖企业内部管理问题

库存的"缓冲"作用很大程度上可以降低管理者对不良运作的敏感性。例如，计划不周、采购不力、生产不均衡、产品质量不稳定及市场销售不力等，而这些管理不到位的问题在大量库存存在时都会被掩盖。试想一下：如果客户拿着质量有问题的产品要求换货，而此时企业有着大量的库存允许换货，那么管理者可能就不会注意到是什么原因造成了产品质量的缺陷，那么管理者也就不会花精力去改进质量管理了。

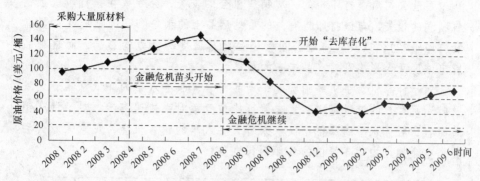

图 10-2　2008 年金融危机后中国化工企业的"去库存化"

资料来源：国际原油期货价格，http：//www.in-en.com/oil/quote/.

### 三、实施库存管理要考虑的因素

库存管理对于供应链管理十分关键，有效的库存管理对于企业和供应链的成功至关重要，因此不应低估库存对供应链成本和服务的影响。在进行库存管理时有两个因素需要企业管理者深思熟虑，即成本（Cost）和服务水平（Service Level）。

（一）成本（Cost）

供给和需求经常会在时间和空间上产生矛盾。

需求总是不确定的，而生产和运输产品又需要时间，所以在供应链中的某些地方，不可避免地需要一定数量的库存，来为最终的客户提供足够的服务。但是库存的存在又需要企业为之付出一些"代价"，企业必须要有资金用于对这些暂时被搁置的资源的管理，包括库存本身的价值、管理库存的费用、保险费和仓库租金等。

据有关调查显示：每 1 美元在库存上的投资，通常都会使持有库存的企业每年产生20～40 美分额外的成本。供应链中库存驱动的成本主要包括持有成本、机会成本、贬值、过时、返工、价格保护等。例如，PC 行业中的库存，每周损失其价值的1%～4%，这主要是由贬值而发生的库存成本。

可见，在进行库存管理的时候，必须要考虑成本这一因素，需要确定企业有能力承受由此带来的一系列成本支出，从而在库存持有中获取其他相关利益。

（二）服务水平（Service Level）

服务水平是衡量客户需要时库存可获得性的指标，最简单的计算方式是由库存满足的客户需求的数量来计算的，表示为占所有总需求数量的比例。

较差的服务水平导致的结果包括销售机会的丢失，以及某些情况下供应链合作伙伴提出的财务上的惩罚。当客户需要一个产品，而企业无法提供时，供应链可能会丧失这个销售机会。一个来自宝洁公司的经验，当销售商发生缺货时，宝洁公司会以 29% 的概率失去这个产品的销售机会。这种销售机会的丧失，导致的成本可能是非常巨大的，这可能是永久性的失去而不是仅限于这一次交易。

● 服务水平与供应链绩效 ●

惠普公司喷墨打印机的一次销售机会的丧失，会导致在该打印机上销售利润的损失，与该打印机有关的后续产品上的销售利润的损失（如墨盒和打印纸等），以及对惠普公司营造品牌忠诚度的能力的影响，而这种品牌忠诚度又会影响到对产品未来的需求。

对于计算机、手机等消费电子产品而言，服务水平的降低意味着无法及时满足客户的订货需求，意味着可能被竞争对手快速淘汰。对于汽车销售而言，服务水平的降低不仅意味着失去汽车的销售机会，更意味着失去整个生命周期内的高价值的备件销售机会。

一般认为，企业只有持有一定库存才能满足消费者需求的不确定性，实现在合适的时间、合适的地点、把合适的商品及时交给消费者，保证企业的服务水平。库存与服务水平之间的关系可以用一种"有效前沿"（Effect Frontier）来表示。

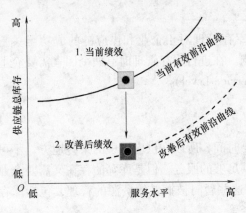

图 10-3　库存与服务水平的有效前沿曲线

减少供应链的库存会降低企业成本，但同时也会降低客户服务水平，由此带来"机会收益"的下降；而增加供应链库存会改进客户服务水平，但库存量增加到一定量后对改善客户服务水平的作用开始降低，但供应链成本却开始增加。因此，根据库存和服务水平这两个维度，可以画出一条等成本曲线，企业在这条曲线上选择库存和服务水平对应的运作成本是相同的，这条等成本曲线在经济学中也被称为有效前沿曲线，如图 10-3 所示。

供应链库存的目标一方面是通过减少库存，使一条供应链移动到效率前沿曲线之上；另一方面，通过更好的库存策略和供应链设计，将有效前沿曲线向外移动以获得更低的运作成本，同时获得在相同服务水平下得到更低的供应链库存水平。

# 第二节　确定环境下的库存控制模型

## 一、一个简单的确定性库存控制模型

第一节中所提循环库存（Cycle Inventory）是确定性库存控制模型，适用于生产和销售都比较稳定的原材料或物品，如螺钉、螺母等紧固件、可口可乐等产品。循环库存的主要作用是使企业在不同阶段采购的产品数量适宜，使订购成本和库存持有成本最小化。

循环库存产生的原因可由图 10-4 来描述：库存以固定的速率消耗，当库存降低至再订货点时，就需要订货数量 Q 来补充库存。订货通常需要时间（如生产、运输等），因此在相邻两次订货之间，企业也需持有一定的库存来避免缺货，因此再订货点（Re-Ordering Point，

ROP）对应的库存量即为循环库存平均水平。所以，订货数量越大，通常订购周期就越长，循环库存量也越大。

图 10-4 的循环库存模型是最简单的确定性库存控制模型，其主要目的是为了确定再订货点 ROP 以及循环库存平均水平。图 10-4 中，每次订购批量 $Q$ 和库存消耗速度 $R$ 均为常量，利用简单的微积分即可求出循环平均库存水平 $I_c$：

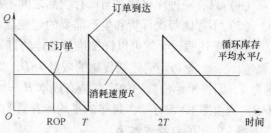

图 10-4　循环库存示意图

$$I_c \times T = \int_{t=0}^{T} Rt\,dt = \frac{1}{2}RT^2 = \frac{1}{2}QT, I_c = \frac{Q}{2}$$

**例 10-1：** 便利店可口可乐的需求量非常稳定，每天的平均销售量为 $R = 200$ 瓶，每次订货的提前期为 3 天，假设便利店每次订货的批量 $Q = 1\,000$ 瓶，那么可口可乐的再订货点 ROP 和循环平均库存水平 $I_c$ 分别为多少？

**解：** 由可以求出 $I_c = \frac{Q}{2} = 500$ 瓶，订货周期 $T = \frac{Q}{R} = 5$ 天。可口可乐再订货点 ROP $= \frac{I_c}{R} =$ 2.5 天，考虑到订货提前提为 3 天，则实际情况中的订货点为 $\max\{2.5, 3\} = 3$ 天。因此修正 $I_c = 3 \times 200$ 瓶 $= 600$ 瓶，对应循环库存的周转时间为：600 瓶/200 瓶 $= 3$ 天。

在每一个销售周期内均多出 600 瓶的可口可乐，而这些可口可乐占用的销售时间为 3 天。由此可以看出：循环库存越大，订货和销售之间的时间间隔也越大。较大的时间间隔会使商品更易受市场波动的影响，因此企业的理想循环库存量常常较小，它还能减少企业的流动资本。

不过可惜的是，这个简单的循环库存模型在实际中并不实用，它有几个缺陷：①每次订货批量是固定的，而通常订货批量需要计算确定。②没有考虑库存的维持成本，而由于电子芯片和食品随时间的折价通常很大，订货批量是会影响企业的库存费用的。

## 二、经济订货批量模型：EOQ 模型

为弥补上述循环库存模型的缺陷，本部分将介绍库存控制理论中经典且使用广泛的库存控制模型，即经济订货批量（Economic Order Quantity，EOQ）模型。

**（一）简单的经济订货批量模型**

EOQ 模型最早在 1915 年由哈里斯（F. W. Harris）提出，起初用于分析银行货币储备的库存费用。1934 年威尔逊（R. H. Wilson）将其引入到库存控制模型。一个简单的经济订货批量模型如图 10-5 所示。

在研究、建立 EOQ 模型时，为了使模型使用更简单方便，通常做如下假设：

（1）库存的消耗速度是一个常量 $R$。

（2）订货或生产的提前期为 0，也就是订单执行是立即完成的。

（3）不允许出现缺货，也就是所有的订

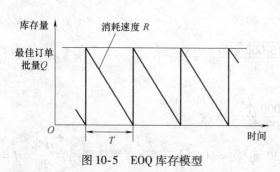

图 10-5　EOQ 库存模型

单都能够得到 100% 满足。

（4）只有一种库存物品与库存物品之间不存在相互影响。

（5）不考虑每次订货和生产需要的可变成本，也即有足够的现金支付每次订单。

有了上述假设，就可以详细推导最佳的订货批量 $Q$ 是如何被确定的。

假设：企业每年消耗某货物的数量为 $D$，货物的单价为 $P$，每单位货物的年库存持有费率为 $h$，则每年单位货物的库存持有成本 $H = P \times h$。每次订货批量为 $Q$，每年订货次数为 $D/Q$。则由图 10-5 可知，每年的平均库存量为 $Q/2$；每次订货的费用为 $C$。

那么一年的订货成本为

$$C_1 = \frac{D}{Q} \times C$$

一年库存的持有成本为

$$C_2 = H \times \frac{Q}{2} = Ph \times \frac{Q}{2}$$

则一年库存总成本为

$$TC = C_1 + C_2 = \frac{DC}{Q} + H\frac{Q}{2}$$

最终目标是求出最优的 $Q^*$ 值使库存成本最小。根据微积分的求导法则，可以非常简单求得 $TC$ 关于 $Q$ 的一阶导数和二阶导数：

$$\frac{\partial TC}{\partial Q} = -\frac{DC}{Q^2} + \frac{H}{2}$$

$$\frac{\partial^2 TC}{\partial Q^2} = \left(-\frac{DC}{Q^2} + \frac{H}{2}\right)' = \frac{2DC}{Q^3}$$

根据微积分最小值判定，二阶导数为非负，则 $TC$ 是关于 $Q$ 的凸函数，存在最优 $Q^*$ 值使年库存总成本最小，且 $Q^*$ 值为一阶导数为零时的解，也即

$$Q^* = \sqrt{\frac{2DC}{H}} = \sqrt{\frac{2DC}{Ph}} \tag{10-1}$$

由此，也可以求得最优的年订货次数 $N^*$ 为

$$N^* = \frac{D}{Q^*} = \sqrt{\frac{DH}{2C}}$$

**例 10-2**：某公司每年对某种产品的需求量为 5 000 个，每次的订货费用为 20 元，每个单位的产品所产生的利息费用和存储成本费共 5 元，试求经济订货批量、年订货次数，年订货费用以及年库存持有成本。

**解**：由式（10-1）可得经济订货批量为

$$Q^* = \sqrt{\frac{2DC}{H}} = \sqrt{\frac{2 \times 5\,000 \times 20}{5}}个 = 200 个$$

年订货次数为

$$N = \frac{D}{Q^*} = \frac{5\,000 个}{200 个} = 25 次$$

相应地，可以求得年订货成本为 25 次 × 20 元/次 = 500 元，年库存维持费用为 $\frac{Q^*}{2} \times H =$

500 元，两者费用相等。而事实上由画出的库存总成本曲线可知，当库存成本曲线和订货成本曲线相交时库存总成本最小，对应的经济订货批量即为最优的经济订货批量，如图 10-6 所示。

（二）非即刻补货的 EOQ 模型

前面所述的 EOQ 模型假设订货或生产是瞬间完成的，而在企业库存管理的实际情况中，运输、装卸等均会造成货物入库的延迟。

图 10-7 是一个典型的非即刻补货 EOQ 模型，零售商单位时间消耗库存速度为 $P_2$，供应商单位时间补货量为 $P_1$。在该模型中，库存不是立即到货的，而是逐渐补充的，其他假设条件与简单的 EOQ 模型相同。

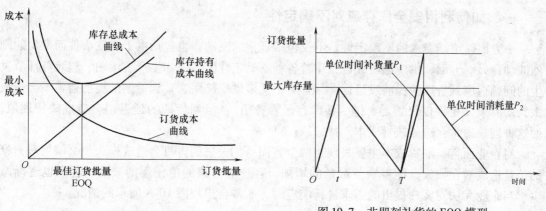

图 10-6　EOQ 成本曲线　　　　　　图 10-7　非即刻补货的 EOQ 模型

假设，在一定时间 $t$ 内零售商的进货批量为 $Q$，$C$ 表示储存单位物资在此单位时间内所用的保管费，$C_0$ 表示每次订货成本。在一个订货周期 $T$ 内，$P_1 t = Q = P_2 T \Rightarrow t = \dfrac{P_2 T}{P_1}$。

一个订货周期 $T$ 的时间段内的存货量为

$$\frac{1}{2}(P_1 - P_2)tT = \frac{(P_1 - P_2)P_2 T^2}{2P_1}$$

单位时间内的总费用为

$$TC(Q) = C\frac{(P_1 - P_2)P_2 T}{2P_1} + \frac{C_0}{T} = C\frac{(P_1 - P_2)Q}{2P_1} + \frac{C_0 P_2}{Q}$$

根据微积分求最小值法，令 $TC(Q)$ 对 $Q$ 的一阶导数等于 0（当然由二阶导数非负，可以轻松得知 $TC(Q)$ 存在最小值），则

$$Q^* = \sqrt{\frac{2C_0 P_1 P_2}{C(P_1 - P_2)}} \tag{10-2}$$

**例 10-3**：某手机销售商每月销售 500 部手机，而该手机生产商的生产速度为每月 1 000 部。销售商每次的订货费用为 160 元，每月每部手机所产生的存储成本费共为 2 元，试求零售商最佳的经济订货批量。

**解**：由题意可知，每次的订货费用 $C_0 = 160$ 元，单位时间内补货量为 $P_1 = 1\ 000$ 部/月，单位时间内的出货量为 $P_2 = 500$ 部/月，单位时间内每部手机的存储费用 $C = 2$ 元，根据

式（10-2），则最佳的经济订货批量为

$$Q^* = \sqrt{\frac{2C_0 P_1 P_2}{C(P_1 - P_2)}} = \sqrt{\frac{2 \times 160 \times 1\,000 \times 500}{2(1\,000 - 500)}} \text{部} = 400 \text{部}$$

订货周期为

$$T = \frac{Q}{P_2} = \frac{400 \text{部}}{500 \text{部/月}} = 0.8 \text{月}$$

# 第三节  不确定环境下的库存控制模型

## 一、如何利用安全库存应对不确定性

一方面，市场需求的不确定性，不仅包括日常的波动，也包括由于突发事件而发生的剧烈波动；另一方面，供应链内部也充斥着各种不确定性因素，如生产、运输、包装等环节发生的问题造成到货期的提前或延迟。尽管对于大多供应链而言，到货期的提前通常不会造成太大的麻烦（也许仅仅需要支付一些库存保管费用），但到货期的延迟则会造成缺货现象，而这种现象通常会造成缺货成本。

对企业而言，缺货成本主要表现在两个方面：①失去销售机会造成损失。②缺货对商家的信誉造成潜在损失，随着缺货数量的增加，客户对商家的信任逐渐减少，客户也逐渐减少。当企业无法对客户提出的需求进行响应时，通常会出现图 10-8 所示的情况。

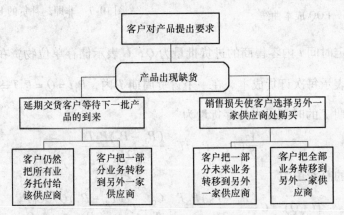

图 10-8  客户需求无法通过现有库存得到满足时的两种选择

资料来源：林勇. 供应链库存管理［M］. 北京：
人民交通出版社，2008.

为了应对现实环境中的种种意外情况，许多企业都设置了安全库存。所谓安全库存是指为了应付需求、生产周期或者供应周期等可能发生的意外情况而设置的一定量库存，是由于不能准确预测客户的需求量而持有的库存。

安全库存与工作库存、再订货库存水平的关系如图 10-9 所示。

设置安全库存通常有两种方法：一种方法是比正常订货时间提前一段时间订货或在交货期限提前一段时间开始生产；另外一种方法是每次的订货量大于在两次订货间期内客户的需

求量，而订货量多出的部分就为安全库存。安全库存的数量不仅受需求与补货的不确定性的影响，还受企业希望达到的客户服务水平影响，在制定安全库存决策时企业要注意各方面的平衡。

类似地，安全库存的设置也存在两面性：一方面，当今产品多样性的增加，产品生命周期不断缩短，今天还畅销的产品可能明天就过时了；另一方面，尽管过多的安全库存提高了企业的客户服务水平，但也很有可能成为损害企业财务绩效的杀手。对于任何供应链而言，如何在避免缺货的情况下，大幅降低安全库存水平成为非常重要的内容。

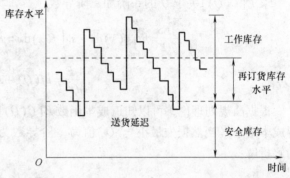

图 10-9　安全库存与工作库存，再订货库存水平的关系

### ● 降低安全库存水平的重要性 ●

　　1998 年初，计算机产品价格开始大幅下跌。康柏公司持有 100 天的库存量，相比之下戴尔公司仅持有 10 天的存货量。由于库存过多，当产品价格下跌时康柏公司损失惨重。事实上，这是康柏公司 1998 年第一季度没有盈利的直接原因。

　　戴尔公司成功的关键在于其供应链能够以极低的安全库存向客户提供高水平的产品可获性的能力。这一点对沃尔玛和日本 7-11 公司的成功也起到了极其重要的作用。

### 二、经典的不确定性库存控制：报童模型

许多供应链库存管理专家研究发现，大量不确定环境下的库存控制都可以归类到报童模型（Newsvendor Model），由此可见报童模型的重要性。

#### （一）不考虑订货周期的报童模型

报童模型的原型是卖报的孩童每天应该向报社采购多少份报纸是合理的。在采购报纸之前，报童面临着一个问题是，他必须要在每天的客户需求未知的情况下，判断出他需要从供应商处采购的报纸的数量。如果报童采购了太多的报纸，那么在一天的工作结束的时候，他就会由于未能及时售出所有的报纸而遭受损失；另一方面，如果他采购的报纸数量太少，他就会由于未能满足所有客户的需求而错过了销售额的增加。

假设报童决定采购报纸的数量为 $Q$，根据以往经验每天客户对报纸的需求服从一个概率分布函数 $f(x)$，报纸的零售价是 $a$，采购价为 $b$，退回报社的价格为 $c$，很显然 $a > b > c$。售出一份报纸赚 $s = a - b$，退回一份报纸赔 $h = b - c$。如果真实的报纸需求为 $D$，则对于报童而言，他将面临两类成本，即库存持有成本和缺货成本，具体成本函数为

$$C(Q) = h_{\max}(0, Q - D) + s_{\max}(0, D - Q)$$

相应的期望成本函数为

$$E[C(Q)] = h \int_0^Q (Q-x)f(x)\mathrm{d}x + s \int_Q^\infty (x-Q)f(x)\mathrm{d}x$$

求 $E[C(Q)]$ 关于 $Q$ 的一阶和二阶导数

$$\frac{\partial E}{\partial Q} = h \int_0^Q f(x)\mathrm{d}x - s \int_Q^\infty f(x)\mathrm{d}x = hF(Q) - s[1-F(Q)]$$

$$\frac{\partial^2 E}{\partial Q^2} = hf(Q) + sf(Q)$$

根据凸规划理论，可以知道成本函数 $E[C(Q)]$ 是关于 $Q$ 的凸函数，因此存在最优 $Q^*$ 使得成本最小（当然损失最小）。$Q^*$ 值为一阶导数为零的解，而且也可以得到一个非常完美的解析解：

$$Q^* = F^{-1}\left(\frac{s}{h+s}\right) \tag{10-3}$$

式中，$F^{-1}\left(\dfrac{s}{h+s}\right)$ 为需求分布函数的反函数。

科学家发现自然界很多不确定性都可以服从正态分布函数：

$$f(x) = \frac{1}{\sqrt{2\pi}\sigma}\exp\left[-\frac{(x-\mu)^2}{2\sigma^2}\right] \quad x = -\infty \sim +\infty$$

式中，$\mu$ 为需求均值；$\sigma$ 为标准差；$f(x)$ 是关于 $\mu$ 对称的钟形曲线，如图 10-10 所示。

根据统计学中的显著性水平，$\left(1-\dfrac{s}{h+s}\right)$ 对应的就是报童在最优订货水平 $Q^*$ 下的缺货概率。如果让库存的服务水平定义为库存满足需求的概率，那么 $F(Q^*) = \dfrac{s}{h+s}$ 就是最佳的库存服务水平。过高和过低的报纸采购量都会影响报童的盈利水平。

由图 10-10 可以看出，报童每日采购的报纸数量为报纸日平均需求 + 安全库存量。根据统计学中的知识，可以将其表示为报童每日的最优订货量

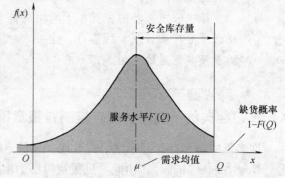

图 10-10　正态分布曲线与服务水平

$$Q = \mu + z_\alpha\sigma \tag{10-4}$$

式中，$z_\alpha$ 为服务水平 $\alpha$ 下的服务水平系数；$z_\alpha\sigma = SS$ 即为安全库存量。$z_\alpha$ 可通过本书的附录查得[注]。

**例 10-4：**假设报童每日面临的市场需求均值为 100，标准差为 10，每份报纸的进价为 0.3 元，售价 0.7 元，退货价为 0.1 元，则 $h = 0.3 - 0.1 = 0.2$，$s = 0.7 - 0.3 = 0.4$，则 $s/(s+h) = 0.667$，查标准正态分布表可知 0.667 对应 $z = 0.43$，由此即可得到报童最优的报纸订购量为

---

[注]　有关服务水平系数，可以通过查找本书附录 A "标准正态分布表"得到。

$$Q^* = \mu + z\sigma = 100 + 0.43 \times 10 \approx 104$$

同时也可以求得报童在该订货量下可以满足 66.7% 的客户需求，缺货的概率为 33.3%，安全库存量为 4 张报纸。从例 10-4 来看，上述报童的库存服务水平并不高，为增加服务水平，显然最直接的做法就是增加订货量 $Q$，但是单纯增加订货量并不是一件好事情，如果按照 95% 的服务水平去订货的话，安全库存量则上升至 16.5 张（约 17 张），相比原先的 4 张安全库存量上涨了 3 倍多。

（二）考虑订货周期的报童模型

前述报童模型的前提假设是，报童订货的周期为零，也就是说报社随时可以提供报纸。但实际情况中，企业下达的采购订单并非立即送达，通常需要经过一段时间，而这段时间通常受订货提前期和订货周期影响。

那么式（10-4）中的安全库存量就需要修正。

1. 假设订货提前期为 $L$，那么安全库存量为

$$SS = z_\alpha \sigma \sqrt{L} \tag{10-5}$$

2. 假设订货提前期为 $L$，同时订货周期为固定 $T$，那么安全库存量为

$$SS = z_\alpha \sigma \sqrt{L + T} \tag{10-6}$$

（三）服务水平与库存之间的关系

在实践中，服务水平和库存量这两个目标经常发生冲突：一方面，高水平的客户服务需要保有大量的库存，而大量的库存往往会增加供应链的库存量；另一方面，为降低库存成本，又要求减少库存，而减少库存则可能导致客户服务水平的下降。

从例 10-4 我们可以看出，选择适当的客户服务水平在实践中是很重要的。在客户服务水平较低时，增加安全库存；在客户服务水平提高效果显著时，此时的安全库存增加量相对较少；而当服务水平增加到一定程度，再提高服务水平就需要大幅度增加安全库存量来实现。同时从式（10-5）和式（10-6）也可以看出，订货提前期的增长也会加大安全库存水平，固定订货周期的存在也会影响到安全库存水平。

削减安全库存的途径有很多种方法，如将在后续讨论的供应链环境下的库存管理模式都可以保证不降低（甚至提高）库存服务水平的同时，大幅降低安全库存的水平。

- - - - - - • **GE 的安全库存与服务水平之间的平衡** • - - - - - -

　　GE 公司在面对减少库存的同时却要保证客户服务水平这个难题时，采取措施优化 GE 的供应链活动，改进了库存和服务水平之间的平衡，在 6 个月内减少了 40% 的库存，却保证了 98.5% 的客户服务水平，每年在库存方面节省的成本几乎达 3 000 万美元。

　　资料来源：鲍勃. 多纳斯. 物流与库存管理手册 [M]. 北京：电子工业出版社，2003. 经编者修改整理。

## 三、订货点的确定

库存常常涉及巨额的库存投资，一旦缺货企业就要遭受巨大的损失。因此，在库存控制

中，什么时候订货往往比确定订多少货要重要。为了能有效地做好库存控制工作，企业常常使用订货点法来确定订货时间点。订货点也称警戒点，是指订货点库存量。

订货点法库存管理策略有很多，最为常用的有以下四种：

1. $(r, Q)$ 订货策略

$(r, Q)$ 订货策略又称为固定订货点法。该订货策略预先确定一个订货点 $r$，对库存进行连续检查，当库存降到 $r$ 时，即发出订货请求，每次的订货量 $Q$ 保持不变，$Q$ 一般取经济订货批量，在经历 $L$ 的补货提前期后货物补充到位，如图 10-11 所示。

一般情况下，订货点 $r = L \times \mu$，$\mu$ 为单位时间内的平均库存需求量。

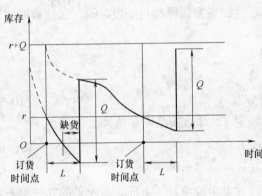

图 10-11　$(r, Q)$ 订货策略

该方法操作简单、节省工作量但是需要随时存盘，订货模式过于机械化，并且没有考虑需求不确定的情形，一旦需求发生较大的波动将造成库存的缺货，但由于每次订货采用经济订货批量⊖，那么订货费用是可以优化的。

因此 $(r, Q)$ 订货策略适用于需求量很大、缺货费用较高、需求波动性很大的物料采用，现实中，企业一般用该策略管理紧固件等需求量大、单价较低的零部件和原材料的库存管理。

2. $(s, S, T)$ 库存控制策略

$(s, S, T)$ 库存控制策略又称周期性盘点库存控制策略。该策略下，需要周期性地查看库存状态（检查周期为 $T$），如果当前库存量高于 $s$，则不补货；若当前库存量小于 $s$ 时，发出补货请求，并将库存量补充至 $S$，订货量为 $S - x$（如图 10-12 所示）。

一般情况下，$s$ 可以根据管理者的经验指定（最小值可以为 0），$S = \mu T + z\sigma\sqrt{T}$ 为最大库存水平。

该策略中无固定订货点，只有固定检查周期和最大库存量，适用于一些不太重要的或使用量不大的物资，实际上这些物资完全可以根据需求进行紧急订货。现在库存管理信息系统已经可以做到实时监控库存水平，因此 $(s, S, T)$ 订货策略实际上很少被企业采用。

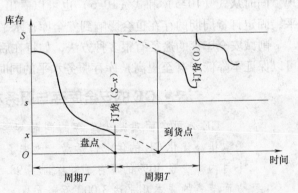

图 10-12　$(s, S, T)$ 库存控制策略

3. $(s, S)$ 库存管理策略

$(s, S)$ 库存管理策略又称连续性盘点的固定订货法。该策略需要随时检查库存状态，若当前库存量下降到 $s$ 时开始订货，订货后使库存保持最大水平 $S$。举例而言，若发出订单

⊖　有关计算请参见式（10-2）。

时库存量为 $x < s$，则订货量即为 $(S - x)$，否则订货量为 0（如图 10-13 所示）。

一般情况下，$s = z\sigma\sqrt{L}$ 为订货提前期内的安全库存，而 $S = \mu L + z\sigma\sqrt{L}$，相比于 $(s, S, T)$ 的库存策略而言，最大库存量下降了 $(z\sigma\sqrt{T} - z\sigma\sqrt{L})$。

需要注意的是：$(s, S)$ 库存管理策略实质上监控的是未来的库存量（为当前库存水平 $x$ + 在途库存 $I$），因此当次日库存水平 $(x + I) > s$ 时不需要发出订货请求，否则需要发出的订货量为 0。但当市场需求波动较大时，有可能先前

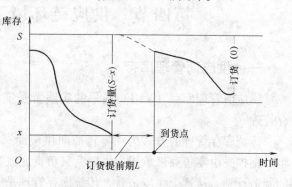

图 10-13　$(s, S)$ 库存管理策略

的在途库存还未到货，未来的库存量又降到 $s$ 以下，则马上又发出补货请求，也就是说，在某些时段，该策略有可能产生两个批次以上的在途库存。而这一交叉订货的事实，也大大复杂了库存管理，除非价值极高的货物，否则一般情况下企业很少采取这样的库存管理模式。

4. $(r, S, T)$ 库存管理策略

$(r, S, T)$ 库存管理策略有固定的库存盘点周期 $T$，最大库存量 $S$、固定订货点 $r$。当经过一定的盘点周期 $T$，若库存低于订货点 $r$ 就发出订货，否则就不订货。订货量的大小依最大库存量和盘点时的库存量之差而定。如此循环反复，实现周期性库存补充，如图 10-14 所示。

一般情况下，订货点 $r = \mu L + z\sigma\sqrt{L}$，最大库存量为 EOQ 和 $(\mu T + z\sigma\sqrt{T})$ 的最小值，即 $S = \min(EOQ, \mu T + z\sigma\sqrt{T})$。

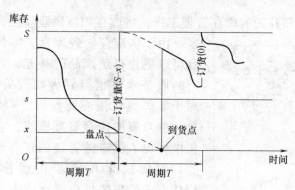

图 10-14　$(r, S, T)$ 库存管理策略

该策略是上述第 1 种和第 2 种策略的综合。相对于 $(s, S)$ 库存管理策略，由于引入了固定的订货周期 $T$，在途库存通常在新的订货周期开始时就已经到达，而这就消除了第 3 种策略中的交叉订货情况。

Fisher 从数学上证明了该策略实际上是最优的库存管理模式[⊖]，而实际中信息系统的引入使得实时监控库存变化水平已经成为现实，这也大大降低了盘点库存的费用。$(r, S, T)$ 的库存管理模式具有非常良好的性能，它既能达到经济订货批量的成本最优，又可以最大限度满足给定的库存服务水平，因此现实中企业库存管理大多采用该策略。

---

⊖　Fisher, Hornstein. （s, S）Inventory Policies in General Equilibrium [J]. Review of Economic Studies, 2000, 67: 117-145.

# 第四节    供应链环境下的库存管理模式

## 一、供应商管理库存

供应商管理库存（VMI）最早的实践者是宝洁和沃尔玛之间的"帮宝适"纸尿裤的库存管理[○]。

传统库存管理的方式为：零售商向供应商买断产品并负责销售工作，如果产品不能售罄，则损失由零售商来承担；供应商只负责完成零售商下达的订货订单，供应商只负责产品的制造计划。从这个角度来看，传统库存管理是完全各自为政的：供应商无法知道产品的销售情况（导致生产计划安排不合理），而零售商的订货请求无法得到有效响应。

VMI 改变了传统库存管理模式：零售商不负责进货和补货，而将货架或者仓库通过出租或其他方式交由供应商管理，零售商仅负责销售产品，进货和补货（包括运输等）均由供应商完成。从这个角度来看，VMI 打破了传统的各自为政库存管理模式，零售商和供应商之间是一种战略伙伴式的集成化运作，产品销售和补货同步化完成。

VMI 库存管理模式下，供应商可以直接了解到货架上产品的销售情况，而这些透明的市场数据能够大大提高供应商的市场反应速度，同时也改善了需求预测的精度，由此可以更好安排产品的生产、分销和采购计划。

另外，VMI 解放了零售商频繁订货和补货的库存管理工作，将库存积压风险降至为零。

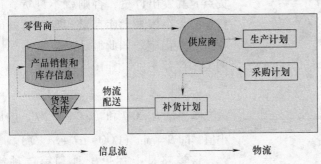

图 10-15    VMI 库存管理和运作模式

由于供应商管理库存，零售商可以更快得到产品的补充，客户的服务水平也得到大幅改善。对于零售商和供应商而言，VMI 是一种双赢的库存管理模式，它集中体现了供应链管理的核心理念，即集成化和同步化运作。VMI 方式带来的供应链运作方式如图 10-15 所示。

目前，VMI 库存管理模式在许多跨国企业得到了实践，如大型零售商沃尔玛和家乐福，IT 制造巨头戴尔、惠普和诺基亚等。国内一些大型企业也在积极实践 VMI，如 2007 年联想通过 VMI 实现了货物"零等候"，整体物流时间从原先的 30 ~ 100 小时缩减至 3 ~ 5 小时，库存周转从 7 ~ 10 天缩短至半天。

## 二、联合库存管理

联合库存管理（Joint Managed Inventory，JMI）模型是一种基于协调中心的库存管理方法，是为了解决供应链体系中的"牛鞭效应"，提高供应链的同步化程度而提出的。其原理

---

○ 有关"帮宝适纸尿裤"的案例，参阅本书第二章第二节"宝洁与沃尔玛的同步化"。

十分简单，举例而言：原本分散在各个便利店的库存，统一放置于总部的中心仓库，各家便利店的需求通过中心仓库进行配送，这样既不妨碍各个便利店的服务水平，又可以大大降低总体库存。本书第十一章，将围绕汽车 4S 店的备件库存管理对该库存管理模式进行深入讨论[○]。

图 10-16 给出了制造型供应链的 JMI 模式，在大型连锁零售企业也存在类似的 JMI 模式。JMI 模式可以起到分担风险的作用，如制造商可以通过设立一个原材料联合库存中心来防范供应商可能因突发事件造成的供应中断事件；JMI 模式也可以起到降低库存的作用，如通过产销联合库存中心，制造商可以减少安全库存的总量，大大缓解供应链中库存的"牛鞭效应"。

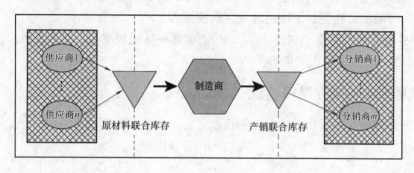

图 10-16　制造型供应链的 JMI 模式

需要注意的是：JMI 模式强调供应链节点企业同时参与，共同制订库存计划，使供应链管理过程中的每个库存管理者都能根据相互之间的协调性来考虑问题，保证供应链相邻的两个节点之间的库存管理者对需求预测的预测水平保持一致，从而消除需求变异放大的现象[○]。任何相邻节点需求的确定都是供需双方协调的结果，库存管理不再是各自为政的独立运营过程，而是连接供需的纽带和协调中心。

### 三、准时制库存管理

无论是制造企业还是零售企业，"零库存"都是企业运作管理追求的最高境界，但零库存仅是一个理想状态，在现实中是不可能出现的。以 VMI 模式为例，它只是用供货方替代需求方管理库存，库存的管理职能转由供应商来负责，实际上就是一种库存管理的转嫁。当然，并不是所有企业都能实现零库存。

在零库存的实现形式中，准时制（JIT）是最常用的形式。它是指将必要的零件以必要的数量在必要的时间送到生产线，并且只将所需要的零件，以所需要的数量，在正好需要的时间送到生产，简单地说，JIT 就是要追求一种无库存或库存达到最小的生产系统。丰田公司是 JIT 的最先实践者，它的实践可一直追溯到 20 世纪的六七十年代。在丰田眼中，企业运行时的"库存"是最大的浪费，丰田模式（TPS）的成功也成为企业纷纷效仿的对象。

在实现 JIT 的库存管理模式时需要注意以下几个要点：

1. 供应链上的核心企业对 JIT 的库存管理成功与否起到关键的作用。缺乏强有力的核心企业，将导致供应链运作没有清晰的战略目标，链上的成员企业之间也将缺乏调和矛盾的"领导者"。

2. JIT 的实现方式通常是成员企业围绕核心企业进行运作，将空间距离降至最低以提高物流配送效率。例如，众多零部件供应商在位于安亭的上海大众周围设厂就是出于该目的；许多大型企业的选址也通常考虑当地是否有足够的零部件配套企业。

3. JIT 的实现方式需要供应链成员的战略合作：双方在长久合作的前提之下，对彼此提供的产品质量和服务有着深刻的了解，而这些伙伴式的关系将大大减少质量检验、运作规则设定等，但实现战略合作需要供应链成员共同的投入。

4. 这种战略合作还需要"利益共享"，核心企业一味强调成员企业的义务而忽视了利益的分享，将导致 JIT 模式运作的失败。

## 四、其他常见的库存管理模型

除了前面介绍的几种常用的库存控制模型之外，根据不同商品、不同行业、不同时期市场的特点等情况，企业还会采取多种不同的库存管理模型。

### （一）多级库存管理

供应链管理的目的是使整个供应链及各个阶段的库存量最小，但现行的企业库存管理模式是从单一企业内部的角度去考虑库存问题，因而并不能使供应链整体达到最优，多级库存管理（Echelon Inventory）可以实现供应链全局的优化和控制。多级库存控制的方法有两种，即非中心化策略（又称分布式库存策略）和中心化策略（又称集中式库存策略）。

非中心化策略是指各个库存点独立地采取各自的库存策略，这种策略在管理上比较简单，可以保证各自的库存处于一个优良状态，但却并不能保证整条供应链的库存优化。采用中心化策略，所有库存点的控制参数是同时决定的（通常由配送中心进行整体协调），考虑了各个库存点的相互关系，通过协调的方法来获得整条供应链的库存优化。

通常情况下，中心化库存策略是多级库存管理中最常用的模式，但该模式中存在大量的协调工作，如采购权集中到配送中心（或总部）通常会遭到抵制，配送中心的库存和配送管理效率也会影响整条供应链的库存服务水平。

### （二）越库作业

"越库"（Cross Docking）顾名思义，就是"越过仓库这一环节"。在越库作业中，货物是流经仓库或配送中心而不是储存起来。通过越库策略大幅降低库存水平，可以降低库存管理成本，减少货物损失率、丢失率及加快资金周转等。

彼得·德鲁克认为：采用越库作业后，仓库将成为一个编组场所，而非一个保管场所。货物到达仓库后经过简短的交叉分装后，省去了仓储等其他内部操作，而直接将货物发送至供应链下一节点。

越库作业对库存管理的贡献为，利用运输效率的提高，加快库存的周转效率。

---

**• 沃尔玛如何在配送中完成越库作业 •**

　　沃尔玛公司的"天天平价"是靠不断地改善和提升物流配送体系的效率来降低成本，从而进一步降低商品价格的。沃尔玛的越库作业都是在配送中心完成的。供货商将货物送达配送中心后，沃尔玛立即根据电子数据系统对其进行分拆和包装，运往对应的门店。

　　沃尔玛的配送中心配备了几英里长的激光制导的传送带，商品整箱地被送到传送带上，运送过程中利用激光扫描货物箱上的条码，这些商品就能准确地在庞大的配送中心找到将要装运自己的卡车。在 48 小时以内，装箱的商品从一个卸货处运到另一个卸货处，而不在库房内消耗宝贵的时间，这种类似网络零售商"零库存"的做法，使沃尔玛每年都可以节省数百万美元的仓储费用。目前，沃尔玛 85% 以上的商品都是由公司的配送中心供应的，与其竞争对手相比每年可节省 7.5 亿美元的配送费用。高效的物流管理，使沃尔玛比行业平均的销售成本降低了 2% ~ 3%。

　　资料来源：剖析沃尔玛的成本控制方法. 百度文库. 经编者修改整理.

### （三）电子商务下的库存管理

　　电子商务下的库存管理，实际上就是用信息来取代库存的一种虚拟库存新方式。供应链管理的根本，就在于用信息取代库存。供应链管理是建立在信息畅通、资源共享的基础上的，供应链管理环境下的库存控制，可以理解为信息平台下的库存控制，通过信息代替库存，也就是企业持有的是"虚拟库存"，而不是实物库存。通过信息技术控制库存，可以明显减少供应链的"静态"库存持有水平，减少流通环节，降低库存控制的技术和难度，使企业在实际运作中可以不断降低其库存成本。

　　供应链环境下的库存管理理念与互联网的结合已经并且将持续爆发出新的商业模式。中国作为世界的制造中心，具有强大的制造能力，而目前日益完善的基础设施和法律法规也为电子商务物流的开展提供了保障。类似于当当网（www. dangdang. com）、凡客诚品（www. vancle. com）网等新兴企业在将供应链管理和互联网进行高效融合之后得到迅猛的发展。可以想象的是，未来中国还将在这两个领域中产生更多的商业模式。

# 本 章 小 结

　　库存是供应链管理者应该时刻关注的焦点，包括爱立信、思科、长虹等大型企业都因库存管理的不当而遭受过巨大损失。本章首先从供应链库存管理的理论出发，详细介绍了库存管理的基本知识，如库存的定义、分类、功能和两面性等，虽然这些内容很容易与现实进行联系，但理解和深入把握这些库存管理的基本知识却需要花费大量的精力去体会。其次，本章详细介绍了一些库存管理中的数学模型，对于供应链管理者而言，不仅需要在定性上了解库存，还要进行"需要多少库存，什么时候需要"等一些定量的库存计算，这是非常重要的内容，而掌握这些模型需要具备一定的数学功底。最后，本章简单介绍了供应链环境下的库存管理模式，这些模式在前面的章节中都有涉及和分析，因此本章没有深入分析这些模式。

## 关键术语

| | |
|---|---|
| 循环库存（Cycle Inventory） | 安全库存（Safety Inventory） |
| 季节性库存（Seasonal Inventory） | 投机库存（Speculation Inventory） |
| 在途库存（In-Stock Inventory） | 积压库存（Sunk Inventory） |
| 库存两面性（Two-face of Inventory） | 服务水平（Service Level） |
| 库存成本（Inventory Cost） | 有效前沿（Effect Frontier） |
| 经济批量（Economic of Quantity） | 再订货点（Re-Ordering Point） |
| 报童模型（Newsvendor Model） | 订货策略（Ordering Strategy） |
| 供应商管理库存（Vendor Managed Inventory） | 联合库存管理（Joint Managed Inventory） |
| 准时制库存管理（Just in Time） | 多级库存管理（Echelon Inventory） |

## 思考与练习

1. 库存是供应链管理者必须高度关注的焦点，许多企业因库存管理不善遭到了巨大的损失，请你利用供应链库存管理中的知识分析其中的原因。

2. 季节性库存和投机性库存是库存管理中两个非常难以掌握的内容，请你就当前国际大宗原材料价格剧烈波动这一事实，分析管理者应该怎么去优化库存管理。

3. 库存成本和服务水平通常是矛盾的，请结合供应链管理的知识分析怎么降低"有效前沿曲线"，它们是如何发挥作用的。

4. A公司每年需要耗用零件10万个，为了应用经济合理的方法对该物资进行采购，公司对各项成本进行了统计，现已知该物资的单价为8元，每次的订货成本为10元，每件物资的年保管费率为25%，请问：（1）A公司每次最优经济订货批量是多少？（2）年订货次数是多少？（3）年订货成本是多少？（4）年库存持有成本是多少？

5. B汽车公司每月需要消耗10万个零部件，该零件供应商的供应速度为每月20万个，B公司每次订货费用为10 000元，每月每辆汽车生产的库存成本为2 000元，请求B公司最佳的经济订货批量。

6. 根据小卖店的统计，蛋糕每日平均销售量为100个，标准差为10个，每个蛋糕的售价5元，采购价格3元，如果卖不掉这个蛋糕就需要处理，处理价格为每个1元，请求小卖店每日最优的蛋糕经济订货批量是多少？该订货批量对应的库存服务水平是多少？如果要达到90%的服务水平，小卖店应该增加多少安全库存？

7. 基本数据如上所述，但小卖店的蛋糕订单需要提前两天下达，蛋糕的保质期为3天，3天之后卖不掉则按每个1元处理掉，那么请问在这些条件约束下，小卖店每天采购蛋糕的最优数量是多少？需要建立的安全库存为多少？

# 本章案例：金融危机下中国钢铁企业的去库存化

2008年世界经济形势风起云涌。随着美国次贷危机愈演愈烈并在全球蔓延，全球金融风暴逐步由虚拟经济蔓延至实体经济，逐步升级为一场席卷全球的金融危机，世界经济正面临多年来最严峻的挑战。

受此影响，中国企业库存量也陆续升高，"去库存化"成为中国应对金融危机留下的后遗症的当务之急。以钢铁企业为例，从 2008 年全球发生的金融海啸开始后，钢铁企业由于需求急剧下降，首要任务就是解决去库存化，在解决这个问题的过程中，反映出企业在整体供应链管理方面亟须加强。"去库存化"应该是宏观调整的关键，唯有如此，才能营造出一个有利于钢铁企业生存的良好环境，才能有效提升钢铁企业的经济效益。

国内企业自 2008 年 10 月开始了第一轮去库存化的过程。就钢铁行业来说，自 2008 年 6 月末以来，钢价已经回落了 30% ~40%，下游行业景气度下降，对钢铁需求量减少，进一步打压钢铁市场，2008 年 10 月份，钢的生产水平降至年产 4.2 亿吨，比年内最高水平下降了 26%。

2008 年 6 月以后，各大钢铁企业纷纷用限产、停产来解决"库存"的问题，而钢铁生产企业的停产、限产导致经营陷入困境。2008 年，攀钢、广钢、韶钢、石钢、苏钢、杭钢等 14 家钢铁企业亏损。其中，莱钢、安阳钢铁、太原不锈钢、南昌钢铁、柳钢等钢铁企业的利润同比 2007 年下降幅度在 80% 以上，盈利额在 100 亿元以上的只有宝钢，利润在 100 亿元和 50 亿元之间的有沙钢、河北钢铁、武钢、鞍本钢铁四家企业。

到 2010 年为止，美国次贷危机爆发已两年有余，但"余威"却远未消除。从迪拜到希腊，从西亚到欧洲，主权债务危机此起彼伏，企业和居民"去杠杆化"以国家资产负债表恶化为代价，其负面影响逐渐显现。

以国内螺纹钢为例，2008 年 10 月份之后，国内主要钢铁企业展开了去库存化的过程。至 2008 年 12 月底，国内螺纹钢库存量降至两年来的最低点 150 万吨，价格亦趋于稳定。然而进入 2009 年 1 月份以来，国内螺纹钢库存量逐日上升。至 2009 年 3 月，螺纹钢库存量已突破 400 万吨，一度超越 2008 年的库存峰值。国内粗钢产量在 2010 年 4 月达到历史高点，日产量达 185 万吨，当月粗钢产量为 5 540.3 万吨，同比增长 27%，日均产量为 184.68 万吨，创历史新高，相当于 6.7 亿吨的年产量。2010 年 5 月份以来华北部分小钢厂陆续限产，但规模不大，5 月上中旬粗钢日产量分别为 183.1 和 180.1 万吨，环比持续下降，仍处较高水平。种种现象表明我国钢铁企业将面临第二次去库存化。

从更长的期限预判，在本次去库存化后，我国经济面临的最大课题是寻找新增长动力。在稳定短期增长的情况下，我国必须尽早布局结构调整。无论是产业创新还是区域均衡，都是修正过去增长的积弊。而宏观调控真正的艺术和智慧之处在于，如何平稳地摆脱对旧有增长模式依赖，同时又能从纷繁复杂的备选答案中，高瞻远瞩地培育出助推未来我国经济平稳向上发展的全新动力，只有这样，我国才能彻底摆脱世界金融危机给带来的不利影响，使我国经济稳步前进发展。

案例来源：万勇. 焦点：去库存化速度难挡再库存化增长压力 ［N］. 证券时报，2009-3-15（经编者修改整理）.

**案例思考：**

1. 从供应链管理的角度分析，金融危机给中国钢铁企业的发展带来了怎样的影响？

2. 请从供给和需求两个方面分析一下第一次中国钢铁去库存化的原因是什么？第二次去库存的动力又在哪里？

3. 中国企业应如何应对此次金融危机，以确保企业供应链的持续、稳步发展？这次金融危机对中国企业而言，是机遇、是挑战、还是极大的危机？谈谈你的看法。

# 第十一章 供应链库存系统的设计与实践

 **本章引言**

即便像沃尔玛这样的大型企业，也能因其出色的供应链库存管理系统，做到了"大象也可以跳舞"。当深入剖析这套系统时，会惊讶地发现：一个设计精致、运作良好的库存系统竟有如此之大的作用——库存大幅降低带来资金使用效率的提高，高效的配送系统带来库存服务水平的上升，库存周转效率的提高进一步降低了库存积压的风险，干净利落的库存运作系统大幅降低了企业管理的难度……

然而，实现上述高效的供应链库存系统却是一项非常具有挑战性的工作，这需要管理者进行精心的计算和设计。本章，将围绕一个汽车4S店备件供应链管理的咨询案例，介绍如何设计一个高效的供应链库存运作体系。本章的知识具有非常好的扩展性，适用于大型工业、零售连锁等企业供应链库存系统的设计。[一]

 **学习目标**

- 了解汽车备件供应链库存系统的运行现状
- 了解分布式库存管理和联合库存管理的优缺点
- 掌握库存结构的 ABC 分析法
- 掌握区域配送中心的选址和配送网络的设计方法

# 第一节 4S店的备件库存烦恼

## 一、4S店汽车备件库存管理现状

振国汽车是国内少数年产量超过80万辆的汽车公司，尤其是2008年国家出台一系列鼓励汽车消费的政策更是让振国的汽车年销量突破65万辆，跃居国内汽车销量排行榜第3位。然而最近一项针对汽车消费者满意指数的调查报告却让该公司的管理者感到震惊：振国汽车多数品牌的市场满意度竟然跌破前10名，其中售后服务一项的市场满意度竟然只有75.2分（满分100）。为进一步了解其中的原因，公司派出市场部经理许可前往问题最严重的杭州地区调研和了解情况。

（一）备件服务水平差

几乎所有汽车的销售和售后服务都由地区4S专营店完成，因此许可对振国在杭州地区的5家4S店（分别是国富、国旭、国鹏、国翔和国新）进行了集中调研。

---

[一] 本章根据真实的汽车备件供应链管理咨询项目进行改编。考虑到企业的商业利益，本章中所有企业的名称、经营数据和人物均做了大幅修改。

经过 3 天的访谈，许可发现造成市场满意度低的主要原因是 4S 店极差的备件服务水平：客户经常抱怨 4S 店备件准备不充分，对维修等待时间长、服务质量差、零部件以次充好的投诉较多（具体情况如图 11-1 所示）。但来自 4S 店经理的反馈让许可认识到这些只是表面现象，深层次的原因是，4S 店备件的订货请求经常受到汽车主机厂（以下称 PV）严格订货制度的限制，备件积压严重抵消了 4S 店的经营利润，为保证利润将零备件进行以次充好。

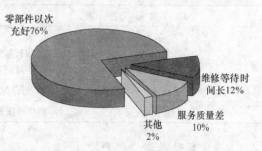

图 11-1　客户投诉原因

许可意识到，这是汽车备件的供应链管理出了问题，需要立即进行整改。

考虑到许可在 MBA 学习期间主攻供应链管理，公司管理者任命许可为振国杭州 4S 店汽车备件供应链整改项目的负责人，并提供了足够的权限和资源来确保试点项目的运行。

（二）备件供应链订货规则存在缺陷

许可认为："应该马上得到 4S 店的备件的进销存数据"。但经过几天的奔忙，许可发现这并不像当初想象的那么一帆风顺，当杭州这 5 家 4S 店经理了解许可的来意后，几乎都流露出不满的情绪，尤其是国旭 4S 店经理李国经常托辞不参加项目整改会议。

许可决定亲自去拜访李国。李国今天碰到了一件棘手的事情：一位客户的发动机坏了需要更换，客户扬言如果 3 天之内国旭 4S 店不能处理好此事就要向媒体曝光、向消协投诉。可国旭 4S 店内并没有这款发动机的备件，向 PV 订货也至少需要 3 天，李国快被这个难缠的客户逼疯了。许可看着李国着急的样子，突然想起之前在国富调研时见过有这款备用的发动机。李国连忙向国富询问，国富的回答让李国顿感轻松，但他也感到非常奇怪："国富的备件库里怎么会有一整台发动机？一般情况下十年八年都不会用到它。"不过李国还是非常感激许可帮了大忙，许可就抓住机会向李国表示希望得到国旭汽车备件的进销存数据。

提到备件的库存，李国又是激动又是无奈："PV 订货规则苛刻（见表 11-1），客户的要求又很难估计，像这次突发情况，即便是紧急订货也无济于事（见表 11-2）。因此要备足备件以防万一，但你知道这给国旭带来多少压力吗？1 000 多种呆滞件，什么时候才能卖得掉！"

表 11-1　PV 订货规则

| 最近 3 个月平均订货额 | 每月正常订货次数 | 备　　注 |
| --- | --- | --- |
| 小于 20 万元 | 2 次 | 1. 4S 店订单在订货日历当天 10：00 前发送 |
| 20~40 万元 | 3 次 | 2. 杭州各 4S 店到货时间通常在 1 周左右 |
| 大于 40 万元 | 4 次 | 3. 运输等订货费用由 PV 负责 |

表11-2  紧急订货规则

| 项目名称 | 订货规则 |
|---|---|
| 数量限制 | 1. 紧急订货每单不超过30行<br>2. 每行数量不超过2台<br>3. 年度订货额不应超过总金额的10% |
| 责任承担 | PV到专营店的运输方式、费用由4S店订货时选择和支付 |
| 到货时间 | 到货时间通常在订单发出的第3个工作日 |

（三）备件呆滞情况严重

"PV的订货规则给我们的压力太大了，所以当遇到特殊情况，店里备件没有库存时我们只好到汽配市场去找，但汽配市场零部件的质量你也是知道的。"李国无奈地说。李国的心思许可当然理解，但汽配市场零部件便宜恐怕是李国他们这些4S店经理心照不宣的秘密吧。

"如果你能给我国旭的进销存数据，也许我们这个备件供应链整合项目可以帮助你解决这些问题，甚至帮助你解决积压的呆滞件！"许可的回答显然让李国感到兴奋，在后续的数据获取上，许可也得到了李国的大力支持。

尽管许可早就知道备件库存很严重，但集齐杭州这5家4S店的数据却让他更为吃惊（如图11-2所示）。以国旭为例：国旭一年销售额为170万元，但平均月库存就有68万元（10月份高达100万元）。换句话说，国旭将大约三分之一的销售额贡献给了库存。

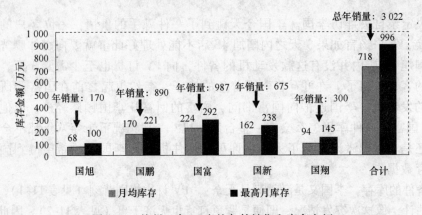

图11-2  杭州5家4S店的备件销售和库存金额

## 二、备件库存管理模式的重新设计

放在许可面前有两大挑战：①说服公司改变4S店的订货规则并非易事，因为这套体系经过长期的运行被证明是有效的。②杭州5家4S店的备件库存大大超过许可原先的估计，能否说服公司管理者解决4S店呆滞件也存在很大难度。但这些困难也给许可留有足够的空间去改进振国的备件供应链管理绩效。许可决定对原有的备件库存管理模式重新设计。

在调研过程中，许可发现：当前杭州5家4S店和PV厂之间的备件管理模式是供应链中典型的分散库存管理策略（如图11-3a所示）。在这种备件库存管理模式下，各家4S店分别根据自己的销售情况直接向PV进行备件订货。这种"各自为政"的库存策略并没有考虑杭州5家4S店之间的互补和协调作用，造成同类呆滞件在每一家4S店中都大量存在以及4S店之间的备件无法得到共享。

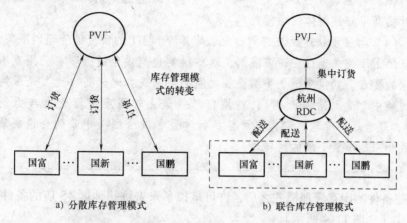

a) 分散库存管理模式　　　　　b) 联合库存管理模式

图 11-3　4S 店备件的分散库存管理模式和联合库存管理模式

从整个汽车备件供应链的角度上看，在杭州5家4S店之上设立一家独立的区域配送中心（Regional Distribution Center，RDC）能够将备件库存的分散经营向集中控制转变：4S店直接向 RDC 订货，RDC 则根据5家4S店的备件销售情况向 PV 厂订货；4S店只需专注服务客户的需求而不需要过多考虑备件库存，RDC 则专注于制定企业整体库存策略，充当4S店备件库存的"缓冲池"，"熨平"4S店销售的意外波动（如图11-3b 所示）。因此，这种库存管理模式称为联合库存管理（Joint Managed Inventory，JMI）策略，也称集中式库存管理策略。

许可发现，通过 RDC 集中订货、集中库存和同城配送可以大大简化现有模式下4S店的订货压力，4S店的备件缺货请求可以由 RDC 当日予以满足。此外，通过 RDC 的联合库存管理，杭州地区5家4S店还可以获得额外三个好处：

（1）可以大大降低5家4S店整体的安全库存，减少库存资金积压，提高资金使用效率。

（2）使相同数量的总库存量发挥更高的客户服务水平。

（3）考虑到项目将来在全国范围内推广，JMI 模式适用范围更广、运作更为复杂的汽车备件供应链系统。

#### ● JMI 模式的优点和限制 ●

JMI 模式是通过将部分或是全部库存集中到协调中心，并由协调中心统一配送，从而实现对资源的整合和分配。JMI 模式的本质是通过"联盟"来对冲可能发生的市场风险，因此 JMI 也被大量应用于连锁商业的库存管理。总的来说，JMI 模式使供应链得到以下几点益处：

（1）将供应链有限的库存资源在不同节点企业之间进行共享、共担风险。

（2）通过协调中心来实现供应链上下游企业库存和信息的集成，部分地消除了供应链的"牛鞭效应"，提高了供应链运作的稳定性。

> （3）供应链库存层次更为简化、运输线路得到优化，降低物流成本的同时提高供应链整体的运作效率。
>
> （4）为实现快速反应、同步化、零库存和 JIT 的供应链管理创造条件。
>
> 但 JMI 模式也存在诸多限制，这些限制也是供应链管理者必须克服和注意的要点，如供应链上下游企业之间的协调成本比较高（尤其是采购权力的集中会遭到诸多抵制），前期信息收集比较困难（而这也与抵制有关），联合库存管理机制需要严格执行和监督（否则集中采购会造成集中腐败和采购质量下降的可能性）。

考虑清楚备件的库存管理模式之后，许可草拟了未来杭州地区 4S 店的备件联合库存管理和配送模式（如图 11-4 所示）。

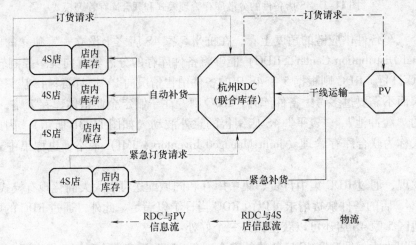

图 11-4　备件联合库存管理和配送模式

为确保图 11-4 中新模式下的备件库存管理模式能够顺利开展下去，许可提出"四个整合"并将该方案提交到公司总部征求意见。

1. 呆滞件整合

振国汽车公司对杭州 5 家 4S 店的呆滞件作了一次性报废处理；现存备件库存中流动量不大且不够报废标准的备件由项目中成立的 RDC 代管、4S 店逐步消化，如果两年后仍无法消化由公司作报废处理；余下一部分备件库存划拨给杭州地区的 RDC，并由杭州 RDC 进行按需配送。

2. 业务整合

将干线运输、仓储、市内配送等业务进行整合。4S 店内仓库保留常用件的少量库存、4S 店不再向 PV 订货转而由杭州 RDC 进行自动补货；当发生紧急订货时先由杭州 RDC 满足，如果无法满足则由 RDC 向 PV 发出紧急订单，PV 对 4S 店进行紧急补货。

3. 信息系统整合

将 5 家 4S 店的信息系统进行统一并连接到杭州 RDC 的信息平台和振国汽车公司的信息

系统，实现信息的无缝交换。

4. 人员整合

对现有 4S 店负责订货的人员编制统一至杭州 RDC，并进行统一培训、统一管理，以便发挥整合优势。

# 第二节 4S 店汽车备件库存结构分析

许可的方案得到了公司管理者的高度肯定，决定在杭州进行项目试点。前期的数据处理工作是至关重要的，因为他知道，事先没有对备件库存结构进行了解和研究，"降低 4S 店的库存"和"提高客户的备件服务水平"将很难实现。

## 一、备件库存的 ABC 分析法

对于一个拥有超过 5 000 种备件的汽车供应链来说，要分析每一款备件的库存并设计对应的库存控制策略显然是一件庞大的工程，而且实际上也不需要这样做。ABC 分析法可以让许可对这 5 家 4S 店的备件结构有更深入的认识。

ABC 库存分类的思想来自于"20-80"原则，即 20% 的因素带来了 80% 的结果。这个原则大量存在于自然界和人类社会，如 20% 的产品创造了 80% 的利润，20% 的客户提供了 80% 的订单等。"20-80"的比例不是绝对的，也可以是"30-70"，因此具体比例需要管理者根据实际情况具体分析。"20-80"法则要求管理者在资源有限的情况下，应该将精力集中于对最终结果起到关键性作用的因素上，这就是 ABC 分析法（也称帕累托分析法）。

- - - - - - - - - • **ABC 分析法的由来** • - - - - - - - - - -

ABC 分析法由意大利经济学家帕累托（Pareto）首创。

1879 年，帕累托在研究意大利家庭财富的分布状态时，发现大约 20% 的富人收入占全部人口收入的 80% 以上，他将这一关系描绘成图并称之为帕累托图。1961 年管理学家戴克将这个理念应用到库存管理之中，并命名为 ABC 分析法。后来越来越多的科学家发现这个"二八现象"大量存在于自然和人类社会的各领域，并非常适合管理者对其重点进行分析和把握。

ABC 库存分析法原理简单、操作方便，因此在许多企业中被广泛使用，它的主要步骤如图 11-5 所示。许可利用 ABC 分析法对 4S 店的备件库存进行了分析。

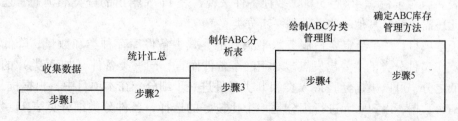

图 11-5 ABC 分析法实施步骤

步骤1：收集数据

根据5 000多种备件目录单，许可分别收集了杭州5家4S店每日的入库数据、出库数据、入库价格（即进价）和出库价格（即销售价）目录等。

步骤2：统计汇总

对原始数据进行整理并按要求进行计算，如计算各家4S店以及所有4S店各类备件的月出库量、月出库金额、累计出库量、累计出库金额等。

步骤3：制作ABC分析表

这一步骤的主要目的是根据步骤2的预处理数据进行备件的库存结构分析。

对于5 000多种汽车备件，可按月均出库金额和月均出库量，由高到低分别对所有备件进行排序，并根据排序结果进行备件ABC种类的划分。许可按4S店的月均出库量进行划分ABC类（同时考虑月均出库金额），综合考虑后建立备件ABC分类准则见表11-3。

表11-3　备件ABC分析表格

| 备件类别 | 月出库量（件）比例 | 占总体种类比例 | 月出库金额比例 |
|---|---|---|---|
| A类（常用件） | 70%~80% | 2%以下 | 50%左右 |
| | 4S店月平均出库5件以上 | | |
| B类（次常用件） | 20%左右 | 25%左右 | 30%~40% |
| | 4S店月均出库1~4件 | | |
| C类（非常用件） | 5%以下 | 73%以上 | 10%以下 |
| | 长期无需求（极容易形成呆滞件） | | |

注：ABC分析是一种灵活的库存分类法则，应该根据企业情况进行分析，而不应该拘泥于固定的形式。更多有关ABC分析表制作的知识，可参见陈贤浩. 物流配送中心规划与运作管理［M］. 华中科技大学出版社，2008.

其中A类为常用件（每月销售量较大的备件），B类为次常用件，C类为非常用件（大多数呆滞件属于C类备件，且大多备件价值昂贵，如发动机、曲轴等）。可以看到A类常用件其实占备件种类是非常小的（不到2%），而非常用件占据大量的库存种类（73%以上）。非常用件的大量积压显然会造成4S店库存积压严重。

步骤4：绘制ABC分类管理图

当库存种类较少时（一般小于50种），可以根据表11-3给出分类准则进行归属划分和制作图表。但对于汽车4S店5 000多种备件来说，表11-3给出的分类准则通常还不够细致，因此还需要结合其他一些条件进一步分类。

对于本项目，"在给定客户服务水平条件下，减少备件库存种类和数量，降低库存成本"是汽车备件分类的主要出发点。对于汽车备件而言，同一类备件（如A类）的价格也会有高低之分，可以根据经验将A类和B类备件进一步细分。在本项目中，根据杭州4S店的历史销售数据，以300元进行细分是一个比较好的选择，备件分类细分见表11-4。需要注意的是，细分准则应根据企业的实际情况进行修正。

表 11-4 备件分类细分准则

| 备件类别 | 类别细分 | 入库价格（单位：元） | 占本类月均出库量比例 | 占本类月均出库金额比例 | 占总体备件种类比例 |
| --- | --- | --- | --- | --- | --- |
| A 类 | A1 | ≥300 | 约 10% | 约 30% | 0.5% 左右 |
| | A2 | <300 | 约 90% | 约 70% | 1.5% 左右 |
| B 类 | B1 | ≥300 | 约 20% | 约 50% | 8% 以下 |
| | B2 | <300 | 约 80% | 约 50% | 15% 左右 |
| C 类 | — | — | — | — | 73% 以上 |

**步骤 5：确定 ABC 库存管理方法**

当完成备件 ABC 分类之后，接下来最重要的是对不同类型的备件制订对应的库存控制策略，如备件存放的种类和位置、安全库存的设置、订货点的确定和库存控制策略等。

对于本项目而言，完全由杭州 RDC 向 4S 店进行"按需配送"会增加配送成本和订货压力，而且客户通常会在汽车维修过程中等待，为快速完成汽车维修，4S 店内仍然需要储备一部分备件以提高客户服务水平。

对于 A 类常用备件而言，4S 店和 RDC 都应该保持较高的服务水平（90% 以上）。A1 类备件价值较高，4S 店内不宜过多库存，可采用 $(r, S, T)$ 库存控制策略[⊖]。A2 类备件价值普遍较低，4S 店内可以多库存一些以提高客户服务水平的同时不增加太多成本，可采用 $(r, Q)$ 库存控制策略以节省订货费用。上述两种备件均可由 RDC 向 4S 店进行自动补货。

对于 B 类次常用备件而言，主要放置于 RDC，4S 店中保有少量库存，保持服务水平大约为 80% ~ 90%。B1 类高价值备件库存于 RDC 中，B2 类低价值可以在 4S 店中少量库存。B 类备件均采用 $(r, S, T)$ 库存控制策略。

对于 C 类非常用件而言，全部放置于 RDC 并按需向 4S 店进行配送，可以不用考虑服务水平。项目运行初期，可以考虑在 RDC 中只存 1 件，并采用 $(s = 0, S = 1)$ 库存策略，即"用尽后再补货"。若日后项目运行平稳，RDC 中也不需要放置 C 类备件，市场有需求时直接向 PV 进行紧急订货。

许可将 ABC 类备件的库存设置原则进行了归纳，见表 11-5。

表 11-5 库存设置具体原则

| 备件类别 | A 类备件 | | B 类备件 | | C 类备件 |
| --- | --- | --- | --- | --- | --- |
| | A1 | A2 | B1 | B2 | |
| 存放位置 | 4S 店、RDC | 4S 店、RDC | RDC | 4S 店、RDC | RDC |
| 库存量 | 低 | 高 | 低 | 高 | 低，允许缺货 |
| 服务水平 | 90% 以上 | 95% 以上 | 80% ~ 90% | 80% ~ 90% | — |
| 订货策略 | $(r, S, T)$ | $(r, Q)$ | $(r, S, T)$ | $(r, S, T)$ | $(s = 0, S = 1)$ |
| 库存周转率 | 高 | 高 | 一般 | 低 | 低 |

⊖ 有关 ABC 库存管理策略，参见本书第十章第三节"不确定环境下的库存控制模型"。

## 二、新备件库存管理模式的绩效

根据表 11-5 中的库存设置原则，许可对新的备件管理模式的绩效进行了测算。计算的结果让许可倍感兴奋，他将新模式下的备件库存管理绩效整理成报告提交给公司管理者，并重点分析了以下两个绩效。

### （一）备件库存品种大幅下降

通过 RDC 实现备件联合库存之后，理论上杭州 5 家 4S 店内仅需要库存 A 和 B2 类备件，绝大多数备件品种放置于 RDC 之中。4S 店备件库存品种平均降幅可达 85%，其中国富店的降幅为 96%（如图 11-6 所示）。

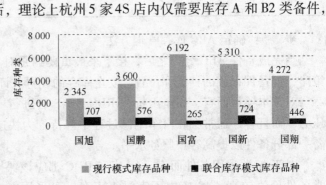

图 11-6　新旧模式下的 4S 店备件库存品种对比

4S 店备件库存品种的下降意味着 4S 店库存管理工作的降低，订货难度也大为简化，4S 店的人力成本也可以下降，同时超市内用于存放备件的空间也可以大幅压缩，节省的空间可以用于改善汽车展示环境、客户服务环境以及员工的工作环境等。

### （二）备件库存成本大幅下降

通过对过去 3 年的备件销售情况进行测算，杭州地区这 5 家 4S 店中有超过 3 500 种备件没有发生过任何销售，而这些备件大多会成为呆滞品<sup>⊖</sup>。根据表 11-5 给出的库存设置原则，现行 4S 店中的 B 类和 C 类备件库存绝大部分存放于杭州 RDC 之中，实际上现在 4S 店的大量库存就是由这两类备件造成的。RDC 用少量的 B 类和 C 类备件实现了所有 4S 店的共享，既没有降低服务水平，同时还节省了大量库存成本。

通过计算，许可发现，联合库存模式可以将现行 4S 店库存金额降低 85% 以上，其中国富 4S 店的库存金额降低幅度达 95.7%。即便是放置于 RDC 的备件库存金额也只有 45.2 万元，大大低于现行模式下所有 4S 店的备件库存总额（如图 11-7 所示）。

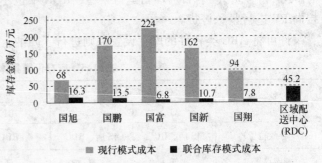

图 11-7　新旧模式下的 4S 店备件库存成本对比

对于 4S 店而言，备件库存成本降低的最大好处是库存周转率可以从原来的 1.5 次/年提升近 10 倍，资金的使用效率大大提升，同时也大幅度降低了 4S 店的资金链紧张可能带来的负面风险（如贷款利息的下降）。

---

⊖　根据汽车备件的行业经营经验，呆滞备件在 2 年之后一般就会作报废处理。

# 第三节 配送网络的设计

公司管理者看到许可的报告之后甚为震惊，之前被忽视的 4S 店备件管理竟有如此之大的潜力，公司管理者决定任命他为备件整合项目的负责人。为保证项目的落实和运行，公司管理层专门组织了一次协调会议，会上杭州所有 4S 店经理表示全力支持。

杭州 RDC 的功能定位非常明确：集中备件采购和库存管理，做好 PV 和杭州地区 5 家 4S 店备件配送服务的中间桥梁。因此，RDC 建设的目的是，构建备件配送网络的核心功能、降低备件供应链运营成本、提高备件服务的效率，同时完成仓储、分拣、包装、配送等物流服务功能。除却库存，运输是 RDC 日常运营中发生费用最大的项目，RDC 的选址好坏、配送网络的规划是否合理将直接影响到配送成本和配送效率。在本节中，将介绍许可是如何对上述两项工作进行设计的。

## 一、RDC 选址模型和数据准备

RDC 的建设通常需要众多基础设施，如货架、机械设备、运输车辆等，这些在前期都要进行大量的固定资产投资。RDC 一旦建成，很难以低成本进行搬迁。此外，RDC 的选址还应该考虑其他一些因素，如市场保有量、重点市场开拓的需要、地理位置、交通状况以及税收等[一]。对于本项目而言，杭州 RDC 的功能定位是对 4S 店的备件进行自动补货，以及对 4S 店的订货请求进行快速响应。在明确库存设置原则之后（见表 11-5），RDC 选址的出发点就应该是将日常的运营成本最小化。配送成本是 RDC 最大的运营费用，那么对于本项目而言，杭州 RDC 的选址可以抽象为：已知一个固定的供应点（PV）和若干个固定需求点（5 家 4S 店），选择一个配送成本最低的 RDC 选址备选方案。实质上是在固定的几个点之间进行配送成本优化的问题。

经过一个一周多的调研，许可大致明确了三个适合建设 RDC 的备选点（如图 11-8 中的 A、B、C 三点）。

为进一步选定最佳的 RDC 建设方案，许可还收集了更多的数据，如备选 RDC 点与 PV 和 4S 店之间的地理距离、租金费用、办公设施、基建情况、人员投入等。这些数据被整理成杭州 5 家 4S 店的每日需求数据（见表 11-6）、RDC 基础配备数据（见表 11-7）、空间距离数据（见表 11-8）以及运输相关费用（见表 11-9）。

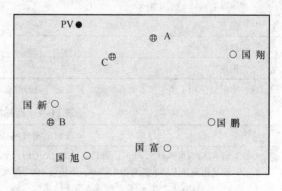

图 11-8 杭州 RDC 的备选点

---

[一] 本章仅从项目需要的角度考虑 RDC 的选址。更多关于配送中心选址需要考虑的因素，可参考王燕、蒋笑梅. 配送中心全程规划［M］. 机械工业出版社，2003。

### 表 11-6　各 4S 店的日均需求量

（单位：m³）

| 项　目 | 国新 | 国旭 | 国富 | 国鹏 | 国翔 |
|---|---|---|---|---|---|
| 日平均需求 | 1.82 | 1.46 | 2.08 | 1.65 | 1.11 |

注：换算方法是每 1 万元的日平均需求金额折算为 1m³。

### 表 11-7　RDC 的基础配备情况

| 项　目 | A | B | C |
|---|---|---|---|
| 面积/m² | 600 | 570 | 600 |
| 月租金/（元/m²） | 18 | 25 | 25 |
| 有无办公室 | 无（需建立） | 有 | 无（需建立） |
| 是否需要保安 | 否 | 是（需2名） | 是（需2名） |
| 基础设施费 | 需要（费用2万元） | 不需要 | 不需要 |
| 是否建顶棚 | 是（15m²） | 是（15m²） | 是（15m²） |

注：1. 需建立的办公室的面积与费用：办公室面积30m²，500元/m²。
　　2. 保安的工资：1200元/（月×人）。
　　3. 基础设施费指通风装置等，需一次性投入2万。
　　4. 需建立的顶棚的面积与费用：面积为15m²，180元/m²。

### 表 11-8　空间距离数据

（单位：km）

| 项目 | 国新 | 国旭 | 国富 | 国鹏 | 国翔 |
|---|---|---|---|---|---|
| A 点 | 27.1 | 17.8 | 11.3 | 15.6 | 21.1 |
| B 点 | 1.0 | 13.1 | 21.2 | 27.8 | 44.7 |
| C 点 | 16.4 | 14.0 | 15.7 | 26.5 | 36.6 |
| 国新 | 0 | 8.5 | 21.2 | 27.9 | 44.6 |
| 国旭 | — | 0 | 9.4 | 15.7 | 34.8 |
| 国富 | — | — | 0 | 6.5 | 25.7 |
| 国鹏 | — | — | — | 0 | 22.3 |
| 国翔 | — | — | — | — | 0 |

注：本项目使用了某些技术测算距离，如需更精确的数据可以参考 GIS 系统。

### 表 11-9　运输相关费用表

**干线运输费用（PV 到 RDC）**

1. PV 到 RDC 每次运量为 30m³，每月运送 15 次（相当于 RDC 两天订货 1 次）
2. PV 到杭州高速入口的距离为 150km，路桥费 460 元/次
3. 干线租车费用：8 250 元/月，需要 2 辆干线运输车辆
4. 杭州高速入口至 A、B 和 C 三点的距离依次为 30km、20km 和 50km
5. 干线油耗费用：440 元/次

**市内配送费用（RDC 到 4S 店）**

1. 市内配送车辆百公里油耗 13L，93#油价：6 元/L
2. 每公里每立方米运费 = 百公里油耗×油价×（1＋10%）/100，其中 10% 为经验上的附加油耗

### 二、配送网络的数学模型和计算

从前一节可以知道，最小化配送成本是许可努力的方向。RDC 的选址一旦确定，如何节约配送成本是首要考虑的问题。对于本项目，运输是构成配送成本中最大的费用（实际上，对大多数提供配送服务的企业来说，运输的成本都将占到整个配送成本的 70% 以上）。

本项目中，RDC 的配送成本大致可以分为车辆租金、人员工资和燃油费用三项，其中车辆租金和人员工资是必须投入的固定成本⊖，那么燃油费用则是可以优化的可变成本。可以认为，燃油费用和配送距离成一固定的线性比例，那么配送网络规划的任务是，如何对杭州这 5 家 4S 店安排配送次序以节省配送距离。

根据表 11-8 中的距离数据，可以用行程节约法进行配送网络规划⊜，以便获得每个RDC 备选点的配送成本，下面仅以 RDC 备选点 A 为例：

第一步，计算网络节点之间的最短距离。计算结果见表 11-10。

**表 11-10　备选点 A 以及网络所有节点间的最短距离**

|  | A |  |  |  |  |
|---|---|---|---|---|---|
| 国新 | 27.1km | 国新 |  |  |  |
| 国旭 | 17.8km | 8.5km | 国旭 |  |  |
| 国富 | 11.3km | 21.2km | 9.4km | 国富 |  |
| 国鹏 | 15.6km | 27.9km | 15.7km | 6.5km | 国鹏 |
| 国翔 | 21.1km | 44.6km | 34.8km | 25.7km | 22.3km |

第二步，根据最短距离结果，计算出各 4S 店之间的节约行程。

计算举例，国旭到国新可以节约的行程：A 点与国旭距离：a = 17.8km；A 点与国新距离：b = 27.1km；国旭与国新距离：c = 8.5km；则国旭到国新的节约行程为 a + b − c = 36.4km。以此类推，可以得到其他两两 4S 店之间节约的行程，结果见表 11-11。

**表 11-11　配送路线节约行程表**

|  | 国新 |  |  |  |
|---|---|---|---|---|
| 国旭 | 36.4km | 国旭 |  |  |
| 国富 | 17.2km | 19.7km | 国富 |  |
| 国鹏 | 14.8km | 17.7km | 20.4km | 国鹏 |
| 国翔 | 3.6km | 4.1km | 6.7km | 14.4km | 国翔 |

---

⊖　车辆折旧、人员工资在本项目中又可称为沉没成本，属于投入后不可收回的成本。沉没成本往往是一次性投入，并且只有通过折旧的方式在一定时间内收回。

⊜　对于本项目而言，节约法是比较简单易行的方法。迭代法、最大网络流算法、人工智能算法等均可用于配送中心的网络规划。

第三步，将节约行程按大小顺序进行排列，见表 11-12。

表 11-12  节约行程排序表

| 序号 | 连接点 | 节约里程/km | 序号 | 连接点 | 节约里程/km |
|------|--------|------------|------|--------|------------|
| 1 | 国新—国旭 | 36.4 | 6 | 国新—国鹏 | 14.8 |
| 2 | 国富—国鹏 | 20.4 | 7 | 国鹏—国翔 | 14.4 |
| 3 | 国旭—国富 | 19.7 | 8 | 国富—国翔 | 6.7 |
| 4 | 国旭—国鹏 | 17.7 | 9 | 国旭—国翔 | 4.1 |
| 5 | 国新—国富 | 17.2 | 10 | 国新—国翔 | 3.6 |

第四步，按节约行程排列循序表，组合成配送路线。

1. 初始方案

从配送中心 A 分别向各个 4S 店进行配送，总行程为 185.8km，如图 11-9 所示。

2. 二次解

按照节约行程大小额顺序连接"国新—国旭"，形成"A—国新—国旭—A"的配送线路 I，如图 11-10 所示，运行距离为 53.4km。此时，配送总行程为 101.4km。

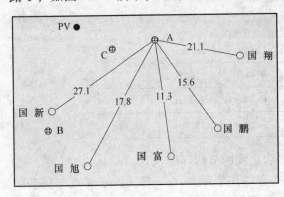

图 11-9  初始方案

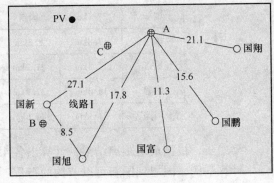

图 11-10  二次解

3. 最终解

按照节约行程大小额顺序本来还应该连接"国旭—国富"，"国旭—国鹏"，"国新—国富"，"国新—国鹏"，由于国旭和国新已经组合到配送线路 I 中，故不连接这些线路。接下来连接"国富—国鹏"，"国鹏—国翔"，取消"A—国鹏"线路，形成"A—国富—国鹏—国翔—A"配送路线 II。

此时，共有两条配送路线，总行程为 114.6km，分别为路线 I："A—国新—国旭—A"，运行距离为 53.4km；路线 II："A—国富—国鹏—国翔—A"，运行距离 61.2km（如图 11-11 所示）。RDC

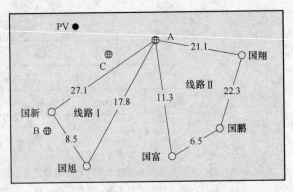

图 11-11  备选点 A 至 5 家 4S 店配送网络的最终解

备选点 A 配送路线优化后总行程 114.6km，与初始总行程（185.8km）相比，节约了 71.2km。

同理可以求得其他两个 RDC 备选方案的路线优化方案。

RDC 备选点 B 的最优配送网络如图 11-12 所示。此方案下优化后的总行程为 120.7km，与初始总行程（215.6km）相比节约了 94.9km。

RDC 备选点 C 的最优配送网络如图 11-13 所示。此方案下优化后的总行程为 123.4km，与初始总行程（218.4km）相比节约了 95km。

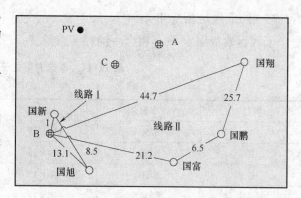

图 11-12 备选点 B 的配送路线优化方案

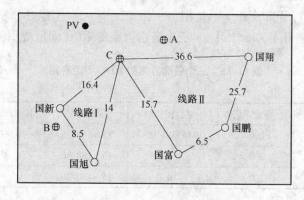

图 11-13 备选点 C 的配送路线优化方案

三种 RDC 备选方案下的配送网络优化后的结果见表 11-13，可以看出：备选点 A 以及图 11-11 的配送网络是成本最小的市内配送方案，但最终 RDC 的选址还需要进一步考虑其他运营费用。

表 11-13 市内配送网络优化结果汇总

（单位：km）

| 备选方案 | 路线优化前总行程 | 路线优化后总行程 | 节约行程 |
|---|---|---|---|
| A | 185.8 | 114.6 | 71.2 |
| B | 215.6 | 120.7 | 94.9 |
| C | 218.4 | 123.4 | 95 |

## 三、RDC 选址和配送网络的最终设计方案

旧模式下，PV 每两天向 4S 店配送一次，主要的成本为，干线运输费用＋库存成本。新模式下，PV 每两天向 RDC 配送一次，RDC 则每日向 4S 店进行配送，则运营总成本＝干线运输费用＋RDC 固定费用＋市内配送费用＋库存成本。以下计算新模式下，三个 RDC 备选点每月的运营总成本，选择运营成本最低的备选点作为最终设计方案。

（一）干线运输费用

干线运输费用 = 汽车租金 + 油耗 + 路桥费。三个备选方案的干线运输费用见表11-14。

**表11-14    备选方案的干线运输费用**

（单位：元/月）

| 项目 | 汽车租金 | 油耗 | 过桥费 | 干线运输费用 |
|------|---------|------|--------|-------------|
| A | 8250 | 440×15 | 460×15 | 21750 |
| B | 8250 | 440×15 | 460×15 | 21750 |
| C | 8250 | 440×15 | 460×15 | 21750 |
| 旧模式 | 8250 | 440×15 | 460×15 | 21750 |

注：新旧模式下，干线运输成本并没有发生太大变动。

（二）RDC固定费用

RDC固定费用 =（仓库面积×单位租金 + 保安工资）+（建办公室费用 + 顶棚面积×单位费用 + 其他设施费用）/36个月[⊖]。三个备选方案的RDC固定费用见表11-15。

**表11-15    三个备选方案的RDC固定费用**

（单位：元/月）

| 备选点 | 仓库租金 | 保安工资 | 办公室折旧 | 顶棚折旧 | 其他设施折旧 | 固定费用 |
|--------|---------|---------|-----------|---------|------------|---------|
| A | 600×18 | 1 200×2 | 15 000/36 | 15×180/36 | 20 000/36 | 14 247.2 |
| B | 570×25 | 1 200×2 | 0 | 15×180/36 | 0 | 16 725.0 |
| C | 600×25 | 1 200×2 | 0 | 15×180/36 | 0 | 17 475.0 |

注：旧模式下，无RDC固定费用。

（三）市内配送费用

市内配送费用 =（线路Ⅰ运费 + 线路Ⅱ运费）×30天[⊖]。三个备选方案的市内配送费用见表11-16。

**表11-16    三个备选方案的市内配送费用**

| 备选点 | 线路Ⅰ运费 | | | 线路Ⅱ运费 | | | 市内配送费用 |
|--------|-----------|---|---|-----------|---|---|-------------|
| | 单价（元/km×m³） | 体积/m³ | 路程/km | 运费/（元/km×m³） | 体积/m³ | 路程/km | 运费/（元/月） |
| A | 0.858 | 3.28 | 53.4 | 0.858 | 4.84 | 61.2 | 12 132.8 |
| B | 0.858 | 3.28 | 22.6 | 0.858 | 4.84 | 98.1 | 14 129.5 |
| C | 0.858 | 3.28 | 38.9 | 0.858 | 4.84 | 84.5 | 13 811.4 |

注：线路Ⅰ/Ⅱ运费 =（单价×体积×路程）×30天，旧模式下无市内配送费用。

（四）库存成本

新模式下库存成本 = RDC平均库存成本 + 4S店平均库存成本 = 100.4万元/月/2 = 50.2万元/月；旧模式下库存成本 = 4S店平均库存成本 = 718万元/月/2 = 359万元/月。

---

⊖  建办公室费用、建顶棚费用和其他设施费用为一次性投入，折旧期限为36个月。

⊜  新模式下，RDC每天向4S店配送1次，每月以30天计算。

（五）运营总费用

表 11-17 给出了三个备选方案和旧模式下的运营总成本。

相对于旧模式，尽管新模式下产生了额外的 RDC 固定费用和市内的配送费用，但是相对于旧模式下的库存成本的降低，增加 RDC 后产生的额外费用显然是非常值得的。综合来看，A 点是最佳的 RDC 备选方案。

**表 11-17　运营总成本**

（单位：万元/月）

| 项目 | 干线运输费用 | RDC 固定费用 | 市内配送费用 | 库存成本 | 总费用 |
|---|---|---|---|---|---|
| A | 2.175 | 1.42 | 1.21 | 50 | 54.96 |
| B | 2.175 | 1.67 | 1.41 | 50 | 55.41 |
| C | 2.175 | 1.75 | 1.38 | 50 | 55.45 |
| 旧模式 | 2.175 | 0 | 0 | 359 | 361.18 |

# 本 章 小 结

如何设计供应链库存管理系统是一件非常具有挑战性的工作，它需要进行深入的调研和分析。本章介绍了如何对一个真实的企业案例进行供应链库存系统的设计，由于本章涉及了大量的数据处理，如果缺乏一定的数据处理能力（尤其是 Excel 软件应用），可能会发现读懂这些数据表格有些困难，但分析和解决问题的框架却是清晰的。本章从汽车备件销售的库存管理模式出发，仔细分析了联合库存管理（JMI）是如何提升库存管理能力的。其次，本章详细介绍了库存 ABC 分类方法，许多企业的库存管理都会涉及库存分类这一基础内容。最后，配送中心是 JMI 模式中一个非常重要的内容，本章也详细介绍了如何进行配送中心的选址和配送路线的网络规划，这些内容对于设计供应链库存体系是非常重要的。

**关键术语**

备件（Spare Parts）　　　　　　　　　呆滞品库存（Dead Inventory）

分散库存（Decentralized Inventory）　　联合库存（Joint Managed Inventory）

ABC 分析法（ABC Analysis）　　　　　区域配送中心（Regional Distribution Center）

选址决策（Location Decision）　　　　配送网络（Distribution Network）

行程节约法（Distance Saving Algorithm）

**思考与练习**

1. 请问许可提出的"四个整合"目标中，哪些目标是比较容易实现的？哪些目标是比较困难的？请给出分析理由。

2. 本案例中，在新的汽车备件库存管理模式下，杭州 5 家 4S 店的采购权将上缴到振国汽车的杭州区域配送中心，4S 店的经理对此是抱有抵制态度的，请问你有什么方法来解决该问题？

3. 除了本案例中的行程节约法规划的配送网络，请你查阅相关资料，思考能否用其他方法对本案例的配送网络重新进行规划？不同规划方法得到的结果与本章给出的结果有何差异？哪种网络规划成本较低？

## 本章案例：博姿公司药品零售配送中心解决方案

总部设在英国诺丁汉的博姿（Boots）公司是英国历史最悠久的零售连锁店之一。公司成立于1849年，提供所有与卫生保健和美容相关的产品和咨询，服务包括美容、配镜、助听器及药品的销售。博姿公司在世界各地的员工总数为8万人，其中约有55 000人在英国的各分店工作。连锁店的年营业额（包括网上销售）超过53.3亿英镑。

由博姿医药（Boots The Chemist，BTC）负责的药品和化妆品的销售是博姿业务增长的核心部分，拥有1 400余家分店和63 000多员工，其BTC是该行业在英国的"领头羊"，每一家分店都有自己的配药房为民众提供药品。不过，要快速、可靠地向每家分店提供4 000余种处方药绝对是一项富有特殊挑战性的任务。为了巩固现有的市场地位以及将来的持续发展，博姿决定投资1 400万欧元在诺丁汉兴建一个全新的、以最新技术武装的集中式的拣选和配送中心。

（一）配送中心的使命

由于配送中心需要面向多家企业，博姿首先考虑的是客户满意度。也就是说，每一家分店都必须能够高质量地为客户提供所需药品。而要做到这一点，各分店只能依赖于订单的快速供应，并希望货物到达时数量正确，包装完好。如果博姿的分店在下午6点前发出一个订单，那么配送中心保证将物品在次日该分店开始营业前送到。要做到配送服务快速流畅，一个决定性的因素就是保证在中心仓库内的精确协调和处理。

对于兴建诺丁汉新的"D80仓库"，其将目标最终锁定在建立一个独立的中心库，并建立一个包括以前建立的2个旧中心库和将要兴建的16个新的地区配送点的供应系统。该中心库应该具备每周拣选和发出超过200万件物品的能力。

这是一个蔚为壮观的项目，因为它覆盖的是范围极广的敏感药品和极高的货物吞吐率，而可靠的拣选（99.97%的拣选准确率）和发货又是其中最为重要的环节。

（二）配送中心解决方案

对于博姿来说，质量和可靠性加上找到一个创造性的一揽子解决方案是项目实施过程中同等重要的考虑因素。面对高要求，Knapp[○]运用自己的专业知识设计了一个令人信服的概念性方案，并由此开发出完整的解决方案。

Knapp在一块7 000m$^2$的空地上安装了一套有效且可靠的物流系统，将客户要求的所有功能囊括进来，完美地满足了客户业务的需要。利用自身的软硬件和最先进的控制与输送系统，Knapp完成了一套为客户量身定制的、能轻松胜任将来任务的、多功能的配送中心。

（三）显而易见的优势

该仓库于2002年6月投入使用。之前从地区性配送点接收订单物品的零售商业务将被逐渐地转移到新仓库来。

---

[○] Knapp公司是总部在奥地利的一家物流解决方案供应商，为客户提供医药、烟草、化妆品、音像、办公、饮料等行业的物流解决方案。

"Knapp 的自动化方案满足了我们设定的预算和项目进度",博姿在诺丁汉仓库的总负责人 John Uren 肯定地说。新的自动化物流系统的优点是显而易见的。和以前相比,它最大的不同在于减少了库存,提高了服务水平,精简了员工数量,并且由于拣选准确率的大大提高,客户的满意度也大幅提高。另外,系统还为增加利润提供了一个新的源泉。

资料来源:彭丽. 英国 Boots 的药品零售配送中心 [J]. 物流技术与应用,2004(6):46-49. 经编者修改整理.

**案例思考:**

1. Knapp 公司为博姿设计的配送中心的解决方案,涉及一套有效且可靠的物流系统。你认为这套物流系统应该包含哪些软硬件?

2. 建立"集中式的拣选和配送中心",使博姿在减少库存、提高服务水平、精简员工数量、提高拣选准确率、提高客户满意度等方面取得了很多的成绩。请你通过对配送中心工作所涉及的工具及流程的分析,说明它们与这些成绩的获得之间的因果关系。

# 第六篇

# 供应链管理实践和
# 发展趋势篇

第十二章 供应链管理的最新发展与实践

# 第十二章　供应链管理的最新发展与实践

 **本章引言**

世界上唯一不变的就是变化本身，同样，从诞生之日起供应链管理就在不断地发展变化。通过本章的学习，可以了解供应链管理的最新发展。随着制造业利润的日渐微薄和服务业的发展，制造业与服务业的融合成为大势所趋，服务供应链因此呼之欲出，本章将探讨服务供应链产生的背景、运作机制以及未来的机遇和挑战。

此外，全球环境的恶化让人们重新思考经济的可持续增长问题，低碳、环保成为热议的话题，绿色供应链也就顺其自然地成为供应链管理的热点。本章将介绍绿色供应链的概念，梳理绿色供应链所包含的内容，并分析实施绿色供应链可能遇到的问题和应对之道。

最后，供应链中的中小型企业常常面临融资难的问题，而事实上供应链中的核心企业是可以凭借其影响力通过与金融机构合作实现整条供应链的一揽子融资解决方案的，这就是供应链金融出现的原因。本章将剖析供应链金融出现的来龙去脉，探讨供应链金融的融资模式，并试图一窥供应链金融未来发展中的机遇和可能存在的障碍。

 **学习目标**

● 了解服务供应链的运作机制
● 理解绿色供应链的内容
● 掌握供应链金融的含义及主要融资模式

# 第一节　服务供应链

## 一、服务供应链的背景和概念

在激烈的市场竞争与经济全球化的推动下，20世纪六七十年代还较为平坦的微笑曲线变得越来越像一个孩童顽皮无忌的大笑，如图 12-1 所示。供应链中游给企业带来的利润越来越微薄，制造环节已经变成了食之无味的薄煎饼。当有形产品的销售变得越来越微利的时候，越来越多的全球领先的创新企业正逐步把产品的含义从单纯的有形产品扩展到基于产品的各类增值服务。

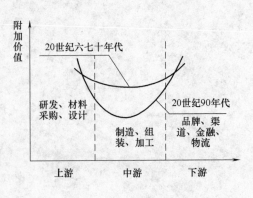

图 12-1　微笑曲线

正如软件行业所提"软件即服务"的理念<sup>⊖</sup>，很多制造业的先觉者已经开始实施将制造与服务相融合的战略：从通用电气公司的能源管理服务到壳牌石油公司的化学品管理服务，从施乐公司的文件处理服务到 IBM 公司的信息服务……随着制造业对服务重视程度的增加，服务供应链（Service Supply Chain）也就应运而生。在上海，如汇众、通用等汽车制造企业，各种零配件由物流服务公司按质、按量、按时配送到工位，生产企业因而能够实现"零库存"；在浙江，造船企业则享受着由物流企业和合作伙伴共同提供的物流、资金流、信息流一体化的服务；而在安徽，煤矿业由原来的供应仓库变为了"工业品超市"。

服务供应链不仅在制造业中威风八面，在提倡"服务经济"的现在，服务供应链实际上也正在悄悄改变着我们的生活。过去出门旅行，需要自己预订车票、饭店，现在携程网和它的呼叫中心会帮你一站搞定。过去出门同朋友聚会，可能因为没有预订，不得不去不了解的地方消费，现在查询场所的信息、了解场所的口碑、享受打折、预约都可以在口碑网上一并完成。

那么，服务供应链究竟是什么呢？由于国内外对于服务供应链的研究方兴未艾，因此其概念依然处于争论阶段，尚无公认的定义。在查阅大量文献后，本书认为刘伟华和刘希龙博士在《服务供应链》一书中给出的定义较为贴切：服务供应链是指围绕服务核心企业，利用现代信息技术，通过对链上的能力流、信息流、资金流、物流等进行控制来实现用户价值与服务增值的过程。

根据上述定义，服务供应链的结构可以简单归纳为如图 12-2 所示的模型，其传导链条是功能型服务提供商→服务集成商→客户（制造、零售企业）。在服务供应链中主要有两类企业主体，分别是服务集成商和功能型服务提供商。功能型服务提供商能够提供品种较少但较为标准的专业服务，其业务往往局限于某一地域。服务集成商则是资源整合者，能够将功能型服务提供商的个体能力进行集成，以达到 1 + 1 > 2 的效果，其覆盖范围甚至能够达到全国甚至全球。两者通过优势互补形成稳定的二级服务供应链结构。

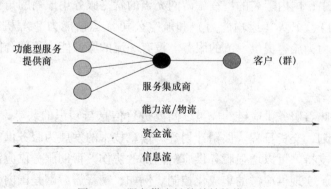

图 12-2  服务供应链简单结构模型

**• 传化物流的角色：服务集成商 •**

浙江传化物流基地是一家专业的服务集成商。它通过现代信息技术和对客户需求的理解形成了一个物流运作平台，聚集了 480 多家物流企业，整合了近 40 万余辆的社会车源，服务于 21 000 多家制造企业和商贸企业，为其降低物流成本 40% 左右。物流平台上的 480 余家物流企业就是功能型服务商。作一个形象的比喻，传化物流就像一个负责整体旋律的指挥家，而 480 多家负责不同路线、运输种类的物流企业则是各司其职的演奏者。

服务供应链与实物供应链有类似的地方，如两者的管理内容都围绕供应、物流、需求等进行展开，其目标都是为了在特定的服务水平下追求系统成本最小化。但是，两者也存在着巨大的差异，这主要来源于服务产品与实物产品的区别。与实物产品相比，服务产品有六大特点，即客户影响、不可分割、不可触摸、易逝性、劳动密集、异质性。这些特点决定了服务供应链在运作模式上更多地采用市场拉动型以缩短反应时间。

## 二、服务供应链的运作机制

服务供应链的核心在于整合服务资源，就像旅行社，虽然没有火车、飞机等交通工具，也没有宾馆、饭店等设施，更没有旅游景点，却可以通过资源整合把旅行团队安排妥帖。在服务供应链中存在着四类资源，即能力流、信息流、物流、资金流，因此服务供应链的绩效取决于对以上"四流"的整合。

### （一）能力流整合

能力流整合指的是服务集成商通过各种手段优化功能型服务提供商的行为，使得各种能力流能够协调运作的过程。由于服务产品更多的是利用能力的储备进行缓冲，因此服务供应链本质上以能力合作为基础，能力流成为服务供应链的"四流"中最关键的一流。例如，在旅游服务供应链中，国内著名的携程旅游网充当的就是服务集成商的角色，它需要与众多的酒店（住宿能力）、车队（运输能力）和航空公司（运输能力）等机构进行能力合作，利用它们的服务能力为旅客提供一流的服务。没有一流的服务能力流整合能力就不可能提供完美的旅游服务体验。

### （二）信息流整合

信息流整合意味着服务供应链的成员之间要进行信息与知识的共享，这包括市场需求、生产日程、能力计划、交货日程、促销计划等。信息技术的发展为服务供应链管理的信息流整合提供了有效的支持，可以增强服务供应链内部的协作，帮助服务供应链的成员建立更完善的用户需求模型，实现供应链的集成化控制。例如，携程旅游网是国内领先的在线旅游服务公司，它将有资质的酒店、机票代理机构、旅行社提供的旅游服务信息汇集于互联网平台供用户查阅，同时帮助用户通过互联网与上述机构联系并预订相关旅游服务项目。凭借其强大的信息流整合能力，携程网向超过 1 400 万的会员提供包括酒店预订、机票预订、独家预订、商旅管理、特惠商户以及旅游咨询在内的全方位旅行服务，被誉为互联网和传统旅游业务无缝结合的典范。

（三）物流整合

在很多服务供应链中物流占有极其重要的地位，如可口可乐公司的配送服务供应链、携程旅游网的旅游供应链等，如果无法适当地协调好车辆、仓储等各种物流资源势必会造成服务的低效，这就需要服务集成商要具有卓越的物流整合能力。

利和经销公司在这方面的表现就非常出色。利和经销为 Timberland<sup>⊖</sup>提供在亚洲主要市场的产品仓储与配送服务。最初，产品配送模式是由各生产地直接运送到不同的分销国家，每张订单都是单独处理，产品的物流方式是由各生产地分散配送到个别亚洲地区。这种物流方式不仅令运输成本高昂，而且需要很长的提前期。后来，利和经销改变了 Timberland 在亚洲区的分散运送模式，在中国香港建立了一个区域物流配送中心，统一为中国香港、中国台湾、新加坡、马来西亚、日本和韩国等市场供应产品，并提供一系列的增值服务。利和经销通过建立区域物流配送中心可以集中地管理整个亚洲市场的库存，适应每一个市场的需求并及时做出调整。

（四）资金流整合

随着供应链金融的发展，服务供应链资金流的整合也变得越来越普遍，淘宝网的支付宝就是一个典型的资金流整合工具。支付宝早已超越了单纯支付工具的范畴，成为一个整合的支付平台，已经是淘宝网整条电子商务服务供应链中不可或缺的组成部分。支付宝凭借其稳健的作风和先进的技术已经整合了包括中国工商银行、中国农业银行、中国建设银行在内的多家商业银行，并于中国邮政、VISA 等建立了深入的合作关系。

（五）四流整合

服务供应链的四流并非互相独立，相反它们之间有着密切的联系，只有四流协同运作才能保证服务供应链的流畅运行，怡亚通公司正是凭借其卓越的四流整合能力获得了长足的发展。起步仅 10 年的供应链系统集成商怡亚通公司凭借其"一站式供应链四包"服务模式<sup>⊜</sup>闯天下，拿到大批世界 500 强企业的外包订单。怡亚通为企业客户提供"一站式供应链管理服务"，即通过整合传统的物流服务商、增值经销商、采购服务商等外部网络，对服务项目进行专业化分工，形成独具特色的服务产品，其服务领域覆盖了传统服务商的业务范围的同时，通过整个供应链的一体化整合，在提供物流配送服务的同时还提供采购、收款及相关结算等"嵌入式"服务。

怡亚通的商业模式并不难理解，就是通过对资金流、物流、信息流、能力流的整合为客户提供全面的供应链服务，从中收取服务费以及通过衍生金融交易获取收益，如图 12-3 所示。

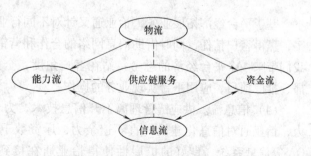

图 12-3　怡亚通四流合一的运作平台

（1）物流。这是服务平台的基础，怡亚通在通关、仓储、配送等环节有十年的运作经验，具备很高的专业化水

---

⊖　美国一个流行的户外运动服饰和鞋类品牌。

⊜　一站式供应链四包服务模式为：物流外包、商务外包、结算外包、信息系统与数据处理外包。

平，拥有遍布中国及亚太地区的国内外物流配送网络，并有覆盖全国的保税物流网络。怡亚通的核心能力在于其卓越的物流整合能力，尽管没有像 UPS 一样拥有自己的车队和机群，但它拥有的 1 000 多名员工仍然可以完成同样复杂的供应链运作。

（2）资金流。与传统的物流服务商相比，怡亚通在提供物流配送服务的同时还提供采购、收款及相关结算服务，如信用支持等服务。怡亚通在各大银行拥有 22.8 亿人民币、4.5亿美元的信用额度，公司谨慎地只使用了 10 多亿人民币，这就为供应链金融服务创造了良好基础。公司的资金流主要为供应链结算提供配套服务，在实际运作过程中，资金配套方式有信用证（L/C）、电汇（TT）和保函等。

（3）能力流。怡亚通的运作思想体现了供应链联盟的思路，即与客户共赢。怡亚通擅长分析物流供应链中不同企业的价值关系，确定自己的定位后快速整合产业链资源，把许多传统物流服务商、增值经销商、采购服务商纳入自己的运作体系，形成战略互补的合作关系，实质上这是一种虚拟企业的运作方式（如图 12-4 所示）。怡亚通具有敏锐的眼光挖掘多方共赢的合作机会，成为资源整合的领导者，建立合作联盟，为利益相关者争得"一杯羹"，实现共赢同利发展。怡亚通提供的"一站式供应链管理服务"从采购执行、分销执行、物流配送、仓储、进出口报关等都与宝供物流、中远航运、中储股份、BAX、IDS、Arrow 等不同供应链节点的行业强势企业形成专业化的纵向分工，互惠互利，共谋发展。

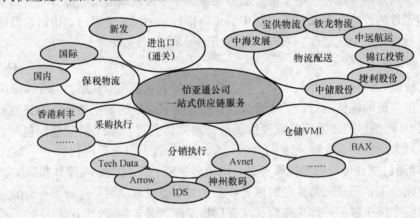

图 12-4    怡亚通网络合作伙伴

基于平台经济拓展业务，怡亚通又针对不同行业、不同企业对象为其设计最佳的解决方案，赢得客户信任，同时借助信息网络的合作和营销网络，不断拓展新业务。所以怡亚通为我们带来一个平台经济的思考：站在客户角度，全力设计精致的服务，利用平台的优势传播、推广项目，应用平台实现业务的操作。

（4）信息流。供应链管理离不开信息技术，为了提升国际化供应链管理水平和执行能力，怡亚通对信息化建设一直不遗余力，斥资数千万元改造和开发包括 ERP、EL、CRM、OA 等信息系统。良好的扩展性使得怡亚通在接到新的业务时，不需要重新开发就可以支持。

### 三、服务供应链的机遇与挑战

我国已经将发展服务业上升到了国家战略的高度，国务院于 2007 年下发了《关于加快服务业的若干意见》。在我国的"十二五"规划中也对服务业更加重视。根据测算，在"十二五"期间服务业增加值占 GDP 的比重以及服务业劳动就业占全部就业人口的比重都将上升 4% ~ 5%，服务业将成为吸纳就业人口的第一大产业。服务经济的时代正在到来，这为服务供应链的发展提供了非常好的契机。

伴随服务业的兴起，人们的消费观念也在发生变化。就在十几年前，人们的服务消费还很少，仅限于理发、保险等简单服务。由于生活节奏的加快，为了提升生活质量，减少时间成本，更多的人开始接受一站式服务、服务套餐等复杂服务，服务消费的数量也开始大幅度提升。可以说，服务供应链发展所需的潜在客户群已经初步形成。

近年来跨国公司制造业向国外转移速度开始放缓，而服务业尤其是国际服务外包为主导的生产性服务业出现越来越快速发展的势头。随着服务外包不断成熟以及大型服务企业的出现，服务企业的部分非核心业务也开始外包。因此，服务企业之间合作越发紧密，这为服务供应链的发展提供了优质的土壤。

近年来信息技术发展迅速，为服务供应链提供了有力的技术保障。服务供应链运作的关键在于大量资源的协调，这需要极强的信息共享和优化计算能力。无线射频技术（RFID）、地理信息系统（GIS）、企业资源计划（ERP）、高级计划排程（APS）、云计算等新兴技术的兴起使得海量数据的共享、处理和优化成为可能。

虽然服务供应链方兴未艾，潜力巨大，但在成长的路上也并非一片坦途，在服务模式设计、服务能力的传导及执行、质量控制等方面均可能遭遇挑战。

首先，虽然在旅游、物流等行业已经有较为成熟的服务供应链运作模式，并实现了盈利，但在更多的服务行业中服务供应链的运作模式依然处于摸索阶段，并没有形成较为清晰的盈利机制。因此，如何设计切实可行的服务模式是发展服务供应链的当务之急。

其次，与实物相比，服务具有无形性、不可储存等特点，其运营模式更多采用市场拉动型，具有完全反应型供应链的特征。因此，服务集成商如何有效地将功能型服务提供商的服务传导至客户，并且保证服务能够被无损耗地执行就成为服务供应链成功的关键因素，这对服务集成商的整合能力提出了很高的要求。

最后，服务具有异质性和劳动密集的特点，与实物产品相比其质量更容易产生变异，稳定度较低，并且质量水平往往取决于客户的感知，比较主观，这为服务供应链的绩效评估增加了难度，使得服务供应链的质量控制成为难题。

# 第二节　绿色供应链

## 一、绿色供应链的背景和概念

现任联合国秘书长潘基文认为，气候危机和全球变暖是人类目前遇到的仅次于核冬天的全球性危机。2009 年 12 月，来自 192 个国家的谈判代表在哥本哈根召开峰会，商讨如何应对全球变暖这一事实。北极融化、亚马逊热带雨林快速缩小、极端气候的频频爆发等，开始让人们反思经济飞速发展带来的负面效应。

经过 20 多年的理论发展和实践检验，供应链管理被证明是能够有效配置全球化资源和有效节约企业运作成本的商业模式。然而，全球化资源配置并不意味着优化后的资源能够降低废弃资源的污染。作为"世界工厂"的中国，在全球供应链体系中占据非常重要的地位，但却也付出了非常沉重的环境代价。未来学家托马斯·弗里德曼在认真考察中国的现状后，非常耐人寻味地宣讲了他的一个新发现——"绿猫理论"：无论黑猫白猫，如果不是绿猫（健康环保），即使抓住老鼠也不是好猫。21世纪，供应链将进入绿色时代，同时也是一个低碳和可持续发展的时代。

1996年，美国密歇根州立大学制造研究协会首次提出了绿色供应链（Green Supply Chain）的概念："绿色供应链是环境保护意识、资源和能源有效利用和供应链各个环节的交叉融合，是实现绿色制造和企业可持续发展的重要手段，其目的是使整个供应链的资源利用效率最高，对环境的负面影响最小。"然而，该概念提出的期初是考虑制造业供应链的发展问题，并没有对其他类型供应链的"绿色"进行界定。

随着人们环保意识日益增强，绿色供应链管理的概念和内涵也不断发展，国内外学者在参考供应链和绿色制造概念的基础上，对绿色供应链做出更深一步的界定，即绿色供应链是以绿色制造理论和供应链管理理念为基础，使供应链输出的最终产品从原材料获取、加工、包装、仓储、运输、使用到报废处理整个过程中对环境影响最小，资源利用效率最高。

绿色供应链管理具有深刻的内涵，汪应洛教授针对绿色供应链建立了一个较为完整的概念模型（如图12-5所示）。可以看出，除传统的生产、消费和物流三个子系统之外，还存在环境系统的考虑。生产系统的绿色设计、消费过程的绿色行为以及物流系统的绿色回收等都需要考虑与环境的相容。

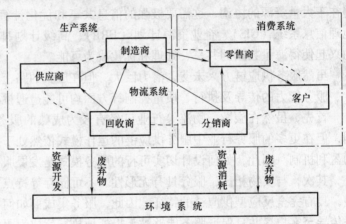

图12-5　绿色供应链的概念模型

资料来源：汪应洛，等. 绿色供应链管理的基本原理［J］. 中国工程科学，2003，5（11）：82-87.

### ● 通用电气的绿色创想 ●

2008年，虽然身处全球经济动荡的背景，并且深受金融业务拖累，通用电气公司仍然保持了业绩整体上升的态势，并且来自节能环保的产品和服务的收入实现21%的大幅增长，达到170亿美元，约占其全球营收总额的10%。

通用电气的"绿色创想"理念贯穿到产品的整个制造过程。在设计产品时，通用电气编制了"绿色创想产品评审"计分卡，用来与其他相关产品的环境影响力与收益进行量化比较。为了确保计分卡的准确性，通用电气还聘请第三方对其产品声明进行了定量环境分析和验证。通过绿色创想认证的产品已经覆盖了通用电气公司的所有业务线，包括飞机、船舶和发动机；荧光灯、家用电器；清洁能源；温室气体减排的金融服务；汽车发动机、机车、海水淡化等。

## 二、绿色供应链的管理内容

从供应链的起始端到末端的各个环节出发，仔细研究生产企业、供应商、物流企业、销售企业在整个供应链中的任务，以供应链管理、环境保护、资源优化三个问题的综合效益为目标，绿色供应链管理的内容可以分为绿色设计、绿色采购、绿色生产、绿色物流和绿色营销五个方面（如图 12-6 所示）。

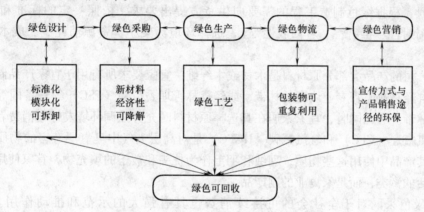

图 12-6 绿色供应链管理的内容

### （一）绿色产品设计

3R[○]原则被公认为绿色设计需遵循的理念，即减小能源消耗、产品和零部件的回收再生循环或者重新利用。为了最大限度地减少资源的消耗，一些企业在设计产品时充分考虑到制造工艺，尽可能减少边角料、废料的产生，从源头上节省资源；同时，选用无毒、无放射的可再生材料，保证消费者在产品使用过程中不会受到污染物的伤害，并保证产品的使用寿命结束后可顺利回收。此外，从设计到生产，均遵循极高的质量标准，最大限度地延长产品的使用寿命，提高资源的利用率。

### ● 诺基亚的绿色设计理念 ●

诺基亚首席设计师 Alastair Curtis 指出，"让今天的产品更环保，有助于保持环境的可持续性，也是我们在设计新产品中最重视的一个原则。"

环境的可持续性就是指产品的设计要让产品容易回收，"譬如我们销售了几亿部手机，如何能更好地回收就是一个非常重要的问题，作为设计

---

○ 3R 为 Reduce，Reuse 和 Recycle 的头字母缩写。

者也需要考虑这个问题。我们现在做的就是围绕这样的设计概念提出一系列的问题。我们要让手机能够回收、重新再使用、使它能够升级，我们要用不同的方法对产品进行设计。这里要考虑的还有生态材料的应用，要考虑可回收的手机要如何设计。除了回收的问题，还要让人们的手机能够长久使用，让人们的手机不仅使用两年、三年，还要能使用五年、六年。同时，还要考虑让手机随时成为每个人个性化的物品。"Alastair Curtis 说。

### （二）绿色采购

供应端的绿色化能极大地提升整个供应链的环境效应。绿色采购，是通过与供应商的良好沟通，根据绿色制造工程的需要向供货方提出要求，依照一定的标准和参数（如原材料的辐射性、毒害性、可回收性等），选择环境污染小、资源消耗少、成本低的绿色原材料。

宜家公司的产品大部分原材料是木材或木纤维，宜家要求所有用于宜家产品制造的木质原料均取自经林业监管专业认证的林带，或经森林管理委员会（FSC）等具备同等效力的标准认证的林带。与此同时，宜家家居在其选择原材料时充分强调环境友好与消费者权益的保护。比如氯氟烃（CFC）和氢氯氟碳（HCFC）是对高层大气中臭氧层有害的物质，宜家同样禁止在其产品中使用这些物质；羽绒和羽毛作为枕头和被子的填充物，宜家使用该类原料不是取自活的禽类，而是家禽业的副产品。

政府绿色采购对于全社会的可持续消费也具有强大的示范和推动作用。从 2005 年"政府绿色采购国际研讨会"的召开到 2008 北京绿色奥运会和低碳理念的 2010 上海世博会的材料采购，都有力表明了我国政府对推动绿色采购的重视和决心。绿色政府采购不仅可以起到促进企业环境行为的改善，还可以推动国家循环经济战略和结构转型。

### （三）绿色生产

从国际上越来越严厉的环保法规（如欧盟 REACH 环保法），到 2008 年珠三角大量玩具企业倒闭，都在表明环保正在成为一种新的贸易壁垒，即绿色壁垒。中国制造业要想保持竞争力，必须走绿色制造道路。

绿色制造也被称之为绿色生产或清洁生产，意味着对生产过程、产品、服务持续运用整体预防的环境战略，提高生产效率，节约原材料和能源，取消有毒原材料，并要求在生产过程排放废弃物以前减少和降低废弃物的数量和毒性。

目前越来越多的电子、汽车等行业的领先企业已经将绿色制造纳入到企业发展战略之中。例如，广州万宝公司已经与 GE 公司建立了材料应用、替代技术的合作；TCL 公司正在组织、实施相关物料的替代工作、无铅焊工艺、绿色供应链管理；美的电器公司已建立了有害物质的环境质量控制体系和检验标准，在电子电器部件的无铅化研究方面取得了初步成果，大部分外协采购部件也已与供应商签订了绿色采购质量保证协议。

### • 环境管理体系：EMS •

　　当今的各服务及制造行业对履行及满足日益严峻的环境法规都承受着巨大的压力。环境管理体系（Environment Management System，EMS）是ISO14001 的认证之一，其目的是通过有明确职责、义务的组织结构来贯彻落实，目的在于防止对环境的不利影响。旨在帮助组织实现自身设定的环境表现水平，并不断地改进环境行为，不断达到更新更佳的高度。

　　目前，国内外众多的企业，如中国铝业、海尔、茅台等纷纷导入该标准体系，其导入的必要性和迫切性主要来自以下几个方面：第一个压力来自直接客户。国际上越来越多的供应链要求成员通过 EMS 认证，尽管是一个自愿性的标准，但激烈的市场竞争已经使其具有了强制性的色彩。第二个压力来自政府。随着国家对环境保护工作的重视，日趋严格的环保法律和法规竞相出台，对企业的环保要求也日益提高。第三个压力来自诸如银行和保险等金融机构。主要是出自降低企业因环境风险出现的偿付困难和损失赔偿等金融风险。

### （四）绿色物流

　　物流活动常常会对周围环境带来影响，实施绿色物流就是最大限度地减少负面影响。在采购活动中严格把关，拒绝不符合环境标准的原料和产品。在装卸搬运过程中，一方面要提高设备的有效利用率，提倡节能和环保设备；另一方面要避免搬运过程中对物品的损坏、泄露，尤其化学物品和不可降解物品，以免对环境带来严重污染。在运输过程中，实现绿色运输更显重要。例如，在交通方面，通过合理设计交通路线，减少运输的总里程；在运输设备的选择上，采用尾气排放量符合相关标准的交通工具；在运输方式上，鉴于铁路运输的耗能少、噪声小、污染少的特点，应多考虑铁路运输，并与灵活的汽车短线运输相配合。在包装方面，对物品的包装材料要求节约并可回收或降解，既减少浪费，又不污染环境。在流通加工方面，采取规模作业，获得规模效益，提高资源利用率，降低环境污染及能源消耗。

### • 沃尔玛的绿色物流 •

　　沃尔玛在物流的包装环节操作中坚持"5R"：第一个是 Remove，即去掉不需要的包装；第二个是 Reduce，即去掉不必要的包装，使包装达到正确的尺寸；第三是 Reuse，即重复使用，重复利用一些包装材料，如现在沃尔玛已经逐步开始改用塑料托盘以反复使用；第四个是 Renewable，即采用可回收利用、可降解的包装材料；第五个是 Recyclable，即可循环利用。

　　根据沃尔玛方面的统计，"5R"项目自 2005 年实施以来，截至 2007年底，仅在沃尔玛的 16 个自有品牌的包装上就一共节省了 212 600m³ 的纸，相当于减少砍伐 475 200 棵树；此外，因为包装减少在物流环节节省了 102 350 桶油、84 000 个集装箱和 26 400t 柴油，还有成千上万吨的聚氯乙烯。

> 而在物流的运输环节，沃尔玛规定，凡是冷藏货运货车在仓库、码头和堆场进行装卸货或者其他作业期间，必须停止使用发动机，改用现场电源帮助制冷。据估计，仅此一项，沃尔玛全球冷藏车队就可以减少排放二氧化碳40万吨，减少能耗7 500万美元。

### （五）绿色营销

2009年，德勤公司对美国11个主要零售店的6 000多名购物者进行了一次调查，发现54%的人在选择产品和商店时考虑了绿色和环保，1/5的受调查对象认为这十分重要。2010年美国国家地理学会的"绿色指数调查"（Greendex）中，中国的消费者在17个被调查国家中的消费者得分排名第3位，其中在接受调查的人中有46%的人表示未来两年内打算购买节能型汽车[一]。

绿色营销是指供应链上企业在市场调查、产品研制、产品定价、促销活动等整个营销过程中，都以维持生态平衡、重视环保的绿色理论为指导，使企业的发展与消费者和社会的利益相一致。

#### ● 零售业的绿色、低碳营销 ●

> 打造环保供应链是沃尔玛公司建设"低碳超市"的重中之重。沃尔玛的环保供应链除了从源头提供绿色食品外，还要与供应商签订新的合作协议，要求供应商达到严格的社会和环境标准，包括工厂废气排放、废水处理以及有毒物质和危险废弃物处理等。沃尔玛宣布，到2012年，将实现其所有直接供应商采购的商品的95%来自在环保和社会责任方面表现较佳的工厂。
>
> 节能门店是家乐福公司进行"低碳营销"的着眼点。2008年后，家乐福对所有门店进行了大量的节能改造。目前，家乐福单个门店一年因节能而减少的开支就达100万元，按照目前145家门店总数计算，每年减少开支1亿元以上。家乐福相关负责人表示，节省下来的费用将以降低店内商品价格的方式，直接让利于消费者。
>
> "零售供应链的碳减排管理"是乐购（TESCO）公司的发展目标。TESCO致力于贯穿整个零售供应链的碳减排管理，力争从原材料采集、制造、配送、零售、消费以及废物弃置等整个产品生命周期的各个阶段都减少碳排放，从而最大限度地扩大减排效果。2009年，TESCO在全球共有50多家节能店，其中中国有15家，能源总消费与2008年同比减少9.1%，比2007年减少了12.6%，比2006年降低20.5%。
>
> 资料来源：徐慧. 外资零售上演绿色营销战［N］. 北京商报，2009年12月.

---

㊀ 凯特. 艾弗斯，乔舒华，时怡. 消费者驱动的企业社会责任在中国萌芽——第四次企业社会责任调查［R］. 财富（中文版），2010-3.

### 三、绿色供应链的机遇与挑战

后金融危机时代，世界主要经济体为应对经济衰退纷纷推出了不同的"绿色复苏"政策措施。实施绿色供应链管理、实现绿色制造则成为了发达国家实现产业再平衡和创造就业机会的发力点。

2009 年 2 月奥巴马签署了《美国中期财政预测》，标志着美国"绿色新政"的开始。"绿色新政"以新能源技术创新、新能源产业培育和新能源技术推广与应用为核心，提出采用综合性的引导手段，将传统的制造中心转变为绿色发展和应用技术中心；同时，通过新技术研发，大力改进能源的消费模式，以新能源汽车、物联网技术、新材料与智能绿色制造体系为着力点，建设好"绿色经济"能源出口和产出体系。

2009 年 3 月，欧盟正式启动了整体的绿色经济发展计划。根据计划安排，2013 年以前，欧盟将投资 1 050 亿欧元用于"绿色经济"的培育、支持与建设，其中就包括现有产业经济的技术革新和改造，还包括以"减排"为目标的能源替代和工艺创新。

2009 年 4 月，日本也公布了《绿色革命与社会变革》的政策草案，其中规定要大力削减温室气体排放，强化"绿色经济"，并提出至 2015 年将环境产业打造成日本重要的支柱产业和经济增长核心驱动力量。日本"大环境产业"包括环保设备、节能设备、新型材料和计算软件等十几个产业，总规模预计将达到 100 万亿日元，吸纳就业人口 220 万人。

自 2009 年以来，我国加快了推进了绿色经济的步伐。据国家发展和改革委员会的信息显示，自 2009 年以来，我国加大各级财政对绿色经济的支持力度，加快推进"十大节能工程"、资源循环利用工程、大规模环保治理工程建设，大力推广高效节能环保产品，推行清洁生产和技术改造。另外，我国还加强绿色制造的技术创新体系和能力建设。在提高能效、煤炭清洁利用、污染综合治理、新能源、生物、航空航天、新材料等领域，攻克一批关键和共性技术难题。加快科技成果转化和产业化示范，加大先进成果和技术的推广应用。积极引进、消化、吸收国际先进技术。可以说，目前中国的绿色制造、绿色供应链管理与国外几乎处于同一起跑线上。

据统计目前全球符合"绿色产品"标准的产品大约只占到全球商品总量的 5%[○]。实施绿色供应链能够给企业带来如下诸多机遇[○]：

（1）通过绿色产品和解决方案的提供可以创造新的业务机会，同时可以通过采用新的节能技术或减少资源投入降低成本，通过采用可再生材料和加强环境保护加强品牌形象。

（2）为客户带来绿色收益的同时，以安全可靠、重视社会责任的形象赢得客户、合作伙伴、投资人的青睐和信任。

（3）能够增强企业的竞争力，提高整个供应链的效益。企业在激烈的市场竞争中寻找联盟来实施绿色供应链，进而在绿色供应链中可与上下游企业进行整合，优势互补，强强联合，为整个供应链带来更多效益。

（4）能够让企业及时发现潜在的环境污染事件，并及时采取预防措施，从而消除其对企业声誉和经济造成的损失。避免企业因违反监管法规而引致的经济损失，同时能够快速响

○　袁开智，杨秦. 绿色制造：同一起跑线上的比拼［N］. 中国经济导报，2010-6.

○　甘猗翠，等. 绿色中国：创新技术和解决方案，履行企业的环保责任［R］. IBM 商业价值研究院，2008.

应新的监管要求。

（5）能够规避绿色技术贸易壁垒。实施绿色供应链管理，使产品达到相应的绿色标准，有助于企业适应相关的技术条款和环保法规，规避重视环保的国家尤其是发达国家的绿色技术贸易壁垒。

同时，绿色供应链战略也会遇到如下一些挑战：

（1）财务负效应。绿色供应链虽然能够提高资源的利用效率，在一定程度上降低成本，但绿色回收和废弃物的处理却需要花费巨大的代价。

（2）企业之间缺乏信任。企业在决策时总是从自身利益最大化出发，而并非从整个供应链或社会效益最大化原则出发。企业希望自己的上下游企业实施更多的绿色工艺，这样就可为自己的产品达到绿色标准而花费最小的成本。

（3）实施绿色供应链的技术和知识欠缺。虽然绿色供应链在理论上可以建立，但相应的绿色产品的开发和废物的处理技术和手段有待建立和提高。

（4）环境标准与税费制度仍不完备。各个国家环境标准不同，尤其是我国环境制度不完善，执法监督力度不够。

## 第三节　供应链金融

### 一、供应链金融的背景和概念

在供应链中，竞争力较强、规模较大的核心企业在协调供应链信息流、物流和资金流方面具有不可替代的作用，而正是这一地位造成了供应链成员事实上的不平等。正如一位手握10亿美元采购预算的沃尔玛服装采购员所说："我当时拿着全美国最大个的铅笔。如果没有人按照我们的意思做，一言不合，我就折断手里的铅笔扔到桌上，然后扬长而去。"

供应链中的弱势成员企业通常会面临：既要向核心企业供货，又要承受着应收账款的推迟；或者在销售开始之前便以铺货、保证金等形式向核心企业提前支付资金。许多供应链上下游企业认为，"资金压力"是它们在供应链合作中碰到的最大压力。供应链中上下游企业分担了核心企业的资金风险，但却并没有得到核心企业的信用支持。尽管银行想给这些企业进行授信，但却常常因为这些中小型企业规模小、抵押物不足、生产经营难于掌握以及抵御经济波动能力差等诸多因素，让银行等金融机构认为风险很大而拒绝放贷。

仅从供应链角度内部来看，核心企业不愿承担资金风险，而供应链上下游中小型企业缺乏融资能力是供应链资金流"梗阻"的内在动因⊖。但如果核心企业能够将自身的资信能力注入其上下游企业，银行等金融机构也能够有效监管核心企业及其上下游企业的业务往来，那么金融机构作为供应链外部的第三方机构就能够将供应链资金流"盘活"，同时也获得金融业务的扩展，而这就是供应链金融（Supply Chain Finance，SCF）产生的背景。

供应链金融是商业银行等金融机构的一个金融创新业务，它与传统信贷业务最大的差别在于，利用供应链中核心企业、第三方物流企业的资信能力，来缓解商业银行等金融机构与

---

⊖ 2008年以来的金融危机中，国际上和国内众多供应链的核心企业发生了支付危机，这些供应链上的中小型企业的现金流也遭到了严重的冲击，许多企业因此而破产。

中小型企业之间信息的不对称，解决中小型企业的抵押、担保资源匮乏问题。

深圳发展银行将图 12-7 中的供应链融资模式总结为 "1 + N" 的贸易融资方式，即围绕某 "1" 家核心企业，将供应商、制造商、分销商、零售商直到最终用户连成一个整体，全方位地为链条上的 "N" 个企业提供融资服务。

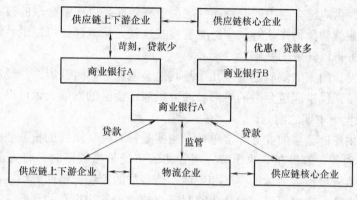

图 12-7  供应链融资模式

深圳发展银行通过参与核心企业 "1" 的供应链运作，在稳定与 "1" 的业务的同时，培育新兴市场的客户群 "N"，拓展了银行的资金去向，同时也解决了供应链成员企业融资瓶颈对供应链稳定性和成本的影响。

深圳发展银行的供应链金融创新开始从新的视角评估中小型企业的信用风险，从专注于对中小企业本身信用风险的评估，转变为对整个供应链及其交易的评估。这样既真正评估了业务的真实风险，同时也使更多的中小型企业能够进入银行的服务范围[下]。

综合诸多学者以及实业界的观点，在此将供应链金融的概念界定为：

供应链金融是金融机构围绕核心企业在对整条供应链进行信用评估及商业交易监管的基础上，面向供应链核心企业和节点企业之间的资金管理进行的一整套财务融资解决方案。

由此，可以看出：

（1）供应链金融是金融机构开展的一项金融服务业务，管理的是供应链的资金往来。

（2）在整条供应链的信用评估中，核心企业的信用被赋予很大的权重，也就是核心企业的信用风险是整体供应链信用风险的主要来源。

（3）供应链核心企业与其他链中企业之间的交易需要被监督，确保不会向虚假业务进行融资。

（4）供应链金融是一种财务融资，企业向金融机构的抵押物不是固定资产，而是应收账款、预付款和存货等流动资产。

## 二、供应链金融的演进和发展历程

2008 年全球金融危机发生以来，全球已经有上百万家企业宣告破产，这些破产的企业并非是没有市场竞争力（如克莱斯勒），也不是因为没有创新能力（如通用汽车），而是因

---

⊖  2007 国际金融资本高峰论坛将 "国际金融产品创新卓越表现大奖" 颁给深圳发展银行的 "供应链金融"，它也因此成为唯一获得该奖项的中国内地企业。

为资金链断裂造成了供应链中企业破产的连锁反应。供应链金融自诞生以来就是为了解决供应链中资金流梗阻以及资金流的优化问题。

（一）国外供应链金融的演进

供应链金融必然是以面向供应链的整体运作为核心。供应链中物流是资金流可以依附的实物载体，因此，供应链金融中的存货质押融资业务始终是供应链金融的核心环节，没有存货的流动，应付账款和预付账款等供应链融资模式也就无从谈起。可以说，供应链中的物流是供应链金融业务得以开展的基础。

美国等西方发达国家的供应链金融几乎与其他金融业务同时开展，并经过200多年的创新和发展后形成了现代供应链金融的雏形。西方供应链金融的发展大致可以分为三个阶段。

阶段一：19世纪中期之前

在此阶段，供应链金融的业务非常单一，主要是针对存货质押的贷款业务。例如，早在1905年俄国沙皇时代，农民在丰收季节，当谷物的市场价格较低时，将大部分谷物抵押给银行，用银行贷款资金投入后续的生产和生活；待谷物的市场价格回升后，再卖出谷物归还银行本金利息。由此，农民可以获得比收割时节直接卖出谷物更高的利润。

阶段二：19世纪中期至20世纪70年代

在此阶段，供应链金融的业务开始丰富起来，承购应收账款等保理业务开始出现。但起初，这种保理业务常常是趁火打劫式的金融掠夺，一些银行等金融机构和资产评估机构进行了合谋，刻意压低流动性出现问题的企业出让的应收账款和存货，然后高价卖给其他第三方中介机构。部分金融机构恶意且无序的经营造成了市场严重的混乱，并引发了企业和其他银行的不满和抗议。为规范市场行为，1954年美国出台了《统一商法典》，明确了金融机构开展存货质押应遵循的规范。由此，供应链金融开始步入健康发展的时期，但这一阶段的供应链金融业务仍以"存货质押为主，应收账款为辅"。

阶段三：20世纪80年代至今

在此阶段，供应链金融的业务开始繁荣，出现了预付款融资、结算和保险等融资产品。这要归功于物流业高度集中和供应链理论的发展。在20世纪80年代后期，国际上的主要物流开始逐渐集中到少数物流企业，联邦快递（FedEx）、UPS和德国铁路物流等一些大型的专业物流巨无霸企业已经形成。

随着全球化供应链的发展，这些物流企业更为深入地楔入到众多跨国企业的供应链体系之中，与银行相比，这些物流企业更了解供应链运作。通过与银行合作，深度参与供应链融资，物流企业在提供产品仓储、运输等基础性物流服务之外，还为银行和中小型企业提供质物评估、监管、处置以及信用担保等附加服务，为其自身创造了巨大的新的业绩增长空间，同时银行等金融机构也获得了更多的客户和更多的收益。

在此阶段，国外供应链金融发展开始形成"物流为主、金融为辅"的运作理念，供应链金融因物流企业的深入参与获得了快速的发展。

（二）中国供应链金融的发展

中国供应链金融的发展有赖于改革开放三十年中制造业的快速发展，"世界制造中心"吸引了越来越多的国际产业分工，中国成为大量跨国企业供应链的汇集点。中国的供应链金融得到快速发展，在短短的十几年内从无到有，从简单到复杂，并针对中国本土企业进行了诸多创新。

　　与国外发展轨迹类似，中国供应链金融的发展也得益于20世纪80年代后期中国物流业的快速发展。2000年以来中国物流行业经过大整合之后，网络效应和规模效应开始在一些大型物流企业中体现出来，而这些企业也在更多方面深入强化了供应链的整体物流服务。2004年中国物流创新大会上，物流行业推选出了未来中国物流行业的四大创新领域和十大物流创新模式中，"物流与资金流整合的商机"位居四大创新领域之首，而"库存商品抵押融资运作模式"、"物资银行运作模式"、"融通仓运作模式及其系列关键技术创新"分别位居十大物流创新模式的第一位、第三位和第四位。

　　2005年，深圳发展银行先后与国内三大物流巨头——中国对外贸易运输（集团）总公司、中国物资储运总公司和中国远洋物流有限公司签署了"总对总"（即深圳发展银行总行对物流公司总部）战略合作协议。短短一年多时间，已经有数百家企业从这项战略合作中得到了融资的便利。据统计，仅2005年，深圳发展银行"1＋N"供应链金融模式就为该银行创造了2 500亿元的授信额度，贡献了约25%的业务利润，而不良贷款率仅有0.57%。

　　综合来看，现阶段我国供应链金融发展呈现多个特点：①供应链金融发展区域不平衡。外向型经济比较明显的沿海，供应链金融发展相对较为领先，而内陆供应链金融仍处在初级阶段。此外，我国关于供应链金融的业务名称约定也没有一个确定的叫法，有物流金融、物资银行、仓单质押、库存商品融资、融通仓、货权融资及货权质押授信等。②我国的供应链金融还面临着法律风险，库存商品等流动资产质押还存在一定的法律真空。我国银行分业经营的现状，使供应链金融业务中形成了多种委托代理关系，加之我国社会信用体系建设方面的落后则进一步造成了供应链金融业务的运作风险。

### 三、供应链金融的融资模式

　　单个企业的流动资金被占用的形式主要有应收账款、库存、预付账款三种。金融机构按照担保措施的不同，从风险控制和解决方案的导向出发，将供应链金融的基础性产品分为应收类融资、预付类融资和存货类融资三大类。下面将重点对这三种融资方式进行说明。

#### （一）应收类：应收账款融资

　　应收账款融资是指在供应链核心企业承诺支付的前提下，供应链上下游的中小型企业可用未到期的应收账款向金融机构进行贷款的一种融资模式。

　　图12-8是一个典型的应收账款融资模式。在这种模式中，供应链上下游的中小型企业是债权融资需求方，核心企业是债务企业并对债权企业的融资进行反担保。一旦融资企业出现问题，金融机构便会要求债务企业承担弥补损失的责任。

　　应收账款融资使得上游企业可以及时获得银行的短期信用贷款，不但有利于解决融资企业短期资金的需求，加快中小型企业健康稳定的发展和成长，而且有利于整个供应链的持续高效运作。

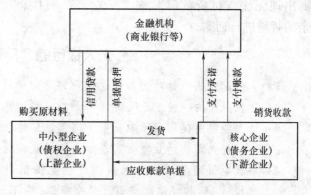

图12-8　供应链金融的应收账款融资模式

---

### • 家乐福供应链的应收账款融资 •

　　运营稳健的家乐福公司在全球有着数以万计的供应商，其对上游供应商有明确的付款期限并且一贯能够按照合同的规定执行付款。

　　银行将家乐福作为核心企业，结合历年的应付款项和合同期限，综合评估后给予供应商一个授信额度，该额度在偿还后可以循环使用。在家乐福付款期限之前，供应商可以凭借家乐福的应付单据和合同向银行进行融资，用于缓解短期资金紧张的压力。家乐福将支付给上游供应商的款项，直接支付给银行（银行是那些供应商应收账款的所有人），由此完成一个封闭的资金链循环。

　　该供应链融资模型能够缓解供应商的资金压力，同时银行也获得了更多的客户。

---

### （二）预付类：未来货权融资模式分析

　　很多情况下，企业支付货款之后在一定时期内往往不能收到现货，但它实际上拥有了对这批货物的未来货权。

　　未来货权融资（又称为保兑仓融资）是下游购货商向金融机构申请贷款，用于支付上游核心供应商在未来一段时期内交付货物的款项，同时供应商承诺对未被提取的货物进行回购，并将提货权交由金融机构控制的一种融资模式。

　　图 12-9 是一个典型的未来货权融资模式。在这种模式中，下游融资购货商不必一次性支付全部货款，即可从指定仓库中分批提取货物并用未来的销售收入分次偿还金融机构的贷款；上游核心供应商将仓单抵押至金融机构，并承诺一旦下游购货商出现无法支付贷款时对剩余的货物进行回购。

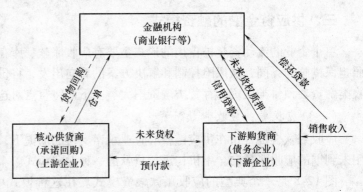

图 12-9　供应链金融的未来货权融资模式

---

### • 光大银行的"厂商银" •

　　光大银行针对国内钢铁企业的产业链进行融资的一个项目，属于未来货权融资的一种。"厂商银"是指厂商、经销商、银行进行三方合作，银行为经销商提供专项融资用于向钢铁厂付款。

　　光大钢铁产业负责人表示，该模式能让钢材经销商只需要部分银行汇票就能锁定整批货物，钢铁厂也能提前得到预付款取得大额产业融资。流程上，钢材经销商向银行递交申请，签订三方协议，银行为钢铁厂经销

> 提供授信，钢材经销商开出以钢铁厂为收款单位的银行汇票，根据三方协议钢材经销商分次存入保证金，银行分次通知他们发货，直到存够100%为止。

未来货权融资是一种"套期保值"的金融业务，极易被用于大宗物资（如钢材）的市场投机。为防止虚假交易的产生，银行等金融机构通常还需要引入专业的第三方物流机构对供应商上下游企业的货物交易进行监管，以抑制可能发生的供应链上下游企业合谋给金融系统造成风险。例如，国内多家银行委托中国对外贸易运输集团（简称：中外运）对其客户进行物流监管服务。一方面，银行能够实时掌握供应链中物流的真实情况来降低授信风险；另一方面，中外运也获得了这些客户的运输和仓储服务。可见，银行和中外运在这个过程中实现了"双赢"。

（三）存货类：融通仓融资模式分析

很多情况下，只有一家需要融资的企业，而这家企业除了货物之外，并没有相应的应收账款和供应链中其他企业的信用担保。此时，金融机构可采用融通仓融资模式对其进行授信。融通仓融资模式是企业以存货作为质押，经过专业的第三方物流企业的评估和证明后，金融机构向其进行授信的一种融资模式。

图12-10是一个典型的融通仓融资模式。在这种模式中，抵押货物的贬值风险是金融机构重点关注的问题。因此，金融机构在收到中小企业融通仓业务申请时，应考察企业是否有稳定的库存、是否有长期合作的交易对象以及整体供应链的综合运作状况，以此作为授信决策的依据。

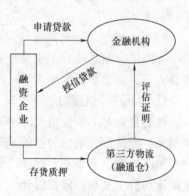

图12-10　供应链金融的融通仓融资模式

但银行等金融机构可能并不擅长于质押物品的市场价值评估，同时也不擅长于质押物品的物流监管，因此这种融资模式中通常需要专业的第三方物流企业参与。金融机构可以根据第三方物流企业的规模和运营能力，将一定的授信额度授予物流企业，由物流企业直接负责融资企业贷款的运营和风险管理，这样既可以简化流程，提高融资企业的产销供应链运作效率，同时也可以转移自身的信贷风险，降低经营成本。

#### • UPS 的物流金融服务 •

> UPS公司拥有自己的金融部门UPS Capital，2008年该部门宣布美国进口商可以将装船货物作为抵押获得UPS的过渡性贷款服务，而不需要像以前一样依靠信用证来完成交易。
>
> 作为专业化程度很高的物流企业，UPS对所运输货物的市场、行业和托运企业的供应链业务有着相当深入的了解，所以能够对装船货物的抵押

做出正确的授信决策。此外，UPS 往往与同一行业中其他的供应商和销售商有着千丝万缕的联系，即便是做出了错误的授信决策，也能够将货物进行变现。

**（四）供应链金融融资模式的综合应用**

应收账款融资、保兑仓融资和融通仓融资是供应链金融中三种比较有代表性的融资模式，适用于不同条件下的企业融资活动。但这三种融资模式又是供应链金融中几大主要业务模块，可以将其进行组合后形成一个涉及供应链中多个企业的组合融资方案。例如，初始的存货融资要求以现金赎取抵押的货物，如果赎货保证金不足，银行可以有选择地接受客户的应收账款来代替赎货保证金。

因此，供应链金融是一种服务于供应链节点企业间交易的综合融资方案。中欧国际工商学院课题组对深圳发展银行"1 + N"供应链金融进行了深入的研究，并针对供应链中不同主体的特点，总结了适用的供应链金融方案。

1. 对核心企业的融资解决方案

核心企业自身具有较强的实力，对融资的规模、资金价格、服务效率都有较高的要求。这部分产品主要包括短期优惠利率贷款、票据业务（开票、贴现）、企业透支额度等产品。

2. 对上游供应商的融资解决方案

上游供应商对核心企业大多采用赊账的销售方式。因此，上游供应商的融资方案以应收账款为主，主要配备保理、票据贴现、订单融资、政府采购账户封闭监管融资等产品。

3. 对下游经销商的融资解决方案

核心企业对下游分销商的结算一般采用先款后货、部分预付款或一定额度内的赊销。经销商要扩大销售，超出额度的采购部分也要采用现金（含票据）的付款方式。因此，对下游经销商的融资方案主要以动产和货权质押授信中的预付款融资为主。配备的产品主要包括短期流动资金贷款、票据的开票、保贴、国内信用证、保函、附保贴函的商业承兑汇票等。

## 四、我国供应链金融的机遇和挑战

近年来在我国，供应链金融得到了迅猛的发展。就在十年前，只有少数几家商业银行的分行在试探性地开展相关业务，如今几乎所有的银行都已试水。例如，在 2007 年，已经有 22 家银行与中储公司合作。除了银行之外，供应链金融的参与者也日益增多，铁路、港口码头、资产管理公司、典当行、担保公司以及资金充裕的企业都登上了舞台。中国人民银行的调查报告——《中国信贷人权利的法律保护》显示，我国目前所有企业拥有的存货达 5 万亿元，再加上应收账款和农业资产等可以担保生成约 8 万亿的贷款，相当于我国金融机构三年的新增贷款额。可是，我国的动产担保贷款业务远远滞后于西方发达国家，这已形成我国大量闲置的动产资源和企业融资困难的突出矛盾，同时也表明我国供应链金融业务具有重大的社会意义和市场潜力。

电子商务的迅速发展也为供应链金融提供了有力的支撑。电子商务可以降低供应链内部的交易成本，增强交易信息流的可视性和公示性，就像一只能让信息透明的眼睛，可以为银行等金融机构所监管的融资服务提供一系列确定的介入时点。例如，核心企业向供应商发出订单意味着订单贸易的背景已经确立；核心企业确认供应商的发票，意味着保理融资的条件具备；核心企业向分销商确认订货合同，意味着可以向分销商提供预付款融资。此外，电子商务平台运行的法律框架约束，保证了平台上信息流的精确性和严肃性，这降低了银行向虚拟交易背景提供授信出账的风险。基于这种保障，银行服务的申请、批复和出账流程得以直接整合到商务平台之中。

在这种模式之下，利用直白、精确和具有法律约束力的平台语言对贸易背景进行实时描述，省却了收集和查实银行信贷资料的工作，银行的授信调查和跟踪环节实际上外包给了电子商务平台。例如，阿里巴巴小额贷款公司针对淘宝商家的融资业务，就是运用交易信息省却授信调查和跟踪环节的典型案例。淘宝店主的销售过程是依靠电子商务平台在网上进行的，一切的交易信息淘宝网都了如指掌。同时淘宝网和这个小额贷款公司同属阿里巴巴旗下，信息自然可以共享。因此，阿里巴巴小额贷款公司通过淘宝网能轻易地监管其融资服务的店主的交易行为，对提供供应链融资服务的风险能够完全控制。

此外，物权法的出台为供应链金融的实施提供了重要的制度保障。目前，我国已经认识到动产担保交易法律对金融市场的益处，并在积极采取改革措施，以实现动产担保交易法律的现代化。新颁布的《物权法》在动产担保制度方面实现了一系列突破，对于供应链金融业务的发展意义重大。

虽然我国供应链金融已经展现出勃勃生机，但也面临很多问题：

（1）国内企业的供应链管理意识依然较为薄弱，供应链普遍呈现结构松散的特征，使得在供应链金融运作中缺乏制度化的管理手段对供应链成员的行为进行约束。同时，供应链成员的归属感不强，也会造成银行对供应链的声誉和违约确认存在一定困难。这种状况使得可供银行开发的链条非常有限，更令银行苦恼的是，即便对于这些为数不多的选择，也需要谨慎评估供应链内部约束机制的有效性。这就是国内供应链金融实践已经近十年，却依然相对集中于汽车、钢铁等有限几个行业的原因。

（2）供应链金融业务主要是资产支持型信贷业务，因此，有关信贷人权利的法律安排，尤其是涉及动产担保物权的安排，将直接影响金融机构开展此类业务的安全性，进而决定银行开展此项业务的积极性。完善的法律框架对于信贷市场的发展意义重大，近年来，"法和金融"领域的大量文献证明，在良好的信贷人权利保护和信贷市场之间存在明显的正相关关系。遗憾的是，国内动产担保物权相关法律的不完善，导致供应链金融业务在很多操作和预期损失方面存在不确定性。同时，监管部门对供应链金融的认识很大程度上停留在传统的流动资金授信层次，对供应链金融的风险特征、信贷技术以及核心价值了解有限，相关的规范、引导和监管工作比较欠缺。

（3）在技术层面，国内金融信息技术和电子商务发展的相对滞后，使得供应链金融中信息技术的含量偏低。作为一项高操作成本的业务，信息技术的应用程度与操作成本节约高度相关。目前，在单证、文件传递、出账、赎货、应收账款确认等环节的劳动密集型特征，是对供应链融资业务经济性损害最大的问题，同时也是风险的额外来源。此外，电子商务手段有助于增强贸易背景可视度，降低交易成本。但是，国内商业银行普遍没有将供应链金融有机整合到这类平台之中，由此带来贸易环节和融资环节额外的割裂成本。

# 本 章 小 结

供应链管理发展迅速，业界新的实践层出不穷，本章简单地介绍了供应链管理中三个较新的领域，以及供应链的未来发展趋势。首先，本章从制造业与服务业相融合的趋势出发，分析了服务供应链为何会出现，并进一步讨论了服务供应链"四流整合"的运作机制。接下来，通过对低碳和可持续发展的探讨提出了发展绿色供应链的重要性，并归纳了绿色供应链的内容，分析了实施绿色供应链的难度及机遇。最后，本章从供应链中弱势企业融资难的问题出发，总结了供应链金融的演进和发展历程，并给出了供应链金融中最常见的四种融资模式。需要指出的是，供应链管理的发展异常迅速，本章对供应链管理新发展的探讨难免偏颇，许多新的趋势和业界实践还有待补充和完善。

## 关键术语

服务供应链（Service Supply Chain）　　供应链金融（Supply Chain Finance）

绿色供应链（Green Supply Chain）

## 思考与练习

1. 在服务供应链中，能力流、资金流、物流、信息流的"四流整合"是保证服务供应链流畅运作的关键，请仔细思考这四流之间存在着怎样的相互作用？

2. 绿色供应链的内容中包含绿色产品设计、绿色采购、绿色制造、绿色物流以及绿色营销，上述内容之间存在何种联系？如何利用这种联系来提升绿色供应链管理的绩效？

3. 供应链金融的不同融资模式各适用于什么情境，可以解决哪类问题？

4. 我国实践供应链金融可能遭遇哪些障碍？这些障碍对金融机构、供应链核心企业以及供应链中的中小型企业各有什么不同的影响？

# 附　　录

## 附录 A　标准正态分布表

$$\Phi(x) = \int_{-\infty}^{x} \frac{1}{\sqrt{2\pi}} e^{-\frac{t^2}{2}} dt$$

| $x$ | 0.00 | 0.01 | 0.02 | 0.03 | 0.04 | 0.05 | 0.06 | 0.07 | 0.08 | 0.09 |
|---|---|---|---|---|---|---|---|---|---|---|
| 0.0 | 0.500 0 | 0.504 0 | 0.508 0 | 0.512 0 | 0.516 0 | 0.519 9 | 0.523 9 | 0.527 9 | 0.531 9 | 0.535 9 |
| 0.1 | 0.539 8 | 0.543 8 | 0.547 8 | 0.551 7 | 0.555 7 | 0.559 6 | 0.563 6 | 0.567 5 | 0.571 4 | 0.575 3 |
| 0.2 | 0.579 3 | 0.583 2 | 0.587 1 | 0.591 0 | 0.594 8 | 0.598 7 | 0.602 6 | 0.606 4 | 0.610 3 | 0.614 1 |
| 0.3 | 0.617 9 | 0.621 7 | 0.625 5 | 0.629 3 | 0.633 1 | 0.636 8 | 0.640 4 | 0.644 3 | 0.648 0 | 0.651 7 |
| 0.4 | 0.655 4 | 0.659 1 | 0.662 8 | 0.666 4 | 0.670 0 | 0.673 6 | 0.677 2 | 0.680 8 | 0.684 4 | 0.687 9 |
| 0.5 | 0.691 5 | 0.695 0 | 0.698 5 | 0.701 9 | 0.705 4 | 0.708 8 | 0.712 3 | 0.715 7 | 0.719 0 | 0.722 4 |
| 0.6 | 0.725 7 | 0.729 1 | 0.732 4 | 0.735 7 | 0.738 9 | 0.742 2 | 0.745 4 | 0.748 6 | 0.751 7 | 0.754 9 |
| 0.7 | 0.758 0 | 0.761 1 | 0.764 2 | 0.767 3 | 0.770 3 | 0.773 4 | 0.776 4 | 0.779 4 | 0.782 3 | 0.785 2 |
| 0.8 | 0.788 1 | 0.791 0 | 0.793 9 | 0.796 7 | 0.799 5 | 0.802 3 | 0.805 1 | 0.807 8 | 0.810 6 | 0.813 3 |
| 0.9 | 0.815 9 | 0.818 6 | 0.821 2 | 0.823 8 | 0.826 4 | 0.828 9 | 0.835 5 | 0.834 0 | 0.836 5 | 0.838 9 |
| 1.0 | 0.841 3 | 0.843 8 | 0.846 1 | 0.848 5 | 0.850 8 | 0.853 1 | 0.855 4 | 0.857 7 | 0.859 9 | 0.862 1 |
| 1.1 | 0.864 3 | 0.866 5 | 0.868 6 | 0.870 8 | 0.872 9 | 0.874 9 | 0.877 0 | 0.879 0 | 0.881 0 | 0.883 0 |
| 1.2 | 0.884 9 | 0.886 9 | 0.888 8 | 0.890 7 | 0.892 5 | 0.894 4 | 0.896 2 | 0.898 0 | 0.899 7 | 0.901 5 |
| 1.3 | 0.903 2 | 0.904 9 | 0.906 6 | 0.908 2 | 0.909 9 | 0.911 5 | 0.913 1 | 0.914 7 | 0.916 2 | 0.917 7 |
| 1.4 | 0.919 2 | 0.920 7 | 0.922 2 | 0.923 6 | 0.925 1 | 0.926 5 | 0.927 9 | 0.929 2 | 0.930 6 | 0.931 9 |
| 1.5 | 0.933 2 | 0.934 5 | 0.935 7 | 0.937 0 | 0.938 2 | 0.939 4 | 0.940 6 | 0.941 8 | 0.943 0 | 0.944 1 |
| 1.6 | 0.945 2 | 0.946 3 | 0.947 4 | 0.948 4 | 0.949 5 | 0.950 5 | 0.951 5 | 0.952 5 | 0.953 5 | 0.953 5 |
| 1.7 | 0.955 4 | 0.956 4 | 0.957 3 | 0.958 2 | 0.959 1 | 0.959 9 | 0.960 8 | 0.961 6 | 0.962 5 | 0.963 3 |
| 1.8 | 0.964 1 | 0.964 8 | 0.965 6 | 0.966 4 | 0.967 2 | 0.967 8 | 0.968 6 | 0.969 3 | 0.970 0 | 0.970 6 |
| 1.9 | 0.971 3 | 0.971 9 | 0.972 6 | 0.973 2 | 0.973 8 | 0.974 4 | 0.975 0 | 0.975 6 | 0.976 2 | 0.976 7 |
| 2.0 | 0.977 2 | 0.977 8 | 0.978 3 | 0.978 8 | 0.979 3 | 0.979 8 | 0.980 3 | 0.980 8 | 0.981 2 | 0.981 7 |
| 2.1 | 0.982 1 | 0.982 6 | 0.983 0 | 0.983 4 | 0.983 8 | 0.984 2 | 0.984 6 | 0.985 0 | 0.985 4 | 0.985 7 |
| 2.2 | 0.986 1 | 0.986 4 | 0.986 8 | 0.987 1 | 0.987 4 | 0.987 8 | 0.988 1 | 0.988 4 | 0.988 7 | 0.989 0 |
| 2.3 | 0.989 3 | 0.989 6 | 0.989 8 | 0.990 1 | 0.990 4 | 0.990 6 | 0.990 9 | 0.991 1 | 0.991 3 | 0.991 6 |
| 2.4 | 0.991 8 | 0.992 0 | 0.992 2 | 0.992 5 | 0.992 7 | 0.992 9 | 0.993 1 | 0.993 2 | 0.993 4 | 0.993 6 |
| 2.5 | 0.993 8 | 0.994 0 | 0.994 1 | 0.994 3 | 0.994 5 | 0.994 6 | 0.994 8 | 0.994 9 | 0.995 1 | 0.995 2 |
| 2.6 | 0.995 3 | 0.995 5 | 0.995 6 | 0.995 7 | 0.995 9 | 0.996 0 | 0.996 1 | 0.996 2 | 0.996 3 | 0.996 4 |
| 2.7 | 0.996 5 | 0.996 6 | 0.996 7 | 0.996 8 | 0.996 9 | 0.997 0 | 0.997 1 | 0.997 2 | 0.997 3 | 0.997 4 |
| 2.8 | 0.997 4 | 0.997 5 | 0.997 6 | 0.997 7 | 0.997 7 | 0.997 8 | 0.997 9 | 0.997 9 | 0.998 0 | 0.998 1 |
| 2.9 | 0.998 1 | 0.998 2 | 0.998 2 | 0.998 3 | 0.998 4 | 0.998 4 | 0.998 5 | 0.998 5 | 0.998 6 | 0.998 6 |
| 3 | 0.998 7 | 0.999 0 | 0.999 3 | 0.999 5 | 0.999 7 | 0.999 8 | 0.999 8 | 0.999 9 | 0.999 9 | 1.000 0 |

# 附录 B  啤酒游戏说明

啤酒游戏⊖最初来自美国麻省理工学院，是一种类似"大富翁"的策略游戏。这个游戏来源于《第五项修炼》，是彼得·圣吉为"组织修炼"而设计的一个角色模拟项目。该游戏通常用以简单说明供应链中的牛鞭效应，它暴露了供应链中信息传递过程中出现的问题，即不对称的信息往往会扭曲供应链内部的需求信息，使信息失真，导致供应链失调。

在啤酒游戏中由消费者、零售商、批发商、分销商和制造商组成一个简单的供应链（如图 B-1 所示），各环节之间存在两条流，即物流（啤酒）和信息流（订单）。在游戏进程中，任何上、下游企业之间不能交换任何商业资讯，只允许下游企业向上游企业传递订单，消费者只能给零售商下订单……

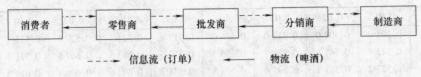

图 B-1  啤酒游戏的供应链

啤酒游戏假设：①将供应链简化为单线产销、供销，只由零售商、批发商、分销商、制造商四个企业实体组成产供销系统。②有需求时，尽量满足需求发货，除非缺货。③发货后即下达采购订单，各个企业实体只有一个决策，即采购数量的决策。④每个企业实体均可自由做出决策，其唯一目的是追求利润最大化，游戏的最后结果是以整组总成本最低者为优胜。

成本计算方法：总成本 $=($ 库存量 $\times 1 +$ 累计缺货量 $\times 2)$，$i = 1, 2, 3, 4, \cdots, n$。

每个供应链由四个板块组成，分别是零售商板块、批发商板块、分销商板块和制造商板块（如图 B-2 所示）。

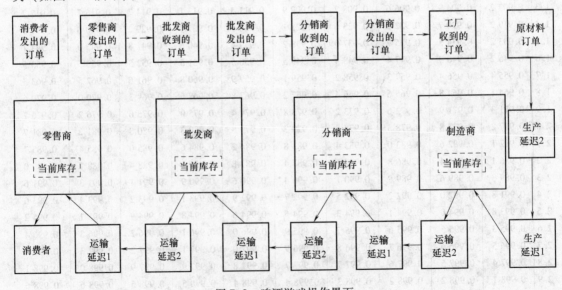

图 B-2  啤酒游戏操作界面

---

⊖ 有关啤酒游戏的 PPT 和其他相关材料，可在作者网站上下载得到。

在四个板块中进行初始设置：运输（生产）延迟 1、运输（生产）延迟 2 的库存都为 4，当前库存都为 4。设置后，开始运作这个游戏，每轮分为 8 个步骤，进行的次数可以由参与者自行决定。表 B-1 给出了分销商的操作步骤。

**表 B-1　分销商操作步骤**（每个角色务必同步）

| 步　骤 | 内　容 | 操　作 |
|---|---|---|
| 1 | 收货 | 将运输延迟 1 中的货物移动到当前库存中 |
| 2 | 走货 | 将运输延迟 2 中的货物移动到运输延迟 1 中 |
| 3 | 接订单 | 分销商查看收到的订单中标签纸上的订单数量，并将该标签放在一边 |
| 4 | 发货 | 根据第 3 步中的订单数量发货至批发商的运输延迟 2 |
| 5 | 记录库存或缺货 | 在表格中记录库存量和累计缺货量 |
| 6 | 走订单 | 将分销商发出的订单移至工厂收到的订单 |
| 7 | 写订单 | 在标签纸上写订货数量（自己决策），贴在分销商发出的订单上 |
| 8 | 记录订货量 | 将第 7 步中的订单数量记录至表格中向上游发出的订货量 |

注：本期累计缺货量 = 上期累计缺货量 + 本期缺货。

表 B-2 为啤酒游戏记录表格。

**表 B-2　啤酒游戏记录表格**

| 组　号 | 角　色 | | |
|---|---|---|---|
| 轮次 | 库存量 | 累计缺货量 | 向上游企业发出的订货量 |
| 1 | | | |
| 2 | | | |
| 3 | | | |
| ... | | | |

注：在啤酒游戏记录表格中库存量和累计缺货量在同一周只记一个，即有库存量就没有累计缺货量，有累计缺货量就没有库存量。

在游戏过程中，可能会发现，虽然自己已经很谨慎地进行订货决策，但不可避免地会出现大量缺货或者在库存充足时销量却下降的情况，总是不能及时地捕捉住市场信息。这是什么原因造成的呢？

随着消费者消费量的增长，零售商为了保证满足消费者的需求，会提高自己的订货量，即产生缺货的恐慌，而这种恐慌又通过订单依次传递给批发商、分销商和制造商。在传递过程中，恐慌几乎不可避免地被放大，需求的波动幅度自然也加剧了。同理，消费者需求的减少也会造成同样的结果，加剧需求的变动，导致供应链失调。

消费者的需求变动幅度虽小，但是由于供应链不同阶段的角色对需求的预测有着截然不同的结果，通过整个系统的加乘作用将会产生很大的危机。啤酒效应扭曲了供应链的需求信息，导致供应链失调。

# 参考文献

［1］Attila Chikan. Intergration of Production and Logistics in Principle, in Practice and in Education ［J］. Production Economics, 2000, 69: 113～122.

［2］Cachon G Lariviere. Contracting to Assure Supply: How to Share Demand Forecast in a Supply Chain ［J］. Management Science, 2001, 47 (5): 629～646.

［3］Chopra S, Sodhi M. Managing Risk to Avoid Supply Chain Breakdown ［J］. MIT Sloan Management Review, 2004.

［4］Fisher, Hornstein. (s, S) Inventory Policies in General Equilibrium ［J］. Review of Economic Studies, 2000, 67: 117～145.

［5］Hau Lee. Aligning Supply Chain Strategies with Product Uncertainties ［J］. California Management Review, 2002, 44 (3).

［6］Lee H L. The Triple-A Supply Chain ［J］. Harvard Business Review, 2003, 82 (10): 102-112.

［7］Nicholas C Petruzzi, etal. The Newsvendor Model with Consumer Search Cost ［J］. Production and Operation Management, 2009, 18 (6): 693～704.

［8］V G Narayanan. Aligning Incentives in Supply Chains ［J］. Harvard Business Review, 2004, 82 (11): 94～102.

［9］Prahalad C K, Hamel Grary. The Core Competence of Company ［J］. Harvard Business Review, 1990, 5 (6): 2～15.

［10］Hau Lee, et al. The Bullwhip Effect in Supply Chain ［J］. Sloan Management Review, 1997, 38 (3): 93-102.

［11］B 约瑟夫·派恩. 大规模定制: 企业竞争的新前沿 ［M］. 操云甫, 译. 北京: 中国人民大学出版社, 2000.

［12］C 小约翰·兰利. 供应链管理: 物流视角 ［M］. 宋华, 等译. 北京: 电子工业出版社, 2010.

［13］安德烈·贡德·弗兰克. 白银资本——重视经济全球化中的东方 ［M］. 刘北成, 译. 北京: 中央编译出版社, 2008.

［14］伯特·菲利普斯. 定价与收入优化 ［M］. 陈旭, 慕银平, 译. 北京: 中国财政经济出版社, 2008.

［15］大卫 M 安德森. 21 世纪企业竞争前沿: 大规模定制模式下的敏捷产品开发 ［M］. 冯涓, 译. 北京: 机械工业出版社, 1999.

［16］大卫·辛奇-利维. 供应链设计与管理: 概念战略与案例研究 ［M］. 3 版. 季建华, 译. 北京: 中国人民大学出版社, 2010.

［17］福西特, 埃尔拉姆. 奥格登. 供应链管理: 从理论到实践 ［M］. 蔡临宁, 邵立夫, 译. 北京: 清华大学出版社, 2009.

［18］葛志远. 电子商务应用与技术 ［M］. 北京: 清华大学出版社, 2005.

［19］国际外包中心, 商务部培训中心. 国际外包 ［M］. 北京: 经济管理出版社, 2008.

［20］林勇. 供应链库存管理 ［M］. 北京: 人民交通出版社, 2008.

［21］罗伯特·蒙茨卡. 采购与供应链管理 ［M］. 3 版. 王晓东, 译. 北京: 电子工业出版社, 2008.

［22］罗松涛. 供应链管理 ［M］. 北京: 对外经济贸易大学出版社, 2008.

［23］马士华, 林勇. 供应链管理 ［M］. 2 版. 北京: 机械工业出版社, 2005.

［24］米歇尔 R 利恩德斯. 采购与供应链管理 ［M］. 13 版. 赵树峰, 译. 北京: 机械工业出版社, 2009.

［25］苏尼尔·乔普拉, 彼得·迈因德尔. 供应链管理 ［M］. 陈荣秋, 等译. 北京: 中国人民大学出版

社，2008.

[26] 唐纳德 J 鲍尔索克斯，戴维 J 克劳斯，M 比克斯比·库珀. 供应链物流管理［M］. 2 版. 马士华，黄爽，赵婷婷，译. 北京：机械工业出版社，2007.

[27] 唐纳德·沃尔特斯. 库存控制与管理［M］. 李习文，李斌，译. 北京：机械工业出版社，2005.

[28] 王海军. 延迟制造：大量定制的解决方案［M］. 武汉：华中科技大学出版社，2006.

[29] 薛明德，王茂林，杨波. 物流系统规划与设计［M］. 北京：企业管理出版社，2004.

[30] 尤西·谢菲. 柔韧：麻省理工学院供应链管理精髓［M］. 杨晓雯，等译. 上海：上海三联书店，2008.

[31] 周晶，杨慧. 收益管理方法与应用［M］. 北京：科学出版社，2009.

[32] 邹辉霞. 供应链管理［M］. 北京：清华大学出版社，2009.

[33] 王国文，等. 供应链管理：采购流程与战略［M］. 北京：企业管理出版社，2006.

[34] 邓宁. 供应链柔性研究［M］. 北京：中国财政经济出版社，2008.

[35] 郎咸平. 本质Ⅳ：你的想法要符合行业本质［M］. 北京：东方出版社，2008.

[36] 罗杰·布莱克威尔. 重构新千年零售业供应链［M］. 季建华，等译. 上海：上海远东出版社，2000.

[37] 袁开智，杨秦. 绿色制造：同一起跑线上的比拼［N］. 中国经济导报，2010-6.

[38] 甘猗翠，等. 绿色中国：创新技术和解决方案，履行企业的环保责任［R］. IBM 商业价值研究院，2008.